A FRÄNGISCHE LEICH

Anne Sehl, Jahrgang 1950, hat über vierzig Jahre im kaufmännisch-fremdsprachlichen Bereich gearbeitet. Seit sie sich aus dem Berufsleben etwas zurückgezogen hat, schreibt sie Gedichte und Romane. »A frängische Leich« ist ihr erster Kriminalroman.

Die Personen und Handlungen dieses Romans sind frei erfunden. Eventuelle Ähnlichkeiten mit lebenden oder toten Personen wären ein erstaunlicher Zufall.

ANNE SEHL

A FRÄNGISCHE LEICH

Franken Krimi

emons:

Bibliografische Information der Deutschen Nationalbibliothek
Die Deutsche Nationalbibliothek verzeichnet diese Publikation in der Deutschen Nationalbibliografie; detaillierte bibliografische Daten sind im Internet über http://dnb.d-nb.de abrufbar.

MIX
Papier aus verantwortungsvollen Quellen
FSC® C083411
FSC
www.fsc.org

Umschlagmotiv: Thomas Stankiewicz/Lookphotos
Umschlaggestaltung: Nina Schäfer, nach einem Konzept von Leonardo Magrelli und Nina Schäfer
Umsetzung: Tobias Doetsch
Gestaltung Innenteil: César Satz & Grafik GmbH, Köln
Druck und Bindung: CPI – Clausen & Bosse, Leck
Printed in Germany 2019
ISBN 978-3-7408-0681-1
Franken Krimi
Originalausgabe

Und siehe, du wirst im breiten Strom des kosmischen Ozeans deine Seelenlandschaften durchschwimmen, wirst unzählige Geburten durchlaufen, Lebenswege und Tode, Licht und Dunkel, wirst lieben und hassen, gewinnen und verlieren, immer und immer wieder, bis du endlich eins wirst mit dir selbst.

Prolog

Er konnte nicht einschlafen, wie so oft, wenn ihn aktuelle Lebensdinge beschäftigten. Schließlich stand er auf, kleidete sich an und verließ das Haus. Es war kälter geworden, ein eisiger Wind trieb Schneeregen vor sich her, und der Schneematsch auf den Bürgersteigen war an manchen Stellen zu holprigem Eis gefroren. Das störte ihn nicht, er schlug den Mantelkragen hoch, drückte den Hut fest auf den Kopf und bog mit weit ausgreifenden Schritten in den Fußweg ein, der an der Itz entlangführte. Tausend Gedanken wirbelten durch seinen Kopf, Gedanken zärtlicher Vorfreude, aber auch der Sorge über die Verantwortung, die die Zukunft und sein neues Leben ihm bringen würden. Morgen früh in der Kirche würde der Pfarrer das Aufgebot vor der Gemeinde verlesen. Dabei hatte er die Hoffnung auf eine Familie schon längst aufgegeben gehabt. Ein liebevolles Lächeln überzog sein Gesicht bei der Vorstellung des neuen Lebens, das vor ihm lag.

Der Schneeregen wurde stärker, und der Wind frischte auf. Nebelschwaden zogen vom Fluss herauf und hüllten die Gärten, an deren Rückseite er vorbeilief, in geheimnisvolles Grau. Er stöhnte leise auf. Er hätte seine festen Winterstiefel anziehen sollen anstatt der einfachen Halbschuhe. Der Fußweg zurück zur Straße war matschig, und Eiskristalle knirschten unter seinen Sohlen. Er verlangsamte seinen Schritt. Als er endlich den Bürgersteig erreichte, musste er feststellen, dass dieser mit einer spiegelglatten Eisschicht überzogen war, und er rutschte mehr über die Straße, als dass er ging.

Der Schlag traf ihn aus heiterem Himmel, und er wurde in hohem Bogen durch die Luft geschleudert. Glühend heiß bohrte sich der Schmerz in seinen Rücken und raubte ihm den Atem. Mit glasklarem Verstand nahm er jedes Detail wahr, dabei schien alles um ihn herum wie in Sepia getaucht. Als er auf den Asphalt aufschlug, wusste er, dass sein Leben vorüber war.

Dunkelheit umhüllte ihn, als würde er in weicher schwarzer Watte versinken. Kurz überkam ihn der Impuls, zurückkehren zu wollen, für seine glückliche Zukunft zu kämpfen. Doch der Augenblick war schnell vorüber, und er ließ sich hineinsinken in die schwerelose Glückseligkeit. Das Schwarz lichtete sich, und ihm war, als würde er in einem lichtdurchfluteten Raum schweben, aufgefangen von unendlicher Liebe und Geborgenheit. Er fühlte, dass er angekommen war. Unbändige Freude durchflutete ihn. Er wusste, alles war gut.

1

Der Wind war stärker geworden, der Regen trommelte auf das Autodach, und die Scheibenwischer konnten die Wassermassen kaum bewältigen. Emma bog in die Kastanienstraße ein, die ihrem Namen alle Ehre machte. Auf grünen Rasenstreifen, eingekerkert zwischen Bordstein und asphaltiertem Gehweg, säumten mächtige, alte Kastanien beidseitig die Fahrbahn. Ihre kahlen Äste wurden vom Wind hin und her gepeitscht, und die letzten braunen Blätter fielen zu Boden. Da und dort lagen noch platt gefahrene Kastanien auf der Straße, und das Laub sammelte sich im brodelnden Rinnstein.

Hier musste es sein, Hausnummer sieben hatte die Dame am Telefon gesagt, ein graues Sandsteinhaus. Emma öffnete die Autotür und kämpfte verzweifelt mit dem Regenschirm, der sich weigerte, dem Herbststurm zu trotzen. Schließlich gab sie es auf, zog sich seufzend die Kapuze ihres Mantels über den Kopf, stieg aus und eilte zum Eingang des Anwesens, das von der Straße aus auf einer kleinen Anhöhe lag. Die Gartenpforte war unverschlossen, und mit ein paar schnellen Schritten brachte sich Emma unter dem überdachten Holzvorbau der Haustür in Sicherheit. Hier war sie wenigstens im Trockenen, auch wenn der Wind an den Holzbalken rüttelte. Flankiert wurde die Haustür von zwei gusseisernen Bänken. Die Sitzflächen waren nass und mit Herbstlaub bedeckt, wenig einladend. Emma war um siebzehn Uhr verabredet und wie immer auf die Minute pünktlich, ein Relikt der strengen Erziehung ihres Vaters.

Bewundernd betrachtete sie die Haustür, die aus brauner Eiche gearbeitet war. In ihrer Mitte wand sich eine geschnitzte Kletterrose vom Sockel des Rahmens bis hinauf in Brusthöhe, wo sich der Stamm teilte und drei Rosenknospen ihre Blüten entfalteten. Darüber befand sich ein rautenförmiges Fenster aus geschliffenem Glas, in dem sich das Rosenmotiv wiederholte und das sicher von innen zu öffnen war, um klingelnde Besucher erst einmal prüfend in Augenschein zu nehmen, bevor man sie hereinbat. Rechts und links der Tür waren Holzrahmen in die Mauer eingelassen, in deren Verglasung ebenfalls florale Motive eingeschliffen waren, wohl um mehr Licht in den Flur zu bringen.

Fröstelnd schaute sich Emma um. Der leicht abfallende Garten war terrassiert und in unterschiedliche Bereiche eingeteilt. Ein kleiner Springbrunnen befand sich in der Mitte zwischen Haus und Straße, im leeren Wasserbecken hatte sich Laub und allerhand Unrat angesammelt. Schmiedeeiserne Ziergegenstände waren über das Grundstück verteilt, Steinfiguren verschmolzen mit den Büschen, und der gewundene Fußweg von der Straße zum Haus war mit Rosenbögen überspannt. Obwohl der Garten einen leicht morbiden Eindruck machte, vermutete Emma, dass hier regelmäßig die Hand eines Gärtners am Werke war.

Emmas Telefon läutete.

»Hallo, Frau Prätorius. Es tut mir leid, ich bin aufgehalten worden, und es wird wohl noch ein Weilchen dauern, bis ich komme. Gehen Sie doch inzwischen schon mal ins Haus und schauen Sie sich die Stühle an. Sie stehen im Wohnzimmer im Erdgeschoss. Der Haustürschlüssel liegt unter dem mittleren Fuß der Bank rechts neben der Haustür.«

»Ja, danke, das werde ich machen, bis gleich.« Erleichtert, nicht länger draußen warten zu müssen, suchte Emma nach dem Schlüssel. Das Versteck war eines der üblichen Klassiker: im Blumentopf, auf dem Sims des Klofensters oder unter dem Fußabtreter. Wie leichtsinnig, unter der Bank einen Schlüssel zu verstecken! Überaus froh über diesen Leichtsinn, sperrte sie die Tür auf und schlüpfte ins Haus. Hier war es zwar auch nicht besonders warm, aber immerhin war sie vor Wind und Regen geschützt.

Der Windfang und der angrenzende Flur waren mit alten Steinfliesen ausgelegt, wie sie in den 1930er-Jahren gerne benutzt worden waren. Ein großes Sternenmotiv schmückte die

Mitte des Bodens. Das Treppenhaus führte links in den Keller hinunter und rechts drei Stufen hinauf zu einem Treppenabsatz und zu einer Tür, die in ihrer Gestaltung der Haustür ähnelte und über die man vermutlich ins Erdgeschoss gelangte. Gegenüber an der Wand stand ein Jugendstil-Büfett aus warmer brauner Eiche, das Emma im trüben Dämmerlicht fasziniert betrachtete. Die sanft geschwungenen Linien der zarten Blumen- und Elfenschnitzereien und die geschliffenen Glasscheiben waren harmonisch aufeinander abgestimmt. Was für ein schönes Stück! Nun, deswegen war Emma nicht hier, sondern wegen der zwölf Stühle, die ihr die Besitzerin des Hauses angeboten hatte. Welch ein glücklicher Zufall, dass eine Kundin sich vor Kurzem einen hochmodernen Esszimmertisch aus Chrom und Glas gekauft hatte, den sie mit zwölf unterschiedlichen antiken Stühlen kombinieren wollte. Emma gefiel die Idee, und sie hoffte, dieser Dame bald die gesuchten Stühle anbieten zu können.

Im Erdgeschoss fand sich Emma in einer Diele mit drei Türen wieder, von denen die mittlere offen stand. Sie trat ein. Es war tatsächlich das Wohnzimmer, ein großer Raum, der vom Schein der Straßenlampen etwas erleuchtet wurde. An der gegenüberliegenden Wand umrahmte ein Marmorkamin eine offene Feuerstelle. Emma tastete neben der Tür nach dem Lichtschalter. Ein Kronleuchter flammte auf und tauchte den Raum in ein angenehmes Licht. Das Zimmer war leer bis auf die Stühle, die in der Mitte des Raumes in einem Oval standen, mit den Lehnen nach innen, als wollte jemand »Die Reise nach Jerusalem« spielen. Es waren tatsächlich zwölf unterschiedliche Stühle, Biedermeier, Jugendstil, Gründerzeit, Art déco, Rokoko, keiner glich dem anderen. Dem ersten Eindruck nach schienen alle in einem ausgezeichneten Zustand zu sein.

In der Mitte des Stuhlovals lag ein Mann, bekleidet mit einem dunkelgrauen dreiteiligen Wollanzug, einem weiß-rosa gestreiften Hemd und handgenähten schwarzen Lederschuhen, auf Hochglanz poliert. Anstelle der Krawatte war ein grau-rosa gestreiftes Seidentuch kunstvoll um seinen Hals drapiert. Die

Kleidung war auf den ersten Blick als teuer zu erkennen und von erlesener Qualität. Das glatte schwarze Haar hatte leicht ergraute Schläfen, und der gut sitzende Schnitt ließ regelmäßige Friseurbesuche vermuten. Das zur Seite gedrehte Gesicht war gepflegt und trotz der Jahreszeit leicht gebräunt. Am kleinen Finger der linken Hand blitzten die Diamanten eines Siegelrings. Die grauen Augen des Mannes starrten ins Leere. In seiner Brust steckte ein Messer, dessen Griffgröße und Position keinen Zweifel daran zuließen, dass die Klinge das Herz durchstoßen hatte. Der Mann lag leicht auf der Seite, und seine Beine waren etwas angewinkelt, als hätte er im letzten Moment noch vor seinem Mörder davonlaufen wollen. Der Blutfleck auf der Weste war nicht allzu groß und nur an den Rändern bereits angetrocknet, die Mitte schimmerte noch feucht. Der Tod musste ihn vor noch nicht allzu langer Zeit in Sekundenschnelle ereilt haben. Emma hatte den Mann sofort erkannt, ein Antiquitätenhändler aus dem nahen Bamberg. Ein sehr charmanter, weltgewandter Mann, der sich gerne mit schönen Frauen umgab. Allerdings spielte er beruflich in einer höheren Liga als sie mit ihrem Antiquitätenladen.

Emmas Herz klopfte bis zum Hals, und für einen Moment glaubte sie, ihre Knie würden ihr den Dienst versagen. Ein Windstoß erschütterte das Haus, und Emma drehte sich erschrocken um, als hinter ihr die Tür ins Schloss fiel. Sie hielt den Atem an und horchte. Waren das Schritte, die sie hörte? War jemand im ersten Stock, der Mörder etwa gar noch im Haus? Reiß dich zusammen, Emma, rief sie sich zur Ordnung, das hier ist Coburg, nicht Chicago! Sie atmete tief durch, angelte mit zitternden Händen ihr Telefon aus der Manteltasche und wählte die 110.

»Notrufzentrale, guten Abend, wie kann ich Ihnen helfen?«

»Guten Tag, mein Name ist Emma Prätorius, ich möchte einen Mord melden, in der Kastanienstraße sieben bei, äh, ja, äh, Kastanienstraße sieben eben.« Plötzlich wurde ihr bewusst, dass sich die Verkäuferin der Stühle am Telefon nie mit Namen gemeldet hatte und auch an der Haustür kein Namensschild angebracht war. Der Beamte erfragte weitere Einzelheiten und versicherte schließlich, sofort einen Streifenwagen zu schicken. Sie solle vor Ort warten.

Emma fröstelte. Dabei war es nicht so, dass ein Toter sie so leicht aus der Ruhe bringen konnte, selbst mit einem Messer in der Brust nicht. Schließlich stammte sie aus einer Polizisten- und Juristenfamilie, hatte in ihrer Kindheit von ihrem Vater und Großvater viele gruselige Geschichten über Morde und Mörder gehört und war vielleicht deshalb heute eine leidenschaftliche Leserin von Kriminalromanen.

War da nicht doch ein Geräusch im ersten Stock? Vielleicht war es ja nur ein gekipptes Fenster, an dem der Sturm rüttelte. Außerdem müsste die Polizei gleich eintreffen, genau wie die Dame, die ihr die Stühle zum Kauf angeboten hatte. Zögernd trat Emma hinaus in den Flur und lauschte mit angehaltenem Atem in die Dunkelheit des Treppenhauses. Sie knipste das Licht an und stieg hinauf in den ersten Stock. Von einem Gang gingen rechts und links Türen ab. Auf gut Glück öffnete sie die erste zu ihrer Rechten. Der Raum war leer bis auf ein großes Himmelbett, ein hässliches Monstrum mit üppigen Schnitzereien an den Säulen, erdrückend in seinen Dimensionen. Dieses Möbelstück dürfte kaum der Grund für den Besuch des toten Antiquitätenhändlers gewesen sein. Die Spuren auf dem gepflegten Parkett verrieten, wo bis vor Kurzem Schränke und Kommoden gestanden hatten. Emma verließ den Raum und wandte sich dem nächsten zu.

Auch dieser war leer, und auch hier gaben die hellen Flecken auf dem Parkett Aufschluss über die ehemalige Möblierung. Lediglich in der Ecke stand ein fast deckenhoher gusseiserner Ofen, sehr schön gearbeitet mit Jugendstilverzierungen. Automatisch trat Emma näher und legte ihre klammen Hände auf die Außenfläche des Ofens, so als würde sie sich etwas Wärme erhoffen. Zu ihrer großen Verblüffung war der Ofen tatsächlich warm. Merkwürdig, wer schürte in einem leeren, unbewohnten Haus einen Ofen? Neugierig öffnete sie das mit Puttenköpfen verzierte Ofentürchen. Tatsächlich, im Feuerraum glomm noch etwas Glut in einem Aschehaufen, der nach verbranntem Papier aussah. Als Emma die Ofentür wieder schließen wollte, flatterte ein angesengter Papierfetzen auf den Boden. Mit spitzen Fingern hob sie ihn auf. Auf dem Zettel waren Zahlen notiert und zu einer Summe addiert worden. Daneben stand ein Vermerk: »Zahlbar nach erbrachter Lei…«. Der Rest des Wortes war bereits verbrannt. Sollte wahrscheinlich »Leistung« heißen, mutmaßte Emma. Sie konnte dem Impuls nicht widerstehen, steckte den Zettel in ihre Manteltasche und wischte schnell noch die Außenfläche des Ofens und den Griff des Türchens mit dem Taschentuch ab. Man konnte ja nie wissen.

Wieder fegte eine Windbö um das Haus, und im Nebenzimmer schepperte ein Fenster. Als Emma eintrat, fuhr ihr ein kräftiger Luftzug entgegen. Das Fenster stand offen, und auf dem Parkett hatte sich eine kleine Pfütze vom eindringenden Regen gebildet. Neugierig schaute sie hinaus und blickte auf die nächste Reihe von Häusern, die etwas oberhalb der Kastanienstraße standen und an der Eichenstraße ihre Zufahrten hatten. Trotz der ungewöhnlichen Situation kam Emma nicht umhin, erneut die Schönheit und Harmonie der Gartenanlage zu bewundern. Mit Wehmut dachte sie an den Garten hinter ihrem Haus, für den sie sich schon lange mehr Zeit nehmen wollte. Noch einmal blickte sie sich um, aber draußen war niemand zu sehen. Sie schloss das Fenster, vorsorglich mit einem Taschentuch, um eventuell vorhandene Fingerabdrücke nicht zu verwischen, und setzte ihre Erkundungstour fort. Auch die beiden anderen Räume im ersten Stock waren ausgeräumt, lediglich ein paar Kartons mit alten Zeitungen, leeren Ordnern und Abfall standen in einer Ecke. Endlich, Emma hörte Stimmen im Erdgeschoss. Erleichtert knipste sie alle Lichter aus und ging die Treppe hinunter.

Sofort wurde sie von einem Polizisten in Empfang genommen. »Haben Sie uns angerufen?«

»Ja, ich habe hier im Haus einen Toten aufgefunden und natürlich sofort die Polizei benachrichtigt.«

»Kennen Sie den Toten, waren Sie mit ihm verabredet?«, wollte der Beamte wissen.

»Ich kenne ihn tatsächlich, wir arbeiten in der gleichen Branche. Verabredet war ich allerdings nicht mit ihm. Tatsächlich warte ich hier auf eine Dame, die mir antike Stühle verkaufen will.«

»Wie heißt die Dame, ist sie die Bewohnerin dieses Hauses?« Die Fragen des Beamten kamen wie aus der Pistole geschossen.

»Ehrlich gesagt, das weiß ich jetzt gar nicht. Die Frau hat mich angerufen und mir Stühle angeboten. Ich kann Ihnen nicht sagen, ob sie dabei einen Namen genannt hat, es ging alles so schnell. Ich erinnere mich jedenfalls an keinen.« Emma kam sich reichlich dümmlich vor, als sie dem Polizisten dieses Eingeständnis machen musste. »Halt, sie hat mich vorhin erst angerufen, ich brauche sie nur zurückzurufen, um ihren Namen herauszufinden. Außerdem müsste sie jeden Moment hier eintreffen.« Sie holte ihr Handy hervor, rief die Nummer des letzten eingegangenen Anrufes auf und drückte auf das grüne Wahlsymbol. »Der angerufene Teilnehmer ist zurzeit nicht erreichbar«, wurde ihr von einer freundlichen Stimme vom Band mitgeteilt.

»Sonderbar«, Emma zuckte verständnislos mit den Schultern, »ich habe doch heute mehrmals mit der Dame telefoniert, immer auf dieser Nummer, und wir waren um siebzehn Uhr hier verabredet. Beim letzten Gespräch hatte sie mich noch davon in Kenntnis gesetzt, dass sie sich etwas verspäten würde, ich sollte ins Haus gehen und dort auf sie warten. Sicher ist sie gleich da.«

Die Haustür ging auf, allerdings nicht die Dame des Hauses, sondern ein Beamter in Zivil trat ein und stellte sich als Hauptkommissar Magnus Wolf vor. »Sind Sie die Frau, die die Leiche gefunden hat?«

»Ja, mein Name ist Emma Prätorius, ich habe die Polizei benachrichtigt.«

»Halten Sie sich doch bitte zu meiner Verfügung, ich möchte mir als Erstes einen Überblick über die Lage verschaffen.«

Fröstelnd setzte sich Emma auf die unterste Stufe der Treppe, die in den ersten Stock führte. Was gäbe sie jetzt für eine Tasse heißen Tees, am liebsten einen Earl Grey mit einem Stückchen braunen Kandis und einem kleinen Spritzer Zitronensaft. Obwohl, der Situation und der Temperatur angemessener wäre ein kräftiger Schuss Rum. Und dazu ein Zigarillo!

»Hier können Sie nicht sitzen bleiben, da muss die Spurensicherung durch. Gehen Sie doch bitte raus und setzen Sie sich in den Streifenwagen, ich komme dann zu Ihnen. Ein Kollege wird inzwischen Ihre Personalien aufnehmen.« Hauptkommissar Wolf scheuchte Emma erbarmungslos hinaus in den stürmischen Dezemberregen und wies einen seiner Mitarbeiter an, sich um sie zu kümmern.

Nachdem Emma dem Streifenbeamten ihre Personalien gegeben hatte, dauerte es noch ein paar Minuten, bis Wolf aus dem Haus kam und sich zu ihr ins Auto setzte. »Sie haben also den Mann gefunden. Ist er ein Bekannter von Ihnen?«

»Ja und nein. Ich habe ihn zwar gefunden, aber als Bekannten würde ich ihn nicht bezeichnen. Es handelt sich um einen Antiquitätenhändler aus Bamberg, Andreas Flottner, in der Branche genannt ›der flotte Andi‹, weil er nicht nur eine Leidenschaft für schöne alte Möbel hat, sondern auch für schöne junge Frauen und schnelle Autos.«

Der Kommissar schaute Emma mit einem vielsagenden Blick an.

»Nein, nein«, beeilte sie sich zu versichern, »ich gehöre nicht zu diesen Damen, ich falle schon altersmäßig gar nicht mehr in sein Beuteschema, ich kenne Flottner wirklich nur beruflich. Ich habe einen kleinen Trödelladen in der Gerstergasse und Flottner nur hin und wieder auf Auktionen getroffen.«

»Und warum waren Sie hier mit ihm verabredet?«

Emma atmete tief durch. »Aber nein, ich war nicht mit ihm verabredet, sondern mit einer Dame, die mir zwölf antike Stühle angeboten hat. Ich verstehe gar nicht, wo sie bleibt, sie wollte kurz nach fünf Uhr hier sein. Leider kann ich Ihnen noch nicht einmal den Namen der guten Frau nennen. Sie hatte mich heute Vormittag angerufen, mir die Stühle angeboten und den Treffpunkt für siebzehn Uhr in der Kastanienstraße sieben vorgeschlagen.« Emma seufzte. »Es ist mir wirklich peinlich, das zugeben zu müssen: Ich weiß noch nicht einmal, ob sie hier wohnt oder das Haus jemand anderem gehört. Mir ist inzwischen klar geworden, dass das für Sie alles sicher recht naiv und unglaubwürdig klingen muss, aber die Wahrheit kommt leider manchmal auf Plattfüßen.«

»Und wie sind Sie in das Haus gekommen, wenn die Dame nicht da war?« Hauptkommissar Wolf kritzelte Notizen in ein kleines Buch, das er aus der Manteltasche gezogen hatte.

»Sie hat mich kurz nach fünf Uhr angerufen und mir mitgeteilt, wo der Schlüssel versteckt ist. Unter dem mittleren Fuß der Bank rechts neben der Haustür, falls das für Sie von Interesse sein sollte. Ich möchte schon mal reingehen, mir die Stühle anschauen und dort auf sie warten. Jetzt, wo ich Ihnen das so erzähle, kommt mir das auch alles ziemlich sonderbar und undurchsichtig vor. Ich bin wohl einfach überrumpelt worden. Das Angebot war sehr verlockend, weil ich gerade eine Interessentin an der Hand habe, die ebensolche Stühle sucht.«

»Natürlich kennen Sie deren Namen und Adresse?« Wolf beobachtete Emma mit unverhohlenem Interesse.

»Äh, nun ja, sie hat sich mit Marlene Großmann gemeldet und mir eine Telefonnummer gegeben, auf der ich sie allerdings noch nicht angerufen habe. Sie sagte, vor morgen Abend wäre sie nicht erreichbar.« Emma sank verwirrt in den Rücksitz. Gerade war ihr klar geworden, was sie dem Kommissar für eine eigenartige Geschichte auftischte. »Hören Sie, ich bin durchaus im Vollbesitz meiner geistigen Kräfte, und ich will Ihnen hier keine Räuberpistole erzählen. Es stimmt alles tatsächlich genau so, wie ich es geschildert habe. Ich sehe inzwischen allerdings selbst, dass meine Geschichte so ihre Durchhänger hat.«

»Sicher haben Sie die Telefonnummer dieser interessierten Kundin dabei?«

»Ja, Moment.« Emma kramte einen Notizzettel aus der Manteltasche, auf dem sie sich die Mobilnummer von Frau

Großmann notiert hatte, und übergab ihn dem Kommissar. »Sie können den Zettel behalten, ich habe die Nummer eingespeichert. Frau Großmann, oder wie auch immer sie heißt, hatte mich schon letzte Woche wegen zwölf Stühlen angerufen. Da habe ich natürlich nicht lange überlegt, als ich dieses Angebot hier bekommen habe.«

Als Kommissar Wolf die Nummer in sein Mobiltelefon eingab, waren beide nicht sonderlich überrascht, als sich eine Damenstimme vom Band mit der unbefriedigenden Nachricht meldete, dass diese Telefonnummer nicht vergeben sei.

»Ja, liebe Frau Prätorius, entweder haben Sie sich die Nummer falsch notiert, oder die Dame hat Ihnen bewusst eine nicht existierende Nummer gegeben. Nun ja, das wird sich ja hoffentlich befriedigend aufklären lassen. Haben Sie irgendetwas im Haus verändert oder angefasst?«

»Ich war im ersten Stock und habe dort ein offenes Fenster geschlossen, das im Wind hin- und hergeschlagen ist. Ansonsten habe ich nichts berührt. Das heißt ... doch, ja, die Lichtschalter natürlich und die Türklinken.« Ob sie ihm das mit dem Zettel aus dem Ofen sagen sollte? Sie überlegte kurz und entschied sich dagegen. War sicher auch unwichtig.

»Haben Sie die Leiche berührt, vielleicht um festzustellen, ob der Mann noch lebte?«

»Nein, das war absolut überflüssig. Dass der Mann tot ist, habe ich auf den ersten Blick gesehen. Keine Atmung, die starren, gebrochenen Augen, das leicht angetrocknete Blut.«

»Sie scheinen Erfahrung mit Toten zu haben.« Kommissar Wolfs Sarkasmus war nicht zu überhören.

»Wenn Sie so wollen, ja, unsere Nachbarn hatten ein Bestattungsunternehmen, und ich bin sozusagen unter Toten groß geworden. Gabi, die Tochter der Nachbarn, und ich, wir haben zwischen den Särgen Verstecken gespielt.« Ärger stieg in Emma hoch, so hatte sie sich den Nachmittag nicht vorgestellt. Anstatt ein gutes Geschäft einzufädeln, hatte sie eine Leiche gefunden und musste sich den schier endlosen Fragen der Polizei stellen.

»Nun denn, Ihre Personalien wurden ja bereits aufgenommen. Sie können jetzt gehen. Ich muss Sie allerdings bitten, sich morgen früh bei uns auf der Dienststelle zu melden, wir benötigen auf jeden Fall Ihre Fingerabdrücke und Ihre DNA, um Ihre Täterschaft ausschließen zu können. Glauben Sie, Sie brauchen psychologische Betreuung? Man findet nicht alle Tage einen Toten.«

»Nein danke, das ist nicht nötig.« Das hätte gerade noch gefehlt, dass man ihr einen Psychologen schickte. Es war schon nach sechs Uhr, und Emma hatte vor, am Abend ihren Stammtisch zu besuchen. Sie wollte hier nur weg und nach Hause. Allein. Wortlos überreichte sie Wolf ihre Visitenkarte.

Er musterte sie mit einem seltsamen Blick, händigte ihr ebenfalls seine Karte aus, nickte ihr zum Abschied zu und verschwand wieder im Haus.

Erleichtert stieg Emma aus dem Streifenwagen und kämpfte sich durch Wind und Regen zu ihrem Auto.

2

Emma schüttelte ihren Regenschirm vor der Haustüre aus und stellte ihn zum Abtropfen in den Schirmständer neben der Garderobe. Die Küchentür stand einen Spalt offen, und Emma hörte das anheimelnde Knistern des Feuers. Sie betrat die Küche und wärmte sich die klammen Hände an den Kacheln des Küchenofens. Ein Ofen aus Großmutters Zeiten, mit einer Kochplatte mit Einsatzringen, einem mannshohen Backofen mit einem geräumigen Backrohr, in dem man herrlich Pizza und Brot backen konnte, und mit einem Wasserschiffchen an der Seite. Er heizte das halbe Haus und verbreitete in der Küche eine gemütliche Wärme. Höchste Zeit, ein paar Scheite nachzulegen. Emma brühte sich einen Tee und setzte sich mit hochgezogenen Beinen in den alten Ohrensessel neben dem Ofen. Die antike Küchenuhr schepperte elf Schläge. Es war mal wieder viel später geworden als geplant, wie letztendlich bei jedem Pagan-Stammtisch.

Der Wind rüttelte immer noch an den Fenstern, und der Regen trommelte auf das Glasdach vor dem Küchenfenster, das Emmas windgeschützte Terrasse rund ums Jahr zu einem wetterfesten Außenrefugium machte. Sie verwarf den Gedanken, draußen noch ein letztes Zigarillo zu rauchen. Kein Wetter, bei dem man freiwillig aus dem Haus geht, aber heute Abend war Pagan-Stammtisch gewesen, und Emma hatte die Aufgabe übernommen, einen Vortrag über die Bräuche im Advent und deren Ursprung zu halten. Das Thema hatte sich als ziemlich umfang- und arbeitsreich erwiesen, und sie hatte einige Abende damit zugebracht, die Ergebnisse ihrer Nachforschungen in einem komprimierten Aufsatz zusammenzufassen.

Bei diesem Stammtisch trafen sich überwiegend Frauen und ein paar wenige Männer, die an den indigenen, naturorientierten Religionen interessiert waren, an Ritualen zur Ehrung der Natur und ihrer Geistwesen, an alten, über Jahrhunderte oder gar

Jahrtausende überlieferten rituellen Handlungen, die aus dem Erfahrungswissen des einfachen, hauptsächlich bäuerlichen Volkes entstanden waren. Emma hatte im Laufe ihrer Recherchen zu ihrem großen Erstaunen festgestellt, dass die meisten der christlichen Bräuche viel älter waren als das Christentum selbst und schon zu Zeiten der Germanen, Kelten, Slawen und anderer alter Kulturen praktiziert worden waren. Und zwar überall auf der Welt!

Trotz der wohligen Wärme des Kachelofens fröstelte Emma. Sie war den ganzen Abend nicht so recht bei der Sache gewesen, und auch jetzt schweiften ihre Gedanken zurück zu den Geschehnissen des Nachmittags. Sie hatte ständig das Gefühl, dass irgendetwas ihrer Aufmerksamkeit entgangen war. Was war eigentlich geschehen? Eine ihr unbekannte Kundin hatte Interesse an zwölf alten Stühlen signalisiert, und gleichzeitig hatte sich eine weitere Person bei ihr gemeldet, ebenfalls ohne wirklich ihre Identität preiszugeben, und hatte genau diese Stühle angeboten. Emma glaubte grundsätzlich nicht an Zufälle, das hier stank doch zum Himmel. Großer Gott, zwölf Stühle, möglichst aus unterschiedlichen Stilepochen, wie ausgefallen war das denn, welch sonderbarer Wunsch! Und dann wurden ihr genau solche Stühle angeboten? Nein, da steckte Methode dahinter.

Emma war inzwischen klar geworden, dass man sie in dieses Haus gelockt hatte, um die Leiche zu entdecken. Aber warum gerade sie, und wer hatte sie dorthin bestellt? Der Mörder? Wollte man ihr den Mord etwa anhängen? Dummes Zeug, Emma verwarf diese Idee sofort wieder.

Ausgerechnet der flotte Andi. Es hatte tatsächlich einmal eine Zeit gegeben, da hatte er ihr den Hof gemacht, sehr aufdringlich war er gewesen und sehr ungehalten darüber, dass sie seinem Charme nicht erlegen war. Das war alles lange her, und es bestand kein Grund, den Kommissar mit dieser alten Geschichte zu belästigen.

Ein schlechter Verlierer, der er war, hatte Flottner Emma seitdem immer wieder mal ein Geschäft vermasselt und in der

Branche ihre Qualifikation als Restauratorin in Frage gestellt. Ein Tatmotiv war das nun wirklich nicht. Emma seufzte und dachte an das Sprichwort, das mal ein arabischer Freund zitiert hatte: *Bleibe ruhig vor deinem Zelt sitzen, bis die Leichen deiner Feinde an dir vorübergetragen werden.* Nun, heute Nachmittag war eine Leiche an ihr vorbeigetragen worden, und zwar im Wortsinn des Sprichworts.

Sie hatte Flottner nie gemocht, hatte ihn einfach ignoriert, aber als Feind hatte sie ihn nicht betrachtet. Der flotte Andi, der immer Herr der Lage hatte sein wollen und stets größten Wert auf seine äußere Erscheinung gelegt hatte, lag tot in einem leer stehenden Haus, ermordet, inmitten von zwölf Stühlen, als hätte der Mörder damit symbolisch eine Botschaft transportieren wollen.

Die Katzenklappe an der Terrassentür klapperte. Henry, Emmas rot getigerter Kater, stolzierte in die Küche, kontrollierte gewohnheitsmäßig seinen Fressnapf und sprang mit einem Satz auf Emmas Schoß. Er rollte sich zusammen und begann in der sicheren Erwartung von Streicheleinheiten sofort, entspannt zu schnurren. Henry war ein selbstständiges und eigenwilliges Tier, das seine Zuneigung nur sehr wählerisch verschenkte. Emma hatte ihn vor Jahren auf der Landstraße fast überfahren, ein kleines, nasses, abgemagertes Bündel, mitten in der Flur, weit weg vom nächsten Dorf. Vermutlich war er ausgesetzt worden. Sie hatte ihn spontan ins Auto gepackt, eingewickelt in ihren Schal und mit nach Hause genommen, wo er liebevoll aufgepäppelt und großgezogen wurde. Seitdem war Henry, wie Emmas mittlerweile erwachsene Kinder Johanna und Christian den Familienzuwachs getauft hatten, der ungekrönte Herrscher dieses Hauses. Heldenhaft verteidigte er sein Revier in den umliegenden Gärten und seinen darin wohnenden Harem gegen jeden Eindringling, was an seinem zerkratzten Narbengesicht und seinen ausgefransten Ohren deutlich abzulesen war. Henry liebte die Geselligkeit. Kein Gartenfest in der Nachbarschaft, bei dem er sich nicht unter die Gäste mischte und seinen Anteil vom Essen einforderte.

»Na du, hast mal wieder draußen auf der Terrassenbank geschlafen?« Zärtlich nestelte Emma an Henrys Ohren herum. »Kannst mir auch nicht weiterhelfen, alter Streuner.« Nun, sicher würde dieser Kommissar Wolf den Mörder schnell finden. Emma war zuversichtlich, nicht lange mit dieser unangenehmen Geschichte konfrontiert zu werden. Sie trank ihre Teetasse leer, gähnte und schubste den protestierenden Kater vom Schoß, um ins Bett zu gehen. Der Wind heulte im Garten, und im ersten Stock schlug eine Tür.

3

Am nächsten Morgen hatte sich der Sturm gelegt, der Regen allerdings trommelte weiter auf das Terrassendach, während Emma ihren Morgentee trank und die Tageszeitung durchblätterte. Ein eigenartiger Traum hatte sie in der Nacht mit klopfendem Herzen aus dem Schlaf gerissen. Sie konnte sich nur an Fragmente erinnern, spürte aber immer noch die Unruhe, die er in ihr ausgelöst hatte. Das Messer. Irgendetwas mit dem Messer, das Flottner aus der Brust geragt hatte, stimmte nicht. Der eigenartige Griff aus Elfenbein mit geschnitzten Motiven hatte gestern schon in Emmas Unterbewusstsein eine unbestimmte Erinnerung hervorgerufen.

Natürlich! Emma stellte ihre Teetasse laut scheppernd auf die Untertasse und sprang vom Tisch auf. Sie kannte das Messer, in ihrem Laden gab es einen Satz mit sechs ganz ähnlichen antiken Obstmessern.

Sie eilte hinüber in ihren Verkaufsraum und knipste das Licht an. Der vordere Teil des Raumes war bunt bestückt mit allen möglichen Kleinteilen. Porzellan, Silber, Waffen, Bücher, Bilder, Uhren und vieles mehr war dekorativ in und auf alten Möbeln ausgestellt. In einer verschließbaren Vitrine lag antiker Schmuck, und im hinteren Teil des Ladens standen die von Emma restaurierten Möbel aus verschiedenen Stilepochen.

Sie blickte sich um. Das alte Lederetui lag gut sichtbar im herausgezogenen Schubfach der Jugendstilvitrine neben der Ladentür, die Messer fein säuberlich in den dafür vorgesehenen und mit Samt ausgelegten Vertiefungen aufgereiht. Ein Messer fehlte. Emma fuhr ein mächtiger Schreck in die Glieder. Vor wenigen Tagen war das Set noch komplett gewesen, da war sie sich sicher. Eine Kundin hatte sich dafür interessiert, und Emma hatte ein Messer aus dem Etui entnommen, um ihr die feine Schnitzarbeit auf den in den silbernen Griff eingelassenen Elfenbeinleisten zu zeigen. Die gut geschärften Klingen waren schmal und liefen zur Spitze hin in einem leichten Bogen aus, ideal, um damit Obst zu schälen, in kleine Stücke zu schneiden und aufzuspießen. Oder um das Messer jemandem zwischen die Rippen zu stoßen. Hastig schob Emma die Schublade zu, knipste das Licht aus und ging zurück in die Küche.

Ihre Fingerabdrücke! Selbstverständlich waren auf jedem dieser Messer ihre Fingerabdrücke, sie hatte sie schließlich gesäubert und poliert, bevor sie sie in die Auslage legte. Emma schluckte bei dem Gedanken, dass sie die Klingen auch noch sorgfältig geschliffen hatte. Was mache ich jetzt bloß, dachte sie verzweifelt und völlig geschockt. Sie war zu keinem klaren Gedanken fähig. Instinktiv lief sie in den Flur zum Telefon und wählte die Nummer ihrer Cousine Pia.

Pia, eine passionierte Frühaufsteherin mit einem impertinenten Morgenelan, hob sofort ab. »Was gibt es Neues?« Pia war Mitglied des Pagan-Stammtisches und bereits bestens über die Vorkommnisse des Vortages informiert.

»Komm sofort rüber. Ich brauche dringend deinen Rat!«

»Was ist denn passiert, schon wieder eine Leiche?« Pia klang eher neugierig als besorgt.

»Das Messer, es stammt von mir!«, platzte Emma heraus.

»Wie, welches Messer?«

»Mein Gott, welches Messer, die Tatwaffe, was denn sonst?«

Pia, sonst nicht eben auf den Mund gefallen, fehlten die Worte.

»Ich komme sofort rüber«, sagte sie, nachdem sie die Sprache wiedergefunden hatte, »rühr dich nicht vom Fleck!«

Keine zwei Minuten später klingelte es an der Haustür, und Pia, eine groß gewachsene, sportliche Frau mit blondem Pferdeschwanz, stürmte in den Flur.

»Was soll das heißen, die Tatwaffe ist von dir? Das kann doch gar nicht sein.«

»Leider doch«, seufzte Emma und erzählte ihr von ihrem Traum und ihrer Entdeckung, dass aus dem Sechserset ein Messer fehlte.

Pia, die sich inzwischen einen Tee eingeschenkt hatte, ließ sich alles noch mal haarklein erzählen.

»Kanntest du die Frau, die sich für die Messer interessiert hat?«

»Nein, sie war eine Touristin, hat grässliches Schwäbisch gesprochen. Sie käme aus Stuttgart und wohne hier im Hotel ›Goldener Schwan‹, hat sie mir erzählt. Eine ältliche, füllige Person, Typ biedere Mutti, teuer und dabei recht langweilig angezogen. Ich denke, wir können ausschließen, dass die das Messer gestohlen hat. Außerdem bin ich mir sicher, dass das Set komplett war, als sie gegangen ist. Sie hat eine Porzellanschale mit Blumenmotiven gekauft, Nymphenburg, ein schönes Stück. Für ihr Weihnachtsgebäck, hat sie gesagt. Nein, die hat damit nichts zu tun.«

Pia ging zum Küchenbüfett, öffnete die rechte obere Tür mit den gehäkelten Vorhängen und holte eine Flasche mit der Aufschrift »Ingwerlikör« heraus. »Ungewöhnliche Vorkommnisse erfordern ungewöhnliche Maßnahmen!«, verkündete sie.

Großzügig goss sie sich vom Flascheninhalt etwas in ihren Tee und tat Gleiches bei Emma. »Du siehst blass aus und zitterst, du brauchst etwas zum Aufwärmen«, erklärte sie. »So, und jetzt wollen wir mal nachdenken, wie wir deinen Hals wieder aus der Schlinge kriegen.«

»Ich muss zu diesem Wolf, ich muss ihm das erzählen«, erklärte Emma mit Nachdruck. »Die wollen heute meine Fingerabdrücke nehmen, und dann brauchen sie nur einen Abgleich zu machen, und schon bin ich dran. Nein, Angriff ist die beste Verteidigung. Ich werde ihn jetzt anrufen und ihm sagen, was ich entdeckt habe. Wie hat Opa Andreas immer gesagt? ›Wenn das Eis dünn wird, muss man schneller laufen.‹ Ich muss schon am anderen Ufer des Flusses sein, wenn dieser Kommissar merkt, dass meine Fingerabdrücke auf dem Messer sind.«

»Quatsch!« Pia schüttelte energisch den Kopf. »Wir servieren dem doch deinen Kopf nicht auf dem Silbertablett.«

»Pia, das ist Kriminalisten-Einmaleins. Fingerabdruck ist

Fingerabdruck. Da habe ich keine Wahl«, verkündete Emma mit kläglicher Stimme.

»Vielleicht hat der Täter ja deine Abdrücke verwischt, und nur seine sind noch drauf, warte es doch ab.«

»Na klar, der Messerdieb wischt erst meine Abdrücke weg, und dann pratzt er seine drauf, um anschließend damit den flotten Andi abzustechen.« Emma verdrehte die Augen. »Wie dumm ist das denn, Pia! Nein, das ist höchst unwahrscheinlich. Und wenn sie dann doch meine Abdrücke finden, stehe ich dumm und mit viel Erklärungsbedarf da. Nein, ich lege die Karten auf den Tisch. Ich war es ja schließlich nicht, die Flottner gemeuchelt hat, also habe ich auch nichts zu befürchten. So einfach ist das.«

»Dein Vertrauen in die Polizei in Ehren, mir wäre nicht wohl zumute bei der Sache. Weißt du was, ich komme einfach mit.« Pia trank ihre Teetasse leer und ermunterte Emma, das Gleiche zu tun.

»Das fehlte gerade noch!« Emma warf einen Blick auf Pias Outfit: grellbunte Leggins, Cowboystiefel mit Fransen und ein knallenger Kaschmirpullover. Übergroße goldene Kreolen baumelten an ihren Ohren, und die darin eingehängten Kugeln klimperten im Wettstreit mit den drei Ketten an Pias Hals. »Nein, das kommt gar nicht in Frage, ich brauche doch kein Kindermädchen. Ich muss auch nicht ein Dreitagesseminar besuchen oder einen Beipackzettel lesen, nur weil ich der Polizei eine wichtige Mitteilung zu machen habe. Ich rufe diesen Kommissar Wolf jetzt an, sage ihm, dass ich eine Aussage zu machen habe, und fertig!«

»Bist du verrückt? Das klingt nach Geständnis.«

»Nein«, widersprach Emma, »das klingt nach gesundem Menschenverstand. Manchmal bist du einem wirklich keine Hilfe.«

»Also gut. Dann lass uns erst mal überlegen, wie es dazu kommen konnte, dass der flotte Andi mit einem Messer aus deinem Bestand ermordet wurde. Ist in den letzten Tagen bei dir eingebrochen worden? – Nein, Quatsch, blöde Frage, das hättest du mir ja erzählt. Also anders gefragt: Wann genau war die Schwabentante da, und wer war inzwischen in deinem Laden?«

Emma dachte nach. »So genau kann ich mich nicht erinnern, so vor fünf, sechs Tagen etwa. Und inzwischen waren natürlich Dutzende von Leuten im Laden. Kunden, Nachbarn, Bekannte, Onkel Alfred, der Briefträger, der DHL-Fahrer, der Stromableser, bestimmt habe ich bei der Aufzählung noch die Hälfte vergessen. Mein Gott, Pia, weißt du, wer in einer Woche bei mir alles ein und aus geht?«

»Onkel Alfred wäre mir der liebste Kandidat.« Pia grinste entzückt. »Stell dir vor, der hätte den Flottner aus Frust umgebracht, weil er ihm seine Schwarzgeschäfte nicht nachweisen kann.«

Onkel Alfred war der jüngere Bruder der Mütter der beiden Frauen. Er arbeitete als Steuerprüfer beim Finanzamt Coburg und war ein unglaublicher Pedant, der auch bei seiner Familie keine Gnade kannte.

»Bist du verrückt?«, rief Emma mit gespieltem Entsetzen. »Wer soll denn dann unsere Steuererklärungen machen! Onkel Alfred brauchen wir noch.« Er war tatsächlich ein Schätzchen. Unerbittlich drängte er seine beiden Nichten, ihre steuerlichen Angelegenheiten auf Vordermann zu bringen, und wehe, die Bankauszüge waren mal nicht fein säuberlich abgelegt.

»Du warst doch hoffentlich immer dabei, wenn jemand im Laden war, oder?«

»Mann, Pia, du weißt doch, wie das läuft. Die Glocke an der Ladentür klingelt, und ich bin gerade bei einer kniffeligen Arbeit in der Werkstatt oder stehe in der Küche und koche. Da rufe ich schon mal: ›Moment, komme gleich‹, und drehe dann erst die Schraube fertig rein oder nehme den Topf vom Herd, bevor ich nach vorne in den Verkaufsraum gehe. In der Zwischenzeit kann natürlich jemand das Messer einfach genommen haben.«

»Wie auch immer, du wirst dich heute hinsetzen und alle Leute aufschreiben, die seit, sagen wir mal, einer Woche in deinem Laden waren. Alle, Miss Elli, der Papst, die Schlümpfe, der Postbote, alle! Ohne Ansehen der Person, sozusagen. Auch Onkel Alfred, und wenn es nur darum geht, dass wir dann diese Leute alle fragen können, ob ihnen etwas aufgefallen ist oder ob sie auf die Anzahl der Messer geachtet haben. Schließlich muss der- oder diejenige dabei sein, der oder die das Messer mitgenommen hat. Mich kannst du natürlich ausschließen, ich wäre nicht so geschmacklos, mir ein Messer bei dir zu klauen, um damit jemanden umzubringen. Außerdem würde ich als Tatwaffe allemal Gift bevorzugen.«

Emma musste trotz ihrer brisanten Situation lachen. Sie erinnerte sich an eine Unterhaltung, die sie mit Pia vor Jahren auf deren Terrasse geführt hatte. Damals hatte sich ihre Cousine gerade mal wieder von einem ihrer zahlreichen Liebhaber getrennt, der sich in seinem Trennungsschmerz allerhand Gemeinheiten hatte einfallen lassen. Pia war sehr wütend auf ihn, und die beiden Frauen spielten alle nur erdenklichen Mordszenarien durch. Es war trotz des eigenartigen Diskussionsgegenstandes – oder vielleicht gerade deshalb – ein sehr lustiger Abend gewesen, an dessen Ende man sich auf einen fiesen Giftmord geeinigt hatte, bei dem der Ex vor seinem Ableben gefälligst noch ordentlich leiden sollte.

Emma atmete tief durch, ging zur Garderobe, holte Magnus Wolfs Visitenkarte aus ihrer Manteltasche und wählte mit zitternden Fingern seine Nummer.

»Guten Morgen, Frau Prätorius, was gibt es?«

Verblüfft stellte Emma fest, dass er bereits ihre Nummer auf seinem Mobiltelefon eingespeichert haben musste, denn wie hätte er sie sonst erkennen können.

»Äh, ja, äh«, begann sie stotternd, »also, ich soll doch heute zur erkennungsdienstlichen Aufnahme kommen, und bei der Gelegenheit würde ich gerne mit Ihnen sprechen. Ich glaube, ich kann Angaben zur Tatwaffe machen.«

»Na, wenn das so ist, dann kommen Sie doch am besten jetzt gleich vorbei, ich bin die nächste Stunde noch auf der Dienststelle. Bis gleich.« Ohne Emmas Antwort abzuwarten, legte Wolf auf.

Perplex starrte Emma auf ihr Telefon.

»Du hast herumgestottert, als ob du in der Schule deine Vokabeln für die Englischstunde nicht gelernt hättest. Der Mann muss denken, du hast was zu verbergen!« Pia, die personifizierte Selbstsicherheit, war unüberhörbar ärgerlich. Stottern, noch dazu einem Mann gegenüber!

»Pia, du hast gut reden, schließlich bist du außen vor«, verteidigte sich Emma. »Ich werde langsam richtig unruhig, die ganze Sache gefällt mir überhaupt nicht. Wer weiß, was als nächste Überraschung kommt.«

»Du wolltest ja unbedingt mit ihm reden«, erinnerte Pia sie unbarmherzig. »Da du nun mal in die Höhle des Löwen musst, zieh dir wenigstens was Schickes an, hänge dir deinen teuersten Schmuck um und zeige diesem Wolf, wer Herr der Lage ist.« Sie knuffte ihre Cousine aufmunternd in den Arm. »Wir lassen uns doch von so dummen Zufällen nicht einschüchtern – und von einem Polizeikommissar schon gleich dreimal nicht. Bei deiner Familie!«

»Du hast ja recht.« Emma nickte. »Am besten bringe ich es gleich hinter mich. Ich melde mich bei dir, wenn ich wieder zu Hause bin.«

4

Emma hatte den Rat ihrer Cousine befolgt und sich schick angezogen. Teure Jeans, eleganter Kaschmirpullover, dezenter Schmuck, die dunkelbrünetten Locken hatte sie im Nacken zu einem Pferdeschwanz gebunden. Kritisch betrachtete sie ihr Bild im Biedermeier-Spiegel, der im Flur neben der Garderobe hing. Ja, sie konnte mit ihrem Aussehen zufrieden sein. Dem Rat ihrer italienischen Oma folgend, lächelte sie sich zu und sagte laut: »Emma, du bist eine schöne, liebenswerte Frau.«

Nonna hatte ihren Enkeln immer wieder die Bedeutung der Selbstannahme klarzumachen versucht, bei Emma mit gutem Erfolg. Nach Jahren der Selbstablehnung in der Zeit der Pubertät hatte sie spätestens nach der Trennung von ihrem Mann begriffen, dass sie selbst der wichtigste Mensch in ihrem Leben war und sie mit ebendiesem Menschen sehr zufrieden sein konnte.

Sie ging in den Laden, zog sich Gummihandschuhe über und öffnete vorsichtig die Schublade, in der sich das Etui mit den Messern befand. Sorgfältig packte sie es in einen Plastikbeutel und verstaute es in ihrer Tasche. Es war kaum anzunehmen, dass der Dieb Fingerabdrücke hinterlassen hatte, aber man konnte nie wissen. Sie drehte das Schild um, das an der Ladentür neben den Fotos der frisch restaurierten Möbel aus Emmas Werkstatt hing und das nun allen potenziellen Kunden und Besuchern signalisierte, dass im Moment geschlossen sei, man jedoch jederzeit einen Termin per Handy vereinbaren konnte.

Auf der Polizeidienststelle wartete bereits ein Beamter auf sie, um ihre Fingerabdrücke und einen DNA-Abstrich zu nehmen. Anschließend führte er sie in das Zimmer von Magnus Wolf mit der Bitte, kurz auf ihn zu warten, er wäre gleich verfügbar.

Durch die Glasabtrennungen konnte Emma die anderen Polizeibeamten bei der Arbeit beobachten. Sie hatte dazu reichlich Zeit, denn Wolf ließ auf sich warten. Als er endlich eintraf, schien er ausgesprochen schlechter Laune zu sein. Na wunderbar, dachte Emma, wieder einmal ein Mann in meinem Leben, der seine Launen nicht unter Kontrolle hat, und noch dazu einer, den ich von mir aus nicht abschießen kann.

Wolf entschuldigte sich für seine Verspätung mit dem Hinweis auf eine andere Straftat, die seine Anwesenheit erfordert hatte, führte noch zwei Telefonate und wandte sich schließlich Emma zu.

»So, meine liebe Frau Prätorius, bevor Sie mir die Neuigkeiten über die Tatwaffe erzählen, werden wir schnell noch ein Protokoll Ihrer gestrigen Aussage anfertigen. Das lässt sich leider nicht vermeiden.« Es folgte die fast exakte Wiederholung des Gespräches vom vorherigen Nachmittag. Emma musste dem Kommissar noch einmal haarklein die Geschehnisse des Vortages schildern, und er tippte ihre Antworten in seinen Rechner.

»Nun, das war der von Ihnen geschilderte Tathergang von gestern, soweit Sie davon betroffen sind und Kenntnis haben. Und was gibt es jetzt Neues über die Herkunft der Tatwaffe?«

»Ja, also, Herr Wolf, die Sache ist die, dass die Tatwaffe eventuell aus meinem Besitz sein könnte. So genau habe ich mir das Messer, das in Flottners Brust steckte, in meinem ersten Schreck nicht angesehen. Es könnte durchaus sein, dass es aus einem Sechserset Obstmesser aus meinem Laden stammt. Ich habe Ihnen die anderen Messer gleich mitgebracht, damit sie das überprüfen können. Ich habe Handschuhe getragen beim Einpacken wegen eventueller Fingerabdrücke.« Emma reichte ihm den Plastikbeutel mit dem Messeretui. »Natürlich werden Sie meine darauf finden, schließlich habe ich die Messer gereinigt und geschliffen.« Emma schluckte. Der Gedanke, die Mordwaffe erst so richtig geschärft zu haben, war ihr sichtlich unangenehm.

Wolf zog sich dünne Latexhandschuhe über und nahm das Etui aus dem Beutel. »Sehr umsichtig, nur warum haben Sie das nicht schon gestern erwähnt?«

»Ich sagte Ihnen doch gerade, dass mir das gestern nicht aufgefallen ist. Das ist mir im Laufe der Nacht so durch den Kopf gegangen, der Messergriff ist ja recht auffällig, und das hat wohl in meinem Unterbewusstsein rumort. Messer mit diesen ungewöhnlichen Griffen findet man nicht oft auf dem Markt.«

»Wo haben Sie das Set aufbewahrt, und wann haben Sie es zuletzt komplett bestückt gesehen?«

Emma erzählte ihm die ganze Geschichte einschließlich des Besuches der schwäbischen Kundin. Sie gab ihren Traum wieder, auch auf die Gefahr hin, das Ziel einer sarkastischen Bemerkung seinerseits zu werden. Schließlich schilderte sie ihm auch noch die hohe Besucherfrequenz in ihrem Laden durch alle möglichen Leute. Wolf verschränkte die Hände hinter dem Kopf und betrachtete Emma nachdenklich.

»Hören Sie, ich bringe nicht jemanden um mit meinem eigenen Messer, melde den Mord und trage dann auch noch die restlichen fünf Sechstel des Tatwaffensets freiwillig zur Polizei«, rechtfertigte sie sich ärgerlich. Und dachte gleichzeitig: Was für schöne Augen er hat, kornblumenblau. Nein, korrigierte sie sich, stahlblau. Nein, auch nicht, na, jedenfalls ein unbeschreibliches Blau.

»Ich brauche eine Liste aller Personen, die sich seit Ihrem letzten bewussten Wahrnehmen der kompletten sechs Messer in Ihrem Laden aufgehalten haben. Und ich brauche nähere Angaben zu dieser Kundin, der Sie das Set gezeigt haben.«

»Die Liste habe ich schon in Arbeit, es wird allerdings ein paar Tage dauern, bis ich die fertiggestellt habe. Es gehen so viele Leute bei mir ein und aus. Von der Kundin weiß ich weiter nichts, als dass sie Schwäbin war oder zumindest Schwäbisch gesprochen hat.« Emma legte nachdenklich den Kopf auf die Seite. »Und dass sie Mitte sechzig war, circa eins fünfundsechzig groß, braun gefärbtes Haar, Kleidergröße vierundvierzig bis sechsundvierzig, elegant, aber langweilig konservativ gekleidet. Sie sagte mir, sie mache in Coburg Urlaub und wohne im Hotel ›Goldener Schwan‹.«

Wolf war tatsächlich einem Lächeln nah. »Na, das ist ja eine Beschreibung, von der wir Polizisten oft nur träumen können. Würden Sie die Frau wiedererkennen?«

»Auf jeden Fall.« Emma nickte. »Ich bin mir sicher, dass die mit der Sache nichts zu tun hat, denn die Messer waren ja noch vollständig, nachdem sie gegangen war. Das weiß ich genau, ich habe sie nämlich noch ordentlich in die Vertiefungen zurückgelegt. Außerdem, wer sich so leidenschaftlich für Porzellan interessiert, bringt keine Menschen um. Die Frau hat meine komplette Porzellanauswahl in Augenschein genommen und sehr fachkundig kommentiert.«

»Guter Gott, Sie würden Augen machen, wenn Sie wüssten, wozu selbst feinsinnigste Kunstkenner fähig sind.« Das Lächeln war dem Kommissar schon wieder vergangen. »Wir werden uns auf jeden Fall im ›Goldenen Schwan‹ nach der Dame erkundigen. Wenn sie denn dort gewohnt hat, muss es ja Meldeunterlagen geben. Unter diesen Umständen muss ich Ihnen wohl die Spurensicherung in den Laden schicken, damit die Kollegen den Schrank auf Fingerabdrücke untersuchen. Ich darf Sie bitten, das Geschäft so lange geschlossen zu halten.«

»Wie stellen Sie sich das vor?«, empörte sich Emma. »Es ist Vorweihnachtszeit, da mache ich die meisten Umsätze. Ich dürfte eigentlich gar nicht hier sitzen. Wie lange wird das dauern? Ich kann nicht den ganzen Tag zusperren!«

»Ich werde sehen, dass wir das heute noch über die Bühne bringen, ich rufe Sie kurz vorher an«, lenkte Wolf ein. »Außerdem müsste ich Sie auch noch mal zu Ihrer Beziehung zu dem Toten befragen, muss jetzt aber dringend weg. Ich melde mich diesbezüglich noch mal bei Ihnen.«

»Wenn es denn sein muss«, brummelte Emma ungehalten. »Mehr als gestern kann ich Ihnen heute allerdings auch nicht sagen.«

5

Gleich nach ihrem Eintreffen zu Hause berichtete Emma Pia am Telefon von ihrem Besuch bei Wolf und versprach, sie sofort zu informieren, wenn die Kriminaltechnik bei ihr im Laden auftauchen würde. Da Pia praktischerweise im übernächsten Haus wohnte und wie Emma zu Hause arbeitete, sie war Werbetexterin und Mediendesignerin, war ihr schnelles Erscheinen kein Problem.

Emma zog ihren Arbeitsoverall über Jeans und Pullover und ging in die Werkstatt, wo vor Weihnachten noch einige Arbeiten auf sie warteten. Ein scheußlich angestrichenes Gründerzeit-Büfett musste abgelaugt und neu eingelassen werden, ein zauberhaftes Biedermeier-Nähkästchen, verkratzt und ramponiert, wartete auf eine Frischzellenkur. Es hatte einen mit Perlmutt ausgelegten, praktisch unterteilten Schubladenboden und ein Geheimfach, für das unkundige Auge nicht leicht zu erkennen. Vermutlich hatten die Damen darin früher ihre Liebesbriefe aufbewahrt. Ein Set aus vier Stühlen musste aufgearbeitet und neu gepolstert und einige weitere Kleinigkeiten erledigt werden. Alles Geschenke zum Fest, die keinen Aufschub duldeten.

Und da war natürlich noch Emmas Lieblingsstück, es stand kurz vor der Vollendung: ein von ihr selbst geschreinerter Aufsatzsekretär aus warm rötlichem Kirschbaumholz, in der Form einem Biedermeier-Sekretär nachempfunden, jedoch mit moderner Linienführung und mit Einlegearbeiten aus hellen und dunklen Hölzern auf der schrägen Schreibklappe. Astrologische Motive wie Sonne, Mond und Sterne umkreisten die fein herausgearbeiteten, stilisiert anmutenden Tierkreiszeichen. Ein Designerstück, das sich durch die Kombination von traditioneller Form und moderner Linienführung harmonisch in jede Umgebung einfügen würde. Emma arbeitete seit zwei Jahren daran, wann immer sie Zeit und Muße fand und die dafür nötige Inspiration. Es war ein Meisterstück, und Emma zweifelte daran, dass sie es je verkaufen könnte, so sehr hing ihr Herz daran.

Bewundernd stand sie vor dem Sekretär, strich zärtlich über die eingelegten Motive, öffnete die Schreibklappe, zog vorsichtig die kleinen Schubladen heraus und schob sie wieder hinein, bevor sie schließlich auf den versteckten Knopf drückte, der ein kleines Geheimfach herausspringen ließ. Sie seufzte vor Entzücken. Aber dafür war heute keine Zeit, erst mussten die Kundenaufträge erledigt werden. Liebevoll deckte sie den Sekretär mit einer alten Wolldecke ab.

So ärgerlich das auf den ersten Blick war, dass Emma den Laden nicht öffnen konnte, so angenehm war es, sich ungestört den Arbeiten in der Werkstatt widmen zu können. Emma liebte ihre Arbeit als Möbelrestauratorin. Der Werkstoff Holz, warm und lebendig, voller Leben auch noch Jahrhunderte nachdem der Baum gefällt worden war, hatte sie schon als Kind fasziniert. Welch wunderbare gestalterischen Möglichkeiten das Holz bot, welch unschätzbare Dienste es den Menschen seit Urzeiten leistete, zuverlässig und geduldig, in Schönheit erstrahlend als edles Möbelstück oder als einfacher Kochlöffel, als Gebälk im Dachstuhl eines Hauses, als Treppenstufe und schließlich als Brennstoff für ein wärmendes Feuer. Zerstörbar nur durch die zwei Komponenten, durch die es entstanden war, die Zeit und das Element Feuer. Die Wärme der glühenden Sonne hatte es wachsen lassen, und die Hitze des Feuers konnte es auch endgültig wieder zerstören. Und nicht zu vergessen die Holzwürmer, der Schrecken aller Restauratoren, diese hungrigen kleinen Biester, die vor nichts zurückschreckten und mit großem Appetit respektlos selbst über Meisterwerke der Schnitzkunst oder der Tischlerei herfielen.

Schon als kleines Mädchen war Emma magisch vom Geruch der Schreinerwerkstatt ihres Onkels Max angezogen worden. Sie schaute ihm zu, ganze Nachmittage lang, wie er die Bretter vermaß, sägte, mit dem Hobel bearbeitete, die Oberfläche mit

Sandpapier glatt schmirgelte, die Teile schließlich zu einem Schränkchen, einer Truhe, einem Stuhl zusammensetzte. Sie liebte den Duft der Hobelspäne, aus denen man kleine Kunstwerke basteln konnte. »Holz hat eine Seele, Emma«, hatte ihr der Onkel einmal gesagt, »mit Holz kannst du reden. Es wird dir seine Geschichte erzählen.«

Und tatsächlich, wenn Emma sich ein Stück Holz nahm und es sich in den Schoß legte oder in den Armen wiegte wie eine Puppe, dann begann es ihr zu erzählen. Von dem Baum, aus dem es gekommen war, von den Vögeln, die darin gesungen und gebrütet hatten, von den Früchten, die der Baum getragen hatte, Eicheln, Bucheckern, Kirschen, Tannenzapfen. Natürlich lachten die anderen Kinder sie aus, wenn Emma ihnen die Geschichten wiedergab. Sie ließ sich nicht beirren, und Onkel Max, der sie in ihrer Leidenschaft bestärkte, war oft verblüfft darüber, wenn sie an einem Stück Holz auf den ersten Blick ablesen konnte, von welchem Baum es stammte.

In den aufregenden Zeiten des Erwachsenwerdens, der Kindererziehung und schließlich der Übernahme dieses Hauses, in dem sie jetzt wohnte und arbeitete, war diese Fähigkeit untergegangen im täglichen Stress des Alltags. Inzwischen hörte Emma wieder zu, was ihr das Holz zu erzählen hatte oder die Möbel, die sie gerade restaurierte. Geschichten von früheren Besitzern aus längst vergangenen Zeiten.

Am Nachmittag klingelte endlich Emmas Handy. »Hallo, Frau Prätorius, hier Wolf. Wir stehen vor Ihrem Laden und würden gerne die kriminaltechnische Untersuchung an dem Schrank vornehmen, in dem das Etui war. Würden Sie uns bitte reinlassen?«

Emma war verärgert, dermaßen überrumpelt zu werden. Er hatte ihr doch versprochen, vorher anzurufen. Egal, jetzt waren die Leute nun mal da. Sie ging nach vorne, um die Ladentür aufzuschließen.

Eine junge Frau kam mit einem strahlenden Lächeln und einem Metallkoffer herein, der offensichtlich ihr Handwerkszeug beinhaltete. »Guten Tag, Frau Prätorius, Sabrina Mönch von der Kriminaltechnik«, stellte sie sich vor. »Ich möchte die Fingerabdrücke von Ihrem Schrank abnehmen, dauert nicht lange. Wo steht denn das gute Stück?«

Emma nickte ihr grüßend zu und deutete auf die Vitrine neben der Tür. »Hier, im rechten Schubfach habe ich das Etui aufbewahrt. Also, offen, meine ich. Das Schubfach war immer offen, sozusagen als Präsentierteller. Sie sehen ja, das linke Schubfach nutze ich ebenfalls als Auslage.«

Die Kriminaltechnikerin musterte die Schublade. »Haben Sie etwas angefasst?«

»Ja, sicher, wie soll ich die Schubfächer denn auf- und zumachen, ohne sie anzufassen? Als mir heute Morgen gedämmert hat, dass die Tatwaffe ein Messer aus diesem Set sein könnte, bin ich sofort in den Laden und habe nachgesehen. Und vor Schreck die Schublade zugeknallt. Und dann natürlich wieder geöffnet, um das Etui herauszunehmen.« Emma ignorierte Kommissar Wolf, der inzwischen ebenfalls eingetreten war und ihr zugenickt hatte.

»Das ist nicht so schlimm, wir haben ja Ihre Fingerabdrücke zum Abgleich. Hoffentlich finden wir hier noch andere, die uns weiterhelfen.« Die junge Frau machte sich an die Arbeit.

Wolf schlenderte durch den Laden und betrachtete höchst interessiert die ausgestellten Antiquitäten. »Sie gestatten, dass ich mich ein wenig umsehe? Ein Trödelladen ist das ja nun gerade nicht, da haben Sie etwas untertrieben. Sie haben ein paar exquisite Stücke.«

»Für jeden Geldbeutel etwas. In Coburg kann man nur begrenzt Meißner Porzellan oder Frankfurter Barockschränke verkaufen. Da muss für alle etwas dabei sein. Vom Trödel habe ich mich nach und nach getrennt und einen gewissen Standard aufgebaut. Ich liege zwar hier etwas abseits vom Stadtzentrum, aber ich profitiere vom Hotel am Ende der Straße. Wenn die Hotelgäste zu Fuß in die Innenstadt wollen, um zu bummeln oder um abends ins Theater zu gehen, müssen sie bei mir vorbei. Und wenn ihnen dann etwas gefällt, stehen die Chancen gut, dass sie es mit nach Hause nehmen. Sie sind ja in Urlaubslaune. Es kommen auch viele Studenten herein, die die kleine Brücke über die Itz auf ihrem Weg zur Hochschule nutzen. Unter ihnen sind einige Kunstkenner, die immer wieder mal ein gutes Stück erwerben. Außerdem betreibe ich eine Internetseite, die ich laufend aktualisiere.«

»Wirklich schöne Stücke«, wiederholte Wolf. »Sie scheinen eine Vorliebe für Biedermeier zu haben?«

»Ich restauriere, also muss ich aufkaufen, was angeboten wird. Und das ist hier in Süddeutschland nun mal viel Biedermeier«, erklärte Emma. »Außerdem erzielt man dafür bessere Preise als für Objekte aus dem Jugendstil oder gar der Gründerzeit. Barock ist leider nicht mehr viel auf dem Markt und selbst ramponiert kaum noch erschwinglich. Bedauerlicherweise läuft das Geschäft mit Antiquitäten schon seit einiger Zeit nicht mehr so gut. Für Schränke, die man vor fünfzehn Jahren noch für acht- bis zehntausend Euro verkaufen konnte, erzielt man heute bestenfalls zweitausend.«

»Ach, und worauf führen Sie das zurück?«, wollte Wolf erstaunt wissen.

»Auf den Generationenwechsel«, klärte ihn Emma auf. »Die Elterngeneration, die sich noch gerne mit alten Möbeln umgeben hat, oft aus Familienbesitz, stirbt langsam weg, und die Erben, die jungen Leute, sind daran nicht mehr interessiert. Die bevorzugen schwedische Billigmöbel, die sie nach fünf Jahren wieder wegwerfen, um sich neu und anders einzurichten. Ihnen fehlt das Gespür für den Wert und die Schönheit alter Möbel, für edles Porzellan und Kunstgegenstände. Dadurch fließt sehr viel Ware in den Markt, und die Preise verfallen entsprechend.«

»Von der Seite habe ich das noch nie betrachtet«, sagte Wolf und wechselte das Thema. »Die Mordwaffe stammt übrigens wirklich aus Ihrem Set.«

Emma erschauerte. Großer Gott, in was war sie da nur hineingeraten? Schnell fasste sie sich wieder. Jetzt bloß keine Schwäche zeigen! »Ich kann es mir nur so erklären, dass der Mörder im Laden war und das Messer in einem unbeobachteten Moment mitgenommen hat. Manchmal sind gleichzeitig mehrere Kunden da, und ich kann die Augen nicht überall haben. Da muss man ein gerütteltes Maß an Entspanntheit und Vertrauen in die Menschheit an den Tag legen. Ich kann mir deshalb auch nicht vorstellen, dass diese Liste der Menschen, die in meinem Laden waren, etwas bringen soll.«

Emma atmete tief durch, bevor sie weiterredete. »Es kommen so viele ›Rumgucker‹, die ich noch nie vorher gesehen habe und auch nie wiedersehen werde. Guten Tag, kann ich mich mal umschauen, danke, auf Wiedersehen. Was soll die Liste da bringen, denn genau diese Kunden tauchen darin nicht auf. Wenn die Leute zu zweit sind und der eine lenkt mich ab und der andere greift zu und steckt etwas ein, das merke ich nicht.«

»Damit haben Sie natürlich recht, aber irgendwo müssen wir ja schließlich ansetzen. Sagen Sie mal, hat Ihr Laden feste Öffnungszeiten?«

»Nicht wirklich. Dafür gibt es eine zu geringe Frequenz in der Straße. Ich halte ihn offen, wann immer ich in meiner Werkstatt arbeite oder in meinem Büro bin. Na ja, genau genommen ist er immer offen, auch wenn ich in der Wohnung bin und koche oder Hausarbeiten erledige. Ich höre im ganzen Haus die Türglocke und gehe dann sofort in den Laden. Natürlich, eine kleine Verzögerung, eine kurze Zeit, während der der Eintretende alleine ist, gibt es schon, ich kann ja nicht fliegen.«

»Würden Sie das bitte mal mit mir durchspielen?« Wolf schritt die zwei Treppenstufen zur Werkstatt hinauf, öffnete die Tür und schaute sich um. »Gehen Sie doch bitte ganz nach hinten, warten Sie, bis ich die Türglocke betätigt habe, und kommen dann in Ihrem normalen Tempo nach vorne.«

Emma zuckte mit den Schultern und tat wie ihr geheißen.

»Gut«, war Wolfs einziger Kommentar, »könnten wir das auch mit der Küche durchspielen, bitte?«

Wortlos ging Emma in die Küche und wartete dort auf das Läuten. Du liebe Zeit, es ging schon gegen fünf Uhr! Und für heute Abend hatte sie auch noch ihre Freunde zu Lasagne eingeladen. Es war höchste Zeit, mit den Vorbereitungen anzufangen.

»Magnus, ich wäre dann fertig.« Die junge Frau von der Kriminaltechnik hatte schon ihren Koffer geschlossen und winkte dem Kommissar zum Abschied zu.

Emma wurde ungeduldig, und nachdem Wolf auch noch die Zeit überprüft hatte, die sie von der Küche bis in den Laden brauchte, fragte sie bissig: »Kann ich jetzt endlich wieder aufsperren? Es könnte sich vielleicht doch noch ein Kunde hierher verirren.«

»Aber natürlich, gerne, wir sind ja fertig.« Wolf blieb entspannt und machte keinerlei Anstalten, sich zu verabschieden. »Ich müsste allerdings noch mal mit Ihnen über Ihr Verhältnis zum Mordopfer reden. Ich glaube, da gibt es noch etwas zu klären.«

Die Ladentür flog auf, und Pia stürmte herein, sichtlich erbost darüber, dass Emma offensichtlich vergessen hatte, sie über die Ankunft von Hauptkommissar Wolf zu informieren. »Wolltest du mir nicht über diese gewisse Angelegenheit Bescheid geben?«, fragte sie mit blitzenden Augen.

Emma musste lachen über die Durchsichtigkeit von Pias Aussage und wandte sich Wolf zu. »Entschuldige, meine Liebe, natürlich, ich hatte in der Aufregung ganz vergessen, dich anzurufen. Darf ich vorstellen, Hauptkommissar Magnus Wolf von der Mordkommission, Miss Jane Marple.«

»Haha, sehr witzig!« Pias Ohrringe klimperten ärgerlich. Sie reichte Wolf die Hand und musterte ihn dabei kritisch von oben bis unten. »Pia Aumüller, ich bin Emmas Cousine und wohne nebenan. Du hast recht, meine Liebe«, sie drehte sich zu Emma um, »seine Augen sind wirklich von einem ungewöhnlichen Blau. Und der grau melierte Schnurrbart steht ihm ausgezeichnet! Lässt ihn ein bisschen aussehen wie Magnum. Na, der Name passt ja. Allerdings tendiert er schon leicht in Richtung Jesse Stone.«

»Sag ich doch! Und der Rest ist auch nicht schlecht. Sieh dir nur seine Schultern an, breit und stark.«

»Volles Haar und gute Zähne, so stelle ich mir einen Mann vor«, legte Pia nach.

»Mit dieser Strategie haben Sie sich wohl in Ihrer Jugend die Anmacher vom Hals gehalten und die grünen Jungs verscheucht.« Wolf zeigte sich unbeeindruckt, und tatsächlich hatte er mit seiner Vermutung ins Schwarze getroffen. Auf diese Weise hatten die beiden als junge Mädchen unliebsame Verehrer in die Flucht geschlagen.

»Selbstbewusstsein hat er auch noch!« Pia bedachte Wolf mit einem strahlenden Lächeln.

»Wenn die Damen fertig sind mit ihrer Begutachtung, würde er dann gerne noch ein paar Worte mit der Brünetten wechseln. Beruflich.« Wolf konterte ungerührt in der dritten Person Singular.

»Na, dann räume ich mal wieder das Feld. Hat mich sehr gefreut, Monsieur Poirot. Emma, bis sieben Uhr dann, ich bringe den Rotwein mit.« Mit einem letzten abschätzenden Blick auf Wolf verließ Pia den Laden.

Die Uhren im Laden fingen an zu schlagen. Als erste ließ die kleine englische Porzellanuhr ihren glockenhellen Schlag ertönen, dann erklangen nacheinander der Wandregulator, der Freischwinger, die scheppernde Burgunder-Uhr mit ihrem Prachtpendel und schließlich das restliche halbe Dutzend. Die mächtige Westminster-Uhr setzte mit ihrem laut rollenden Glockenschlag den Schlussakkord.

Magnus Wolf schaute sich irritiert um und wartete dann geduldig ab, bis der letzte Ton verklungen war. »Wie ich Ihnen schon gesagt habe, bin ich auf Unstimmigkeiten bei Ihrer Aussage über Ihr Verhältnis zum Mordopfer gestoßen. Darüber würde ich gerne noch mit Ihnen sprechen.«

Emma seufzte ergeben. »Von mir aus. Das können wir doch sicher auch in meiner Küche machen? Wie Sie wahrscheinlich messerscharf aus Pias Worten geschlossen haben, erwarte ich heute um sieben Uhr Gäste, und ich müsste mein Essen vorbereiten.« Sie schlüpfte aus ihrem Arbeitsoverall und hing ihn an einen Haken in ihrer Werkstatt. »Heute ist sowieso schon alles egal, da kann ich genauso gut den Laden geschlossen lassen. Kommen Sie mit in meine Küche?« Emma ging voran, ohne auf Wolfs Antwort zu warten. Wenn er etwas wollte, würde er schon kommen.

Widerspruchslos folgte er ihr.

»Möchten Sie einen Tee?« Emma bot Wolf durch ein Kopfnicken einen Stuhl an ihrem großen Küchentisch an. Sie füllte das Tee-Ei, hängte es in eine bauchige Porzellankanne und brühte mit dem brodelnden Wasser aus dem Schiffchen des Kachelofens den Tee auf.

»Nein danke, machen Sie sich keine Mühe. Ich bin schließlich nicht zum Teetrinken hier.«

Emma zuckte mit den Schultern, band sich ihre Küchenschürze um und begann, sich an der Anrichte zu schaffen zu machen. »Wie Sie wollen. Allerdings muss ich dabei das Abendessen vorbereiten, meine Lasagne muss spätestens um halb sieben in der Röhre stehen, und ich lasse sie gerne vorher noch etwas durchziehen. Da ich eine Frau bin, kann ich gleichzeitig kochen, zuhören und Fragen beantworten.«

»Kein Problem«, sagte Wolf und holte sein Notizbuch aus seiner Jackentasche. »Machen Sie nur Ihre Arbeit. Nun, wie schon gesagt, ich bin auf Unstimmigkeiten bei Ihrer ersten Aussage gestoßen, die Sie über Ihr Verhältnis zum Mordopfer Andreas Flottner gemacht haben. Sie sagten, dass Sie ihn nur geschäftlich kannten und, auf seine amourösen Ambitionen anspielend, altersmäßig nicht in sein Beuteschema passen würden.«

»Gut aufgemerkt, aber eben nicht gut genug! Also, erstens habe ich überhaupt noch keine Aussage gemacht, sondern lediglich bei einer informativen Befragung Informationen an Sie weitergegeben. Und zweitens, was soll daran nicht gestimmt haben?«

»Ich habe mich natürlich in der Zwischenzeit in der Branche umgehört und dabei in Erfahrung gebracht, dass Sie sehr wohl mal eine nähere Beziehung mit Flottner hatten, die weit über das Geschäftliche hinausging.« Wolf schaute sie herausfordernd an.

»Das haben Sie vermutlich von Thomas, der alten Tratsche.« Thomas Winter war ein Kollege von Emma, der ebenfalls einen Antiquitätenladen in Coburg besaß. Er beschränkte sich allerdings fast ausschließlich auf Möbel in exquisiter Ausführung im höheren Preissegment. »Wobei er Sie nicht mutwillig angelogen hat, weil er das wirklich glaubt, was er Ihnen erzählt hat. Er ist ein feiner Kerl, aber zuweilen etwas blauäugig. Flottner hat mir vor vielen Jahren mal den Hof gemacht, ja.« Emma schmeckte die Nudelsoße ab, bevor sie fortfuhr. »Ich bin nie darauf eingegangen. Ich stehe nicht auf aalglatte Typen in Maßanzügen, mit handgenähten Schuhen und einem protzigen Siegelring am kleinen Finger. Und schon gar nicht auf Männer, deren Selbstbewusstsein sich weniger aus der Bewunderung ihrer Leistungen durch andere speist als vielmehr aus der völligen Überschätzung der eigenen Person. Damals habe ich altersmäßig gerade noch in sein Beuteschema gepasst, das ist zwölf Jahre her, und ich war sechsunddreißig. Bei unserem ersten Gespräch habe ich zu Ihnen gesagt, dass ich altersmäßig nicht mehr in sein Beuteschema passen würde. *Nicht mehr!*«

»Das sind Haarspaltereien. Mein Informant sagte mir außerdem, dass er Sie vor Jahren zusammen mit Herrn Flottner in einem Hotel gesehen habe. Beim trauten Abendessen mit Champagner.«

»Der Punkt geht an Thommy! Ich habe ihn damals auch gesehen, seine Augen sind ihm fast aus dem Kopf gefallen, als er mir mit Flottner im Schlosshotel ›Schwanensee‹ über den Weg gelaufen ist. Gott, war das lustig, er ist beinahe gegen die Wand gelaufen vor Angst, uns aus den Augen zu verlieren.« Emma lachte vergnügt auf bei der Erinnerung an das damalige Geschehen. »Jetzt mal im Ernst. Ich hatte mich damals gerade von meinem Mann getrennt und als Restauratorin selbstständig gemacht. Der Laden lief nicht so, als dass ich mit meinen zwei Kindern gut davon hätte leben können, und ich war auf

Aufträge angewiesen. Als Flottner mich anrief, weil er angeblich einen neuen Restaurator suchte, bin ich natürlich sofort losgefahren, um mich mit ihm zu treffen.«

Emma lachte bitter auf. »Erst hat er mir seinen Laden in der Bamberger Innenstadt gezeigt, stolz wie ein Pfau, und mich dann gebeten, noch mit ihm raus aufs Land zu fahren. In sein Lager, wo die unrestaurierten Stücke ständen. Das haben wir dann auch getan. Er hat mich kurz durch das Lager geführt und dann vorgeschlagen, die näheren Modalitäten unserer geschäftlichen Verbindung bei einem gemütlichen Essen zu besprechen. Was blieb mir übrig? Das Schlosshotel ›Schwanensee‹ war gleich um die Ecke, und dort haben wir dann auch gegessen.«

Die Katzenklappe schepperte, und Henry stolzierte in die Küche mit steil aufgestelltem Schwanz. Er lief schnurstracks zu Magnus Wolf und schnupperte an seinen Hosenbeinen, bevor er sich seiner Futterschüssel zuwandte.

»Mögen Sie Katzen, Herr Wolf?«

»Es stellt sich wohl eher die Frage, ob Katzen mich mögen.«

Das schien tatsächlich der Fall zu sein, denn Henry sprang, nachdem er sein Abendessen vertilgt hatte, auf Wolfs Schoß und begann zu schnurren.

Das Telefon läutete. »Pia, was gibt es?«

»Ich wollte nur sichergehen, dass ich den Rotwein auch wirklich mitbringen soll«, war Pias scheinheilige Antwort.

Emma verdrehte genervt die Augen. »Das haben wir vorhin schon besprochen, ja, du sollst den Rotwein mitbringen. Die Lasagne ist in Arbeit, und den vegetarischen Auflauf werde ich auch noch auf die Reihe kriegen! Du willst doch in Wirklichkeit nur wissen, ob Hercule noch da ist. Ja, er sitzt am Küchentisch und unterzieht mich gerade einem hochnotpeinlichen Verhör. Gleich holt er die Daumenschrauben raus, ausgehendes 15. Jahrhundert, und entreißt mir damit auch noch meine letzten Geheimnisse. Keine Angst, ich bin mit Nonnas Kochlöffel bewaffnet, massives Olivenholz aus der Toskana. Und notfalls werfe ich mit Oma Annas gusseiserner Auflaufform nach ihm.

Bis nachher.« Emma legte auf, wandte sich wieder ihrer Arbeit zu und schichtete Nudelplatten und duftende Soße in besagte Auflaufform.

»Ich habe das Gefühl, Frau Prätorius, dass Sie die ganze Geschichte nicht ernst nehmen«, sagte Wolf, während er den zufriedenen Henry streichelte.

»Das glaube ich Ihnen nicht, Herr Wolf, ich halte Sie nämlich für einen sehr sensitiven Mann. Und ich darf Ihnen versichern, ich nehme die Sache sehr ernst.« Emma seufzte und nahm den Faden wieder auf. »Mir ist dann sehr schnell klar geworden, dass Flottner weniger an einer geschäftlichen Beziehung interessiert war denn an einer geschlechtlichen, wenn ich das mal so salopp formulieren darf. Von Aufträgen für Restaurierungsarbeiten war plötzlich nicht mehr die Rede, dafür davon, was ich für eine tolle Frau sei, und überhaupt, wieso wir uns noch nicht näher kennengelernt hätten, und was Männer bei solchen Gesprächen eben so an dummem Zeug von sich geben. Spätestens beim Dessert, als er anfing, nach meiner Hand zu grapschen, und darauf hinwies, wie spät es schon geworden sei und dass wir uns die beschwerliche Heimfahrt durch die finstere Nacht durch eine gemeinsame Übernachtung im Hotel ersparen könnten, hatte ich die Faxen dicke. Ich bin aufgestanden, habe ein köstliches Duett aus weißer und schwarzer Mousse au Chocolat mit frischen Gartenfrüchten stehen lassen und Flottner unmissverständlich klargemacht, dass ich fortan weder an einer solchen noch an einer geschäftlichen Beziehung interessiert sei.« Bei der Erinnerung an dieses Erlebnis fing Emma an, erbarmungslos mit dem Schneebesen auf die wehrlose Béchamelsoße einzuschlagen.

»Wie hat Flottner reagiert?«, fragte Wolf und sah Emma interessiert an.

»Ja, das hat mich dann wirklich überrascht. Ich bin davon ausgegangen, dass er sich sofort der nächsten Beute zuwenden würde, nicht zuletzt, um die erlittene Schmach nicht öffentlich werden zu lassen und mir zu beweisen, dass er jede Menge anderer Frauen haben kann. Stattdessen hat er mich noch wochenlang umworben, Blumen geschickt, teure Pralinen, die Pia freundlicherweise alle vernichtet hat. Er hat immer wieder angerufen und ist auch zwei-, dreimal hier aufgetaucht. Ich habe ihn darauf hingewiesen, dass es mir mit zwei halbwüchsigen Kindern nicht möglich sei, eine neue Beziehung einzugehen, und als er nicht kapieren wollte, bin ich schließlich unfreundlich geworden und habe ihn hinauskomplimentiert.«

Emma drehte sich zu Kommissar Wolf um, ein Gemüsemesser in der Hand. »Damals habe ich begriffen, was der Begriff Stalking bedeutet. Flottner wurde danach aufdringlich, stand stundenlang mit seinem Auto vor meinem Haus, hat mich fünfzigmal am Tag angerufen und mich verfolgt, wenn ich am Abend ausgegangen bin. Ich hatte zwischenzeitlich Angst um meine Kinder, denn mir war klar geworden, dass Flottner, nun ja, äh, ein psychischer Grenzfall war.« Auch nach so vielen Jahren spürte Emma bei der Erinnerung an die damaligen Vorkommnisse Angstgefühle in sich aufsteigen.

»Irgendwann hat er dann endlich aufgegeben und dafür angefangen, in der Branche schlecht über mich zu reden.« Emma wandte sich wieder dem Gemüse zu. »Meine Arbeit sei Pfusch, ich eine Schlampe und was weiß ich was noch alles. Andreas Flottner Superstar konnte es einfach nicht verkraften, dass ihn eine kleine Provinztussi hatte abblitzen lassen. Meine Zurückweisung hatte ihn zutiefst verletzt und seelisch vorübergehend aus der Bahn geworfen.« Emma atmete tief durch.

»Wann haben Sie Flottner das letzte Mal lebend gesehen?«, wollte Wolf, der schweigend zugehört hatte, wissen.

»Das war im Sommer vor zwei Jahren in Leipzig. Da findet alle vier Wochen ein großer Flohmarkt statt, den ich mit einem Kunden zusammen besucht habe. Der junge Mann hatte das Hotel seines Vaters übernommen und komplett umgekrempelt, den Gelsenkirchener Barock der fünfziger Jahre Marke Eiche brutal rausgeschmissen und ein neues Konzept entworfen mit einer Mischung aus modernem Design und ›Antiquitäten light‹. Er hatte mich gebeten, mitzufahren und die Preisverhandlungen zu führen, da er selber keine Ahnung von realistischen

Marktpreisen hatte. Das war ein gutes Geschäft für mich, ich habe auf Provisionsbasis gearbeitet und gleichzeitig ein paar schöne Stücke für meinen Laden erstanden. Ehrlich gesagt war ich recht erstaunt, Flottner dort zu treffen. Das war ja nun wirklich nicht seine Preis- und Qualitätsklasse. Münchner Antiquitäten-Messe, Dorotheum in Wien, ja, aber nicht Flohmarkt in Leipzig!«

»Und seitdem haben Sie ihn nicht wiedergetroffen?«, hakte Wolf noch einmal nach.

Emma runzelte nachdenklich die Stirn. »Nein, Herr Wolf, seitdem nicht mehr. Ich habe auch überhaupt nicht mehr an ihn gedacht, er war einfach nicht Bestandteil meiner Welt. Ich war damals mit Männern durch, und Flottner hätte ich nicht mit der Beißzange angefasst, was immer Ihnen die Tratsche Thommy erzählt haben mag. Fragen Sie ihn doch mal, was er denn an diesem Abend im Hotel gemacht hat. Die Dame in seiner Begleitung war jedenfalls nicht seine Frau. So, und jetzt schmeiße ich Sie aber wirklich raus, ich muss noch den Tisch für heute Abend decken und einige Dinge vorbereiten, bevor meine Gäste kommen. Sie sind übrigens herzlich eingeladen.« Sie bedachte Wolf mit einem strahlenden Lächeln. »Wir treffen uns um sieben Uhr, und wir freuen uns immer über einen neuen Gast.«

»Danke, sehr freundlich, ich pflege jedoch bei laufenden Ermittlungen keine sozialen Kontakte privater Natur mit Beteiligten. Wie weit sind Sie denn mit der Liste der Personen, die seit dem Besuch der schwäbischen Touristin bis gestern in Ihrem Laden waren?«

»Der Mord ist ja gerade mal vierundzwanzig Stunden her, und davon habe ich schließlich auch einige geschlafen«, verteidigte sich Emma. »Geben Sie mir noch etwas Zeit, viel Muße zum Nachdenken hatte ich bisher nicht.«

»Genehmigt.« Der Kommissar schob Henry sanft von seinem Schoß und erhob sich. »Dann wünsche ich Ihnen einen schönen Abend mit Ihren Freunden. Schicken Sie mir die Liste doch an meine E-Mail-Adresse, auch wenn sie noch nicht komplett ist. Dann kann ich schon mal anfangen, an diesem Ende zu ermitteln. Meine Karte haben Sie ja.«

Emma versprach es und begleitete Wolf bis vor die Haustür. Als sie zurück ins Haus wollte, sah sie es. Neben den Eingangsstufen lag eine tote Krähe.

6

»Kinder, ist das wieder ein mieses Wetter! Kurz vor Weihnachten, viel zu warm und wieder mal kein Schnee in Sicht.« Paula, Emmas Schwester, streute sich reichlich geriebenen Parmesan über den Gemüseauflauf auf ihrem Teller. »Überhaupt, wir wollten doch mal zusammen auf den Weihnachtsmarkt und eine Glühweinprobe machen.«

»Natürlich, bei strömendem Regen und dem Wind! Der bläst einem ja die Haare vom Kopf.« Uschi, Emmas Freundin aus Kindertagen, protestierte energisch. »Der Wetterbericht verspricht Kälte und nachlassende Niederschläge. Wenn es nicht mehr regnet, können wir drüber reden. Sonst macht es doch keinen Spaß. Außerdem haben wir noch zwei Wochen Zeit.«

»Wie war denn das gestern, als du die Leiche gefunden hast? Erzähl doch noch mal, das ist so herrlich gruselig. Hast du nicht die Panik gekriegt? Ich glaube, ich wäre laut schreiend davongelaufen.« Basti, der einzige Mann in der Runde, schüttelte sich beim Gedanken daran, selbst in eine solche Situation zu geraten.

»Quatsch, ein Toter ist doch nichts Dramatisches, der tut keinem mehr etwas.« Elsa, Emmas Cousine, arbeitete als Krankenschwester und konnte Bastis Aufregung überhaupt nicht nachvollziehen.

»Der Flottner, gemeuchelt!«, ließ sich Basti weiter aus, Elsas Einwurf ignorierend. »Noch dazu mit Emmas Messer. Das hat er nicht verdient. Also, deine Lasagne, Emma, ist mal wieder zum Niederknien, dafür könnte *ich* glatt einen Mord begehen.« Großzügig lud er sich eine zweite Portion auf den Teller.

»Sehr geschmackvoll, deine Bemerkung, wirklich. Und niemand verdient es, ermordet zu werden.« Emma warf ihm einen strafenden Blick zu. »Überhaupt, was soll denn das, dass irgendjemand irgendetwas verdient hätte? Über diese Denkweise solltest du doch wirklich hinaus sein.«

»Ah, jetzt wirst du uns gleich einen Vortrag halten, dass sich jeder sein Schicksal selbst aussucht.« Paula warf ihrer Schwester einen herausfordernden Blick zu.

»Ich halte grundsätzlich keine Vorträge, antworte aber gerne, wenn mich jemand nach meiner Meinung fragt«, erwiderte Emma ernst. »Oder ich sage sie, wenn jemand so einen Blödsinn rauslässt wie eben Basti. Falls dein Einwurf eine Frage impliziert haben sollte, dann lautet meine Antwort: Ja, Flottners Seelenplan hat bei dieser seiner Inkarnation die Möglichkeit eines gewaltsamen Todes in Form eines Obstmessers als Möglichkeit beinhaltet. Und ja, die Seele war mit dem Zeitpunkt und der Art des Todes einverstanden, sonst wäre er nicht in dieser Form eingetreten.«

»So ein Blödsinn, nichts und niemand sucht sich aus, wo er inkarniert und wie er zu Tode kommt, und wenn doch, dann bestimmt nicht mit einem Obstmesser zwischen den Rippen. Das kannst noch nicht mal du mir weismachen.« Das war Paulas Lieblingsstreitthema.

»Ich will dir gar nichts weismachen, ich gebe nur die Denkweise der modernen Philosophie und Esoterik wieder. Ich bin nun mal davon überzeugt, dass wir in viele Leben inkarnieren und dabei selbst entscheiden, wo und als was wir ein neues Leben beginnen. Und das tröstet mich. Die Vorstellung, dass ich irgendwelchen Mächten ausgeliefert bin, die für mich und über mein Wohl und Wehe die Entscheidung treffen, darüber, was ich als Nächstes erleben soll, ist mir unerträglich. Götter, die im fröhlichen Weingelage auf Wolke acht um mein Schicksal würfeln und mich dann irgendwo auf der Welt abwerfen – so, sieh zu, wie du hier klarkommst –, nein! Ich will über mich selbst entscheiden, niemand sonst!«

»Ihr fragt euch, wie es nach dem Tod weitergeht«, murmelte Basti vor sich hin. »Ich frage mich, wer letzte Woche vor dem Supermarkt mein Auto zerkratzt hat. Im Übrigen bin ich mir sicher, dass die meisten Menschen sich am Ende ihres Lebens eher seltener fragen, ob sie ein Leben geführt haben, das ihnen die Auferstehung und das ewige Leben garantiert. Viel wichtiger ist doch die Überlegung, was sie alles versäumt und *nicht* erlebt haben. Das wiederum führt zu der meiner Meinung nicht unwichtigen Frage, wem ich noch mal einschenken darf.« Er schaute fragend in die Runde, die Weinflasche in der Hand.

Bereitwillig streckten die Damen ihm ihre Gläser entgegen.

»Dann war aus deiner heutigen Sicht deine Entscheidung richtig, den Mann zu heiraten, von dem du dich Jahre später mit einem bösen Rosenkrieg wieder hast scheiden lassen?«, wollte Uschi von Emma wissen.

»Aber ja doch!«, entgegnete sie bereitwillig. »Jürgen war schließlich kein Monster, sondern einfach nur ein oberflächlicher Charakter, der auf sich und sein Wohl fixiert war. Er hat nicht bemerkt, wenn er andere verletzte oder manipulierte, und ich habe mich ihm damals ja auch noch freiwillig untergeordnet. Es war meine Schuld, nicht seine. Er hat nie akzeptieren können, dass ich in meinem Beruf als Restauratorin weitergearbeitet habe, er war der anachronistischen Meinung, eine Frau habe nicht zu arbeiten und der Mann sei dafür da, das Geld nach Hause zu bringen. Damit habe ich natürlich überhaupt nicht umgehen können. Ich hege heute keinen Groll mehr gegen ihn, er ist einfach ein Teil meines Lebens gewesen. Und abgesehen davon, dass ich ihm zwei wundervolle Kinder verdanke, hat er mir genau die Erfahrungen ermöglicht, die meine Seele gebraucht hat. Dass wir uns in unterschiedliche Richtungen entwickelt haben, ist nichts Ungewöhnliches und bei vielen Paaren der Fall.«

»Deswegen muss man sich doch nicht gleich scheiden lassen!«

»Nein, Paula, das muss man natürlich nicht«, antwortete Emma nachsichtig. »Man kann auch resignieren und in einer Partnerschaft bleiben, die einen nicht mehr befriedigt. Das hätte allerdings das Ende meiner persönlichen Entwicklung bedeutet, ich hätte die bleiben müssen, die Jürgen so und nicht anders haben wollte, und das war ich nicht mehr. Die Trennung hat mich gezwungen, mich auf eigene Beine zu stellen, meinen eigenen beruflichen Weg zu gehen, und dafür bin ich ihm im Nachhinein sehr dankbar.«

»Hast du nie ein schlechtes Gewissen gehabt, deiner Kinder wegen?« Paula blieb hartnäckig. »Schließlich ist doch eine Scheidung genau das, was man Kindern ersparen will.«

»Anfangs schon. Dann ist mir jedoch sehr schnell klar geworden, dass das Weiterführen der Ehe der falsche Weg gewesen wäre. Man kann Kindern nur ein glückliches Aufwachsen ermöglichen, wenn man selbst glücklich ist oder zumindest nicht in einer unglücklichen Beziehung lebt. Kinder spüren ganz genau, wenn etwas nicht stimmt.«

»Na, ich weiß nicht. Geht das denn nicht einfacher? Muss man immer erst so richtig durch den Dreck waten, um gescheit zu werden?« Elsa schüttelte zweifelnd den Kopf. »Ihr seht doch an mir, dass man diese Kriegsschauplätze elegant umschiffen kann.« Sie hatte es von vorneherein vorgezogen, ihre zwei Kinder alleine großzuziehen, und hatte diesbezüglich gegenüber ihren Lebensabschnittsgefährten und den beiden Kindsvätern keine Unklarheit aufkommen lassen. Ihr Junggesellinnendasein aufzugeben lag völlig außerhalb ihrer Vorstellung.

»Da bin ich ganz bei dir, Elsa. Man kann solche Geschichten natürlich auch beim Friseur in der Frauenzeitschrift nachlesen oder eben wie du und ich auf solche Erfahrungen verzichten und ledig bleiben«, warf Uschi vergnügt ein. Sie hatte zwar einige mehr oder weniger stürmische Partnerschaften durchlebt, war aber schließlich ebenfalls Junggesellin geblieben.

»So, nun ist es ja wieder gut. Ich gebe zu, dass das vorhin wirklich eine dumme Bemerkung von mir war, dass Flottner seinen Tod verdient hätte. Ich ziehe sie hiermit mit dem Ausdruck des größten Bedauerns zurück. Immerhin hat er dir lange genug das Leben schwer gemacht«, rechtfertigte sich Basti, »falls du das vergessen haben solltest.«

»Wenn alle Leute, die irgendjemandem irgendwann schon mal das Leben schwer gemacht haben, gemeuchelt werden würden, hätten wir keine Probleme mehr mit der Weltüberbevölkerung.« Emma fühlte sich plötzlich erschöpft und nicht mehr in Stimmung für philosophische Streitgespräche.

»Na, entschuldige mal«, empörte sich Pia. »Flottner hätte dich damals fast ruiniert! Vielleicht erinnerst du dich freundlicherweise daran, dass er dir den großen Auftrag bei Frau Lockner vermasselt hat, die dir einen Vertrag als Restauratorin in Aussicht gestellt hatte, gerade als du dringend Aufträge und vor allen Dingen Kohle wegen der Steuervorauszahlung gebraucht hättest. Gott, ich hätte ihn damals umbringen können!«

»Das hat ja nun inzwischen jemand anders für euch erledigt. Möchte noch jemand Lasagne?« Ohne eine Antwort abzuwarten, kratzte Basti die letzten Reste aus der Form und lud sie sich auf den Teller. »Und dein Rotwein, Pia, ein Genuss! Äh, Paula, was gibt es denn heute zum Nachtisch?«

»Was bist du gefräßig, Sebastian Schellenberger! Kriegst du nichts bei deiner Elfriede?« Paula, eine militante Vegetarierin an der Schwelle zum Veganismus, konnte sich über Bastis gewaltigen Appetit nicht genug wundern. »Es gibt Schokoladenkuchen und Sahne. Ich hoffe, damit bekommen wir dich dann endlich satt.«

Sebastian, genannt Basti, residierte mit Mitte dreißig immer noch im Landgasthof seiner Eltern und schwärmte gerne von den Kochkünsten seiner Mutter Elfriede.

»Sag mal, Emma, wie bist du denn damals überhaupt aus deinem finanziellen Schlamassel herausgekommen?«, richtete sich Uschi an ihre Freundin. »Meine Hilfe hast du ja nicht angenommen, und ich habe mir ernsthaft Sorgen um deine Zukunft gemacht.«

Emma lachte. »Zu Recht, Uschi. Ich habe befürchtet, dass ihr mich das irgendwann mal fragen würdet. Ich glaube, inzwischen ist so viel Gras über die Sache gewachsen, dass ich es euch erzählen kann. Sollte die Sache juristisch doch nicht astrein gewesen sein, ist sie jetzt sicher verjährt.«

»Du hast doch nicht etwa ohne mich eine Bank überfallen!« Pia spielte die Schockierte.

»Nein, Pia, das hätte ich nie gewagt«, grinste Emma. »Die

Lösung meines Problems hatte schon fast etwas Romantisches. Ich dachte damals wirklich, dass ich meinen Traum vom eigenen Laden und der Arbeit als Restauratorin aufgeben muss. Und wie immer in kritischen Situationen habe ich mich so richtig in die Arbeit gestürzt. Ich hatte bei einer Spedition noch alte Möbel eingelagert, die ich bei Auktionen gekauft hatte. Sie waren in keinem besonders guten Zustand, sonst hätte ich sie mir gar nicht leisten können. Also fuhr ich in das Lager, lud einige Teile in mein Auto und fing an, sie zu restaurieren. Und was habe ich dabei gefunden?« Die rhetorische Frage erwartete nicht wirklich eine Antwort.

»Einen Beutel voller Goldmünzen!« vermutete Basti nichtsdestotrotz.

»Sebastian Schellenberger, deine spirituelle Klarsichtigkeit verblüfft mich immer wieder. Ja, in einem alten, klapprigen Biedermeier-Sekretär habe ich ein Geheimfach entdeckt, und zwar erst, nachdem ich schon länger daran gearbeitet hatte. Es war einfach perfekt versteckt. Und ja, darin lag ein Beutel mit Goldmünzen und richtig wertvollem altem Schmuck!« Emma lehnte sich entspannt zurück und schaute vergnügt in die Runde.

»Du verkohlst uns doch!«

»Nein, Pia, das ist mein Ernst. Du siehst, Oma hatte recht. ›Hilf dir selbst, dann hilft dir Gott.‹«

»Den Fund hättest du melden müssen«, warf Paula moralisch entrüstet ein.

»Wem denn, der UN-Vollversammlung vielleicht? Die Möbel standen schon zwei Jahre bei mir im Lager, ich wusste gar nicht mehr, wann genau und von wem ich welche Teile ersteigert hatte. Ich hätte den Weg zum Verkäufer nicht mehr zurückverfolgen können. Außerdem, bei uns in der Branche heißt es: gekauft wie gesehen.«

»Ich fasse es nicht! Cousinchen, du bist wie eine Katze, fällst immer wieder auf die Tatzen«, freute sich Pia. »Und wie hast du die Preziosen zu Geld gemacht? Das war doch sicher nicht einfach, und Onkel Alfred wirst du kaum beauftragt haben.«

»Wenn das ein Seitenhieb auf die steuerrechtliche Seite der Geschichte sein soll, kann ich dich beruhigen. Ich hatte keine andere Wahl, als einen Teil des Wertes aus dem Erlös der Goldmünzen offiziell als vorgetäuschte Einnahmen zu verbuchen, weil ich einfach Umsatz und den sich daraus generierenden Gewinn für die Steuervorauszahlungen brauchte. Es war schon schwierig genug, die Münzen unauffällig in klingendes Bares umzuwandeln.«

»Das kann ich mir vorstellen«, warf Basti ein. »Was hast du mit dem Schmuck gemacht?«

»Zum Teil an einen Juwelier meines Vertrauens verkauft, zum Teil hier im Laden. Und zwei schöne Stücke habe ich für mich behalten. Zwei Jahre lang habe ich auf diese Art und Weise meinen Umsatz aufgehübscht und mein Geschäft damit saniert. Dann war ich so weit im Markt eingeführt, dass ich auch ohne unkonventionelle Finanzspritze vom laufenden Geschäft gut leben konnte.«

»Du bist einfach ein Glückskind«, murmelte Basti anerkennend. »Wie viel Kohle hast du denn damit so gemacht, wenn man fragen darf?«

»Darf man nicht, das bleibt mein Geheimnis. Wenn es dich beruhigt: Die Summe war überschaubar. Das Geld hat gerade gereicht, um mein dahinsiechendes Geschäft in ein florierendes zu verwandeln. Und es wäre mir übrigens sehr recht, wenn das unter uns bleiben würde.« Emma schaute streng in die Runde.

»Diese Geschichte glaubt uns sowieso keiner«, winkte Uschi beschwichtigend ab. »Aber nun erzähl doch mal, dieser Kommissar Wolf, wie ist denn der so?«

»Groß, schlank, breitschultrig, dunkle Haare mit grauen Strähnen«, sprudelte Pia los, »Schnauzer, stahlblaue Augen …«

»Halt, halt«, lachte Uschi, »ich will ihn nicht kaufen. Ich wollte wissen, wie er als Mensch so ist.«

»Erzähl ruhig weiter.« Basti, ein bekennender Schwuler, schien sehr an Wolfs Äußerem interessiert. »Das klingt doch schon mal äußerst vielversprechend. Wie alt ist er denn?«

»Ich habe ihn nicht gefragt, aber er dürfte so mein Alter

haben«, übernahm Emma wieder. »Vielleicht etwas jünger, Anfang bis Mitte vierzig. Und wie er als Mensch ist? Keine Ahnung, ich habe nur mit ihm über den Mord gesprochen, über Philosophie haben wir noch nicht diskutiert.« Sie gähnte diskret hinter vorgehaltener Hand. Der Schock über das gestrige Geschehen begann jetzt erst, Wirkung zu zeigen, und sie wollte nur noch ins Bett und ihre Ruhe haben.

»Das lass auch mal lieber sein, sonst nimmt er dich womöglich nicht mehr ernst.« Paula lehnte die philosophischen Ansichten ihrer Schwester kategorisch ab. »Ich verstehe das Ganze immer noch nicht, warum hat man dich in dieses leer stehende Haus bestellt? Damit hat doch jemand ein Ziel verfolgt. Hattest du in letzter Zeit geschäftlich mit diesem Mann zu tun?«

»Nein. Und wenn ich wüsste, warum man ausgerechnet mich dorthin bestellt hat, mein liebes Schwesterherz, dann wäre mir auch wohler. Ich grüble schon den ganzen Tag darüber nach, was der Grund dafür sein könnte. Ich finde einfach keine Verbindung. Weder geschäftlich noch privat.«

»Weiß jemand von euch, wie es um Andis Finanzen stand?« fragte Uschi.

»Keine Ahnung.« Emma zuckte mit den Schultern. »Bitte sehr, der hat in der obersten Liga gespielt und mehr fünfstellige Verkaufsakte getätigt als ich dreistellige.«

»Na und, das heißt gar nichts!« Pia war davon nicht beeindruckt. »Du weißt doch selbst am besten, dass nicht der Umsatz maßgebend ist, sondern der Gewinn. Das, was am Jahresende übrig bleibt. Würde jedenfalls Onkel Alfred sagen. Und wenn man auf so großem Fuß lebt wie Flottner und sich seine Liebesaffären mit blutjungen Frauen teuer erkaufen muss, ist die Kohle schnell wieder weg.«

»Apropos Onkel Alfred, kann der sich denn nicht in Flottners Steuerakte einhacken? Das dürfte doch technisch kaum ein Problem sein.«

Emma musste über Uschis Vorschlag lachen. »Herr Obersuperkorrekt als Hacker, die Vorstellung ist wirklich amüsant.«

»Wieso nicht?« Pia war Feuer und Flamme. »Das kriege ich hin, den überrede ich dazu. Und wenn ich ihm ein Angebot machen muss, das er nicht ablehnen kann. Ich werde barmen und jammern und ihn davon überzeugen, dass er dich nur so vor dem Zuchthaus retten kann. Ich behaupte einfach, Flottner wäre bekannt dafür gewesen, ein Finanzakrobat zu sein. Mit einer sehr großzügigen Einstellung zu einer geregelten Buchführung. Da beißt Onkel Alfred bestimmt an. Und dann haben wir noch eine schöne Aufgabe für unseren Basti. Du bringst morgen in Erfahrung, wem das Grundstück Kastanienstraße sieben gehört. Es wird ja wohl nicht so schwer sein, Einblick in das Grundbuch zu nehmen.«

»Das habe ich schon lange befürchtet. Wegen euch komme ich noch mal in den Knast! Schlimm, mit so skrupellosen Weibern wie euch befreundet zu sein. Mal sehen, was ich machen kann.« Sebastian, ein begnadeter Virtuose auf der Klaviatur seines Rechners, arbeitete bei der Stadtverwaltung Coburg, und die Damen hatten sich schon des Öfteren seines künstlerischen Talentes bedient, um an nützliche Informationen zu kommen, die nicht unbedingt für die Öffentlichkeit bestimmt waren. Zum Beispiel über die Zahlungsfähigkeit potenzieller Kunden.

»So, und jetzt brauche ich erst mal einen ordentlichen Schnaps und danach eine Zigarette.« Basti hatte seinen letzten Bissen Lasagne mit einem kräftigen Schluck Rotwein hinuntergespült. »Ah, köstlich! Man muss dem Leben immer ein Glas Wein voraus sein.«

»Du weißt, wo du meine Schnäpse findest, und wenn du schon mal dabei bist, darfst du mir auch gleich einen einschenken. Meinen selbst angesetzten Ingwerlikör, wenn ich bitten darf. Der, von dem du behauptest, man bräuchte einen Waffenschein dafür. Und frage doch die anderen Damen auch gleich nach ihren Wünschen, sei ein guter Junge.«

Nachdem man die üppige Lasagne und den Gemüseauflauf mit einem geistigen Getränk gewürdigt hatte, gingen die Raucher Basti, Pia, Elsa und Emma hinaus auf die Terrasse, um sich eine Verdauungszigarette zu genehmigen.

Der Wind hatte aufgefrischt und trieb Regenschauer durch den Garten. Graue Wolken hingen tief am Himmel und ließen eine Wetterbesserung anzweifeln. Es war kalt und klamm. Die vier drückten sich in die Ecke zwischen Wohnhaus und Werkstatt. Obwohl das Eck durch einen Laubenumgang und eine Glasüberdachung geschützt war, peitschte der Wind ihnen die Regengischt ins Gesicht.

Nach einer Weile des Schweigens platzte Basti heraus: »Mensch, Emma, mit dir stimmt doch was nicht, du siehst ganz verändert aus, sprichst kaum und lässt deinen üblichen Humor vermissen. Was ist los? Das kann doch nicht nur an dem toten Andi liegen.« Sebastian, der gerne den oberflächlichen Klassenclown mimte, war hinter seiner heiteren Fassade ein sehr einfühlsamer Mann, dem die Befindlichkeiten seiner Mitmenschen nicht entgingen.

Elsa und Emma hatten ihn vor fünf Jahren auf einem Lehrgang für energetisches Heilen in Oberbayern kennengelernt. Bei der Vorstellungsrunde durften die drei feststellen, dass sie nur wenige Kilometer voneinander entfernt wohnten. Es war Liebe auf den ersten Blick. Man stellte sehr schnell fest, dass man den gleichen Humor hatte, ähnliche Interessen und Vorlieben, und es wurde das lustigste Seminar, das die beiden Frauen jemals besucht hatten. Bastis humorvolle Art, auch mit sehr ernsthaften Dingen umzugehen, sprengte zwischendurch fast den Unterricht. Die gemeinsamen Abende im Hotel taten ein Übriges, die Freundschaft bei Rotwein und philosophischen Diskussionen zu festigen. Emma nahm Sebastian sofort unter ihre mütterlichen Fittiche, und Elsa ließ nichts unversucht, seine ihrer Meinung nach verkorkste Erziehung zu korrigieren.

Basti zog ungewöhnliche Situationen an wie das Honigbrot die Fliegen. Wenn man mit ihm unterwegs war, konnte man immer mit ausgefallener Unterhaltung rechnen.

Als die Freunde vor einiger Zeit nach einem Pagan-Stammtisch in der »Sonderbar« im Unteren Bürglaß noch einen Absacker nehmen wollten, wurden sie in den Nebenraum gebeten, da im Hauptraum alle Plätze besetzt waren. Dort feierte an einer langen Tafel eine Gruppe Frauen in bester Laune die Verlobung zweier der anwesenden Damen, die sich in zärtlicher Zuneigung gefunden hatten. Im Raum war nur noch ein weiterer Tisch besetzt von einem Mann um die fünfzig, mit Fünftagebart und langen fettigen Haaren, die ihm bis auf die Schultern hingen. Bekleidet mit einer ausgeleierten Jogginghose, einem speckigen und mit Flecken übersäten T-Shirt und ausgelatschten Sportschuhen saß er, vor sich hin brütend, vor einem Weizenbier, sicher nicht das erste des Abends. Ein Anblick zum Abgewöhnen, wie Sebastian meinte, ein Ästhet, der großen Wert auf sein gepflegtes Äußeres legte. Nach einiger Zeit mutmaßte er allerdings, dass die Frauen am Nebentisch den Mann für den Abend gemietet hätten, um dem glücklichen Paar vorzuführen, was ihnen durch ihre sexuelle Orientierung erspart bliebe. Das Ganze gipfelte darin, dass am Verlobungstisch ein Tischfeuerwerk abgebrannt wurde, dessen starke Rauchentwicklung die Sprinkleranlage auslöste, und alle Anwesenden einschließlich des schmuddeligen Weißbiertrinkers in den Genuss einer kostenlosen Dusche kamen.

Als sich die Freunde ein andermal bei ihrem Lieblingsitaliener »Bei Maria« zum Abendessen trafen, saßen am Nebentisch zwei Herren in Begleitung zweier Frauen, deren Beruf unschwer zu erraten war. Als die üppigere der beiden sehr auffällig zurechtgemachten Damen auf ihren Stilettos in Richtung Toilette stakste, blieb sie mit ihrem bodenlangen geschlitzten Kleid an einer Tischkante hängen, und ratsch, stand sie im Freien. Es stellte sich heraus, dass sie unter ihrer freizügigen Robe nichts getragen hatte als einen Hauch teuren Parfüms.

Emma schaute sich nachdenklich um. »Ja, irgendetwas stimmt nicht. Ich spüre es ganz deutlich, die Energie des Hauses hat sich … irgendwie verschoben. Ihr mögt mich auslachen, aber als Flottner endlich aufgehört hatte, mich zu bedrängen, war ich einerseits unendlich erleichtert, gleichzeitig habe ich gespürt, dass das noch nicht das Ende ist. Da war zu viel Hass, Verletztheit, grimmige Verzweiflung eines abgewiesenen Mannes, der keine Niederlage einstecken kann. Im Laufe der Jahre habe ich das Gefühl vergessen, doch seit gestern ist es wieder da. Heute denke ich, damals war noch eine andere Energie im Spiel, die ich nicht deuten konnte.«

»Du willst damit jetzt nicht sagen, dass Flottner nach all den Jahren seinen Tod selbst inszeniert hat, um dir eins auszuwischen?« Elsa zog den Kragen ihres Mantels enger zusammen.

»Natürlich nicht. Ein narzisstischer Egomane wie Andi würde nie einen so demütigenden Tod wählen, bei dem sein teurer Maßanzug Schaden nimmt und mit Blut besudelt wird. Nein, aber ich habe das sichere Gefühl, dass meine Verwicklung in diesen Mord mit den Geschehnissen vor zwölf Jahren zu tun hat. Ich sehe nur noch nicht, wieso und warum.« Zögernd erzählte sie von der toten Krähe, die sie neben der Treppe vor der Haustür gefunden hatte.

»Ach was«, versuchte Pia zu beschwichtigen, »die hat bestimmt nur der Sturm gegen deine Haustür getrieben, und dabei hat sie sich das Genick gebrochen.«

»Pia, wann hast du hier das letzte Mal Krähen gesehen?«, widersprach Emma trotzig. »Wenn du allerdings meinst, dass der Vogel Lust auf einen Ausflug in die pulsierende City von Coburg hatte, dann wäre es durchaus nachzuvollziehen, dass er sich für seinen Stadtausflug mit einer schwarzen Seidenschleife um den Hals fein gemacht hatte.« Zitternd zog sie an ihrem Zigarillo.

»Das ist nicht dein Ernst! Zeig her, wo ist das Biest?« Basti drückte seine Zigarette mit Nachdruck im Aschenbecher auf dem Terrassentisch aus.

»Da, wo es hingehört. In der Mülltonne.«

Basti verschwand und kam im nächsten Moment mit der toten Krähe wieder, die er mit spitzen Fingern an den Füßen haltend vor sich her trug. Er legte sie auf dem Terrassentisch neben der Küchentür ab.

»Lass mal sehen!« Pia drängelte sich neben ihn. »Weiß Gott, sie hat eine schwarze Satinschleife um den Hals! Nicht zu fassen. Wie krank ist das denn? Hast du Wolf informiert?« Sie schaute ihre Cousine nachdenklich an.

»Warum sollte ich?«, wiegelte Emma halbherzig ab. »Das

ist sicher nur ein dummer Kinderstreich. Ich mache mich doch nicht lächerlich und rufe deshalb die Polizei an.«

»Das glaubst du doch selber nicht!«, empörte sich Pia ob so viel Naivität. »Kinder daddeln heute auf ihrem iPhone rum oder gucken Pornos, die treiben nicht mehr solche Späße wie wir als Kinder. Die Zeiten von Klingelmännchenspielen, Hundekacke-vor-die-Haustür-Legen und Die-Türgriffe-mit-Senf-Bestreichen sind vorbei. Nein, die Krähe hat mit Sicherheit etwas mit dem Mord zu tun. Morgen früh rufst du Hercule Poirot an, oder ich tue es.«

»Pia hat recht.« Basti nahm die vor Kälte zitternde Emma in den Arm. »Er kann dann immer noch sagen, dass ihn das nicht interessiert, du hast es ihm dann wenigstens gesagt und musst dir nichts vorwerfen.«

»Von mir aus, wenn es euch beruhigt.« Emma gab sichtlich erleichtert klein bei. »So, und nun lasst uns wieder reingehen, es warten Schokoladenkuchen und Kaffee auf uns. Basti, überführe doch die Leiche bitte in die Garage, damit Henry heute Nacht nicht eine Obduktion an dem armen Tier vornimmt.«

Uschi und Paula hatten in der Zwischenzeit die Teller abgeräumt und den Tisch neu für den Nachtisch gedeckt. In der Mitte stand ein runder Kuchen, dessen Schokoladenglasur kunstvoll mit Mandeln verziert war. Paula war eine begnadete Tortenbäckerin, die gerne neue Rezepte ausprobierte und in der Donnerstagsrunde dankbare Abnehmer für ihre köstlichen Kreationen fand. Man traf sich an jedem Donnerstagabend vor Vollmond zu einem Essen und einem gemütlichen Plausch reihum in lockerer Reihenfolge und mit wechselnden Teilnehmern. Heute war nur der harte Kern versammelt.

»Wer möchte einen Kaffee, Cappuccino, Espresso?« Basti stand an der Kaffeemaschine, ein Wischtuch über den Unterarm gelegt, und erfüllte mit Hingabe und schwingenden Hüften die Getränkewünsche der Damen.

Der Vorfall mit der Krähe wurde weiterhin ausgiebig diskutiert, man kam jedoch zu keinem vernünftigen Schluss, was er denn zu bedeuten hätte.

»Ich finde Krähen gruselig.« Uschi stocherte nachdenklich auf ihrem Teller herum. »Als Kind war ich viel bei meiner Oma in Wiesenfeld, und da hockten im Frühjahr und Herbst immer große Krähenschwärme auf den Feldern. Nachdem ich diesen Hitchcock-Film ›Die Vögel‹ gesehen hatte, heimlich natürlich mit meiner großen Schwester, habe ich richtig Panik gekriegt, wenn die auf Omas Wiese hinter dem Haus eingefallen sind.«

Schließlich war der Kuchen vernascht, die Kaffeetassen geleert, und man legte den nächsten Termin für den Januar-Vollmond fest. Die Damen verabschiedeten sich und brachen auf. Emma nahm Basti den Autoschlüssel ab und schickte ihn in das Gästezimmer, ohne auf sonderlichen Widerstand zu stoßen.

Als alle Gäste gegangen waren und die Küche aufgeräumt, setzte sie sich mit einem letzten Glas Ingwerlikör und einem Zigarillo auf die Terrassenbank und überdachte noch einmal das Geschehen seit gestern Nachmittag. Sie kam zu keinem vernünftigen Schluss. Schließlich übermannte sie die Müdigkeit, und sie ging zu Bett.

7

Emma hatte es sich gegönnt, etwas länger zu schlafen und auf ihre morgendlichen Yoga-Übungen zu verzichten. Als sie schließlich aufstand, war Sebastian schon aus dem Haus. Auf dem Küchentisch lag ein Zettel mit der Aufschrift: »Danke, dass ich von deinem Tellerchen essen und in deinem Bettchen schlafen durfte.« Darunter war ein Kussmund gemalt, dazu ein Herz und ein lachender Smiley. Emma lächelte. Diese Schwulen waren einfach die besseren Männer!

Sie ließ sich einen Kaffee in ihre Tasse laufen, rührte einen kräftigen Schuss Sahne hinein, stellte sich an die Terrassentür und plante ihren Arbeitstag. In der Werkstatt wartete das Gründerzeit-Vertiko darauf, fertiggestellt zu werden, der Besitzer wollte es am Nachmittag abholen. Zeit, die versäumte Arbeit von gestern aufzuholen!

Es hatte tatsächlich aufgeklart, strahlender Sonnenschein überflutete Emmas Garten und ließ die Abertausenden Regentropfen auf den Zweigen und Stauden aufblitzen wie Diamanten. Es war kälter geworden. Vielleicht kam ja doch noch etwas Schnee zu Weihnachten. Henry saß auf der Gartenbank in der Sonne, ein Bein steil nach oben ausgestreckt wie ein Laternenpfahl, und putzte sein Fell.

Es ging schon gegen halb neun, als Emma endlich die Ladentür aufschloss und, einem Impuls folgend, hinaustrat in den Sonnenschein. Auf der Straße war alles still, die beiden Nachbarskinder Luna und Finn eilten grüßend vorbei, wie immer spät dran auf dem Weg in die Schule. Als Emma zurück in den Laden wollte, erstarrte sie. Am untersten Segment des schmiedeeisernen Gitters ihres Schaufensters hing eine tote Katze, rot getigert, aufgehängt an einem Seil um den Hals. Henry, durchfuhr es Emma eiskalt. Aber nein, das konnte doch nicht sein, den hatte sie gerade noch auf der Gartenbank sitzen gesehen. Schnell lief sie zurück in die Küche und trat in den

Garten, das Herz klopfte ihr bis zum Hals. Da saß er, immer noch zufrieden sein Fell putzend. Gott sei Dank! Mit wenigen Schritten war sie wieder auf dem Gehsteig und betrachtete fassungslos das tote Tier.

Sie lief hinüber zu Pias Haustür und klingelte Sturm.

Gut gelaunt erschien ihre Cousine in der Tür, ein Croissant in der Hand. »Was gibt es, Miss Marple? Eine neue Leiche?«

»Komm sofort mit rüber, die dummen Sprüche werden dir gleich vergehen.« Emma eilte voraus zum Schaufenster und zeigte ihr die tote Katze.

»Mein Gott, Henry!« Pia war blass geworden.

»Nein, Gott sei Dank nicht Henry. Das ist irgendeine rot getigerte Katze, die ihm ähnelt.«

»Du musst Hercule anrufen, das muss er sich ansehen.«

»Auf keinen Fall! Damit muss ich alleine klarkommen.«

»Begreifst du denn nicht, dass das eine Warnung an dich ist? Erst die Krähe, jetzt die Katze, die Nächste mit einer Schlinge um den Hals könntest du sein!«

Emma betrachtete eine Weile stumm das tote Tier, ging in den Laden, umwickelte ihre Hand mit einem Tuch, griff sich eine Schere und durchtrennte das Seil. Wortlos trug sie die Katze in ihre Werkstatt und legte sie auf ihrer Arbeitsbank ab.

Pia trabte neben ihr her und redete ohne Punkt und Komma auf sie ein. »Du kannst das doch nicht auf sich beruhen lassen, sag diesem Wolf Bescheid, ruf ihn wenigstens an, er muss ja nicht gleich seine Spurensicherung schicken. Außerdem brauchst du dringend einen Schnaps, du bist ganz blass um die Nase. Wann kommt denn Johanna endlich heim von ihrem Lehrgang, und kommt Christian heute?«

»Jetzt beruhige *du* dich erst mal und lass uns nachdenken«, fiel ihr Emma ins Wort. »Deine Hektik bringt uns auch nicht weiter. Und nein, ich trinke jetzt keinen Schnaps, es ist gerade mal halb neun vorbei!« Sie ließ sich auf einen Stuhl fallen. »Gut, ich rufe ihn an, wenn du unbedingt darauf bestehst. Vielleicht ist es auch ganz gut, wenn er weiß, dass es jemanden gibt, der nicht unbedingt auf mein Wohlbefinden bedacht zu sein scheint. Und am Wochenende werden wir das arme Tier zusammen mit der Krähe beerdigen. Christian kommt voraussichtlich morgen Abend, der soll im Garten ein Loch graben.« Christian, Emmas Sohn, studierte in Erlangen Jura und kam am Wochenende meistens nach Hause.

»Mein Gott, tut mir das leid um diese Katze.« Nachdenklich betrachtete Emma das tote Tier. »Was meinst du, ob sie mit Henry verwechselt und versehentlich getötet worden ist oder bewusst als Warnung? Muss ich Henry jetzt ins Haus sperren?«

»Gute Frage und in der Tat beunruhigend. Behalte ihn wenigstens nachts drinnen, tagsüber ist der alte Streuner ja sowieso nicht zu halten. Mit seinem leidenschaftlichen Begattungsdrang streut der seine Gene bis wer weiß wohin. Ein Wunder, dass er nicht schon von einer erbosten Katzenbesitzerin kastriert worden ist. Das heutige Mordopfer ist mit Sicherheit ein Abkömmling von ihm, so ein rotes Fell sieht man nicht alle Tage.« Pia begutachtete die Katze aufmerksam, bevor sie sich wieder Emma zuwandte. »Tut mir leid, meine Liebe, ich muss wieder in mein Büro, ich erwarte einen wichtigen Kundenanruf. Du meldest dich sofort bei mir, sobald die nächste Leiche bei dir auftaucht, verstanden?«

Als Antwort warf Emma ein Stück Holz nach ihrer Cousine, die durch den Laden nach Hause eilte. Manchmal konnte einem ihre flapsige Art gewaltig auf die Nerven fallen.

Emma ging in den Flur zum Telefon und wählte Kommissar Wolfs Nummer. In kurzen Worten erzählte sie ihm, was vorgefallen war. Er bat sie, Katze und Krähe nicht anzurühren, er käme heute sowieso noch mal bei ihr vorbei. Entschlossen wendete sie sich endlich ihrer Arbeit zu.

Der Vormittag verlief recht unruhig, ständig kamen Kunden in den Laden, und Emma fand kaum Zeit, in der Werkstatt zu arbeiten. Immerhin klingelte nicht nur die Ladentür, sondern auch die Ladenkasse. Und gegen halb zwölf Uhr schließlich auch das Telefon. Emmas Tochter Johanna, die eine eigene

Praxis als Physiotherapeutin betrieb und in Stuttgart einen Einführungskurs für Osteopathie besuchte, hatte über den Buschfunk erfahren, was vorgefallen war.

»Mama, was ist zu Hause los? Stimmt das, du hast wirklich einen Toten gefunden?«, wollte sie wissen.

»Ja, habe ich, das ist allerdings überhaupt kein Grund, sich aufzuregen. Ich erzähle dir alles am Montag, wenn du wieder zu Hause bist.«

»Mama, ich komme sofort nach Hause. Ich kann dich doch in dieser Situation nicht alleine lassen!«

»Untersteh dich. Du machst mal schön dein Seminar zu Ende, die zwei Tage bringst du auch noch herum. Das wäre nun wirklich rausgeschmissenes Geld, wenn du abbrechen würdest. Du fährst nicht heim, bevor du am Sonntag dein Teilnahmezertifikat in der Hand hältst, versprich mir das! Ich bin übrigens achtundvierzig und nicht vierundachtzig Jahre und brauche keinen Aufpasser, ich komme sehr gut alleine zurecht. Außerdem bin ich mir sicher, dass sich innerhalb kürzester Zeit alles aufklären wird«, beruhigte Emma ihre Tochter.

»Na, hoffentlich.« Johanna seufzte. »Und der Tote war wirklich der Flottner, der Kerl, der dich vor Jahren gestalkt hat?«

»Ja, und stell dir vor, er ist mit einem Obstmesser aus meinem Laden erstochen worden«, teilte Emma ihrer Tochter unvorsichtigerweise mit.

»Da muss ja der Mörder im Laden gewesen sein und das Messer mitgenommen haben. Ich komme doch sofort. Was ist, wenn der wiederkommt?«

»Johanna, du bleibst, wo du bist. Sebastian übernachtet heute hier, und schließlich kommt Christian morgen auch noch nach Hause, und ich werde ihn bitten, hier zu schlafen. Na, und Henry ist ja auch noch da.«

»Da hast du drei Leibwächter beieinander! Also gut, ich bleibe. Du schließt schön deine Haustür ab und verbarrikadierst dich, versprich mir das! Und du rufst mich sofort an, wenn es etwas Neues gibt.«

Emma musste lachen. Ihre Tochter Johanna hatte ein ausgeprägtes Schäferhundsyndrom und neigte dazu, sich für alle Menschen in ihrem Umfeld verantwortlich zu fühlen. Emmas Bruder und ihre Eltern hatten zwischenzeitlich auch schon mehrmals angerufen, völlig aus dem Häuschen und voller Sorge. Ihre Mutter hatte sogar bei ihr einziehen wollen. Das fehlte gerade noch!

Emma trank bereits ihren Nachmittagstee, behaglich in ihren Ohrensessel neben dem Kachelofen gekuschelt, als die Glocke über der Ladentür klingelte. Sie ging in den Verkaufsraum. Es war Kommissar Wolf, der einen gehetzten Eindruck machte.

»Guten Tag, Herr Wolf, ich mache gerade eine Pause. Heute vielleicht einen Tee?«

»Nein danke, ich habe nicht viel Zeit. Zeigen Sie mir doch bitte, wo Sie die Katze aufgefunden haben. Ich nehme an, die Reste des Strickes an Ihrem Fenstergitter gehören sozusagen noch zum Galgen?« Wolf lächelte gequält.

»Ja, ich habe den Strick extra hängen lassen, vielleicht können Sie ja Rückschlüsse aus der Art des Knotens ziehen.«

Emma ging ihm voraus ins Freie. Wolf zog sich Handschuhe über, fotografierte die Überreste des Strickes von verschiedenen Seiten, entfernte sie vorsichtig und steckte sie in einen Plastikbeutel. »Kann ich jetzt bitte die Katze sehen?«

»Natürlich, bitte kommen Sie mit in meine Werkstatt.«

Wolf untersuchte den Tierkadaver sorgfältig. »Vermutlich Genickbruch. Wann haben Sie sie gefunden?«

»Kurz bevor ich Sie angerufen habe, so gegen halb neun.«

»Ich muss den Kadaver mitnehmen, immerhin könnte dieser makabre Scherz mit dem Mord in Zusammenhang stehen, und es könnten sich DNA-Spuren daran befinden.« Er verstaute die Katze in einem großen Asservatenbeutel. »Und jetzt zur Krähe, wo hat die gelegen?«

»Neben der Treppe vor der Haustür.« Emma holte den Vogel aus der Garage. »Sie sind gestern praktisch darübergestiegen. Als ich Sie hinausbegleitet habe, hat sie schon da gelegen. Ich habe sie allerdings auch erst auf dem Rückweg bemerkt.«

»Aha. Na, ich werde sie vorsichtshalber ebenfalls einpacken.«

»Ja, natürlich, vielen Dank. Damit nehmen Sie mir eine Last von den Schultern, ich hätte die beiden Tiere sonst im Garten beerdigen müssen. Wem die Katze wohl gehören mag? Der Besitzer wird bestimmt schon nach ihr suchen.« Emma betrachtete das tote Tier teilnahmsvoll. »Gibt es übrigens schon irgendetwas Neues? Haben Sie Frau Großmann erreicht? Und wem gehört das Haus? Die Kastanienstraße sieben meine ich.«

Wolf lächelte nachsichtig. »Frau Prätorius, Sie wissen doch genau, dass ich über laufende Ermittlungen nicht reden darf, und schon gar nicht mit potenziellen Tatbeteiligten und Zeugen.«

»Natürlich, ich dachte nur, ich probiere es halt mal.«

»Passen Sie auf sich und Ihre Katze auf.« Wolf nickte ihr zum Abschied zu.

8

Er betrachtete die Tanzfläche, die sich langsam zu leeren begann. Die letzten Paare, die sich über das Parkett schoben, machten den Eindruck, als müssten sie sich gegenseitig stützen, um nicht auf dem schmierigen Boden auszurutschen und hinzufallen. Er war mit Konfetti und Luftschlangen übersät, die weißen Papierdecken auf den Tischen längst zerfleddert und aufgeweicht von umgeschütteten Getränken.

»Mir ist schlecht, ich will nach Hause.«

Er drehte sich in Richtung der Stimme. Der Torero stand hinter ihm, die Hände in den Hosentaschen, und beobachtete gelangweilt das sich langsam auflösende Faschingstreiben. Der schwarze Filzhut mit den roten Troddeln am Hutrand saß schief über seinem rechten Ohr, das eng anliegende schwarze Westenjäckchen war am Revers mit Senf beschmiert. Im Ausschnitt des weißen Seidenhemdes mit den üppigen Rüschen klebte Konfetti auf der schweißnassen Haut, und die rote Bauchbinde begann, sich langsam aus ihrer komplizierten Wicklung zu lösen. Die schmalen schwarzen Hosen steckten in eleganten Absatzstiefeln, die mit silbernen Sporen verziert waren. Typisch für diesen arroganten Fatzke, selbst im Fasching war er modisch durchgestylt.

Auf der Tanzfläche war mittlerweile eine Schlägerei entbrannt. Ein Indianer schlug sich mit einem Cowboy um eine füllige Zigeunerin, deren Oberweite verzweifelt der viel zu engen Korsage zu entkommen versuchte.

Der Torero wurde ungeduldig. »Los, lass uns jetzt gehen.«

»Du kannst nicht heimfahren. Die bist sturzbesoffen, und außerdem hast du gekifft.«

»Na und? Ich fahre besoffen immer noch besser als du nüchtern. Was ist, kommst du jetzt, oder willst du heimlaufen?« Ohne die Antwort abzuwarten, begab sich der Torero zum Ausgang.

Der Matrose kam sich plötzlich in seinem blau-weiß gestreiften T-Shirt und der runden Marinemütze ziemlich albern vor. Müde suchte er an der Garderobe nach seiner Jacke und folgte dem Torero zum Auto.

9

Pia und Emma bewohnten die Häuser Gerstergasse drei und sieben, erbaut zu Beginn des 20. Jahrhunderts in der damals üblichen Giebelbauweise, mit Garten hinter dem Haus. Getrennt wurden ihre Grundstücke durch das Haus Nummer fünf, seit sieben Jahren bewohnt von Fräulein Eleonore Höfler, von den beiden Nachbarinnen Miss Elli genannt. Davor hatte das Haus lange leer gestanden, bis der Besitzer, ein Cousin der jetzigen Bewohnerin, verstarb und seinen kompletten Besitz völlig unerwartet und zum Ärgernis der gesamten Verwandtschaft seiner Cousine, Miss Elli, vermachte. Und das, obwohl die beiden zeitlebens kaum Kontakt miteinander hatten. Im Gegenteil, der Verstorbene war seiner späteren Alleinerbin eher aus dem Weg gegangen. Zwar versuchten die Neffen des Verblichenen, das Testament anzufechten, doch das war juristisch wasserfest abgefasst, und die Möchtegern-Erben gingen leer aus. Auch Appelle an die Erbin verliefen fruchtlos. Was denn da, geerbt war schließlich geerbt. Endlich hatte Eleonore Höfler auch einmal ein Zipfelchen vom Glück erwischt! Obwohl damals schon fast siebzig Jahre alt, packte Miss Elli ihren bescheidenen Hausrat in Kartons, kündigte ihre kleine Mietwohnung und gönnte sich den Luxus eines eigenen Hauses mit Garten. Hatten sie sich das nicht immer sehnlichst gewünscht und seinerzeit darauf gespart?

Miss Elli war eine kleine, untersetzte Frau mit breiten Hüften und einem großflächigen Gesicht mit fahlem gelbem Teint und einer großen Hakennase. Das ergraute Haar trug sie zu einem im Nacken straff gebundenen Knoten. Ihre bevorzugte Kleidung bestand aus schwarzem Rock und grauem oder beigefarbenem Pullover, im Sommer ergänzt durch eine graue Strickjacke und flache Schnürschuhe, im Winter durch einen grauen Mantel und schwarze Lederstiefel, immer auf Hochglanz poliert. Eine gestrickte rote Mütze bildete den einzigen Farbklecks in Miss Ellis Garderobe, von Pia respektlos als »Leuchtboje der Einsamkeit« bezeichnet. Jeden Morgen pünktlich um acht Uhr machte sie sich mit ihrer karierten Einkaufstasche auf den Weg in die Stadt, was die Neugier der beiden jüngeren Frauen ständig von Neuem befeuerte. Wohin konnte man um diese Zeit jeden Morgen gehen? Brötchen kaufen? Fünfzig Gramm Aufschnitt beim Metzger in der Nägleinsgasse? Oder holte Miss Elli sich gar eine Boulevardzeitung? Letzteres war eher unwahrscheinlich, denn Miss Elli, so viel hatten Emma und Pia mit der Zeit feststellen können, war von einer außerordentlichen Sparsamkeit, die Pia unverblümt als Geiz interpretierte.

Die neue Nachbarin war äußerst zurückhaltend und abweisend, so sehr die beiden Frauen sich auch um sie bemühten. Als Emma nach dem Einzug mit Salz und Brot an Miss Ellis Haustür geklingelt hatte, um sie willkommen zu heißen, wurde sie nicht einmal hereingebeten. Einladungen zu Geburtstagsfeiern oder Gartenfesten lehnte sie strikt ab mit dem Hinweis, diese nicht erwidern zu können. Außer einem »Guten Tag, schönes Wetter heute« fand zwischen den Nachbarinnen kaum Kommunikation statt.

Auch verbat sich Miss Elli, mit »Frau« Höfler angesprochen zu werden. Eine Frau bist du nur, wenn du verheiratet bist, war ihre Devise. Mit Vehemenz stürzte sie sich vom ersten Tag an in die Gartenarbeit. Sie hatte ihr Leben schließlich in einer kleinen, muffigen Wohnung zugebracht, und so genoss sie ihr neues Leben im Grünen außerordentlich. Bis zu Miss Ellis Einzug hatten Emma und Pia mit ihren Kindern den Garten zwischen ihren Grundstücken ungeniert genutzt, allerdings auch in Schuss gehalten durch Rasenmähen und Schneiden der Sträucher. Im Sommer spielten die Kinder mit ihren Freunden dort Fußball und stellten ihr aufblasbares Schwimmbecken auf, im Winter nutzten sie den Schnee auf der großen Grasfläche als Baumaterial für ihre Schneemänner. Was in den mütterlichen Gärten verboten war, war im verwaisten Nachbargarten erlaubt. Miss Elli bewachte vom ersten Tag an ihr Grundstück mit Argusaugen und duldete es nicht, dass man es als Abkürzung von Terrasse zu Terrasse benutzte.

Pias Neugier und einem Zufall war es zu verdanken, dass überhaupt Einzelheiten aus Fräulein Höflers Leben bekannt wurden. Eine Freundin der Familie Aumüller hatte von Pias neuer Nachbarin erfahren und dieser von gemeinsamen Arbeitsjahren mit Fräulein Höfler in einer Wäscherei erzählt. Genauso wie von einer glücklichen Verlobungszeit, die mit dem plötzlichen Verschwinden des Verlobten kurz vor der geplanten Hochzeit ein unglückliches Ende fand. Das machte Miss Ellis Verhalten zwar verständlicher, den Umgang mit ihr jedoch nicht unbedingt einfacher.

Umso erstaunter war Emma, als die alte Dame am späten Nachmittag plötzlich in ihrer Ladentür stand. Sprachlos vor Verblüffung starrte sie die Frau an. »Fräulein Höfler, was für eine Überraschung! Kommen Sie doch bitte herein«, fand Emma endlich Worte.

Schüchtern schaute sich das alte Fräulein im Laden um. »Schöne Sachen haben Sie da. Wissen Sie, ich hatte für solchen Luxus nie die Mittel, aber ich habe mir das immer gerne angesehen. Ein paar Sachen hat mir mein Vetter ja auch hinterlassen, nur nicht so wertvolle wie Ihre.«

»Dann sehen Sie sich doch in aller Ruhe um. Warten Sie, ich schalte das große Licht an«, bot ihr Emma an.

»Nein, nein, machen Sie sich bloß keine Umstände wegen mir. Ich bin ja auch aus einem ganz anderen Grund hier. Ich würde Sie gerne etwas fragen.«

Schnell hatte Emma sich wieder gefasst. »Kommen Sie mit in meine Küche, da ist es schön warm, dort können wir in Ruhe plaudern. Keine Widerrede!« Sie hatte heute schon so viel Zeit verplempert, da kam es jetzt auf die Viertelstunde auch nicht mehr an. Sie verschloss die Ladentür, drehte das Schild auf die »Geschlossen«-Seite, fasste die kleine Frau energisch am Ellbogen und führte sie durch den Flur in die warme Küche. Diese Gelegenheit musste am Schopf gepackt werden!

»Bitte nehmen Sie Platz, ich mache uns einen Tee. Oder ist Ihnen ein Kaffee lieber?«

»Wenn es Ihnen nichts ausmacht, wäre mir ein Kaffee wirklich lieber«, bat die Besucherin mit verschämtem Lächeln. »Wissen Sie, für mich alleine koche ich selten Kaffee, obwohl ich ihn eigentlich sehr gerne trinke.« Emma, die dieser Logik nicht folgen konnte, stellte die Dose mit den Weihnachtsplätzchen auf den Tisch und ließ für sich und ihre Besucherin einen Kaffee aus der Maschine.

»Milch und Zucker?«

»Gerne, wenn es nicht zu viel Mühe für Sie ist.« Miss Elli genehmigte sich drei Löffel Zucker und einen kräftigen Schuss Milch.

Emma beobachtete sie gespannt. Da saß sie nun an ihrem Küchentisch, die Nachbarin, die seit sieben Jahren jeglichen Kontakt abgelehnt hatte. Was wohl der Grund für den plötzlichen Sinneswandel war? Es musste ein einschneidendes Ereignis sein, das die alte Frau dazu bewogen hatte, ihr distanziertes Verhalten aufzugeben.

»Ja, also, ich weiß gar nicht, wie ich anfangen soll. Ich habe da ein Problem, das mir jetzt jedoch so nichtig vorkommt. Sie werden mich bestimmt für eine alberne alte Frau halten.« Miss Elli schaute in ihren Kaffee, den sie ununterbrochen umrührte. »Sie und Ihre Freundinnen, Sie tun doch so eigenartige Sachen und glauben an Geister. Deshalb habe ich mir heute ein Herz gefasst und mir gesagt: ›Eleonore, geh hinüber zu Frau Prätorius und frage sie, sie wird dir bestimmt helfen können.‹« Sie schaute plötzlich auf und blickte Emma hilfesuchend ins Gesicht. »Stimmt das, Frau Prätorius, gibt es wirklich Geister?«

Emma stellte ihre Kaffeetasse ab, die sie gerade zum Mund führen wollte. »Fräulein Höfler, ich muss da mal was klarstellen. Ich weiß nicht, was Sie mit ›eigenartigen Sachen‹ meinen, die wir Ihrer Meinung nach bei unseren Treffen tun. Vermutlich meinen Sie unsere Rituale wie das Sonnwendfeuer oder die Frühlingsfeier. Unsere Hauptbeschäftigung dabei ist es allerdings, zu essen, zu trinken und Spaß zu haben. Und ganz sicher glauben wir nicht an Geister im landläufigen Sinn, die nachts durch das Haus laufen, die Türen schlagen und ›Huhu‹ rufen. Könnten Sie Ihre Frage mal anders formulieren? Sie haben doch sicher einen konkreten Grund, warum Sie an meinem Küchentisch sitzen.«

»Sehen Sie, jetzt halten Sie mich doch für eine dumme alte Frau.« Miss Elli ließ enttäuscht den Kopf hängen und faltete ihre runzeligen gelben Hände im Schoß. »Aber Sie haben meine Frage nicht wirklich beantwortet«, hakte sie hartnäckig nach. »Gibt es Ihrer Meinung nach Geister? Kann es sein, dass der Geist eines Verstorbenen sich in meinem Haus aufhält? Ist so etwas möglich? Lebt etwas von uns weiter, wenn wir gestorben sind?«

Emma war erschrocken über die Verzweiflung, die aus den Augen und den Worten der alten Frau sprach, noch mehr aber über die Frage selbst. Großer Gott, dachte sie, wie soll ich dieser schlichten Seele jetzt meine Vorstellung von Wiedergeburt und Seelenwanderung nahebringen? Und darf ich das überhaupt? Es ist ja meine Sicht der Dinge und kein allgemeingültiges Credo. Andererseits, sie hat mich gefragt und erwartet eine Antwort.

»Also, meiner Sicht und meiner festen Überzeugung nach leben wir weiter, Fräulein Höfler«, begann sie schließlich. »Unsere Seele, das, was uns wirklich ausmacht, die Summe des individuellen Selbst, ist unsterblich und lebt ewig. Ich glaube auch, dass wir immer und immer wieder neue Leben leben, nach jedem Tod wiedergeboren werden. Was sollte es auch für einen Sinn machen, ein einziges Mal auf diese Welt zu kommen, sechzig oder achtzig oder vielleicht auch nur drei Jahre zu leben und dann zu sterben und sich in nichts aufzulösen, ohne auf den Erfahrungen, die man in diesem Leben machen durfte, im nächsten Leben aufbauen zu können, sich weiterentwickeln zu dürfen?«

Emma holte tief Luft. »Wenn ich Ihre Frage richtig interpretiere, dann möchten Sie von mir wissen, ob es die Seele eines Verstorbenen ist, die sich in Ihrem Haus aufhält und die Sie wahrnehmen. Ich weiß es nicht, ich kann Ihnen diese Frage nicht beantworten. Aber so viel kann ich Ihnen sagen: Ja, ich halte es für möglich. Es ist übrigens unser freier Wille, der darüber entscheidet, was wir sehen wollen. Dinge, die wir nicht für möglich halten, können wir demzufolge auch nicht wahrnehmen, selbst wenn sie uns auf der Nase sitzen.«

Lange saß die alte Frau Emma wortlos gegenüber, mit gesenktem Kopf und ausdruckslosem Gesicht. Plötzlich erhellte sich ihre Miene, und sie schaute Emma an. »Danke, Frau Prätorius, das ist alles, was ich von Ihnen hören wollte. Natürlich ist mir bewusst, dass Sie mir keine wirkliche Gewissheit geben können, keine Garantie.« Sie lächelte entspannt. »Aber nun weiß ich, dass ich es wenigstens für möglich halten darf.«

Emma legte ihr die Hand auf den Arm. »Jetzt trinken Sie doch erst mal Ihren Kaffee und versuchen meine Plätzchen. Und wenn Sie wollen, können Sie mir erzählen, was Sie wirklich bedrückt.« Sie war inzwischen auf alles gefasst. »Es geht um Ihren Verlobten, der vor langer Zeit verschwunden ist, nicht wahr? Spüren Sie seine Gegenwart?«

»Ach, Sie wissen davon?«, fragte Miss Elli überrascht. »Ja, es geht um meinen Eberhard. Sie haben im Moment schließlich Ihre eigenen Probleme, wo Sie doch diesen Toten gefunden haben.«

Emma nickte und wunderte sich, woher die zurückgezogen lebende Frau diese Information hatte.

»Und da komme ich auch noch daher und belästige Sie. Aber ich weiß nicht mehr weiter. Seit einiger Zeit habe ich das Gefühl, nicht mehr alleine in meinem Haus zu sein. Nicht, dass jetzt tatsächlich noch jemand da ist, körperlich da, meine ich, der die Toilette spült oder sich an meinem Kühlschrank bedient. Nein, das nicht, ich spüre einfach eine – wie soll ich das nennen? –, eine Art Gegenwart. Wenn ich abends am Fenster sitze und auf die Straße schaue, scheint jemand neben mir zu sitzen und auch rauszuschauen. Und wenn ich in der Küche an der Anrichte stehe und Gemüse putze, dann ist es, als würde jemand am Tisch sitzen und in der Zeitung blättern, um mir Gesellschaft zu leisten. So wie früher, als …«

»Als was? Als Sie noch für Ihren Verlobter gekocht haben? Macht Ihnen das Gefühl Angst, sind Sie deshalb hier?«

»Nein, gar nicht.« Zu Emmas Erstaunen erschien auf Miss Ellis Gesicht ein glückliches Lächeln, das sie dreißig Jahre jünger erscheinen ließ und ihrem unattraktiven Gesicht eine gewisse Schönheit verlieh. »Das ist es ja gerade. Ich glaube zu wissen, dass es mein Verlobter ist, aber ich möchte Gewissheit haben.« Sie schaute lächelnd auf ihre im Schoß gefalteten Hände. »Mein Goldbärchen. So habe ich ihn genannt, weil sein Goldzahn beim Lachen immer aufgeblitzt hat.« Das alte Fräulein errötete angesichts der Intimitäten, die sie Emma anvertraute. »Eberhard hat er geheißen, Eberhard Steinhäuser. Er stammte aus der Druckereifamilie in der Herrengasse.«

Emma stand auf und machte sich an der Kaffeemaschine zu schaffen. »Möchten Sie noch eine Tasse?«

»Da sage ich nicht Nein, wenn es keine zu große Mühe macht.«

Du liebe Zeit, die Frau hatte ja gar kein Selbstwertgefühl, ständig entschuldigte sie sich und wollte keine Mühe machen. Emma schob ihr die gefüllte Tasse über den Tisch und mit einem ermunternden Kopfnicken die Keksdose hinterher.

»Diese Gewissheit kann ich Ihnen nicht geben, und das wissen Sie auch. Ich kann Sie bestenfalls ermuntern, Ihren Wahrnehmungen zu trauen. Sprechen Sie mit dieser Gegenwart, dem ›Geist‹, seien Sie offen und halten Sie für möglich, was Sie fühlen.«

Geistesabwesend bediente Miss Elli sich aus der Gebäckdose. »Sie meinen, ich soll mir das alles angucken, als säße ich im Kino? Man weiß, da vorne hängt nur eine weiße Leinwand, und trotzdem verfolgt man fasziniert das Geschehen und hält es für wahr. So ähnlich ist es bei mir zu Hause. Der Küchenstuhl ist leer, und trotzdem sitzt jemand drauf?«

Emma war verblüfft über diesen Vergleich. Gar nicht schlecht, vielleicht hatte sie die alte Dame ja unterschätzt. »Genau so! Vertrauen Sie Ihren Wahrnehmungen.«

»Ja, danke, genau so werde ich das tun. Jetzt habe ich Sie aber lange genug aufgehalten, und es ist sowieso schon halb sechs. Da muss ich mein Abendbrot vorbereiten. Es war schön, mit

Ihnen zu plaudern, Frau Prätorius. Ich hoffe nur, ich habe Sie nicht allzu sehr belästigt.«

»Auf diese Belästigung habe ich sieben Jahre gewartet«, erwiderte Emma lächelnd. »Und Sie dürfen natürlich versichert sein, dass ich unser Gespräch absolut vertraulich behandeln werde.«

»Ach, das müssen Sie nicht. Sie dürfen ruhig mit Pia und Ihren Freundinnen oder dem jungen Mann, der immer zu Ihnen kommt, darüber reden. Wissen Sie, wenn Sie auf Ihrer Terrasse sitzen und sich unterhalten, dann kann ich Sie von meinem Schlafzimmerfenster aus hören. Nicht, dass ich lauschen würde, ich höre es eben. Am Anfang habe ich gedacht: Was sind denn das für Spinner? Mit der Zeit haben mich Ihre Gespräche dann jedoch sehr beeindruckt und nachdenklich gemacht. Sonst wäre ich heute auch nicht gekommen.«

Emma begleitete Miss Elli zur Haustür. »Ich kann Ihnen nicht sagen, wie sehr mich Ihr Besuch gefreut hat, Fräulein Höfler! Ich bestehe darauf, dass Sie sofort wiederkommen, wenn Sie ein Problem haben, Hilfe brauchen oder einfach mal reden wollen. Sie können mich natürlich auch anrufen.«

»Das ist sehr nett von Ihnen, aber ich habe gar kein Telefon. Es ruft mich sowieso keiner an.«

»Wie denn auch, wenn Sie kein Telefon besitzen?« Die beiden Frauen lachten ob der Absurdität ihres Gespräches. Spontan umarmte Emma die alte Frau zum Abschied. Sie duftete zart nach Creme Mouson.

Pia hatte recht, ungewöhnliche Situationen erforderten ungewöhnliche Maßnahmen. Zurück in der Küche, schenkte sich Emma einen Ingwerlikör ein. Am liebsten hätte sie sofort ihre Cousine angerufen und ihr die sensationelle Neuigkeit mitgeteilt, gleichzeitig hatte sie das Gefühl, das Gespräch selbst erst verarbeiten zu müssen. Sie würde erst mal drüber schlafen, morgen war auch noch ein Tag.

10

Emma lag noch auf ihrer Matte in ihrem Yoga-Raum, als es am nächsten Morgen gegen acht Uhr an der Haustür schellte. Es war Kommissar Wolf, und sein Gesichtsausdruck ließ nichts Gutes erwarten. Emma bat ihn in die Küche.

»Ich hoffe, ich bin nicht zu früh«, entschuldigte er sich.

»Unbedingt, Samstag früh um acht, was für eine unchristliche Zeit für Hausbesuche! Um diese Zeit pflege ich Yoga zu machen. Haben Sie denn nie frei, von wegen Wochenende und so?« Sie seufzte. »Wo Sie schon mal da sind: Möchten Sie vielleicht einen Kaffee? Ich brauche jetzt jedenfalls einen.«

»Gerne, danke, ein Kaffee wäre wunderbar. Ja, also, äh, es gibt da eine Unstimmigkeit. Sie haben bei meiner Vernehmung, äh, Befragung ausgesagt, dass Sie in dem Raum, in dem Sie Herrn Flottner gefunden haben, nichts angefasst hätten.«

»Stimmt, und dabei bleibe ich auch. Ich habe ihn aus einer Distanz von circa einem Meter betrachtet und dann den Raum wieder verlassen, ohne irgendetwas zu berühren.«

»Wie erklären Sie sich dann die Tatsache, dass wir auf sämtlichen Stühlen, die um das Opfer herum standen, DNA-Spuren von Ihnen gefunden haben?«

»Aha.« Emma nippte stumm an ihrem Kaffee. Nachdenklich legte sie die Stirn in Falten. »Warum überrascht mich das jetzt nicht?«

»Ist das alles, was Ihnen dazu einfällt? Sie sind sich doch darüber im Klaren, dass Sie dadurch sofort wieder zum engsten Kreis der Verdächtigen zählen.«

Emma lehnte sich entspannt zurück und zuckte verächtlich mit den Schultern. »Zum engsten Kreis der Verdächtigen, dass ich nicht lache. Geben Sie mal nicht so an, Herr Wolf, Sie haben doch außer mir überhaupt noch keinen Verdächtigen. Darf ich raten? Von den zwölf Stühlen sind elf mit meiner DNA kontaminiert und einer nicht?«

»Wie kommen Sie darauf?«

»Volkshochschule, Hellsehen für Anfänger.«

Wolfs Gesichtsausdruck spiegelte seinen Ärger wider. »Frau Prätorius, angesichts dieser Beweislage müsste ich Sie jetzt eigentlich mitnehmen!«

»Was denn, in meinen Yoga-Klamotten, die nicht einmal der neuesten Mode entsprechen? Das wäre mir unangenehm, allerdings würden Sie meinem Vater damit eine Riesenfreude bereiten. Der rasselt nämlich schon mit seinen juristischen Säbeln und lauert auf ein Revival seiner Zeit als Strafverteidiger. Sie haben meine Frage nicht beantwortet: elf oder zwölf kontaminierte Stühle?«

»Sie haben *meine* Frage noch nicht beantwortet, und ich bin hier derjenige, der die Fragen stellt. Also, was veranlasst Sie zu dieser Vermutung?«

»Das kann ich Ihnen nicht wirklich sagen, es war einfach eine spontane Eingebung. Irgendetwas rumort diesbezüglich in meinem Unterbewusstsein. Schon als ich die Aufstellung der zwölf Stühle im Oval mit den nach außen gewandten Sitzflächen gesehen habe, musste ich an ›Die Reise nach Jerusalem‹ denken. Das haben Sie als Kind sicher auch auf den Kindergeburtstagen gespielt. Alle laufen bei plärrender Musik im Kreis um die Stühle, und wenn die Musik stoppt, muss sich jeder blitzschnell hinsetzen. Es gibt immer einen Mitspieler mehr, als Stühle vorhanden sind, und wer keinen Stuhl ergattert, scheidet aus. Nach jeder Runde wird ein Stuhl entfernt, und es geht wieder von vorne los. Wer übrig bleibt, ist der Sieger.«

»Nein, das Spiel kannte ich nicht«, erwiderte Wolf mit ausdrucksloser Stimme. »Und Sie haben tatsächlich recht, es sind nur elf Stühle betroffen.«

»Nun, ich habe nicht die leiseste Ahnung, wie meine DNA dorthin gekommen sein könnte, und auch wirklich keine Lust, das Wochenende in U-Haft zu verbringen, zumal ich gehört habe, das Essen würde drei Minussterne verdienen. Außerdem will ich heute mit meinen Freunden auf den Weihnachtsmarkt gehen.« Emma lächelte den Kommissar strahlend an. »Haben

Sie vielleicht Lust, uns zu begleiten? Wir treffen uns um halb sieben am Haupteingang. Aber Vorsicht, das wird eine Glühweinprobe, da sollten Sie schon eine gewisse Performance hinlegen können!« Emmas Stimme wurde wieder ernst. »Eventuell ist es ja möglich, meine Täterschaft über die genaue Tatzeit auszuschließen.«

»Die Tatzeit können wir inzwischen tatsächlich ziemlich genau durch den glücklichen Umstand eingrenzen, dass unser Erlanger Pathologe Herr Dr. Seifert zufällig in Coburg war und den Toten zeitnah untersuchen konnte. Andreas Flottner starb zwischen sechzehn Uhr fünfzehn und sechzehn Uhr fünfundvierzig.

»Ganz sicher?«

»Sechzehn Uhr fünfundvierzig ist die späteste anzunehmende Zeit, vermutlich wurde Flottner aber früher getötet.«

»Na, dann packen Sie Ihre Handschellen mal getrost wieder ein. Ich habe nämlich noch zehn Minuten vor fünf bei meinem Zahnarzt im Behandlungszimmer gesessen und bin ihm furchtbar auf den Nerv gefallen mit meiner Drängelei, weil ich doch um fünf Uhr den Termin mit Frau Unbekanntnamenlos hatte. Die Praxis ist zwar nur zwei Straßen von der Kastanienstraße entfernt, aber ich bin nun mal krankhaft pünktlich und gerate in Panik, wenn mein Zeitplan durcheinandergerät. Sie können gerne nachfragen, der gute Mann ist ein persönlicher Freund von mir. Dr. Ralf Hörnlein, Unterer Burgberg acht, Telefon sieben, vier, drei, null, sieben, fünf. Er wird Ihnen bestätigen, dass ich zur Tatzeit noch mit weit aufgesperrtem Mund auf seinem Folterstuhl gesessen habe.«

»Das werde ich ganz sicher tun«, meinte Wolf mit leicht säuerlicher Stimme. »Hat Ihr Freund auch eine Privatnummer?«

»Klar, die sieben, vier, drei, null, sieben, sechs. Die schaltet auch auf sein Mobiltelefon um, aber nicht mehr als drei bis vier Personen weitersagen. Die Nummer ist nämlich geheim, und er hat es nicht so gerne, wenn man ihn nachts aus dem Bett klingelt oder am Sonntag vom Golfplatz holt aus dem lächerlichen Grund, dass man rasende Zahnschmerzen hat.« Emma war sichtlich erleichtert über die Entwicklung, die die Angelegenheit genommen hatte. »Damit dürfte ich wohl aus dem Kreis Ihrer Verdächtigen endgültig ausgeschieden sein, der dadurch vermutlich recht übersichtlich geworden ist. Gibt es übrigens etwas Neues von den beiden Beifang-Leichen, Krähe und Katze?«

Nachdem sich Kommissar Wolf die Telefonnummern notiert hatte, griff er in die Gebäckdose, die Emma ihm inzwischen hingestellt hatte. »Noch nicht, die hatten in der Pathologie nicht unbedingt die höchste Priorität.«

»Gut, da muss ich mich wohl in Geduld üben. Wo Sie jetzt schon mal da sind: Ich bräuchte eine alte Akte von Ihnen.«

Wolf runzelte die Stirn. »Eine Polizeiakte?«

»Eine Vermisstensache. Vor fast achtunddreißig Jahren ist ein Mann verschwunden und seither nie wieder aufgetaucht. Sein Name war Eberhard Steinhäuser. Ich bin sicher, es ist für Sie kein Problem, die Akte im Archiv auszugraben und sie mir leihweise zu überlassen. Sie würden mir damit einen großen Gefallen tun.« Emma schob dem Kommissar einen Notizzettel mit dem Namen und den Daten zu und lächelte ihn bittend an.

Protestierend hob er die Hände. »Wie stellen Sie sich das vor? Ich kann doch nicht einfach eine Akte aus der Hand geben, zumal wenn der Fall noch nicht abgeschlossen ist. Und überhaupt, was wollen Sie damit? Glauben Sie, dass der Mann etwas mit dem Fall Flottner zu tun hat?«

»Nein, das ist eine ganz andere Baustelle. Obwohl, man weiß nie.« Emma wiegte abwägend den Kopf. »Nun, tatsächlich geht es um meine Nachbarin. Der Vermisste war ihr Verlobter, und ich habe da so ein Gefühl, als ob hier etwas in Bewegung gekommen ist.«

»Was meinen Sie damit, in Bewegung gekommen? Wenn die Sache achtunddreißig Jahre zurückliegt, wird sich nicht mehr viel bewegen.«

»Warum denn nicht? Was ist schon Zeit? Nur ein Konstrukt

unserer beschränkten Wahrnehmungsfähigkeit. Und manchmal dauert es eben, bis die Zeit reif wird für Veränderungen. Ich habe einfach das Gefühl, dass das Geschehen nach Auflösung verlangt. Nach Erlösung.«

»Ah, Ihre hellseherischen Fähigkeiten!« Der Spott in Wolfs Stimme war nicht zu überhören. »Nun, ich sehe leider keine Möglichkeit, Ihnen Zugang zu der Akte zu verschaffen.«

Emma zuckte mit den Schultern. »Ich werde sie mir auf jeden Fall besorgen, ich wollte Ihnen nur eine Chance geben, mir einen Gefallen tun zu dürfen, herzensgut, wie ich nun mal bin. Sie können es sich ja bis Montag überlegen, vorher kann ich meinen anderen Gewährsmann sowieso nicht aktivieren. Es ist übrigens nicht mein Bruder, der ist noch eine Woche auf Lehrgang, wie Sie sicher wissen.«

Wolf stand auf und verabschiedete sich, sichtlich irritiert über Emmas Ansuchen und ihre unverblümte Versicherung, dass sie sich auf jeden Fall die Polizeiakte beschaffen würde.

Emma ging nach oben, um sich umzuziehen. Sie hatte in dieser Nacht schlecht geschlafen, war mehrmals aufgewacht und hatte über Miss Ellis verschwundenen Verlobten gegrübelt. Gegen Morgen dann war es ihr wieder eingefallen. Ihr Großvater, der in seiner Eigenschaft als Kripobeamter in die Ermittlung eingebunden gewesen war, hatte manchmal von diesem Fall erzählt. Miss Elli erschien an jedem Jahrestag des Verschwindens auf dem Polizeirevier, um nachzufragen, ob sich nicht etwas Neues ergeben habe. Jahr für Jahr. »Die eiserne Elli«, so hatten die Beamten sie mit der Zeit genannt und Wetten darauf abgeschlossen, ob sie denn in diesem Jahr auch wie gewohnt auftauchen würde. Als Emmas Großvater in den Ruhestand ging, hatte sie einen Satz mitgehört, den er zu ihrer Großmutter gesagt hatte. »Jetzt muss ich wenigstens nicht mehr in die anklagenden Augen dieser verzweifelten Frau schauen.«

Es war keine Neugier, die Emma dazu bewogen hatte, sich mit dem Fall auseinanderzusetzen. Das Jagdfieber hatte sie gepackt. Sie hatte das sichere Gefühl, dass die Energie dieser

Geschichte wieder in Bewegung gekommen war, dass das Geschehen von vor knapp vierzig Jahren nach einer Auflösung verlangte. Sie beschloss, Miss Elli zu einem Kaffee einzuladen, um die ganze Geschichte zu erfahren.

11

Die Nacht war kalt geworden, und der Regen des Nachmittags verwandelte sich auf den Gehsteigen zu Eis. Die beiden Männer schlitterten gemeinsam den Weg hinunter zum Parkplatz. Da stand er, der nigelnagelneue Benz des Toreros, den er zu seinem achtzehnten Geburtstag und bestandener Führerscheinprüfung bekommen hatte. Ein knallrotes Zweisitzer-Cabriolet mit eleganter Innenausstattung aus schwarzem Leder. Die Windschutzscheibe war mit einer Eisschicht bedeckt, die der Torero sorgfältig abkratzte. Er stieg ein.

Der Matrose setzte sich auf den Beifahrersitz, zitternd vor Kälte. »Fahr bloß vorsichtig, Mann, du bist besoffen, und es ist spiegelglatt.«

»Kotz du mir nicht den Wagen voll, nüchtern bist du nämlich auch nicht mehr!«

Langsam rollte das Auto vom Parkplatz. Wie gerne wäre der Torero jetzt auf direktem Weg nach Hause gefahren, aber er musste erst diesen Typen in seinem lächerlichen Matrosenkostüm heimbringen. Er stöhnte auf. Wieso hatte er sich nur überreden lassen, mit dieser Spaßbremse auf den Faschingsball zu gehen? Er hatte nicht wirklich eine Wahl gehabt. Sein Vater hatte den Autoschlüssel konfisziert, und er hätte ihn andernfalls nicht wieder herausgegeben.

Im flotten Tempo fuhr er Richtung Stadt, die von einem Nebelkranz umgeben war. Die Sicht wurde immer schlechter. Egal, nichts wie heim! Nicht einmal die Einfallstraßen in die Stadt waren gestreut, das war mal wieder typisch für diese verschnarchte Stadtverwaltung! Auf eisglatter Straße und durch immer dichter werdenden Nebel bog er mit viel zu hoher Geschwindigkeit in die Straße ein, in der der Matrose wohnte.

»Mensch, ras doch nicht so!«

Wumm! Ein dumpfer Schlag und ein Aufprall ließen den Torero auf die Bremse treten, aber das Auto schlitterte noch ein ganzes Stück weiter, ehe es quer auf der Fahrbahn zum Stehen kam. Etwas war auf die Windschutzscheibe geknallt und über den Benz geflogen. Die beiden stiegen aus und sahen sich um.

Der Torero untersuchte seine Windschutzscheibe. »Mist, die hat einen Sprung! Wie mache ich das bloß meinem Alten klar? Ich habe den Wagen gerade mal eine Woche.«

Der Matrose stand am Straßenrand und übergab sich in den Bordstein.

In der Mitte der Straße lag eine leblose Gestalt. Ein Mann in einem grauen Mantel, merkwürdig verrenkt. Der Oberkörper war flach auf den Rücken gedrückt, und von der Taille abwärts war er nach rechts gedreht, als hätte er ein Gewinde in der Mitte. Die Beine waren leicht angewinkelt wie im Dauerlauf. Der Torero trat näher und betrachtete ihn. Mit der Spitze seines eleganten Stiefels stieß er gegen die Schulter. Der Kopf des Mannes kippte zu den beiden Männern hin. Leere, gebrochene Augen starrten sie an. Ein dünner roter Faden lief vom Mundwinkel in den Kragen des weißen Hemdes. Im leicht geöffneten Mund blitzte ein Goldzahn.

12

Emma hatte während des Vormittags an der Liste der Personen gearbeitet, die im mutmaßlichen Zeitraum zwischen dem Verschwinden des Messers und dem Mord bei ihr im Laden gewesen waren. Das Ergebnis hatte sie gleich an Hauptkommissar Wolf geschickt. Sollte er doch die Leute abklappern. Viel würde eh nicht dabei herauskommen, da die meisten Besucher unbekannte Kaufinteressenten waren, deren Namen sie nicht kannte. Allerdings war sie erstaunt, wie viele Menschen bei ihr täglich ein und aus gingen. Durch die Erstellung der Liste war ihr bewusst geworden, wie reich an Kontakten zu anderen Menschen ihr Leben war. Zwar wohnte ihr Sohn Christian an den Wochenenden noch bei ihr, aber der war auch mehr unterwegs als zu Hause und übernachtete oft bei seiner Freundin Galina. Johanna, ihre Tochter, hatte sich schon vor zwei Jahren eine kleine Wohnung gemietet, sie wollte ihre Unabhängigkeit. Emma musste lachen. Bis gerade eben hatte sie doch tatsächlich in dem Glauben gelebt, ein ruhiges Singledasein zu führen, dabei ging es in ihrem Laden zu wie in einem Taubenschlag. Neben den vielen »Darf ich mich mal umschauen?«-Besuchern waren es ihre Nachbarn und Freunde, die Familie, der Briefträger und der Paketbote, die den lieben langen Tag die Glocke an der Ladentür bimmeln ließen.

In Emmas Familie wechselte sich die Exekutive mit der Judikative mit jeder Generation ab. Ihr Großvater war Kriminalkommissar gewesen, ihr Vater erst Anwalt und dann Richter, und ihr Bruder Roland hatte wieder die Polizeilaufbahn eingeschlagen. Heute Abend erwartete sie ihren Sohn Christian zurück. Er führte die Tradition fort und studierte in Erlangen Jura. In Emmas Augen eine krasse Fehlentscheidung. Der Junge hatte schon als kleines Kind einen ausgeprägten Gerechtigkeitssinn gehabt, der ihm oft eine blutige Nase oder eine fette Strafarbeit eingebracht hatte, weil er sich wieder mal für einen seiner Meinung nach ungerecht behandelten Klassenkameraden eingesetzt oder ihn gar handgreiflich verteidigt hatte. Emma seufzte bei dem Gedanken daran, wie viel Enttäuschung und Frust ihm das in seinem Berufsleben noch einbringen würde. Denn bei Gericht wurde Recht gesprochen, keine Gerechtigkeit geübt, jedenfalls nicht in dem Sinn, wie das Kind Christian sich das vorgestellt hatte. Da er auch für Emmas philosophische Thesen nicht zugänglich war – im Gegensatz zu seiner Schwester Johanna –, hatte sie ihm bis heute nicht vermitteln können, dass es sehr wohl eine absolute Gerechtigkeit gab, die mit dem Strafgesetzbuch und den Gerichten nichts zu tun hatte. Ihm musste sie schonend beibringen, dass sie in einen Mord verwickelt war und noch nicht ganz aus der Schusslinie, was die Verdachtsmomente gegen sie betraf. Zwar konnte sie jetzt ein wasserfestes Alibi für die Tatzeit vorweisen, die Tatsache allerdings, dass an den Stühlen ihre DNA festgestellt worden war, beunruhigte sie doch. Erst am Vormittag hatten ihre Eltern wieder mal angerufen, völlig außer sich vor Aufregung, nachdem sie auf wundersame Weise davon gehört hatten. Emma hatte ihre liebe Mühe gehabt, die beiden zu beruhigen. Ihr Vater hatte ihr seinen juristischen Beistand angeboten und damit ihren Verdacht bestätigt, dass er bereits seine Beziehungen zur Polizei hatte spielen lassen, um an Informationen zu kommen. Na, von mir aus, hatte sie gedacht. Jede Information konnte schließlich hilfreich sein.

Emma hatte vor, ihren Laden um vierzehn Uhr zu schließen und anschließend in der Stadt die letzten Weihnachtseinkäufe zu erledigen. Man war sich in der Familie längst darüber einig geworden, auf größere Geschenke zu verzichten, nur Kleinigkeiten waren erlaubt. Für ihre Tochter hatte Emma einen Kurzzeitmesser gekauft, der das Verstreichen der Zeit mit einem dezenten Gong anzeigte, ähnlich dem Geräusch einer Klangschale. Handwerklich sehr schön gearbeitet aus poliertem Buchenholz, war er alleine schon für das Auge ein Genuss. Damit konnte Johanna ihren Patienten auf sanfte Weise das Ende ihrer Behandlung signalisieren. Für Christian, der ein leidenschaftlicher Klavierspieler war, hatte Emma bei einem befreundeten Händler ein Notenbuch mit Liedern der Beatles und der Rolling Stones bestellt, das ihn sicher in Entzücken versetzen würde. Bei einem Bummel durch die Altstadt und über den Weihnachtsmarkt würde sie bestimmt auch noch etwas für ihre Eltern finden.

Gegen halb drei, sie wollte sich gerade auf den Weg machen, läutete es an der Haustür. Emma seufzte. Na ja, vielleicht doch noch ein Kunde, der in den Laden wollte. Es war Miss Elli, die auf der Treppe stand, die Schultern mit einem altmodischen Schal bedeckt, ein paar Schneeflocken auf ihrem Haarknoten.

»Sie sagten, ich dürfe jederzeit kommen, Frau Prätorius, deshalb stehe ich schon wieder hier. Seit unserem Gespräch gestern bin ich nicht mehr zur Ruhe gekommen, ich muss einfach noch mal über die Sache mit Eberhard reden. Störe ich Sie?«

Emma lächelte einladend. Ihren geplanten Einkaufsbummel würde sie wohl verschieben müssen. »Kein bisschen, Fräulein Höfler, kommen Sie doch herein und erzählen Sie mir bei einer Tasse Kaffee Ihre Geschichte.«

Miss Elli folgte Emma in die Küche und setzte sich vorsichtig auf denselben Stuhl wie tags zuvor, so als hätte sie Angst, sie könnte jederzeit herunterrutschen. Fahrig nestelte sie an ihrem Schal herum. »Sie wollen wirklich die ganze Geschichte hören? Ich habe schon lange nicht mehr darüber gesprochen, und doch weiß ich noch jede Einzelheit. Alles. Als wäre es gestern gewesen. Dabei ist es im Januar achtunddreißig Jahre her, dass mein Eberhard verschwunden ist. Mein Gott, so eine lange Zeit. Ich weiß jetzt gar nicht, wo ich anfangen soll.«

Fräulein Höfler gab reichlich Zucker und Milch in ihren Kaffee, den Emma ihr ungefragt hingestellt hatte. »Nun, wir fangen am besten mit dem an, was ich wirklich weiß, manche Dinge kann ich nämlich nur vermuten. Mein Eberhard und ich hatten das Aufgebot bestellt, und wir hatten vor, am Sonntag in die Kirche zu gehen, weil der Pfarrer es dann der Gemeinde vorlesen wollte. Das war damals so üblich, vielleicht macht man das ja heute noch so. Eberhard wollte mich um neun Uhr abholen, und ich hatte mich natürlich fein gemacht und habe ungeduldig auf ihn gewartet. Er war ein sehr zuverlässiger Mann. Pünktlichkeit ist die Höflichkeit der Könige, hat er immer gesagt.« Sie lächelte in zärtlicher Erinnerung. »Es wurde viertel zehn, halb zehn, drei viertel zehn, er kam nicht. Ich war zutiefst beunruhigt. Um elf Uhr habe ich mich aufgemacht und bin zu seiner Wohnung gegangen. Vielleicht war er ja krank und brauchte dringend meine Hilfe. Er wohnte zur Untermiete bei einem älteren Ehepaar, zwei kleine Zimmer, das Bad musste er sich mit seinen Vermietern teilen. ›Steinhäuser zweimal klingeln‹, stand auf dem Schild neben der Haustür. Auf mein Läuten rührte sich nichts. Schließlich habe ich Sturm geklingelt, und Frau Schindhelm, die Vermieterin, hat die Tür geöffnet. Ich habe nach Eberhard gefragt, und man sagte mir, von dem hätten sie heute überhaupt noch nichts gehört, er sei auch nicht im Bad gewesen. Ich habe dann die von ihm bewohnten Zimmer betreten. Sie waren sauber und aufgeräumt, die Tageszeitung vom Samstag lag auf dem Küchentisch, von meinem Eberhard keine Spur. Was blieb mir übrig, als wieder nach Hause zu gehen, nachdem ich Frau Schindhelm gebeten hatte, ihn sofort zu mir zu schicken, sollte er nach Hause kommen.

Der Sonntag ist vorübergegangen, ohne dass er sich bei mir gemeldet hätte. Am Montag habe ich in der Verwaltung der Stadtwerke angerufen, wo Eberhard beschäftigt war. Dort sagte man mir, er sei nicht zur Arbeit erschienen und habe sich auch nicht entschuldigt. Am Dienstag bin ich endlich zur Polizei gegangen und habe eine Vermisstenanzeige aufgegeben. Sie würden mir nicht glauben, wie man mich dort behandelt hat. Der junge Mann, der meine Angaben aufgenommen hat, war unfreundlich und abweisend. Er sagte, ich solle noch ein paar Tage warten, vielleicht sei mein Verlobter einfach nur mal so in den Urlaub gefahren und komme bald wieder zurück. Dumme Witze hat er mit seinem Kollegen gerissen. Ich bin mir vorgekommen wie der letzte Dreck.« Sie atmete tief durch bei der Erinnerung an diese Demütigung.

»Irgendwann ist mir der Kragen geplatzt, und ich habe nach seinem Chef verlangt. Erst wollte er ihn natürlich nicht holen, aber ich habe nicht lockergelassen. Schließlich ging es um meinen Eberhard. Dem Vorgesetzten habe ich dann den Sachverhalt noch mal geschildert und ihm klargemacht, dass ich mit dem jungen Mann nicht weiterreden würde, da er mein Anliegen nicht ernst nimmt. Der Herr hat sich dann wirklich um mich gekümmert. Steiner hat er geheißen, ein sehr netter Mann.«

Emma runzelte die Stirn. Sollte sie der alten Frau sagen, dass das ihr Großvater gewesen war? Besser nicht.

»Er hat sich für den nächsten Tag mit mir in Eberhards Wohnung verabredet. Gemeinsam haben wir die beiden Zimmer untersucht. Seinen Personalausweis haben wir in der Schublade des Wohnzimmerschrankes gefunden, ebenso seinen Führerschein und sein Sparbuch. Der große braune Koffer lag wie immer auf dem Schlafzimmerschrank, und seine gesamte Kleidung und sonstige Habe war noch in den Schränken. Eine spontane Reise konnten wir also ausschließen. Nur sein grauer Wintermantel und sein Hut fehlten. Eberhard hat oft nicht schlafen können, dann ist er nachts gerne spazieren gegangen. Das habe ich Herrn Steiner erzählt, und er hat dann die Nachbarn befragt, ob sie ihn wohl an diesem Abend gesehen hätten. Keiner hatte etwas gesehen oder gehört, er war wie vom Erdboden verschluckt. Ich war außer mir vor Verzweiflung.« Miss Elli schaute Emma in die Augen. »Ich brauche Ihnen wohl nicht zu sagen, dass ich in den folgenden Wochen Spießruten gelaufen bin. Die Geschmacklosigkeiten, die ich mir habe anhören müssen, möchte ich hier gar nicht alle wiederholen. ›Na, hat er kalte Füße gekriegt und es sich anders überlegt?‹, ›Ist er Zigaretten holen gegangen?‹ und ähnlich dummes Gerede. Es gab allerdings auch mitfühlende Kommentare und Hilfsangebote von Leuten, von denen ich es nicht erwartet hätte. In einer solchen Situation trennt sich die Spreu vom Weizen.«

Miss Elli nahm dankbar eine weitere Tasse Kaffee entgegen und begann zögernd, sich aus der Gebäckdose zu bedienen.

Ganz leise fuhr sie in ihrer Erzählung fort. »Ich war in der Hoffnung, wissen Sie, und Eberhard war außer sich vor Freude darüber. Ich war ja schon achtunddreißig und er zehn Jahre älter. Wir hatten nicht mehr damit gerechnet, noch Eltern zu werden.«

Emma schluckte. Heute fingen die jungen Frauen mit achtunddreißig Jahren gerade mal an, über die Möglichkeit eines Kinderwunsches nachzudenken.

»Schon allein deshalb war es ausgeschlossen anzunehmen, dass er einfach so verschwunden wäre«, fuhr Miss Elli fort. »Wir hatten große Pläne. Ein kleines Häuschen wollten wir kaufen, damit das Kind mit einem Garten aufwachsen könnte. Wir hatten beide Ersparnisse, und Eberhard hat gut verdient bei den Stadtwerken.« Sie hielt inne.

Emma sah ihr an, wie schwer es ihr fiel, weiterzureden.

»Zwei Wochen nach seinem Verschwinden bin ich auf der frisch gewaschenen Stiege ausgerutscht und die ganze Treppe hinuntergestürzt. Ich wäre beinahe verblutet, als das Kind abgegangen ist. Innerhalb von zwei Wochen hatte ich meinen Bräutigam und mein Kind verloren.«

Emma war zutiefst betroffen und wusste nicht, was sie sagen sollte. Großer Gott, das war ja alles viel schlimmer, als sie sich das vorgestellt hatte. Die alte Frau saß ihr gegenüber, den Blick stumm auf ihre gefalteten Hände gerichtet. Jede tröstende Bemerkung wäre Emma unpassend vorgekommen, und so leistete sie Miss Elli einfach stumm Gesellschaft.

Nach einigen Augenblicken der Stille fuhr das alte Fräulein leise fort. »Einige Wochen später habe ich in der Zeitung gelesen, dass im Fundbüro die in der letzten Zeit abgegebenen Gegenstände versteigert würden. Wie immer habe ich überflogen, was es so gibt, ich hatte nämlich schon mal einen sehr schönen Knirps ersteigert, für drei Mark, der hätte sonst ein Vielfaches gekostet. Unter anderem war da ein grauer Herrenhut aufgeführt. Also bin ich zur Versteigerung gegangen, und was soll ich Ihnen sagen, es war tatsächlich Eberhards Hut. Ich habe ihn sofort an der Ehrennadel des Alpenvereins erkannt, die im Hutband steckte. Ich habe ihn natürlich ersteigert und sofort zu Herrn Steiner getragen. Seine Nachforschungen im Fundbüro haben dann ergeben, dass Kinder den Hut gefunden und ihrem Schneemann anstatt des üblichen Zylinders auf den Kopf gesetzt hatten. Und stellen Sie sich vor, das war hier in dieser Straße! Der Vater der Kinder hat die Qualität des Hutes erkannt und ihn auf dem Fundbüro abgegeben. Das war drei Tage nach Eberhards Verschwinden.« Miss Elli zog ein Taschentuch aus dem Ärmel ihres Pullovers und putzte sich geräuschvoll die Nase.

»Spätestens jetzt war mir endgültig klar, dass Eberhard zu Tode gekommen sein musste. Ich habe zwar nie aufgehört zu hoffen, aber im Grunde meines Herzens wusste ich, dass mein Leben vorbei war. Kein Bräutigam, kein Kind, kein Häuschen mit Garten.«

Emma griff nach der Hand der alten Frau. »Wie schrecklich das alles für Sie gewesen sein muss.«

»Ja, ich war lange Zeit wie betäubt. Ich bin zur Arbeit gegangen und wieder nach Hause, habe irgendwas gegessen, bin ins Bett gegangen, wieder aufgestanden, Tag für Tag. Ich habe außerhalb von mir gestanden. Es hat fast drei Jahre gedauert, bis ich wieder zu mir gefunden habe. Irgendwann hatte ich mich damit abgefunden, dass mein Eberhard tot sein musste. Das war bitter, aber eine andere Erklärung gab es für sein Verschwinden nicht. Der logische Schluss war dabei allerdings, dass er gewaltsam zu Tode gekommen sein musste. Eine Schlägerei vielleicht, in die er zufällig geraten war, ein Autounfall oder ein Verrückter, der mit seiner Pistole ziellos herumgeballert und Eberhard getroffen hatte, man liest ja so viel. Er ist gerne den Uferweg an der Itz entlanggelaufen, aber wäre er da gestürzt und reingefallen, wäre er schließlich irgendwo angeschwemmt worden. Nein, da mussten andere Menschen mit im Spiel gewesen sein, die ihn haben verschwinden lassen. Im Wald vergraben, in Zement gegossen, eingemauert, was habe ich mir nicht alles ausgemalt.« Miss Elli wischte sich mit ihrem Taschentuch die Augen.

»Ich begreife bis heute nicht, dass man nie mehr eine Spur von ihm gefunden hat. Nichts. Wenn ich ihn hätte beerdigen können, dann hätte ich auch irgendwann mit meiner Trauer abschließen können, mich nach vorne orientieren. So musste ich weiter in der Ungewissheit leben. Ich hatte nicht einmal ein Grab, das ich hätte pflegen können und wo ich Trost gefunden hätte.«

Da saß sie nun im winterlichen Halbdunkel der Küche, die kleine alte Frau, die Hände auf dem Tisch gefaltet, den Blick versenkt in die Erinnerungen an die Vergangenheit. Im Kachelofen knisterte das Feuer. Nach einiger Zeit blickte sie auf. »Darf ich mal Ihren viel gepriesenen Ingwerlikör versuchen? Ich glaube, der täte mir jetzt gut.«

»Dabei leiste ich Ihnen gerne Gesellschaft.« Erleichtert stand Emma auf und holte die bauchige Flasche aus dem Küchenschrank. Wortlos schenkte sie zwei Likörgläser voll, und die beiden Frauen stießen miteinander an.

Miss Elli holte tief Luft, nachdem sie den ersten Schluck getrunken hatte. »Donnerwetter, der hat's vielleicht in sich!« Sie kicherte. »Ihr junger Freund Sebastian hat recht, wenn er sagt, dafür brauche man einen Waffenschein. Das habe ich nämlich an Ihrem Sommerfest gehört.«

Emma lachte. Einem Impuls folgend fragte sie, ob Ellis Cousin damals schon in dieser Straße gewohnt hätte.

Sie nickte. »Ja, er hatte das Haus kurz vorher bezogen. Seine Eltern waren verstorben und hatten es ihm hinterlassen. Ihn habe ich natürlich ebenfalls gefragt, ob er in der Nacht zu Sonntag etwas gesehen habe, nachdem die Geschichte mit dem gefundenen Hut ans Licht gekommen war. Er konnte mir jedoch nichts sagen, konnte sich gar nicht mehr erinnern, wo er am fraglichen Abend gewesen war. Seltsam, nicht wahr, dass ich jetzt auch hier wohne? Mein Cousin war ja in seinem Leben viel unterwegs, wissen Sie, der hat viele Jahre in Italien gelebt, ist dann jahrelang zur See gefahren, und eine Zeit lang war er sogar in Amerika. Dem hat es wohl hier nicht gefallen. Zwischendurch hat er zwar ab und an wieder mal eine kurze

Zeit hier gewohnt und gearbeitet, aber das Fernweh hat ihn immer wieder in die Fremde gezogen. So richtig heimisch geworden ist er allerdings nirgends da draußen in der Welt. Ein unruhiges Leben hat er geführt, der Albert. Nun ist er ja schon lange tot und hat seine Ruhe gefunden. Sie wissen sicher, dass er sich das Leben genommen hat?«

Erstaunt schüttelte Emma den Kopf. Nein, das hatte sie nicht gewusst.

Miss Elli erhob sich. »Und Ihnen lasse ich jetzt auch Ihre Ruhe. Danke, dass Sie einer alten sentimentalen Frau zugehört haben.«

»Ich danke Ihnen für Ihr Vertrauen, Fräulein Höfler, und Sie wissen ja: Ich bin jederzeit für Sie da.«

13

Es war schon gegen vier Uhr, als Emma sich endlich auf den Weg machte. Es war kalt geworden, und ein schneidender Wind ließ das Laub durch die Gerstergasse tanzen. Da und dort wirbelten erste Schneeflocken durch die Luft.

Basti hatte am Vorabend angerufen, um zur Jagd auf die Glühweinstände zu blasen. »Das Wetter passt, kalt und trocken, morgen oder nie! Du weißt, wie schnell das geht, dass der Weihnachtsmarkt vorbei ist und wir nicht ein einziges Mal dort waren! Letztes Jahr haben wir so lange herumgezaudert, bis er vorbei war!« Als ob das so ein großer Verlust wäre. In der Kälte rumstehen und sich den Mantel mit Glühwein vollkleckern. Aber Basti liebte nun mal den Budenzauber mit allen möglichen Schmankerlständen, vom Allgäuer Käse übers Schaschlik bis zur Zuckerwatte wollte er alles probieren. Wie ein kleiner Junge an Vogelschießen. »Wenn du brav mitgehst, erzähle ich dir morgen Abend auch, wem die Kastanienstraße Nummer sieben gehört.«

»Jetzt mach doch nicht ein Geheimnis draus, als ob du für den BND spionieren würdest. Du sagst das sofort, oder ich koche nie mehr für dich!« Zu spät, Basti hatte hinterhältig aufgelegt gehabt.

Als Emma am Haus ihrer Nachbarin vorbeilief, bemerkte sie Miss Elli, die an ihrem Fenster saß und Emma freundlich zuwinkte. Sie machte einen zufriedenen Eindruck, als wäre ihr eine große Last von der Seele genommen worden. Und das war wohl auch der Fall. Ich brauche weitere Einzelheiten, dachte Emma, mehr Informationen. Und dazu musste sie die Akte von damals lesen. Morgen würde sie ihre Freundin Moni anrufen, die bei der Polizei arbeitete und ihr sicher die Akte beschaffen würde. Zwar war Moni der korrekteste Mensch, den man sich vorstellen konnte, und sie würde nie über aktuelle Fälle reden oder Vertrauliches ausplaudern, aber sie hatte zum Glück auch einen ausgeprägten Hang zur Hilfsbereitschaft. Wenn man ihr klarmachte, dass damit der armen Miss Elli geholfen werden konnte, würde sie sich bestimmt erweichen lassen und die Akte kopieren. Letztendlich handelte es sich um einen uralten Fall, und sehr umfangreich dürften die Dokumente sowieso nicht sein. Schließlich war nicht viel ermittelt worden. Vielleicht brachte ja auch Kommissar Wolf die Unterlagen vorbei, man konnte nie wissen.

Die malerische Altstadt von Coburg lag nur wenige Gehminuten von der Gerstergasse entfernt. Gut gelaunt tauchte Emma ein in die historischen Gassen, die an einem Samstagnachmittag vor Weihnachten voller Leben waren. Mit Taschen bepackte Menschen schleppten ihre Einkäufe zu ihren Autos oder waren noch wie sie unterwegs auf der Suche nach dem richtigen Geschenk für ihre Lieben. Straßenmusikanten spielten weihnachtliche Weisen, und Emma warf großzügig Münzen in die aufgestellten Geigenkästen und Hüte.

Für ihre Mutter erstand Emma ein Parfüm, das sich diese ebenso wenig selbst leisten würde wie ihr Vater den französischen Cognac. Für Onkel Alfred hatte sie im Antiquariat eine Erstausgabe eines Wilhelm-Busch-Buches bestellt, das abholbereit war und in dem er die Feiertage über schmökern konnte. Unterwegs gönnte sie sich am Stehtisch vor ihrem Lieblingscafé einen Cappuccino und das erste Zigarillo des Tages. Emma nannte sich eine Ritualraucherin. Das erste Zigarillo gab es am Nachmittag zur Teepause, das zweite nach dem Abendessen, wenn der Laden abgeschlossen und das Haus aufgeräumt war, und das dritte und meist letzte irgendwann am Abend, immer draußen unter dem schützenden Glasdach der Terrasse, bei jedem Wetter.

Einem Impuls folgend, machte sie heimwärts einen Umweg und steuerte den Weihnachtsmarkt an. Sie wollte sich in aller Ruhe die Stände anschauen, dafür würde am Abend mit Basti und den Damen im Schlepptau sicher keine Zeit sein. Gemächlich schlenderte sie an den Buden vorbei. Was gab es hier nicht alles, was man nicht brauchte! Doch halt, diese fingerlosen Handschuhe mit dem originellen Überzug mit aufgesticktem Katzenkopf, mit dem man sie zu Fäustlingen umfunktionieren konnte, würden Christians Freundin Galina sicher gut gefallen. Emma ließ sie gleich als Geschenk verpacken.

»Hallo, Emma, lange nicht gesehen!«

Sie drehte sich nach der Stimme um. »Freya, das ist ja eine Überraschung! Bist du auch auf der Suche nach Weihnachtsgeschenken?«

»Nein, einfach so am Bummeln. Wie geht es dir denn?«

»Danke, ausgezeichnet. Und dass es dir gut geht, ist unübersehbar. Du wirst immer schöner und jünger.«

Freya Engelhardt lachte und zeigte dabei eine Reihe perfekter Zähne. Sie war eine außergewöhnlich schöne Frau, sah aus, wie Emma gerne ausgesehen hätte: einen halben Kopf größer als sie, gertenschlank, ein Gesicht wie aus der Kosmetikwerbung der Hochglanzzeitschriften, ebenmäßig, mit hohen Backenknochen, einer geraden Nase und strahlend blauen Augen. Ihre blonden Haare lugten unter der eleganten Strickmütze hervor, die sie gegen die Kälte aufgesetzt hatte. Freya war nicht nur schön, sie war auch klug und eine erfolgreiche Anwältin. Als Emma noch verheiratet gewesen war, waren sich die beiden Frauen gelegentlich auf Festen bei gemeinsamen Freunden begegnet. Doch obwohl sie sich sehr zu Freya hingezogen fühlte, hatte sie doch nie wirklich einen Draht zu ihr gefunden. Freya war wie aus einer anderen Welt.

»Lebst du überhaupt noch in Coburg?«, erkundigte sich Emma.

Freya schüttelte den Kopf. »Nein, ich bin schon vor Jahren nach Bamberg gezogen und arbeite dort in einer großen Kanzlei.«

Richtig, jetzt fiel es Emma wieder ein: Freya hatte sich zur gleichen Zeit von ihrem Mann getrennt, als ihre eigene Scheidung lief. Ganz plötzlich, aus heiterem Himmel, ohne irgendeine Vorgeschichte. Die Buschtrommeln behaupteten damals, sie wäre eines anderen Mannes wegen von zu Hause ausgezogen, der sie dann hatte fallen lassen. Letztendlich wusste aber keiner, was tatsächlich abgelaufen war. Freya hatte alle Brücken hinter sich abgebrochen, ihren großen Freundeskreis von heute auf morgen hinter sich gelassen und sich nie mehr gemeldet.

»Hast du Lust auf einen Glühwein?«, schlug sie Emma vor.

»Danke, aber davon bekomme ich heute Abend hier noch mehr als genug. Ich habe mich mit ein paar Freunden zu einer Glühweinprobe mit anschließendem Pizzaessen verabredet. Einem Cappuccino wäre ich allerdings nicht abgeneigt.«

»Wunderbar, dann lade ich dich ein! Such uns schon mal einen Platz an einem der Stehtische, ich hole den Kaffee.«

Emma war nicht die Einzige, deren Blicke Freya zum Kaffeestand folgten. Beim Gehen umspielten die langen Schöße ihres eleganten Mantels die schlanken Beine. Oma hat recht gehabt, dachte Emma, Eleganz kann man nicht anziehen, entweder man hat sie, oder man hat sie nicht. Was für eine attraktive Frau!

»Schön, dass wir uns mal wieder treffen.« Dankbar nahm Emma den heißen Cappuccino entgegen. »Bamberg, wie lange war ich schon nicht mehr dort? Dabei liebe ich diese Stadt! Früher habe ich mir hin und wieder mal die Zeit für einen Bamberger Einkaufsbummel genommen. Wohnst du mittendrin?«

»Ich habe mir eine Wohnung mit einer Dachterrasse gekauft, gleich unterhalb vom Dom. Von dort habe ich einen herrlichen Ausblick auf die Dächer der Altstadt und bis weit hinaus ins Umland. Ich fühle mich sehr wohl dort.«

»Das freut mich. Was macht deine Familie, leben deine Eltern noch?«

»Ja, alle wohlauf.«

Emma spürte sofort, wie Freya sich innerlich zurückzog. Verständlich, schließlich hatte sie ihr vor Jahren auf einer Gartenparty erzählt, dass sie sich mit ihrer Familie nicht sonderlich gut verstand und sich als Außenseiterin fühlte. Sie stammte aus einer wohlhabenden Familie, die Eltern besaßen im Itzgrund viel Land und betrieben ein Baugeschäft und einen Landmaschinenhandel. Nach der Geburt ihrer drei wesentlich älteren Brüder hatte sich ihr Vater eine Tochter gewünscht, aber nach Freyas Geburt war er nicht einmal in die Klinik gekommen, um seine Tochter in Augenschein zu nehmen. Er hatte kein Interesse an ihr, und so war es geblieben. Sie buhlte zeitlebens um seine Liebe, war Vorzeigeschülerin mit Einser-Abitur, promovierte mit summa cum laude und erfüllte alle Anforderungen einer Tochter aus gutem Hause. Doch sosehr sie sich auch bemühte, sie konnte die Zuneigung ihres Vaters nicht erringen. Böse Zungen behaupteten, ihre Mutter habe Freya als Kuckuckskind aus einer Kur mit nach Hause gebracht. Ein Gedanke, der so abwegig nicht war. Während ihre drei Brüder die untersetzte, zur Fülle neigende Figur ihres Vaters geerbt hatten und leider auch seine groben Umgangsformen und seinen Hang zu Streitereien, passte die große, schlanke, feingeistige Freya überhaupt nicht ins Bild. Vielleicht konnte der etwas derbe Mann mit ihren Qualitäten, mit ihrer kultivierten Art einfach nichts anfangen. Denn die Familienähnlichkeit war bei genauerem Hinsehen unübersehbar.

»Was machen deine Kinder?«

Emma fühlte sich immer unbehaglich, wenn sie von kinderlosen Frauen nach ihren Kindern gefragt wurde, und gab eine bescheidene Kurzfassung.

»Dann ist also keine Nachfolge für deinen Laden in Sicht?«, wollte Freya wissen.

»Nein, und das war auch nie geplant«, wiegelte Emma ab, »schließlich soll jeder seine eigenen Wege gehen.«

»Ja, seine eigenen Wege.« Freya rührte gedankenverloren ihren Kaffee um. »Seine eigenen Wege«, wiederholte sie noch einmal und schaute Emma an. »Besuch mich mal, wenn du dir wieder einen Einkaufstag in Bamberg gönnst. Versprochen?« Sie küsste Emma zum Abschied auf die Wange und verschwand im Gewühl der Weihnachtsmarktbesucher, ihren Kaffee unberührt zurücklassend.

Emma schaute ihr nachdenklich hinterher. Wenn die mal

nicht ein Mordsproblem hatte! Andererseits, hatte sie nicht früher schon manchmal recht eigenartig und spontan reagiert? Am liebsten wäre Emma ihr nachgelaufen, um sie in den Arm zu nehmen und zu trösten.

14

Basti erschien gegen viertel sieben in der Gerstergasse. Er war wie immer bester Laune und forderte sofort ein Glas Wein ein. Zum Vorglühen, wie er meinte.

»Du bekommst von mir gar nichts, bevor du mir nicht gesagt hast, wem die Kastanienstraße sieben gehört«, erklärte ihm Emma mit Nachdruck. »Und schmeiß jetzt bloß keine Nebelkerzen um dich!«

»Nur wenn du ein Glas Wein mit mir trinkst.« Basti blieb hartnäckig.

Emma stöhnte. Schon den ganzen Nachmittag hatte sie leichte Kopfschmerzen, die sich in ihrem Hinterkopf eingenistet hatten wie Ameisen in der Zuckerdose: schleichend und unaufhaltsam, schwach genug, um keine Gegenwehr herauszufordern, und doch stark genug, um ihr die Stimmung zu vermiesen.

Basti holte sich ungeniert eine Flasche Rotwein aus der Speisekammer, entkorkte sie und schenkte ihnen zwei Gläser ein. »Hast du nichts im Kühlschrank? Ich habe einen Bärenhunger.«

»In fünf Minuten wird Pia auftauchen, um uns abzuholen. Du wirst doch noch die halbe Stunde warten können, bis wir auf dem Markt sind.« Langsam verlor sie die Geduld. »Los jetzt! Sag schon: wem?«

»Na gut. Also, die Besitzerin ist vor sechs Wochen gestorben, eine gewisse Frau Edwina Widmaier. Vererbt hat sie das Haus, das übrigens auch als ›Lindenthal-Villa‹ bezeichnet wird, ihrem Neffen Stefan Engelhardt. Der Inhalt allerdings, also alle bewegliche Habe von den Möbeln bis zum letzten Schlüpfer der guten Frau, geht an ihre Nichte Freya Engelhardt, die in Bamberg lebt.« Basti schien Emmas Überraschung nicht zu bemerken, denn er redete munter weiter. »Das muss ordentlich was gewesen sein, hat mir mein Arbeitskollege erzählt, der die Familie Widmaier gut kennt. Die alte Dame hatte sich wohl mit einer exquisiten Sammlung alter Möbel und sonstiger Antiquitäten umgeben. Frau Engelhardt muss übrigens das Haus bis Ende des Jahres räumen. Was dann noch drin ist, fällt an ihren Bruder Stefan.«

»Freya Engelhardt?« Emma blieb vor Verblüffung der Mund offen stehen. »Das ist ja ein Ding«, fand sie ihre Worte wieder. »Die habe ich heute in der Stadt getroffen und einen Kaffee mit ihr getrunken. Na ja, fast jedenfalls. Und warum weiß ich nichts von diesem Antiquitätenverkauf? Da wird vor meiner Nase ein Haus geräumt, und ich erfahre nichts davon!«

»Du kennst die Frau? Woher denn?« Nun stand Basti die Verblüffung ins Gesicht geschrieben.

»Aus meiner Zeit, als ich noch mit Jürgen verheiratet war. Sie war die Frau eines seiner Freunde, und wir haben uns damals hin und wieder auf Festen getroffen. Seit sie sich vor zwölf Jahren hat scheiden lassen und nach Bamberg gezogen ist, habe ich sie allerdings nicht mehr gesehen, bis sie mir vorhin auf dem Weihnachtsmarkt über den Weg gelaufen ist.« Emma nippte zögerlich an ihrem Rotwein. »Flottner! Na klar, die hat den Deal mit Flottner gemacht. Und der hat sich natürlich gehütet, in der Branche etwas darüber verlauten zu lassen, dass er einen kompletten antiken Hausrat aufkauft. Na, hoffentlich hat der die gute Freya mal nicht über den Tisch gezogen.«

Pia kam ins Zimmer gestürmt, im schicken Mantel und mit Pelzmütze. »Bewegung, ihr Faulpelze. Wir sind um halb sieben auf dem Markt verabredet, worauf wartet ihr? Hast du gar keinen Hunger, Basti?«

»Und wie, sieh dir doch seine eingefallenen Wangen an! Ich konnte ihn nur mit Mühe von meinem Kühlschrank fernhalten.«

Anklagend schaute Basti Emma an. »Siehst du, Pia versteht mich! Aber macht euch nur über mich lustig. Wenn ich nachher wieder euren Lakaien spielen darf, Basti dies, Basti das, dann werde ich euch an eure Hartherzigkeit erinnern. Also los, Mädels, auf geht's! Rollen wir die Glühweinstände auf!« Er leerte sein Glas mit einem Zug, schnappte sich seine Jacke und trabte unternehmungslustig zur Haustüre hinaus. Die beiden Frauen folgten ihm, und Emma schloss sorgfältig hinter sich ab.

Miss Elli stand vor ihrem Haus und kehrte den wenigen Schnee vom Bürgersteig.

»Hallo, Fräulein Höfler, wir gehen auf den Weihnachtsmarkt und anschließend Pizza essen, haben Sie nicht Lust, uns zu begleiten?«

»Nein danke, das ist nichts für mich. Aber Ihnen wünsche ich viel Spaß.«

»Na, dann Ihnen auch einen schönen Abend.« Emma winkte ihr augenzwinkernd zu.

»Was ist denn mit dir los, dass du Miss Elli einlädst?«, fragte Pia erstaunt.

»Tja, du wirst es nicht glauben: Ich habe Freundschaft mit ihr geschlossen. Ich denke mal, wir werden uns in nächster Zeit mehr mit unserer gemeinsamen Nachbarin beschäftigen. Das erzähle ich euch nachher beim Abendessen.«

15

Das Leben in diesem Haus war für ihn unerträglich geworden. Keine Nacht schlief er mehr durch. Oft lief er stundenlang durch die nächtlichen Straßen der Stadt oder quälte sich auf dem Fahrrad den Hofgarten hinauf bis zur Veste und weiter, bis zur Brandensteinsebene, schweißüberströmt. Manchmal ging er in den Keller und betrachtete die Mauer. Dann sprach er mit ihm, erzählte ihm, was es Neues gab auf der Welt. Sie erwähnte er nie. Jetzt werde ich wahnsinnig, dachte er dann, wie soll das weitergehen?

Wie magisch zog sie ihn an, diese Mauer. Man sah keinen Unterschied zu den anderen Wänden, als wäre sie zur gleichen Zeit errichtet worden. Er hatte sie verputzt und dann alle Wände gleichmäßig neu gestrichen.

Oft fuhr er schreiend aus dem Schlaf auf, schweißgebadet. Immer und immer wieder hörte er den dumpfen Aufschlag des Körpers auf der Windschutzscheibe. Immer wieder sah er das Bild vor sich, den verrenkten Körper des toten Mannes, von Nebelschwaden umhüllt, die gebrochenen Augen, den im Mund aufblitzenden Goldzahn. Das Ganze war seine Schuld, er hatte den Mann auf dem Gewissen, nie hätte er zulassen dürfen, dass diese Niete sich betrunken ans Steuer setzte!

Das Allerschlimmste war, ihr zu begegnen. Ihren Schmerz zu sehen, ihre Trauer, ihre Hoffnungslosigkeit, die die Qual der Ungewissheit in ihr hatte erwachsen lassen. Unerträglich. Und doch war sie stark, sie glaubte fest und unerschütterlich an ihn und seine Liebe. Mit einem Satz, einem einzigen Satz, könnte er sie erlösen, ihr Gewissheit geben. Aber das brachte er nicht fertig. Nein, nie würde er über das Geschehene reden können.

Letzthin hatte er den Torero getroffen. Aufgebrezelt und arrogant wie immer. Sie erwähnten die Sache mit keinem Wort. Der Torero schien das grauenvolle Geschehen einfach wegge-

steckt zu haben. Aber wer wusste schon, was sich hinter seiner Fassade verbarg?

Er musste weg hier, dies alles hinter sich lassen, ein neues Leben anfangen, raus aus diesem Haus, egal, wohin. Nur, was sollte er mit dem Haus machen? Verkaufen kam nicht in Frage, der neue Eigentümer würde vielleicht irgendwann mal eine Sauna einbauen wollen und dafür womöglich die Mauern einreißen. Dann würde er ihn finden.

Ein Freund hatte ihm erzählt, dass er auf einem Frachter zur See fahren wolle. Zur See fahren. Er dachte zurück an das Matrosenhemd und die Marinemütze und fing haltlos an zu schluchzen.

16

Eleonore Höfler schaute den dreien nach, wie sie dem Weihnachtsmarkt zustrebten, vergnügt schwatzend wie Kinder auf einem Schulausflug. Wahrscheinlich trafen sie sich dort mit ihren Freunden und würden wieder einen lustigen Abend verbringen. Obwohl sie von ihrem Naturell her eher der ruhige, zurückgezogene Typ war, fragte sich Miss Elli in letzter Zeit hin und wieder, wie ihr Leben wohl verlaufen wäre, hätten Eberhard und sie geheiratet. Auch er war ein ruhiger Mann gewesen, der sich nicht viel aus öffentlicher Unterhaltung machte, aber er war doch sehr viel geselliger gewesen als sie und Mitglied eines monatlichen Stammtisches, an dem regelmäßig Karten gespielt wurde. Einmal hatte sie ihn begleitet und zu ihrer großen Verwunderung festgestellt, dass Eberhard ausgelassen und fröhlich das Kartenspiel und die Gesellschaft seiner Stammtischfreunde genoss.

Ob sie wohl Freunde eingeladen hätten, gemeinsam Silvester und Geburtstage gefeiert, das Schützenfest besucht? Womöglich mit Arbeitskollegen oder Nachbarn zusammen in den Urlaub gefahren wären? Eberhard hätte es vermutlich gefallen. Und dann wäre da das Kind gewesen. Auch das Kind hätte sicher dazu beigetragen, dass sie mehr unter Menschen gekommen wäre. Kindergartenfest, Schuleinführung, Konfirmation, es hätte so viele Anlässe gegeben, bei denen sie mit anderen Menschen zusammengekommen wäre und gemeinschaftlich gefeiert hätte.

Nach dem Tod des Bräutigams und des ungeborenen Kindes hatte Eleonore Höfler lange Jahre wie erstarrt gelebt. Die Trauer hatte sich in ihren Eingeweiden festgekrallt wie ein Krake und sie emotional in ein Vakuum versetzt. Gefühle wurden gleichgesetzt mit Leid. Wer keine Gefühle mehr zulässt, Freude, Glück, Vertrauen ins Leben, den kann auch das Leid nicht mehr treffen, so glaubte sie. Ihre tägliche Routine im Haushalt und vor allen Dingen ihre Arbeit, die sie jeden Tag aufs Neue gezwungen hatte, aufzustehen, sich anzukleiden und in der Wäscherei ihren Pflichten nachzukommen, halfen ihr, das Trauma des Verlustes langsam zu verarbeiten. Irgendwann begann sie wieder, sich an den Gesprächen der Kolleginnen zu beteiligen.

Neuen Auftrieb allerdings gab ihr erst wieder der Umzug in das geerbte Haus. Damit öffnete sich ihr eine neue Welt. Allein die Größe der Wohnung war schon ein Luxus, den sie außerordentlich genoss. Eleonore stürzte sich mit Eifer in die Renovierung. Sie lernte, mit Farbe und Pinsel umzugehen, strich Türen und Fenster und nähte neue Vorhänge. Und der Garten, welch eine Herausforderung! Kaum, dass der letzte Schnee in der Sonne geschmolzen war, stand sie mit Hacke und Unkrauteimer bewaffnet draußen, auf jedes neue Kräutlein lauernd. Sie schrubbte die Steine des Gartenweges und kehrte unermüdlich die letzten welken Blätter des vergangenen Herbstes zusammen, die der Wind von den nahen Uferbäumen entlang der Itz immer wieder herüberwehte. Sie pflanzte Sträucher und Blumen und verwandelte so den Garten nach und nach in ein gepflegtes Blumenparadies.

Am Anfang störte sich Elli an dem lebhaften Treiben in den Gärten ihrer beiden Nachbarinnen. Kein sonniges Wochenende, an dem nicht Besuch auf der Terrasse saß, und kaum ein lauer Sommerabend, an dem nicht draußen zu Abend gegessen wurde. Mit der Zeit jedoch fand sie Gefallen daran, das Treiben der beiden zu beobachten und die Entwicklungen der Familien zu verfolgen. Sie weinte mit, als Emmas Hund überfahren und im Garten begraben wurde, sie freute sich über Johannas bestandenes Examen als Physiotherapeutin und nahm lebhaften Anteil an den Diskussionen, in denen Emma mit ihrem Sohn Christian über den Unterschied zwischen Rechtsprechung und Gerechtigkeit philosophierte. Als Pias Tochter Gundis um ein Haar kurz vor dem Abitur von der Schule verwiesen worden wäre wegen einer spätpubertären Albernheit, wäre sie am liebsten zum Direktor gelaufen, um ihn zur Rede zu stellen.

Über die Jahre waren die Familien der beiden alleinerziehenden Frauen ein fester Bestandteil ihres Lebens geworden.

Inzwischen wartete sie schon ungeduldig auf die Abende, an denen bei Pia oder Emma auf der Terrasse Freunde zu Gast waren, und sie liebte es, den Streitgesprächen oder einfach den heiteren Unterhaltungen zu folgen. Ihr Schlafzimmerfenster lag genau in der Mitte, und so hatte sie sozusagen ihr eigenes Radioprogramm. Manchmal setzte sie sich sogar heimlich auf einen Stuhl an die Terrassentür, um ja nichts zu überhören. Ein schlechtes Gewissen hatte sie dabei nicht, schließlich war es doch nicht ihre Schuld, dass sie im Epizentrum der kleinen Erdbeben in Emmas und Pias Leben wohnte. Und überhaupt, hatten die beiden sie nicht oft genug eingeladen? Dann konnte es sie auch nicht stören, wenn Elli alles mit anhörte.

Vielleicht sollte ich einfach mal eine Einladung annehmen?, dachte sie jetzt, bevor die aufhören, mich einzuladen. Warum bin ich nicht mit, wo ich mir doch schon lange mal den Weihnachtsmarkt am Abend anschauen wollte? Erschrocken über ihre abenteuerlustigen Gedanken kehrte sie hastig den restlichen Schnee auf die Straße und ging zurück in die Sicherheit ihres Hauses.

17

Uschi und Paula warteten schon wie verabredet unter dem großen, mit Tannenzweigen und Glaskugeln geschmückten Torbogen, der mit Hunderten von Lichtern den Haupteingang des Weihnachtsmarktes erstrahlen ließ.

»Na, endlich, wo bleibt ihr denn? Wir frieren uns schon die Nasen ab«, beklagte sich Uschi, die den Mantelkragen hochgeschlagen hatte gegen den aufkommenden kalten Wind, der immer mehr Schneeflocken vor sich her trieb.

Basti grinste. »Dann wird es Zeit für den ersten Glühwein! Los, Mädels, ihr sucht einen freien Tisch, und ich gebe schon mal die Bestellung auf. Haben die Damen besondere Wünsche? Aber bitte nicht zu kompliziert!« Lachend gaben sie ihre Wünsche zum Besten, und Basti verschwand im Gewühl der Besucher, um die erste Runde Glühwein zu holen.

In der Mitte des Marktes stand ein großer, mit Tausenden kleiner Lämpchen beleuchteter Pilz, unter dessen schützendem Hut man an rustikalen Stehtischen seine Speisen und Getränke verzehren konnte. Die Oberaufsicht über den Weihnachtsmarkt führte wie jedes Jahr Prinz Albert, in Bronze gegossen, der wohl prominenteste Spross aus dem Herzogshaus Sachsen-Coburg-Gotha, dessen Denkmal in der Mitte des Pilzes stand. Im Februar 1840 hatte er die englische Königin Victoria geheiratet, seine Cousine, deren Mutter eine geborene Prinzessin von Sachsen-Coburg-Saalfeld war. Die beiden waren sehr fortpflanzungsfreudig und setzten neun Kinder in die Welt, aus denen vierzig Enkel und achtundachtzig Urenkel hervorgingen. Diese wiederum heirateten in alle möglichen Dynastien ein, sodass das Coburger Herzogshaus familiäre Verbindungen zu fast jedem Herrscherhaus in Europa und teilweise auch in Übersee knüpfte. Bis zum Ende des 19. Jahrhunderts eroberten die Abkömmlinge der beiden durch Heirat die Throne von Großbritannien, Belgien, Portugal und Bulgarien, wurden Prinzgemahle und Kronprinzessinnen von Preußen, Mexiko, Österreich, Sachsen, Hohenzollern und Rumänien. Im 20. Jahrhundert fassten sie Fuß in den Dynastien von Schweden, Italien und Luxemburg.

Dieser engen familiären Verflechtung des Hauses Coburg mit ganz Europa war es wohl mit zu verdanken, dass man den Zweiten Weltkrieg mit verhältnismäßig geringen Bombenschäden überstanden hatte, auf die Verwandtschaft schoss man schließlich nicht. Was wiederum zur Folge hatte, dass Coburg heute über eine fast intakte historische Altstadt verfügte, verbrämt mit den unvermeidlichen Eiterbeulen der modernen Nachkriegsarchitektur, die zwischen den historischen Häusern hockten wie hässliche Kröten. Ihre Aufgabe war es vielleicht, durch ihre Hässlichkeit die Schönheit der historischen Gebäudeensemble zu unterstreichen. Die Coburger Stadttauben allerdings zeigten sich von Alberts dynastischen Verdiensten nicht sonderlich beeindruckt, wie man an den weißen Hinterlassenschaften auf dessen Kopf und Schultern sehen konnte.

Die Damen hatten Glück, gerade trat eine Großfamilie den Rückzug an und gab zwei der kleinen Stehtische frei, die die vier Frauen sofort beschlagnahmten und zusammenschoben.

»Ich hole schon mal eine Kleinigkeit zu essen, was wollt ihr denn?« Uschi liebte es, die Menschen in ihrer Umgebung zu füttern. Sie stammte aus einer alteingesessenen Coburger Bäcker-und-Konditor-Dynastie und fühlte sich nur wohl, wenn alle satt und zufrieden waren. Ohne eine Antwort abzuwarten, verschwand sie in Richtung der mannigfaltigen Fressbuden.

»Stopp, ich komme mit! In dem Gedränge kannst du das nicht alleine tragen.« Paula eilte besorgt hinterher.

Emma schaute sich fröstelnd um. Ob das wohl so eine gute Idee war, ausgerechnet am Samstagabend hierherzukommen? Die Menschen schoben sich dicht an dicht zwischen den Buden hindurch, und an den Stehtischen drängten sich die Leute in Zweierreihen. Mehrfach mussten sie und Pia ihre Tische verteidigen, und sie waren sehr erleichtert, als Basti mit einem Tablett voller Glühweintassen zurückkam.

»Wo bleibst du denn? Wir hätten die Tische meistbietend versteigern können.« Emma nahm sich eine Tasse vom Tablett.

»Immer mit der Ruhe. Holen die Mädels Proviant?«

»Nein, sie fahren Karussell.« Pia griff sich eine Tasse und wärmte daran ihre kalten Hände.

»Hoffentlich bringen sie Bratwürste mit und Schaschlik. Und ein paar Kostproben von dem Käsestand dahinten am Brunnen, der hat so köstlichen Ziegenkäse. Was Süßes könnte ich auch vertragen. Kommt Elsa heute nicht?«

»Nein, sie muss für eine erkrankte Kollegin einspringen«, klärte ihn Pia auf. »Sag mal, bist du schwanger? Das wird ja immer schlimmer mit deinem Appetit!«

Basti verteilte die restlichen Tassen. »Wieso? Ich bin eben noch am Wachsen.«

»Na, hoffentlich nicht in die falsche Richtung!« Emma tätschelte vielsagend Bastis Bauch.

Genüsslich schlürften die drei ihren heißen Glühwein und betrachteten kritisch das Menschengewühl.

Pia seufzte. »Kann mir mal einer erklären, was an so einem Geschiebe und Gedränge schön sein soll?«

»Na, hör mal, Basti und du, ihr beiden fehlt doch auf keinem Fest. Samba, Klößmarkt, Pfingst-Konvent, wann immer in der Stadt was los ist, seid ihr vorne dabei.«

»Das kannst du nicht verstehen, Emma, das ist wie eine Sucht. Man betrinkt sich, weil man einen lustigen Abend mit Freunden verbringt, und am nächsten Morgen fragt man sich mit dröhnendem Schädel, was um alles in der Welt einen geritten hat, wieder so viel zu trinken. Genauso ist es mit Festen. Wenn man nicht dort war, glaubt man, etwas versäumt zu haben, und wenn man dort ist, fragt man sich, warum man sich das antut.« Pia steckte sich eine Zigarette an. »Soll ich etwa zu Hause versauern? Außerdem trifft man dort immer sehr interessante Menschen. Und schließlich will man doch die Organisatoren auch nicht durch sein Fernbleiben demotivieren.«

Uschi und Paula kamen zurück, jede mit Tellern und Tüten beladen, die mit Mühe auf den beiden Tischen Platz fanden.

Begeistert stürzte sich Basti auf das Schaschlik, und es dauerte nicht lange, da hatte er den ersten Soßenfleck auf seiner Jacke.

»Kannst du nicht ein einziges Mal essen wie ein zivilisierter Mensch, ohne dir die Soße über die Kleidung zu kleckern? Du bist wie ein kleiner Junge!« Uschi begann sofort, mit einem Taschentuch den Fleck zu bearbeiten.

»Hände weg!« Basti schlug ihr spielerisch auf die Finger. »Das hättest du wohl gern, in der Öffentlichkeit an einem jungen, attraktiven Mann herumfummeln. Nichts da, jetzt, wo ich schon mal kontaminiert bin, kann ich wenigstens ungeniert weiterkleckern. Wie schmecken denn die gebratenen Pilze? Schieb mal rüber! Ist da auch ordentlich Knoblauchsoße dran?« Basti naschte von allen Tellern, und als alle anderen satt waren, machte er sich gewissenhaft über die Reste her, bis sämtliche Teller und Tüten leer waren.

»Hallo, wen haben wir denn da? Schau doch mal, Emma, da drüben schlürft Poirot seinen Glühwein. Ganz alleine, wie es aussieht. Der Ärmste.« Pia deutete in Richtung des Ausganges.

»Wo denn? Den will ich sehen.« Basti folgte mit seinem Blick Pias Finger. »Doch nicht etwa der dunkelhaarige gut aussehende Knabe neben der Galettes-Bude? Wow, wenn seine Fortpflanzungs-Hardware hält, was seine kräftige Nase und sein fescher Schnurrbart versprechen, dann frage ich mich, warum sich noch keine von euch an ihn rangeschmissen hat. Geh doch mal rüber, Emma, und lade ihn an unseren Tisch ein. Der ist ja ein richtiges Sahneschnittchen. Und ihr seid euch wirklich sicher, dass der nicht schwul ist?«

»Basti, musst du die Unterhaltung immer auf dein Niveau herunterziehen! Es tut mir leid, mein Lieber, aber der gehört uns, er ist geschieden und hat zwei Kinder.« Pia schaute verschwörerisch um sich. »Ich habe mich bei meiner Schulfreundin Jutta erkundigt, die auch bei der Polizei arbeitet.«

»Entschuldige, Pia, dass meine Sprüche dein zartes Gemüt irritieren, ich habe heute wohl meinen schlüpfrigen Tag. Und im Übrigen«, Basti winkte ab, »weißt du, wie viele verheiratete und geschiedene Schwule ich kenne? Du würdest vom

Stuhl fallen, wer da alles mit von der Partie ist. Ich werde den Herrn Kommissar einfach anbaggern, mal sehen, wie er reagiert. Mist, jetzt geht er weg, das habt ihr nun davon! Wie kann man so einen Mann ziehen lassen? Wir bleiben allerdings noch, also auf zur zweiten Runde! Was darf ich euch jetzt holen?«

Die Damen bestellten unisono Heidelbeerglühwein, und mit theatralischem Stöhnen und leeren Tassen verschwand Basti wieder in der Menge.

»Ich komme mir vor wie bei einer K+K-Veranstaltung.« Pia zeigte mit einer weiten Geste auf die umliegenden Buden. »Kneipen und Kitsch, raffiniert angeordnet. Die Fresstempel umzingeln die Tische, und dahinter stehen die Buden mit dem Tand.«

»Das ist doch clever durchdacht«, meinte die praktisch veranlagte Uschi. »Stell dir vor, es wäre umgekehrt und man müsste den Proviant von ganz hinten holen und durch die Menschenmenge tragen. Da würde unterwegs doch die Hälfte auf dem Boden landen.«

»So viel Kitsch ist es ja auch wieder nicht«, wandte Emma ein. »Ich habe heute Nachmittag schöne kleine Geschenke gefunden.«

»Du warst heute schon mal hier? Kannst wohl gar nicht genug kriegen«, wunderte sich Paula.

»Ich wollte einfach mal in Ruhe über den Markt bummeln. Das kann man nur alleine und wenn nicht gar so viele Leute hier sind. Und stellt euch vor, wen ich dabei getroffen habe!« Emma erzählte in kurzen Worten von ihrer Begegnung mit Freya Engelhardt.

»So ein Zufall«, warf Paula in die Unterhaltung ein. »Ich habe letzte Woche meine Freundin Iris getroffen, Freyas ehemalige Nachbarin. Ich weiß gar nicht mehr, wie wir auf sie zu sprechen gekommen sind, jedenfalls hat Iris mir erzählt, dass sie Freya regelmäßig in Bad Staffelstein beim Kraft- und Kampfsporttraining trifft. Hat sie wieder einen Mann?«

»Ich habe sie nicht gefragt, liebe Schwester, man kann aber

auch wunderbar ohne Mann leben, das siehst du schließlich an Pia und mir.«

»Ja, schon, Emma, aber das ist doch nicht unsere Bestimmung. Man braucht einen Partner, mit dem man Freud und Leid teilt. Der immer für einen da ist, wenn man ihn braucht. Neben dem man früh aufwacht.«

»Klar, und der einem die ganze Nacht die Ohren vollschnarcht.« Pia schüttelte energisch den Kopf. »Das klingt für dich vielleicht gut, ich jedoch brauche meine Freiheit. Auf Dauer kann ich die Kerle nicht aushalten, sie begrenzen mich. Und ich genieße es, immer mal wieder eine neue Kerbe in meinen Bettpfosten zu schneiden. Lieber hin und wieder Ringe unter den Augen als ständig einen am Finger! Überhaupt, was ist denn die Ehe? Das ist nur eine lustige Bezeichnung dafür, dass man sich fortan um ein erwachsenes männliches Kind kümmert, dessen Eltern nicht mehr in der Lage sind, mit ihm fertigzuwerden. Oder, noch schlimmer, man lädt sich ein Problem auf, dessen sich eine andere Frau endlich glücklich entledigt hat. Nein, meine Liebe, ich weiß meine Freiheit zu schätzen.«

»Dem kann ich nur zustimmen«, fiel Uschi in die Unterhaltung ein. »Männer darf man genießen, aber nicht erwarten, dass sie einen erfüllen. Ich könnte mir überhaupt nicht mehr vorstellen, mein Leben mit einem Mann zu verbringen. Dafür bin ich einfach nicht geeignet. Da heiratet man ein paar liebenswerte Marotten mit Muskeln, und irgendwann steht ein sonderbarer Eigenbrötler vor einem, in einem sehr geräumigen Körper, und den hat man dann für den Rest seines Lebens an der Backe. Wenn ich etwas Kuscheliges brauche, das zu Hause auf die Möbel aufpasst, dann hole ich mir lieber einen Kater aus dem Tierheim. Der schnarcht nicht, lässt keine schmutzigen Socken rumliegen, und wenn er nachts mal um die Häuser zieht, muss ich mir keine Sorgen machen.«

»Aber Pia, bist du nicht froh, dass du ein Kind hast?« Paula, Mutter dreier halbwüchsiger Kinder und eine notorische Glucke, stellte das Familienleben über alles. Ihr Leben drehte sich ausschließlich um ihren Gatten und den Nachwuchs.

»Was soll die Frage, Paula? Natürlich ist Gundis das Beste, das mir je passiert ist, der Mittelpunkt meines Lebens. Ich freue mich jeden Freitag, wenn sie kommt, ich koche für sie ihre Lieblingsgerichte, ich stehe früh auf und bereite das Frühstück für uns beide vor, wasche ihre Wäsche übers Wochenende, wir gehen zusammen bummeln und einkaufen, und ich freue mich über jede Minute mit ihr. Und wenn sie am Sonntagabend wieder wegfährt, umarme und küsse ich sie und wünsche ihr eine schöne Woche an der Uni. Dann setze ich mich raus, rauche eine, mache eine Flasche Wein auf und genieße meine Ruhe.« Pia stopfte sich eine Haarsträhne unter ihre Mütze. »Mehr Familienleben würde ich als krasse Einmischung in meine Privatsphäre empfinden.«

Paula fing an, die Pappteller zusammenzuräumen. »Die brauche ich nicht«, meinte sie schließlich trotzig. »Ich bin immer und jederzeit für alle da, und zwar gerne. Und mit euch treffe ich mich ja schließlich auch immer, ich habe also durchaus ein Privatleben neben der Familie!«

»Dann ist es ja gut, wenn du es immer und für alle gerne tust.« Pias Zweifel war nicht zu überhören. »Niemand ist auf dieser Welt, um nur für andere da zu sein. Wir dürfen über unsere Fürsorge für die anderen nicht vergessen, unser eigenes Leben zu leben, deshalb sind wir nämlich hier. Außerdem nehmen wir ihnen die Verantwortung für sich selber ab, und dazu haben wir kein Recht. Wer ausschließlich für andere lebt, verpasst dabei die eigentliche Wahrheit seines Lebens. Aber bitte, wenn du denkst, dass das das Richtige ist, dann musst du das tun. Und wenn du dann mal Lust auf eine Auszeit von deinem Heiligendasein und auf prickelnde Abenteuer hast, dann ruf mich an. Ich sage dir, wie das geht. Ich will ja jetzt nicht vor allen fragen, ob dich dein Gottlieb zum Kommen bringt, aber sage mir eines, bringt er dich wenigstens zum Lachen?«

Paula wurde rot bis an die Haarwurzeln. Sie schwieg einen Moment lang, die Stirn in Falten gelegt. »Er bringt mich nicht zum Weinen.«

»Das ist zu wenig! Es muss in deinem Bauch kribbeln, wenn

du seinen Schlüssel im Türschloss hörst, du musst dich auf ihn freuen, auch jetzt noch, nach so vielen Jahren Ehe. Wenn du damit zufrieden bist, dass er dich nicht zum Weinen bringt, dann solltest du dich mal fragen, wie es um deine Ehe steht. Ich frage mich, ob es dann nicht tatsächlich besser wäre, wenn er dich hin und wieder zum Weinen brächte, dann wären wenigstens überhaupt noch Emotionen im Spiel!«

»Du kannst das doch überhaupt nicht beurteilen, Pia! Du warst noch nie länger als ein Jahr mit einem Mann zusammen und hast die Männer nie bei dir einziehen lassen. Bei uns ist das anders, nach achtzehn Jahren Ehe und drei Kindern hat der Alltag die Oberhand gewonnen, da ist es mit dem Honeymoon und den Schmetterlingen im Bauch vorbei.«

»Nun ja, da ist vermutlich was dran«, stimmte Pia zu. »Wenn die Bluthunde der Leidenschaft arthritisch geworden sind oder bereits eines natürlichen Todes gestorben, dann mag vielleicht eine harmonische und vermutlich langweilige Partnerschaft möglich sein. Mir ist es jedenfalls lieber, sie immer wieder neu von der Kette zu lassen, und genau deswegen habe ich bisher immer spätestens nach einem Jahr die Notbremse gezogen. Lauwarme Suppe mag ich nicht.«

»Ich frage mich, ob es eine glückliche Ehe wirklich gibt. Ich meine eine lebenslange, wirklich glückliche Ehe. Die noch dazu nicht lauwarm wird«, meinte Emma nachdenklich.

Die Frauen standen um den Tisch, eine jede damit beschäftigt, über das eigene Leben und Lieben nachzudenken.

Schließlich ergriff Pia zögernd das Wort. »Ich glaube schon lange nicht mehr, dass die große Liebe als Feuerwerk daherkommt, als der große emotionale Urknall, atemberaubend und die Sinne verwirrend. Sie bedeutet vielmehr, sich wertgeschätzt, anerkannt und ermutigt zu fühlen, so wie man ist. Bedingungslos.«

»Dass ausgerechnet du das sagst, rührt mich zutiefst.« Uschi wischte sich eine Träne aus dem Auge, wobei unklar blieb, ob die sich von der Kälte oder von Pias Worten verursacht dort eingenistet hatte. »Bis jetzt dachte ich, du seist eine oberflächliche Tussi, unfähig für tiefere Gefühle. Hast du deshalb nicht geheiratet, weil du Angst hattest, genau diese tiefe Liebe nicht zu finden oder schließlich dabei verletzt zu werden?«

»Quatsch!« Pia war es sichtlich peinlich, für einen Moment ihren Panzer geöffnet und Schwäche gezeigt zu haben. »Den möchte ich sehen, der mich verletzen will. Der muss sich warm anziehen. Heiraten ist gegenseitige Freiheitsberaubung in beiderseitigem Einvernehmen und eine Dummheit, die man nur zu zweit begehen kann. Ich mache meine Dummheiten eben lieber alleine.«

Sebastian platzte mit der nächsten Runde Glühwein dazwischen. »Mann, ist das ein Stress, du denkst, demnächst wird ein Ausschankverbot ausgesprochen. Ihr könntet mich ruhig mal dafür loben, dass ich mich todesmutig für euch in den Glühweinverteilungskampf stürze.«

»Basti, wir danken dir, was wären wir nur ohne dich, du bist die Kirsche auf unserer Torte!«

»Mach dich nur lustig über mich, Uschi. Verdursten würdet ihr ohne mich! So, und jetzt brauche ich etwas Süßes, bevor wir Pizza essen gehen. Dahinten gibt es Schokofrüchte, Mohrenköpfe und gebrannte Mandeln. Was soll ich euch holen?«

»Gar nichts!« Paula schüttelte sich bei dem Gedanken, noch mehr zu essen. »Ich bin pappsatt, wie soll ich da noch Pizza essen? Wo hast du überhaupt einen Tisch bestellt?«

»Wieso bestellt, wir gehen einfach ins ›Maccaroni‹ oder zu Maria, die werden doch wohl noch was freihaben.«

»Wie bitte, du hast nicht reserviert?« Pia war fassungslos. »Ich fall vom Glauben ab! Wo lebst du denn? Wir sind hier in Coburg, nicht auf deinem Kuhdorf, und es ist Samstagabend, da kriegst du noch nicht mal auf dem Klo einen freien Platz. Ich fass es nicht. Das geht vielleicht in eurer Bauernkneipe in der Pampa, aber doch nicht hier in der Stadt an einem Adventssamstag!«

»Wir führen ein Restaurant mit gehobener Küche, von wegen Bauernkneipe, und wir sind immer ausgebucht!« Basti war sehr empfindlich, wenn es um den elterlichen Gasthof ging.

»Eben«, mischte sich Uschi ein, »daher dürftest du doch wissen, dass es völlig aussichtslos ist, hier von Italiener zu Italiener zu antichambrieren. Ich mache euch einen Vorschlag: Gegessen haben wir sowieso genug, aber etwas Süßes können wir alle noch vertragen. Wir haben heute frischen Baumkuchen gebacken, ich hole uns einen, und wir essen den dann irgendwo. Ich kann euch leider nicht zu mir einladen, meine Eltern haben Besuch, und das Haus ist voller Mischpoke. Die Jakob-Sisters sind da, die Cousinen meiner Mutter aus Köln, von der ganzen Verwandtschaft gefürchtet. Die haben am Kölner Karneval einen Bühnenauftritt und sind imstande, bei mir zu dritt in der Wohnung aufzutauchen und uns eine Kostprobe ihrer karnevalistischen Einlagen zu geben.«

»Kein Problem«, meinte Pia kurz entschlossen. »Geh du mal deinen Kuchen holen, und wir treffen uns dann bei mir.«

»Habt ihr kein Tiramisu mehr im Laden?«

»Basti!«

18

Wenig später saßen die fünf bei Pia im Esszimmer. Uschis Baumkuchen und ein Tiramisu standen auf dem Tisch, Pia servierte den Kaffee.

»Pia, hast du Onkel Alfred schon auf die Konten des flotten Andi gehetzt? Ich wüsste zu gerne, wie seine Aktien stehen.« Basti wischte sich den Kakao-Schnurrbart vom Tiramisu aus dem Gesicht.

»Ich sage dir, das war vielleicht ein Stück Arbeit.« Pia verdrehte theatralisch die Augen. »Ich habe mit Engelszungen auf ihn eingeredet und ihm klargemacht, dass Emma unweigerlich im Knast landet, wenn wir nicht ihre Unschuld beweisen. Die Kleinigkeit, dass sie ein Zahnarzt-Alibi hat, habe ich dabei diskret verschwiegen. Erst mein Hinweis, dass es da vielleicht jede Menge finanztechnischer Unregelmäßigkeiten geben könnte, insbesondere was den Verkauf des beweglichen Nachlasses von Frau Widmaier angeht, hat ihn dann doch Blut lecken lassen. Er will sich am Montag mal in Flottners Konten einklinken, offiziell natürlich, sozusagen im Rahmen der Amtshilfe. Bin gespannt, was er rausfindet.«

»Sag mal, Emma, du wolltest uns doch Neuigkeiten von Miss Elli erzählen, hattest vorhin etwas angedeutet. Ich darf zugeben, du hast meine Neugier geweckt«, erinnerte Pia ihre Cousine an die versprochene Geschichte.

»Ja, also, das wird euch von den Socken hauen. Unsere liebe Nachbarin war am Freitagnachmittag bei mir und hat mich gefragt, ob wir an Geister glauben. Ich habe das Gefühl, sie hält uns für einen spiritistischen Hexenzirkel. Es kommt ihr seit einiger Zeit so vor, als ob sich in ihrem Haus noch jemand anderes aufhält.«

»Wie bitte? Wer würde denn freiwillig bei der alten Schreckschraube einziehen?«

»Basti, bitte! Sie ist eine einsame alte Frau mit einem schweren Schicksal. Sie mag alt sein und unfreundlich erscheinen, aber weißt du, als junge Frau schön zu sein, ist ein Glück, als alte Frau sympathisch und liebenswert zu bleiben, eine Kunst. Das Leben hat ihr übel mitgespielt, und da ist ihr diese Kunst verloren gegangen.« Emma erzählte den vieren Fräulein Höflers traurige Liebesgeschichte. Als sie geendet hatte, herrschte betretene Stille.

»Ich ziehe die alte Schreckschraube mit dem Ausdruck tiefster Zerknirschung zurück.« Basti schluckte verlegen.

»Sie glaubt also, dass der ›Geist‹ ihres Verlobten in ihrem Haus ist?«, hakte Uschi nach.

Emma nickte. »So ähnlich hat sie es jedenfalls formuliert. Sie wäre sich sicher, dass sie nicht alleine sei, und wollte von mir wissen, ob ich das für möglich halte. Du lieber Himmel, was antwortet man denn auf eine solche Frage? Ich habe ihr schließlich geraten, auf ihren Bauch zu hören und auch Dinge für möglich zu halten, die bis jetzt nicht in ihr Weltbild gepasst haben. Wisst ihr, sie hat mich ja in der Zeit, seit sie hier eingezogen ist, manchmal an meine Grenze der Geduld gebracht mit ihrer verletzenden Ablehnung, aber jetzt, wo ich nachvollziehen kann, warum sie so war, habe ich direkt ein schlechtes Gewissen.«

»Also, ich finde die Geschichte faszinierend.« Pias Augen blitzten. »Seltsam, dass der Mann nie gefunden wurde. Das heißt doch im Umkehrschluss, dass er einem Verbrechen zum Opfer gefallen sein muss, oder von mir aus einem Unfall, und dass man ihn dann hat verschwinden lassen. Wir brauchen unbedingt die Polizeiakte. Meinst du, dass dein Bruder Roland eine Möglichkeit hat, sie zu beschaffen? Das kann doch nicht so schwer sein.«

»Keine Sorge, Pia, ich habe Poirot angesetzt.«

»Das macht der nie!«, war sich Pia sicher.

»Da kannst du recht haben, der hat vielleicht entrüstet reagiert ob dieser Zumutung. Ich bin gespannt, ob er über seinen Beamtenschatten springen wird. Unabhängig davon werde ich Moni anrufen.«

»Stellt euch das mal vor, erst verliert diese Frau ihren Verlobten und dann auch noch das ungeborene Kind. Und nie hat sie erfahren, was wirklich passiert ist. Gott, ich werde heute Nacht nicht schlafen können.« Paula war mit der Charaktereigenschaft geschlagen, sich die Probleme und Nöte anderer so sehr zu Herzen zu nehmen, als wären es ihre eigenen.

»Ja, sie hatte einen Traum, Mann, Kind, Häuschen im Grünen, und dann wurde dieser Traum brutal zerschlagen.« Basti war sichtlich gerührt. »Wir haben der guten Frau ewig unrecht getan. Ich schäme mich jetzt, immer meine Witze über sie gerissen zu haben.«

»Ach nein, da bin ich ja beruhigt zu erfahren, dass du überhaupt ein Gewissen hast.« Paula hatte es immer sehr mit dem guten oder schlechten Gewissen ihrer Mitmenschen. »Erzähl uns doch mal, Sebastian Schellenberger, wie sieht denn dein Traum vom Leben aus?«

»Na, Frau, Kind und Haus im Grünen kommen darin sicher nicht vor«, wehrte Basti die neugierige Frage ab.

»Warum überrascht mich das jetzt nicht? Das ist aber keine Antwort. Komm schon, raus mit der Sprache, du musst doch ein Ziel im Leben haben, etwas, das dich früh gerne aufstehen und die kleinen Gemeinheiten des Lebens aushalten lässt. Das dich inspiriert, von dem du träumst und für das du brennst. Ich kann mir nicht vorstellen, dass ein Mann mit deinen Fähigkeiten und deinem Temperament mit einem Verwaltungsjob bei der Stadt Coburg am Ende seiner Träume ist.«

Sebastian schob die Reste des Tiramisus auf seinem Teller hin und her. »Ihr werdet mich auslachen.«

Allgemeine Proteste.

Sebastian atmete tief durch. »Ich würde gerne Bier brauen. Die alte Brauerei meines Großvaters wiederbeleben und Bier brauen. So, jetzt habt ihr es gehört und könnt euch über mich lustig machen.«

»Nein, Basti, das werden wir sicher nicht.« Paula strich ihm über den Arm. »Ich bin froh, dass du uns das gesagt hast. Weißt du, die Kunst des Lebens liegt darin, seinem Traum zu folgen.

Nur wenn du den Mut hast, für deine Träume zu kämpfen, wirst du dein Ziel erreichen. Das setzt allerdings voraus, mein Lieber, dass du irgendwann aus dem Traum aufwachst und anfängst zu handeln, anstatt auf deinem Beamtenarsch sitzen zu bleiben. Was hält dich davon ab?«

»Wie stellst du dir das vor, Paula? Dazu brauche ich eine Ausbildung, Geld, Genehmigungen, muss eine Firma gründen und was weiß ich was noch.«

»Na und? Willst du dir deinen Traum und deinen Schneid abkaufen lassen von einem Beamtengehalt? Die einzigen Grenzen, die es in deinem Leben gibt, sind die, die du dir selbst setzt. Du bist jung und unabhängig, hast weder Kind noch Kegel, worauf wartest du? Und über den Absatz deines Bieres müsstest du dir keine Gedanken machen, dein Vater wäre sicher sofort dein bester Kunde. Der springt vor Freude aus dem Fenster.«

Sebastian Schellenberger stammte aus einer alteingesessenen Gastwirtsfamilie aus dem Itzgrund. Seit Generationen betrieben seine Vorfahren die damals übliche Kombination von Dorfwirtschaft, Brauerei und Landwirtschaft. Letztere war schon in den 1960er-Jahren aufgegeben worden, die Brauerei betrieb sein Großvater noch bis Ende der 1980er-Jahre. Eine Zeit lang sah es so aus, als ob auch die Gastwirtschaft dem großen Landgasthofsterben zum Opfer fallen würde, denn von den drei Kindern zeigte niemand Interesse. Sebastians Bruder Heinrich entschied sich für ein Ingenieurstudium, und seine Schwester Silvia studierte Mediendesign. Sie wollte raus aus diesem Bauernmief und sich den Wind der großen weiten Welt um die Ohren wehen lassen. Mehrere Jahre arbeitete sie im Ausland und schickte nur hin und wieder eine Postkarte. Sebastian selbst zeigte für nichts so richtig Interesse und begann schließlich nach dem Schulabschluss eine Ausbildung bei der Stadt Coburg als Verwaltungsangestellter.

Die Eltern hatten die Hoffnung auf Weiterführung des alten Familienunternehmens bereits aufgegeben, als plötzlich Silvia mit Sack und Pack und ihrem Schweizer Lebensgefährten Beat vor der Tür stand, den sie in London kennengelernt hatte. Die beiden hatten die Nase voll von den Metropolen dieser Welt, sie wollten eine Familie gründen, und da erschien ihnen die Gegenwart von als Kindermädchen einsetzbaren Großeltern doch recht praktisch. Beat stammte aus einem Zürcher Hotel, hatte eine Ausbildung als Koch durchlaufen und in auserlesenen Spitzenrestaurants gekocht.

Die beiden jungen Leute erklärten sich bereit, die Dorfwirtschaft zu übernehmen und zu einem modernen gastronomischen Betrieb zu entwickeln. Der Gasthof »Zum goldenen Ochsen« wurde sensibel renoviert, und es wurde dabei feinfühlig darauf geachtet, den Charme der alten Dorfwirtschaft zu konservieren. Die geölten Bodendielen blieben ebenso erhalten wie die blank gescheuerten Holztische und die Lamperien an den Wänden. Bei der Inneneinrichtung wurde so viel wie möglich vom alten Mobiliar übernommen und mit bäuerlichen Antiquitäten abgerundet, die sich vorzüglich mit modernen Funktionsmöbeln ergänzten.

Im vorderen Raum der Gastwirtschaft, die sich mittlerweile Restaurant nannte, stand nach wie vor der uralte Stammtisch, an dem die Bauern der Umgebung immer noch gerne ihr Bier tranken, Schafkopf spielten, über Getreidepreise jammerten und den Dorfklatsch aufwärmten. In den hinteren Räumen waren die Tische elegant eingedeckt, und es wurde eine gehobene Küche angeboten. Sebastians Mutter Elfriede hatte klugerweise darauf bestanden, die ursprüngliche fränkische Küche parallel im kleinen Rahmen beizubehalten, und diese Kombination aus traditioneller fränkischer Hausmannskost und internationaler Gourmetküche war das Geheimnis des Erfolges der Familie Schellenberger.

»Ihr habt gut reden.« Sebastian seufzte. »Ich habe das schon mal durchgespielt, das ist gar nicht so einfach. Ich müsste eine gewaltige Summe Geldes da reinstecken. Und meine Familie wird mich für verrückt erklären. Die Ausbildung dauert Jahre, zumal ich noch den Meistertitel dranhängen wollen würde. Wisst ihr, dass es in Franken rund zweihundertsechzig Brauereien gibt? Und davon stehen mehr als die Hälfte in Oberfranken. Da wartet man ausgerechnet noch auf mich?«

»Ich freue mich, dass du aufgewacht bist, mein Lieber.« Emma beugte sich zu Sebastian hinüber und ergriff seine Hand. »Du stehst damit natürlich vor der Wahl, einen gut bezahlten, sicheren Beamtenjob mit schaumgebremster Arbeitsanforderung und optimaler sozialer Sicherheit einzutauschen gegen die Selbstständigkeit mit ihren Unwägbarkeiten, Risiken und schlaflosen Nächten, wo du, wie der Name schon sagt, fortan selbst und ständig arbeiten musst. Das ist gleichzeitig der Schritt in die Freiheit, in die Selbstbestimmtheit, die Eigenverantwortung. Welches Türchen im Adventskalender du aufmachst, kannst nur du entscheiden.«

»Sehr richtig«, stimmte Pia zu, »aber deine Chancen stehen gut. Zufälligerweise habe ich letzthin für eine Brauerei ein Werbeprospekt gestaltet. Dabei durfte ich erfahren, dass es eine Organisation gibt, die sich ›Fränkische Bierstraße‹ nennt. Die umfasst weit über zweihundert Brauereien und sechshundert Biergärten, und die sucht noch Mitglieder. Da erstaunt es nicht sonderlich, dass Oberfranken die höchste Brauereidichte der Welt hat. Das muss man sich mal vorstellen: der Welt! Wir sind eben doch ein Volk mit Kultur. Also, keine Ausreden! Außerdem hast du alter Geizhals doch sicher schon eine ordentliche Summe auf der hohen Kante. Du zahlst keine Miete im Hotel Mama, futterst dich seit Jahren bei deiner Schwester durch und hast den Schrank voller Klamotten. Die nächsten drei Jahre brauchst du schon mal nichts zu kaufen, weil du als Braulehrling sowieso nur im Blaumann und Gummistiefeln rumlaufen wirst.«

»Außerdem wird dein Vater platzen vor Stolz, wenn du wirklich wieder die Brauerei exhumierst, und dir notfalls Geld vorstrecken.« Pia war Feuer und Flamme. »Pfeif auf die zweihundertsechzig anderen, deine Brauerei wird anders sein, etwas Besonderes. Du bist kreativ und dabei unkonventionell, du wirst neue Biere kreieren, und ich lasse mir dazu die Namen einfallen. Zum Stärkeantrinken am 6. Januar braust du das

›Itzgründer Böckla‹, zur Walpurgisnacht ein ›Hexenseidla‹, zur Sonnenwende einen ›Johannistrunk‹ und so weiter, damit brauen und trinken wir uns bei dir durchs Jahr. Zur Jagdsaison gibt es ein Dunkles, das nennen wir ›Schwarzer Eber‹. Frei nach dem Volksmund ›Zwischen Leber und Milz passt immer noch ein Pils‹ werben wir dann etwas umgewandelt mit: ›Zwischen Milz und Leber passt immer noch ein Schwarzer Eber.‹«

»Pia, aua, das tut ja weh!« Uschi schüttelte sich. »Kein Wunder, dass du damals für dein Gedicht über die romantische Liaison zwischen dem alten Mathezausel Berngruber und der neuen Deutschlehrerin Fräulein Leinweber einen Direktoratsverweis bekommen hast.«

»Meine liebe Uschi, das war höchste deutsche Dichtkunst, einzureihen zwischen Goethe und Schiller, dafür hätte ich den Deutschen Buchpreis verdient gehabt anstatt eines Verweises. So ist das nun mal, schon damals hat man mein Genie verkannt.« Pia wandte sich wieder Basti zu. »Sag mal, gibt es vielleicht noch die alten Rezepturen von deinem Großvater? Dann könnte man werben mit: ›Gebraut nach alten Familienrezepten‹ oder ›Ein Bier nach alter Familientradition‹.«

Plötzlich redeten alle aufgeregt auf Sebastian ein, jede der anwesenden Damen beglückte ihn mit Ratschlägen und ermunterte ihn, diesen seinen Traum wahr zu machen. Der arme Basti saß dazwischen wie ein begossener Pudel.

»Pia, es hat geläutet!« Uschi, die gerade den Tisch abräumte, musste laut werden, um sich Gehör zu verschaffen. »Hörst du nicht? Es ist jemand an der Haustür.«

Pia ging nachsehen und kam kurze Zeit später allein zurück ins Esszimmer.

»Emma und Basti, das ist für euch, Miss Elli steht draußen und will euch dringend sprechen, sie weigert sich allerdings standhaft, reinzukommen. Vielleicht sitzt ihr Eberhard inzwischen wieder auf der Gardinenstange, und sie braucht Ghostbusters zum Einfangen.«

»Du machst mich neugierig!« Basti warf sein schulterlanges Haar in den Nacken und verschwand Richtung Haustür. »Kommst du, Emma? Und bring deinen Geisterkescher mit!«

Emma trat vor die Haustür und begrüßte ihre Nachbarin. »Guten Abend, Fräulein Höfler, warum kommen Sie denn nicht herein?«

»Sie müssten bitte gleich mit rüberkommen, Frau Prätorius. In Ihrer Werkstatt flackert ein Lichtschein. Ich glaube, da brennt etwas.«

Erschrocken ging Emma zurück in den Flur, schlüpfte in ihren Mantel und eilte hinüber zu ihrem Haus, gefolgt von Basti und der Nachbarin. Mit zitternden Fingern angelte sie ihren Schlüssel aus der Manteltasche, schloss die Ladentür auf und eilte nach hinten, Basti und Miss Elli folgten ihr auf dem Fuß. Vorsichtig öffnete Emma die Werkstatttür und blieb erschrocken stehen.

»Weg da!« Basti schob Emma hastig zur Seite und schaltete die Deckenbeleuchtung ein.

Im Raum standen drei mit einer Flüssigkeit gefüllte Schüsseln, in deren Mitte eine Kerze brannte. Ein intensiver Benzingeruch hing in der Luft. Der klassische Brandsatz: Wenn die Kerze weit genug heruntergebrannt war und auf die hochbrennbare Flüssigkeit traf, würde alles lichterloh brennen. Die Flammen der Kerzen spiegelten sich wider im warmen Glanz des polierten Kirschholzes von Emmas Sekretär, von dem die Wolldecke abgenommen und um eine der Schüsseln drapiert worden war. Schnell löschte Basti die drei Kerzen mit seinen Fingern, laut fluchend, weil er sich die Haut verbrannte. Zu Emma gewandt meinte er: »Du solltest das Sahneschnittchen anrufen. Ich glaube, hier brauchen wir die Polizei.«

19

Magnus Wolf erschien pünktlich um neun Uhr. Emma war nicht in bester Verfassung, sie hatte schlecht geschlafen, war immer wieder aus wirren Träumen hochgeschreckt und schließlich erst gegen Morgen in einen tiefen Schlaf gefallen. Um acht Uhr wurde sie allerdings schon wieder aus dem Bett geholt. Die Spurensicherung stand vor der Tür, um die Brandsätze kriminaltechnisch zu sichern und mitzunehmen und die Türen und Schlösser nach Fingerabdrücken zu untersuchen.

»Guten Morgen, Frau Prätorius, wie geht es Ihnen?« Wolf rieb sich die von der Kälte starren Hände.

Blöde Frage! »Danke, Herr Wolf, es geht mir gut.«

»Würden Sie es mir sagen, wenn es nicht so wäre?«

»Natürlich nicht! Ich fühle mich wie ein Eimer weißer Wandfarbe, aber das würde ich selbstverständlich nie um alles in der Welt zugeben. Kaffee?«

»Gerne. Sie haben doch hoffentlich die Nacht nicht alleine im Haus verbracht?«

Emma führte Wolf in die Küche, die vom Kachelofen angenehm durchwärmt war, und machte sich an der Kaffeemaschine zu schaffen. »Nein, Sebastian ist über Nacht geblieben, Sie können sich denken, dass er nach unserer Glühweinprobe nicht mehr fahrtüchtig war. Außerdem konnte ich Pia nicht dazu überreden, nach Hause zu gehen. Sie hat mit dem Baseballschläger meines Sohnes auf einem Sofa in der Werkstatt geschlafen. Vermutlich in der Hoffnung, dass der Brandstifter noch mal wiederkommt und sie ihm ordentlich eins über den Schädel ziehen kann. Mein Sohn dürfte auch jeden Moment eintreffen.«

»Das beruhigt mich. Nun wollen wir mal überlegen, wie der Täter in Ihr Haus gekommen sein könnte. Offensichtlich hatte er einen Schlüssel, mit dem er die Laden- oder Haustüre auf- und wieder zugeschlossen hat. Wäre es eventuell denkbar,

Frau Prätorius, dass Sie mir nicht alles gesagt haben? Gibt es da vielleicht eine Kleinigkeit, die ich wissen sollte, zum Beispiel Ihren Haustürschlüssel betreffend?«

»Touché.« Emma räusperte sich verlegen. »Also, mir fehlt seit einiger Zeit ein Schlüsselbund, ich könnte allerdings nicht konkret sagen, ob und wann und wo ich ihn verloren habe. Er ist einfach weg.«

»Was heißt hier: einfach weg? Sie müssen doch wissen, seit wann Sie ihn vermissen!«

»Ja schon, aber nur so ungefähr. Wie das halt so ist, man findet den Schlüsselbund nicht, den man sonst immer benutzt, und in der Eile nimmt man den Ersatzschlüssel. Der andere wird sich schon wiederfinden, denkt man. Und nach drei Tagen ist er immer noch nicht da. Man verschiebt die große Suche von einem Tag auf den andern in der Hoffnung, dass er plötzlich in irgendeiner Hosentasche auftaucht.«

»Die Präzision Ihrer Antwort begeistert mich, so kommen wir nicht weiter.« Wolf schien leicht verärgert. »Versuchen Sie, den Verlust zeitlich einzugrenzen. Vielleicht gibt es ein signifikantes Ereignis, an dem Sie den Zeitpunkt festmachen können?«

Emma überlegte. »Es muss am Montag vor drei Wochen gewesen sein. Wenn mir so etwas passiert, gehe ich Schritt für Schritt zurück. Wo und wann hatte ich den verlorenen Gegenstand zuletzt? Mit dieser Methode habe ich bisher alles wiedergefunden. Bis auf den schönen Ring, den mir Frau Midgartner aus alten Schmuckteilen gezaubert hat. Schade!«

»Das dürfte jetzt wohl Ihre geringste Sorge sein. Also, haben Sie den Verlust bemerkt, als Sie wegwollten oder als Sie nach Hause gekommen sind?«

»Als ich wegwollte. Ich habe den Autoschlüssel am gleichen Bund, ich kann also ohne Haustürschlüssel gar nicht mit dem Auto wegfahren.«

»Wer außer Ihnen hat noch einen Schlüssel?«

»Es gibt sechs Stück. Meine Kinder haben natürlich je einen, meine Mutter, die in meiner Abwesenheit manchmal die Blumen gießt, und Pia. Tja, und dann sind da noch meine zwei, der am Autoschlüssel und der Ersatzschlüssel. Ich habe das schon abgeklärt, alle anderen haben ihren Schlüssel noch.«

»Das heißt, der Täter hat jetzt nicht nur Ihren Generalschlüssel, sondern auch noch Ihren Autoschlüssel?«

»Ja, ich weiß.« Emma seufzte tief. »Ich muss meine Türschlösser austauschen lassen und mein Autoschloss. Gott, das wird ein teurer Spaß! Da ist außerdem noch etwas.« Sie räusperte sich verlegen. »Mir fehlen seitdem auch meine Handschuhe. Ein Paar schöne lederne Handschuhe mit Alpakafutter, ein Weihnachtsgeschenk meiner Mutter. Das hatte ich in all der Aufregung gar nicht mehr auf dem Schirm, vielleicht erklärt das ja die DNA auf den Stühlen.«

»Und das sagen Sie mir jetzt erst!« Kommissar Wolf war sichtlich ungehalten. »Ich würde übrigens an Ihrer Stelle nicht so lange damit warten, die Schlüssel auszutauschen, schließlich könnte ja auch an Ihrem Auto manipuliert werden.«

»Das Autoschloss wird morgen ausgetauscht, das habe ich schon organisiert. Für die Türschlösser habe ich eine Schließanlage, da dauert der Ersatz etwas, die neue Anlage kommt erst in drei Tagen. Mein Sohn wird heute in der Werkstatt auf einer Campingliege und Sebastian im Haus schlafen. Zusammen mit Henry habe ich also ein schlagkräftiges Triumvirat als Leibgarde an meiner Seite.«

»Nun, ich kann nur hoffen, dass Sie die drei Herren nicht wirklich brauchen werden.« Mit einem säuerlichen Lächeln stand der Kommissar auf. »Können wir bitte noch mal nach hinten in die Werkstatt gehen? Ich möchte mir die Zugangsmöglichkeiten bei Licht genauer anschauen.«

Emma erhob sich und führte Wolf in den Flur. Zögernd öffnete sie die Tür zur Werkstatt und trat ein. Der Benzingeruch hing immer noch in der Luft. Für einen Moment schlug sie die Hände vor das Gesicht und atmete tief durch.

»Warum?«, wandte sie sich schließlich mit heiserer Stimme an Wolf. »Warum gerade ich? Was wollen die von mir? Erst versucht man, mir einen Mord in die Schuhe zu schieben, und als das nicht klappt, mein Haus abzufackeln. Ich verstehe das nicht! Mein Gott, wenn ich mir vorstelle, dass das hier um ein Haar alles verbrannt wäre.« Wie schon in der Lindenthal-Villa hatte Emma das Gefühl, irgendetwas übersehen zu haben. Sie nahm die Decke von ihrem Sekretär und strich zärtlich über die Einlegearbeiten.

»Der hier sieht gar nicht alt aus, wo haben Sie den denn her?« Wolf war näher getreten und betrachtete interessiert das Möbel.

»Das ist ein echter Prätorius, an dem arbeite ich schon seit zwei Jahren. Ein absolutes Unikat, ich würde ihn kein zweites Mal so perfekt hinkriegen. Er steht kurz vor der Vollendung. Und in einhundert Jahren ist er auch eine Antiquität, man muss nur lange genug warten. Um ihn wäre es ewig schade gewesen!«

»Den haben Sie gebaut?« Aus Wolfs Stimme waren Unglauben und gleichzeitig Bewunderung herauszuhören. »Was soll der denn kosten?«

»Sechzehntausend Euro.« Die Antwort kam wie aus der Pistole geschossen, und Emma war darüber selbst überrascht. Sie hatte noch nie ernsthaft über einen Preis nachgedacht, und in diesem Moment wurde es ihr endgültig klar, dass sie den Sekretär nie würde aus der Hand geben können, dass sie ihn einzig und alleine für sich selbst geschaffen hatte.

Wolf lachte. »Aha, ein Abwehrpreis.«

»Keineswegs, das ist er wert«, stellte Emma mit Nachdruck klar. »Und das deckt noch nicht mal die Kosten für das Material und die vielen, vielen Stunden Arbeit, die ich damit verbracht habe. Vom Wert meiner genialen Kreativität ganz zu schweigen.«

Sie deckte ihr Meisterwerk wieder zu und ging Wolf voraus zum hinteren Ende der Werkstatt, wo sie die schwere Eisentüre aufschloss, die in die Garage führte. »Wie Sie sehen, kann man über drei Eingänge in die Werkstatt gelangen: durch den Laden, durch die Tür zum Garten und von der Garage aus. In die Garage gelangt man ebenfalls durch eine Tür vom Garten oder durch die Garagentore, die wiederum entweder mit dem

Generalschlüssel oder dem Funkgerät zu öffnen sind. Die Türen zum Garten sind zurzeit abgeschlossen, die werden nur im Sommer genutzt. Ich verschließe auch jeden Abend die Tür zwischen Laden und Werkstatt, einfach, weil ich oft wertvolle Teile eingelagert habe, die nicht mir gehören.«

»Würden Sie bitte mal eines der Tore öffnen?«, bat Wolf. »Ich möchte mir das von außen anschauen.«

Emma betätigte den Schalter für das linke Garagentor, und die beiden traten hinaus auf den von der Wintersonne beschienenen Fußweg. Ein kalter Wind ließ vereinzelte Schneeflocken in der Luft tanzen.

Wolf betrachtete die hohe Gartenmauer, die weiß gekalkt war und von einem roten Ziegeldach gekrönt wurde. Da und dort wurde die Wand durch einen offen liegenden Sandstein optisch aufgelockert. Sie erstreckte sich bis an das Ende des Grundstückes, bog dort nach rechts ab und zog sich parallel zur Gerstergasse entlang des Fußweges am Fluss weiter bis zum Ende der Straße, wo sie an die Lagerhalle stieß, die an die Gerstergasse Nummer eins angebaut war. Vermutlich war sie vor langer Zeit errichtet worden, als Schutz gegen die damals recht häufigen Hochwasser der Itz im Frühling, als die Schneeschmelze im Thüringer Wald die Bäche und Flüsse unten im Fränkischen weit über die Ufer hatte treten lassen und im Itzgrund ganze Landstriche geflutet hatte. Durch diese Mauer waren die drei Hausnummern drei, fünf und sieben eingebaut wie in einer Wehrburg, uneinsehbar und nach drei Seiten abgeschirmt.

»Ja, so, wie das aussieht, kommt man hier wirklich nur mit dem Schlüssel rein«, murmelte Wolf, »zumal es keinerlei Einbruchsspuren gibt. Sie sprachen vorhin von Funkgeräten für die Garagentore, wer hat die denn?«

»Nur mein Sohn und ich haben je eines. Seines ist in seinem Auto, meines in meinem. Christians Auto steht allerdings die meiste Zeit, wenn er da ist, im Carport vorne zwischen meinem Haus und dem Nachbarhaus, weil ich die Garage oft mit Möbeln vollgestellt habe.«

»Sagen Sie mal«, wollte Wolf wissen, »wie haben Sie denn

für diese Garagen die Baugenehmigung bekommen? Die sind doch neu. Ich kann mir vorstellen, dass der Denkmalschutz nicht begeistert war.«

»Schön, nicht wahr? Wir haben lange gesucht, um passende Tore zu bekommen, die aussehen, als wären da früher schon Kutschen durchgefahren.« Emma betrachtete zufrieden die Seitenfront des Hauses.

»Sie haben meine Frage nicht beantwortet. Wer hat Ihnen das genehmigt?« Wolf blieb hartnäckig.

»Ach, wissen Sie, die Mitarbeiter im Bauamt und vor allen Dingen in der Denkmalschutzbehörde haben so viel Arbeit, dass ich sie nicht unnötig belästigen wollte. Zumal nach den Erfahrungen, die ich vorher mit ihnen gemacht hatte.«

»Das ist jetzt nicht Ihr Ernst?«

»Mit der Überlastung der Leute im Bauamt? Nein, nicht wirklich.«

»Sie wissen doch genau, was ich meine!« Wolf wurde lauter. »Sie wollen mir erzählen, dass Sie die Garagen ohne Genehmigung in die Mauer eingebaut haben?«

»Klar! Meine Oma hat immer gesagt: ›Wa viel frouchd, dar gedd viel ärr.‹ Für Sie als Nichtfranke: Wer viel fragt, geht viel in die Irre. Recht hat sie gehabt!«

Ein Mitarbeiter der Spurensicherung kam um die Hausecke und winkte Wolf zu. »Magnus, wir sind fertig, wir gehen wieder. Den Bericht kriegst du morgen!«

Wolf nickte ihm zu und wandte sich wieder an Emma. »Ich glaube es nicht. Mir hat man verwehrt, eine poplige Dachgaube auf mein Haus zu setzen. Noch dazu nach hinten raus, wo sie keiner sieht!«

»Na also, das spricht doch für meine Theorie. Hätten Sie nicht gefragt, sondern gebaut, dann wäre Ihre Gaube längst auf dem Dach.« Sie strich Wolf tröstend mit der Hand über den Arm. »Das können Sie ja noch nachholen, jetzt, wo Sie wissen, wie das geht.«

Wolf warf Emma einen schockierten Blick zu. »Was meinten Sie übrigens mit schlechten Erfahrungen?«

»Als ich dieses Haus übernommen habe und meinen Laden einrichten wollte, hatte ich den Antrag gestellt, das Schaufenster, das irgendwann mal hässlich zugemauert worden war, wieder in seiner ursprünglichen historischen Form freilegen zu dürfen. Wohlgemerkt, die originalen Sandsteinfassungen waren sehr schön erhalten, und ich wollte damit die ursprüngliche Gestaltung der Hausfront wiederherstellen. Beim Glaser hatte ich schon das Fenster bestellt, genau nach einem alten Foto des Hauses aus den 1910er-Jahren. Aus mir unerfindlichen Gründen hat man mir das nicht genehmigt. Nach monatelangem Hin und Her hatte ich die Faxen dicke.«

»Und wie ging es weiter?«, drängelte der Kommissar.

»Können wir wieder reingehen? Mir ist das hier zu kalt.« Emma schloss das Garagentor und führte Wolf zurück in die Küche, wo die beiden sich wieder an den Tisch setzten. »Nun, wir haben eine Sondereinheit gebildet und durch unermüdliche Nachforschungen herausgefunden, dass der Entscheidungsträger im Bauamt ein Hobby hat, von dem er ganz sicher nicht wollte, dass seine Familie davon in Kenntnis gesetzt wird. Das Hobby wohnte in Nürnberg, war langbeinig, blond und atemberaubend schön. Sicher auch nicht ganz billig im Unterhalt. Wie das Leben so spielt, habe ich den Herrn und sein Hobby dann ganz zufällig in einem Nürnberger Nobelrestaurant beim Abendessen getroffen und ihn bei der Gelegenheit nach dem Wohlbefinden seiner Schwiegereltern gefragt, nach dem Wohlergehen seiner Gattin und wie weit meine Baugenehmigung für das Fenster sei.«

Emma strich sich die Haare aus dem Gesicht und fuhr fort: »Der Herr hat die Botschaft verstanden, drei Tage später ist die Genehmigung auf meinen Tisch geflattert, ich habe die alten Backsteine rausgeklopft und das Fenster eingesetzt. Seitdem entscheide ich autonom, was ich baue oder nicht. Das wunderschöne schmiedeeiserne Gitter vor dem Schaufenster hätte man mir garantiert auch nicht genehmigt, ebenso wenig wie das Scherengitter vor der Ladentür. Na, und von den Garagen brauchen wir gar nicht erst zu reden.«

»Das ist Erpressung!«

»Wieso denn?« Emma schaute den Kommissar mit großen braunen Augen unschuldig an. »Ich habe den Mann weder bedroht noch irgendwelche Forderungen formuliert. Was der Herr mit seiner schmutzigen Phantasie für Schlüsse gezogen hat, dafür kann ich doch nichts! Schließlich unterlag der Eindruck, den der gute Mann von unserer kurzen Konversation hatte, seiner eigenen Interpretation.«

»Vor Ihnen muss man sich in Acht nehmen!« Der Kommissar schaute Emma mit einer Mischung aus Fassungslosigkeit und stiller Bewunderung an.

»Stimmt, mein Lieber. Ich lasse mir nichts mehr gefallen, und ich habe zuweilen ordentlich Haare auf den Zähnen. Das verhindert das Eindringen von Schadstoffen und erhöht die Lebenserwartung. Und ich sage Ihnen noch eines: Wenn mir der Täter in die Hände fällt, dann gnade ihm Gott! Oder der Täterin.«

»Wie kommen Sie darauf, dass es eine Täterin sein könnte?«

»Gute Frage.« Emma war selbst erstaunt über ihre spontane Aussage. »Ich kann Ihnen keinen konkreten Grund nennen.«

»Haben Sie Feinde, gibt es in Ihrem Leben jemanden, der Ihnen Böses will?« Wolf kehrte zurück zu seinem sachlichen Befragungston.

»Hm, außer dem Finanzamt fällt mir da jetzt spontan niemand ein.«

»Frau Prätorius, bitte bleiben Sie ernst. Überlegen Sie noch mal: Haben Sie sich in letzter Zeit jemanden zum Feind gemacht? Insbesondere im Hinblick auf die Liste der Personen, die seit dem Verschwinden des Messers in Ihrem Laden waren. Gab es vielleicht ein geschäftliches Zerwürfnis, hat sich ein Kunde übervorteilt gefühlt. Gibt es, auch das muss ich Sie fragen, in der Familie Streitereien?«

»Herr Wolf, ich mag vielleicht manchmal etwas forsch rüberkommen, das lässt sich nicht vermeiden, wenn man sich als Frau alleine durchs Leben schlagen muss, aber im Grunde meines Herzens bin ich ein harmoniesüchtiger Mensch.« Emma betrachtete nachdenklich die leere Kaffeetasse in ihren Händen. »Meine Kinder behaupten oft, ich würde mich gegen die vielen kleinen Zumutungen und Gemeinheiten des Lebens nicht genügend zur Wehr setzen, ich würde nicht genug zurückbeißen. Nein, ich weiß beim besten Willen nicht, wie oder wann ich mir Feinde gemacht haben könnte, die so rigoros gegen mich vorgehen.«

Wolf nickte. »Gut, dann denken Sie noch mal über die Zeit nach, in der Sie mit Herrn Flottner in näherem Kontakt standen. Es ist schließlich nicht anzunehmen, dass man ihn willkürlich ausgewählt hat, dass er sozusagen ein Kollateralopfer war. Ich bin mir ziemlich sicher, dass hier des Pudels Kern liegt. Der Täter wollte Sie beide abstrafen. Flottner durch seinen Tod und Sie, indem man Sie für den Mord verantwortlich macht.«

»Das klingt logisch und ist tatsächlich der einzige Denkansatz, der Sinn macht.« Emma seufzte. »Also finden Sie den Mörder, das wird uns automatisch zum Brandstifter führen. Denn mir fällt in diesem Zusammenhang nichts ein, was eine so gewaltige Energie von Hass hätte aufbauen können, die sich dann in einem Mord entladen hat. Und hätte nicht Flottner mich umbringen müssen, wenn er immer noch, nach so vielen Jahren, unter meiner Zurückweisung gelitten hätte? Der hatte mich doch garantiert schon längst vergessen. Ich kann hier keinen Zusammenhang sehen, und daraus schließe ich, dass damals etwas vorgefallen sein muss, von dem ich bis heute keine Kenntnis habe oder das ich damals in seiner Tragweite nicht erkannt habe.«

Es läutete an der Haustür, und Emma ging nach vorne.

Sebastian stand vor der Tür, eine Tüte mit Gebäck in der Hand. »Cindy und Bert hatten noch drei von diesen köstlichen Dinkelhörnchen, die musste ich einfach mitnehmen, und sechs Brötchen habe ich auch noch ergattert.«

Er ging voraus in die Küche, wo er den Kommissar vorfand. »Ah, Sie müssen Magnus Wolf sein. Sebastian Schellenberger«, stellte Basti sich vor und schüttelte die Hand des Kommissars. »Sie sollten unbedingt eines dieser Hörnchen probieren, einfach göttlich! Horizontal aufschneiden, fett Butter und Schokostreusel rein und zuklappen, eine absolute Delikatesse.«

»Cindy und Bert«, wie Sebastian die beiden Männer treffsicher ihres Aussehens wegen nannte, bewohnten die Gerstergasse Nummer eins und betrieben dort eine kleine Bäckerei, in der sie vorzügliche Vollkornprodukte nach handwerklicher Tradition aus alten Getreidesorten buken.

Nun läutete die Ladenglocke. »Sie entschuldigen mich, das Geschäft geht vor. Ich habe einen Kunden bestellt, der etwas abholen will, schließlich muss ich von irgendetwas leben.« Emma ließ die beiden Herren allein.

»Haben Sie Herrn Flottner eigentlich gekannt, Herr Schellenberger?«, wollte der Kommissar von Basti wissen.

»Was heißt gekannt, vom Sehen halt.« Basti zuckte die Schultern. »Ich war mal mit Emma auf einer Auktion, und da hat sie ihn mir gezeigt und mir die alte Geschichte seiner amourösen Ambitionen erzählt.«

»Geht das etwas konkreter? Wo und wann haben Sie den Herrn eventuell sonst noch gesehen?«

Sebastian fuhr sich mit der Hand durch das Haar. »Sie müssen mir schwören, dass Sie das für sich behalten. Wenn diese Weiber das erfahren, machen sie mir wieder das Leben zur Hölle. Die wollen mich nämlich unbedingt verkuppeln. – Also, äh, wie soll ich das sagen? Ich bin hin und wieder aus privaten Gründen in Bamberg, und da habe ich Flottner im letzten Sommer mal auf dem Keller getroffen, und zwar in Begleitung einer fragwürdigen Schönheit unbekannten Alters und Geschlechts.«

»Was soll das denn heißen? Wenn *Sie* das Geschlecht nicht zuordnen können, wer denn dann?« Wolf gab sich überrascht.

»Ich mag zwar als Schwuler feinere Antennen für geschlechtliche Amplituden haben, aber manchmal bin selbst ich überfordert. Damit wir uns verstehen, die Dame war ausgesprochen elegant und stilvoll zurechtgemacht, und doch hat irgendetwas nicht gepasst. Ich war mir nicht sicher, dass sie einen Menstruationshintergrund hatte. Die beiden saßen mir schräg gegenüber, und ich hatte sie die ganze Zeit im Blick. Unser lieber

Andi machte keinen so glücklichen Eindruck, während seiner Begleiterin anzusehen war, wie sehr sie seine Gegenwart und das traute Beisammensein genoss.«

Basti biss genüsslich die Ecke seines Hörnchens ab, bevor er weitererzählte. »Ich habe diese Dame auch mal bei Flottner im Laden gesehen. Wenn ich da vorbeilaufe, schaue ich mir gerne die Schaufenster an, er hat ja wirklich oft ganz ausgefallene Stücke. In meinen Lehrjahren bei Emma habe ich dafür ein Gespür entwickelt. Die Dame hat sich mit einem Mann unterhalten, vielleicht arbeitet sie ja bei Andi im Laden, und es war ein Kunde. Mein Gott, Sie sind doch der Kriminaler, das müssen Sie doch rauskriegen, nicht ich.«

»Das hätte ich auch schon längst getan, Herr Schellenberger, wenn Sie die Freundlichkeit besessen hätten, mich zu informieren. Sie hätten mir das sofort sagen müssen, es ist nämlich wirklich wie im ›Tatort‹ im Fernsehen: Bei unseren Ermittlungen kann jede Kleinigkeit von Bedeutung sein. Ich kann Sie allerdings in diesem Punkt beruhigen: Wir haben selbstverständlich in Herrn Flottners privatem und geschäftlichem Umfeld ermittelt. Bei der Dame handelt es sich um die Geschäftspartnerin von Herrn Flottner, Frau Karla Schnetter. Und bevor Sie sich in unnütze Spekulationen verrennen, sie hat ein Alibi. Mehr darf ich Ihnen dazu allerdings nicht sagen.«

Sebastian hatte dem Kommissar inzwischen einen Teller und ein Messer zugeschoben und Butter und Schokostreusel auf den Tisch gestellt.

Als Emma aus dem Laden zurückkam, sprachen die beiden Männer mit großem Appetit den süß gefüllten Dinkelhörnchen zu.

Wolf wischte sich einen Krümel von der Lippe, bevor er sich an Emma wandte. »Wer wusste eigentlich alles, dass Sie gestern Abend weggehen wollten und das Haus leer sein würde?«

»Eigentlich nur meine vier Freunde, die dabei waren. Wir hatten uns ziemlich spontan entschlossen, den Weihnachtsmarkt zu besuchen, Basti hat uns keine Wahl gelassen. Ach ja, und meine Cousine Elsa, die verhindert war, weil sie für eine kranke Kollegin einspringen und deren Nachtdienst auf ihrer Station im Krankenhaus übernehmen musste. Ich habe mit niemandem über unser Treffen geredet, du etwa, Basti?«

»Kein Wort. Ich werde doch nicht herumerzählen, dass ich mit euch um die Häuser ziehe!«, empörte er sich. »Schließlich muss ich auf meinen Ruf achten.«

»Ich weiß allerdings nicht, ob die anderen vier jemandem von unserer Verabredung erzählt haben. Ich werde sie danach fragen«, bot Emma sich an. »Meiner Nachbarin, Fräulein Höfler, habe ich es beim Weggehen an der Haustür erzählt. Sie wissen schon, die alte Dame, die mich von Pia geholt und alarmiert hat. Ich denke mal, die können wir als Brandstifterin ausschließen. Ach so, und Sie wussten natürlich auch davon, Herr Wolf. Sie erinnern sich? Ich hatte Sie zur Glühweinprobe eingeladen. Haben Sie ein Alibi für die Tatzeit?«

20

»Mama, das ist ja furchtbar, brandgefährlich im wahrsten Sinne des Wortes. Wie konnte das passieren? Warum hast du mich nicht sofort angerufen? Und was hat Wolf unternommen? Du brauchst dringend Polizeischutz!« Mutter und Sohn saßen in der Küche bei einem verspäteten Frühstück mit den köstlichen Brötchen von Cindy und Bert.

»Christian, jetzt beruhige dich doch erst mal, ich kann ja nun auch nichts mehr daran ändern. Dich mitten in der Nacht anzurufen erschien mir nicht sehr sinnvoll, was hättest du denn schon tun können? Außerdem hat Basti hier geschlafen, und Pia hat mit deinem Baseballschläger auf dem Sofa in der Werkstatt Wache gehalten. Und natürlich hatte Wolf eine Polizeistreife vor dem Haus postiert.«

Aber Christian war nicht zu beruhigen. »Sag mal, begreifst du das denn nicht? Dich will jemand umbringen. Das Einbestellen in dieses Haus, damit du Flottners Leiche findest, war nur der Auftakt. Die Krähe und die Katze waren zwei weitere Warnungen, mit der Brandstiftung hat der Täter dann ernst gemacht. Dass der ein völlig unberechenbarer Psychopath ist, dürfte ja wohl klar sein. Am besten, du fährst für ein paar Wochen weg. Du könntest doch Tante Emmi wieder mal besuchen, die freut sich sicher wie verrückt, und du bist aus der Schusslinie.«

»Guter Gott, ein paar Wochen bei Tante Emmi, das fehlte mir gerade noch!«, wehrte Emma entsetzt ab. »Da nehme ich es ja noch lieber mit dem potenziellen Mörder auf.«

Tante Emmi war die Schwester von Emmas Vater und in der gesamten Verwandtschaft gefürchtet ob ihrer spleenigen Ansichten und ihrer exzentrischen Lebensart. Sie war emotional sehr spontan und erfrischend verhaltensoriginell, alles Dinge, die Emma im Grunde entzückten, Tante Emmis Launenhaftigkeit und Schrullen allerdings länger als einen Tag zu ertragen war eine Herausforderung. Sie lebte alleine, war kinderlos und führte ein – nach Ansicht der Familie – ausschweifendes Künstlerleben. Ihre Lieblingsdrohung bestand darin, ihren Neffen und Nichten das Enterben in Aussicht zu stellen. In ihren Kindertagen allerdings war für Emma und ihre Geschwister ein Ferienaufenthalt bei Tante Emmi der Höhepunkt im Jahr gewesen. Wer bei ihr eingeladen war, hatte den Sechser im Lotto.

Tante Emmi war das Enfant terrible der Familie. Als sie nach dem Abitur selbstbewusst einforderte, Kunstgeschichte zu studieren, gerieten ihre Eltern in hellen Aufruhr. »Kunstgeschichte, eine brotlose Kunst, du studierst was Anständiges!« Also packte die Tante ihre Siebensachen, kaufte sich vom letzten Geld eine Fahrkarte nach Frankreich und verbrachte die nächsten Jahre in Künstlerkolonien oder tingelte durch die Welt. Sie nahm Unterricht bei verschiedenen Künstlern und wurde auch ohne brotloses Studium schon in jungen Jahren eine international gefragte und erfolgreiche Malerin und Bildhauerin.

Tante Emmi bewohnte ein großzügiges Anwesen am Ufer des Ammersees, das sie von einem ihrer vielen Liebhaber vererbt bekommen hatte. Die Kinder residierten bei ihren Besuchen in den Räumen im zweiten Stock, in den sich selten mal ein Erwachsener verlief. Die Tante selbst nahm ihre Aufsichtspflicht ihren minderjährigen Neffen und Nichten gegenüber nur sehr nachlässig wahr, um nicht zu sagen, gar nicht. Es gab weder Regeln noch feste Schlafenszeiten oder meckernde Erwachsene. Die Kinder waren sich selbst überlassen und genossen diese Freiheit in vollen Zügen. Ins Bett gehen, wenn man Lust hatte, ohne lästigen Umweg über das Bad, früh faul im Bett liegen bleiben und verbotene Comics lesen, Nougatcreme mit dem Löffel aus dem Glas essen, alles war erlaubt. Sätze wie »Hast du dich gewaschen?« oder »Habt ihr eure Zähne auch ordentlich geputzt?« gab es in Tantes Sprachschatz nicht. Viermal die Woche kam eine Frau aus dem Dorf, um das Haus in Ordnung zu halten und den Kindern ein Mittagessen zu kochen. An den anderen drei Tagen gab es ein selbst geschmiertes Brot, oder die Kinder wurden ins Dorfwirtshaus geschickt. »Bin ich eure Domestikin?« Kochen gehörte nicht zu den bevorzugten Tätigkeiten der Tante. Im »Goldenen Lamm« wurde dann gegessen, worauf man Lust hatte, und literweise Limonade und Coca-Cola getrunken, beides zu Hause streng verpönt.

Tante Emmi verbrachte ihre Tage entweder im Atelier, gewandet in orientalisch anmutende bunte Gewänder, oder sie saß auf ihrer Terrasse in der Sonne, nackt, wie Gott sie geschaffen hatte, champagnertrinkend und rauchend. »Kinder, das Leben ist zu kurz für schlechten Wein, wenn schon morgens ein Kater, dann vom Besten, was das Leben zu bieten hat.« Oft kamen illustre Gäste zu Besuch, die Tante führte ein offenes Haus, und dann wurde nächtelang gefeiert und philosophiert und eigenartig geformte Zigaretten geraucht. Niemand wäre je auf den Gedanken gekommen, die halbwüchsigen Kinder aus der Provinz ins Bett zu schicken. Sie saßen zwischen den Gästen und lauschten den oft sehr freizügigen Geschichten und bizarren Ansichten, die Münder offen vor Staunen.

Ferien bei Tante Emmi waren Abenteuer pur. Emma und ihre Geschwister spielten mit den Dorfkindern, turnten in Heuschobern herum, fuhren heimlich Traktor, provozierten mit flatternden Tüchern den Gemeindebullen auf der Weide und ruderten mit dem lecken Kahn der Tante über den See: Einer musste rudern, die anderen Wasser schöpfen mit ihren Schuhen. Als sich Pia bei dem verbotenen Besuch eines Neubaus einen Nagel, der in einem Brett steckte, komplett durch die Hand trieb und sich damit sozusagen das Brett an die Hand nagelte, zog die Tante den Nagel unbeeindruckt wieder heraus, klebte oben und unten ein Pflaster auf die Hand und schickte die Kinder wieder zum Spielen. »Am besten, ihr geht schwimmen, da wird die Wunde gereinigt.« Sie verlor auch nicht die Fassung, als Emmas Bruder Roland durch die morschen Bretter des Bodens im Bootshaus krachte und sich die Beine von unten bis oben aufschürfte. »Tut ein bisschen

Salbe drauf, Kinder. Bis ihr nach Hause fahrt, ist das wieder verheilt.« Selbst als Emma bei dem absolut verbotenen nächtlichen Eindringen in das Atelier eine halb fertige Steinstatue, die die Stadt München bei Tante Emmi in Auftrag gegeben hatte, vom Sockel riss und diese zerbrach, lachte Emmi nur. »Ach was, das blöde Ding hat mir sowieso nicht gefallen, ich mache eine neue.«

Selbstverständlich war es ein ungeschriebenes Gesetz, dass zu Hause niemand auch nur ein Sterbenswörtchen von dem erzählen durfte, was man im Haus am Ammersee so trieb. Das wäre womöglich das Ende der herrlichen Ferien im Paradies gewesen. Die Kinder schickten artig Ansichtskarten nach Hause mit Nachrichten wie »Gestern haben wir eine botanische Exkursion unternommen« oder »Am Sonntag waren wir mit Tante Emmi in der Kirche«. Beides entsprach bei großzügiger Auslegung der Wahrheit durchaus den Tatsachen. Als die Kinder fragten, ob sie die alte Kinderschaukel wieder aufhängen dürften, warnte die Tante sie vor den Brennnesseln und Disteln, die unter dem Schaukelgalgen neben dem Giersch wuchsen. Und in der Kirche waren sie tatsächlich. Allerdings nicht etwa zum Gottesdienst bei den langweiligen Spießern im sonntäglichen Trachtengewand. Nein, die Tante wartete, bis die Abendsonne durch die bunten Glasfenster des Altarraumes schien und auf den grauen Steinboden ein buntes Meer von Blumen malte, dessen Blüten sich scheinbar im Wind wiegten. Wie die Blätter der Kastanie vor dem Fenster, deren tanzende Schatten dem farbenfrohen Bild Leben einhauchten. Die Tante machte mit den Kindern eine kunsthistorische Führung und erklärte ihnen die barocke Architektur der Kirche, sie wies sie auf die Bilder an der Decke und den Wänden hin und erläuterte die Botschaften, und sie machte sie auf die wunderschönen Schnitzereien an den Kirchenbänken aufmerksam.

Doch kein Licht ohne Schatten. Hin und wieder bekam die Tante ihre Zustände, sie wurde unausstehlich und drohte den Kindern, sie auf der Stelle nach Hause zu schicken. Dann hieß es, sich zu verkrümeln und unsichtbar zu machen. Am nächsten Tag war sie wieder wie umgewandelt und lud großzügig zu einem Ausflug im Cabrio in die italienische Eisdiele in die Kreisstadt ein.

Tempi passati!

»Du nimmst das auf die leichte Schulter«, riss Christian seine Mutter aus ihren Kindheitserinnerungen. »Dabei hätte dieser Verbrecher um ein Haar unser Haus und vor allen Dingen deine berufliche Existenz in Flammen aufgehen lassen. Bei der Gelegenheit solltest du mal deine Versicherungen überprüfen. Du hast ständig große Fremdwerte in der Werkstatt, teure Möbel, die dir Kunden anvertraut haben. Schließt du da jedes Mal einen schriftlichen Vertrag ab, der den Wert für den Versicherungsfall festlegt? Ansonsten bist du schnell mal ruiniert, wenn tatsächlich ein Schadensfall eintritt und der Kunde dich verklagt.«

»Christian, kehre nicht so impertinent den Juristen raus. Das ist ja wohl im Moment unsere geringste Sorge, es ist nämlich nichts passiert.«

»Nichts passiert? Ach, dir reicht ein Brandanschlag nicht aus, du willst das volle Programm mit rauchenden Trümmern, oder wie?« Christian war außer sich. Ursprünglich hatte er versprochen, am Samstagnachmittag aus Erlangen nach Hause zu kommen, war aber an der Uni bis in die späten Abendstunden aufgehalten worden und hatte seine Heimfahrt deshalb auf den Sonntagmorgen verlegt. Jetzt plagte ihn das schlechte Gewissen.

»Junge, was soll ich denn machen? Ich jage ein Phantom, ich bin den Vorgängen hilflos ausgeliefert.« Emma seufzte. »Was schlägst du denn vor, das ich tun soll?«

»Wenn du schon nicht zu Tante Emmi willst, könntest du zu Oma und Opa ziehen, wenigstens für ein paar Tage, da wärst du in Sicherheit.«

»Herzlichen Dank, das haben mir die Großeltern auch schon angetragen. Dann ja noch lieber zu Tante Emmi! Oma und Opa machen sich so schon genug Sorgen, für die beiden würde ich am liebsten eine Nachrichtensperre verhängen. Du weißt doch, wie schnell sich Oma wegen jeder Kleinigkeit aufregt.

Nein, Christian, ich muss da alleine durch«, lehnte Emma den Vorschlag ihres Sohnes ab. »Ich kann nur hoffen, dass Wolf den Verantwortlichen recht schnell überführen wird, dann hat der Alptraum ein Ende. Du wirst auch verstehen, dass ich genau aus den von dir gerade aufgeführten Gründen das Haus nicht alleine lassen kann. Woanders würde ich kein Auge zutun vor Angst, was zu Hause los ist.«

Christian nickte. »Ich sehe schon, bei dir dringt keine Kugel ein. Äh, blöder Ausdruck in dem Zusammenhang. Gut, du bleibst hier wohnen, und Johanna und ich ziehen wieder ein. Das Haus muss rund um die Uhr bewacht werden. Wo bleibt sie überhaupt? Sie hätte doch schon längst nach Hause fahren können.«

»Freilich, und sich ihren teuren Lehrgang ans Bein schmieren! Das habe ich ihr ausdrücklich untersagt. Das Seminar geht bis heute Abend, und ich möchte nicht, dass sie in der Nacht noch losfährt. Von Stuttgart ist es immerhin ein ganzes Stück, und das bei dem Wetter. Außerdem bist du jetzt hier, das reicht doch nun wirklich. Johanna kommt morgen.«

Christian gab es auf. Er kannte seine Mutter. Wenn sie einmal eine Meinung gefasst hatte, war sie nicht umzustimmen. Und mit Johanna hatte sie schließlich auch recht. Was würde es für einen Sinn machen, vorfristig heimzufahren und den Lehrgang zu schmeißen? Er stand auf, um sein Geschirr in die Maschine zu räumen. »Meinst du wirklich, dass wir heute zu Oma zum Essen gehen und das Haus alleine lassen sollen? Was ist, wenn der Brandstifter wiederkommt?«

»Am helllichten Tag? Wohl kaum.« Emma schlug die Bedenken ihres Sohnes in den Wind. »Außerdem können meine Nerven einen fetten Entenbraten mit Klößen und Omas mütterliche Fürsorge für ein paar Stunden gut gebrauchen. Und ich muss dringend mit Opa reden, ich brauche Informationen von ihm.«

»Informationen?« Christian schaute sich misstrauisch nach seiner Mutter um. »Was führst du denn jetzt schon wieder im Schilde?«

Emma erzählte ihrem Sohn das Liebesdrama von Eleonore und Eberhard. Christian, ein nach außen forscher junger Mann mit einem Herzen aus Butter, war tief betroffen. »Oh Gott, wir haben der Frau jahrelang unrecht getan. Das konnte ja keiner ahnen! Wie können wir der armen Miss Elli bloß helfen?«

»Genau deshalb möchte ich mit Opa reden. Vielleicht kann er sich noch an Einzelheiten von damals erinnern, sein Vater hat ja öfter mal von seinen Fällen zu Hause erzählt. Und diese Geschichte hat ihn jahrelang beschäftigt. Emotional beschäftigt, meine ich, bis zu seiner Pensionierung. Und vermutlich auch noch danach.«

Christian schüttelte den Kopf. »Dich lässt man mal eine Woche alleine, und schon bist du in zwei Kriminalfälle verwickelt.«

»Ich bekenne mich schuldig«, antwortete Emma mit einem Lächeln. »Obwohl ich beim besten Willen nicht weiß, wie ich in den Flottner-Mord passe. Die Geschichte mit Eberhard fasziniert mich jedenfalls, und ich werde nachforschen, ob ich nicht doch noch etwas herausfinden kann.«

21

Manchmal beneide ich ihn. Wie er hinter seiner Mauer liegt, friedvoll schlafend bis in alle Ewigkeit. Er muss sich um nichts mehr kümmern. Keine Erinnerungen können ihn mehr quälen. Er muss die Nacht nicht mehr fürchten, mit ihren Alpträumen und durchgeschwitzten Laken. Wo er wohl sein mag? Ob das stimmt, was der Pfarrer sagt, dass die Toten auf den Jüngsten Tag warten? Aber wo? Wo warten sie, und was tun sie währenddessen? Und wie lange warten sie? Zigtausende von Jahren nach einem so kurzen Leben? Wann wird er sein, der Jüngste Tag? Und leben sie ein körperloses Leben als feinstoffliche Seelen, die um uns herumschweben, uns vielleicht sogar durchdringen, ohne dass wir sie wahrnehmen?

Oder haben die anderen recht, die Hindus oder Buddhisten oder wie sie alle heißen? Werden wir wiedergeboren in einem anderen Körper? Lebt er womöglich sogar in meiner Umgebung, ohne dass ich es merke? Wartet er darauf, mir heimzuzahlen, was ich ihm angetan habe? Nein, ich habe ihm nicht wirklich etwas angetan, hoffentlich weiß er das. Ich habe lediglich nicht verhindert, dass er über den Haufen gefahren wurde. Zählt das genauso als Schuld? Ist der, der tatenlos zuschaut, ebenfalls ein Mörder? Und der, der den Schuldigen nicht zur Rechenschaft zieht, was ist mit dem? Die Tat ist geschehen, nicht mehr rückgängig zu machen, wozu also Sühne? Oh Gott, sei mir gnädig, ich habe vielfache Schuld auf mich geladen.

Mein ist die Rache, spricht der Herr. Ob Gott uns dafür bestrafen wird? Bin ich nicht schon längst bestraft genug? Lebe ich nicht schon seit Jahren in der Hölle, meiner ganz persönlichen, privaten Hölle? Wieso geht es dem anderen dann so gut? Er führt ein aufregendes Leben, fährt immer große Autos, schleppt jede Menge Frauen ab in teure Restaurants, und soweit man hört, ist er geschäftlich sehr erfolgreich. Das ist doch nicht gerecht!

Egal, wohin ich gehe, die Wand habe ich immer im Gepäck. Ständig sehe ich sie vor mir, wie sie wächst und wächst, Ziegelstein für Ziegelstein, wie er endlich dahinter verschwindet, nicht mehr zu sehen ist, der letzte Stein in die letzte Lücke geschoben wird, mit Mörtel glatt gestrichen. Weggepackt, aus dem Weg geschafft, nicht mehr auffindbar. Aber mein Gewissen weiß, wo er liegt, mein Gewissen weiß, dass ich noch fünf, zehn, hundert Mauern hochziehen kann, doch ich werde ihn immer sehen. Wie er dort liegt, hinter der Wand, mit verrenkten Gliedern, der Kopf nach vorne gefallen, die dünne Blutspur von seinem Mund zu seinem Kragen. Nein, so eine dicke Mauer gibt es nicht, die ihn für mein Gewissen unsichtbar mache könnte.

Ich werde wieder nach Italien zurückkehren, Marilena und ihre zärtlichen Arme werden mir wenigstens ein paar Augenblicke schenken, in denen ich ihn vergessen, an eine Zukunft ohne ihn glauben kann. Vielleicht stimmt es, dass die Zeit alle Wunden heilt. Aber heilt sie auch die von der scharfen Säure des schlechten Gewissens schwärenden Wunden, die immer tiefer werden, immer schmerzhafter, sich immer weiter hineinfressen in die Seele? Oh Gott, wie soll das mit mir weitergehen?

22

»Schon wieder ein Jahr um, Kinder, wie schnell die Zeit vergeht! Ratzfatz ist man ein alter Mann. Es war doch gerade erst gestern, dass wir letztes Jahr bei Pia Silvester gefeiert haben.«

»Jetzt hört euch doch das mal an, das sagt ausgerechnet das Küken in dieser Runde«, fuhr diese auf. »Mann, Basti, du bist doch noch so jung, was macht da schon ein Jahr mehr?«

»Es ist genau umgekehrt, Pia«, belehrte er sie. »Ihr seid so alt, da kommt es auf ein Jahr mehr oder weniger auch nicht mehr an. Aber bei mir! Ich stehe in der Blüte meiner Jahre, und trotzdem gleitet mir die Zeit durch die Finger. Seitdem ich mit euch befreundet bin, altere ich immer schneller.«

»Danke für die Blumen, dein Charme ist ja heute wirklich kaum zu übertreffen.« Emma schenkte Basti ein strahlendes Lächeln. »In Wirklichkeit kommt dir das nur deshalb so vor, weil du mit uns endlich mal ordentlich was erlebst. Vorher hast du dein Leben ja verschlafen.«

Weihnachten war ohne neue Erkenntnisse zum gewaltsamen Tod von Andreas Flottner oder die Angriffe gegen Emma ins Land gegangen. Zwar war sie als potenzielle Täterin aus der Schusslinie, die dem Mord folgenden Vorkommnisse verursachten ihr jedoch immer noch schlaflose Nächte. Die Tage zwischen den Jahren waren bei Emma wie jedes Jahr recht hektisch, denn erstaunlicherweise kamen mehr Kunden nach Weihnachten als vorher. Als Silvester näher rückte und die Freunde nicht so recht wussten, wie und wo sie feiern sollten, bot sich Emma schließlich an, ein Fondue zu organisieren. Nach dem Erlebnis mit dem Brandanschlag nach dem Weihnachtsmarkt war es ihr lieber, an einem solchen Tag, der mit viel Zündelei verbunden war, zu Hause zu bleiben. Also wurden alle eingeladen, und alle sagten gerne zu. Zu Emmas großer Verblüffung sogar Fräulein Höfler. Emma hatte sie eingeladen, ohne wirklich mit einer Zusage zu rechnen, umso mehr freute sie sich, die alte Dame nun mit am Tisch sitzen zu sehen. Sie nahm zwar wenig an den Gesprächen teil, hörte aber aufmerksam zu und schien sich dabei gut zu unterhalten.

»Ach, Kinder, ich habe noch nie ein Fondue gemacht. Das ist ja ein richtiger Spaß!«, sagte sie ganz aufgeregt. »Welches waren jetzt noch mal meine Spieße, die grünen? Und könnte ich noch etwas Weißbrot haben, Emma?«

»So viel Sie wollen, Fräulein Höfler. Greifen Sie doch bitte zu. Alles muss weg, sonst esse ich wieder tagelang die Reste.«

»Was hast du denn für eine Mitternachtssuppe gekocht, Uschi?«, wollte Sebastian wissen. »Und was für eine Torte hast du mitgebracht, Paula, hoffentlich einen fetten Frankfurter Kranz?«

»Ich fasse es nicht, wir haben doch gerade erst mit dem Fondue angefangen«, regte sich Paula künstlich auf. »Und nein, ich habe keinen fetten Frankfurter Kranz mitgebracht. Nachdem ihr heute eine unverantwortliche Fleischorgie feiert, habe ich mir erlaubt, eine vegane Torte zu backen.« Sie begann langsam, den Abend zu genießen, nachdem sie anfangs recht verstimmt und einsilbig gewesen war. Ihr Mann veranstaltete in der Kirche eine Silvesterfeier mit Jugendlichen, und ihre drei halbwüchsigen Kinder legten ebenfalls keinen gesteigerten Wert darauf, zu Hause mit ihrer Mutter zu feiern.

»Was denn, eine vegane Torte? Willst du uns den letzten Tag des Jahres versauen?«, empörte sich Basti. »Das grenzt an Körperverletzung!«

»Versuche sie doch erst mal. Wenn sie dir dann nicht schmeckt, kannst du meckern. Vorher nicht«, konterte Paula angriffslustig.

»Moment mal«, fiel Emma ein, »von wegen unverantwortliche Fleischorgie. Das Rindfleisch ist aus Stöppach von einem Weidebullen, der sein Leben lang bei Wind und Wetter lustig auf der Weide herumgeturnt ist. Das Schweinefleisch von einer Koppelsau, die ebenfalls nie einen Stall von innen gesehen und sich jeden Tag genüsslich im Schlamm gesuhlt und nach Wurzeln gegraben hat. Und dass das Wildschweinfleisch und die Rehleber biobio sind, muss ich ja wohl nicht betonen.«

»Ach ja, Emma, und dann sind die Tiere zu Tode gestreichelt worden, oder wie?« Paula, die für sich eine Schüssel rohes Gemüse mitgebracht hatte, ließ nicht locker.

»Ich trau mich ja gar nicht zu sagen, dass ich einen feurigen Zigeunereintopf gekocht habe, mit Speck und Paprikaschoten und zartem Hirschfleisch. Alles natürlich beste Bioqualität«, schaltete sich Uschi zaghaft ein.

»Na gut, Paula, dann will ich mal nicht so sein. Deine Torte bekommt ihre Chance. Ich muss zugeben, wir haben in unserem Restaurant längst sowohl vegetarische als auch vegane Gerichte auf der Karte, und die werden tatsächlich immer stärker nachgefragt«, lenkte Basti ein. Mit Paula wollte er es sich schließlich nicht verderben. »Sag mal, Emma«, wandte er sich an die Gastgeberin, »was ist denn nun eigentlich bei der Obduktion der Krähe und der Katze herausgekommen? Hat Poirot sich inzwischen schon gemeldet?«

Emma nickte. »Die Krähe war offensichtlich Opfer eines Verkehrsunfalles, sie muss gegen ein fahrendes Auto geprallt sein. Der Täter hat sie vermutlich auf der Straße als willkommenen Zufallsfund aufgelesen. Die Katze dagegen hatte ein gebrochenes Genick und ansonsten keinerlei Verletzungen. Er dürfte sie gezielt eingefangen und getötet haben in der Annahme, es handele sich um Henry. Wie krank muss der Mann sein, erst Flottner umzubringen und mir dann die Tierkadaver vor das Haus zu legen beziehungsweise ans Fenster zu hängen?« Emma fuhr sich mit den Händen über die Augen. »Die Katze stammte übrigens aus der Nachbarschaft. Eine Frau Spindler hatte Zettel in die Briefkästen gesteckt, auf denen sie die vermisste Katze beschrieben und um Informationen über ihren Verbleib gebeten hat. Kommissar Wolf hat sich bereit erklärt, sie über den Tod ihres Tieres zu informieren. Es tut mir so leid für die arme Katze und die gute Frau.« Emma schaute sich automatisch ängstlich nach Henry um. Der lag friedlich auf seinem Katzenkissen und wartete darauf, dass endlich sein Anteil vom Fondue abfallen würde.

»Ach was.« Pia angelte ihre Fonduespieße aus dem Topf.

»Henrys Liebesleben hat doch jetzt bald wieder Hochsaison, und er macht irgendeiner Katzendame neue Kinder. Da wird schon wieder ein rot getigertes dabei sein, das die Frau dann haben kann. Die Frage ist doch, warum das jemand tut. Was wollte derjenige damit bezwecken? War ihm so schnell klar, dass er dir den Mord nicht anhängen konnte, weshalb er dann aus Wut darüber diese makabre Schau abgezogen und schließlich versucht hat, deine Werkstatt niederzubrennen?«

»Vielleicht ist es ja gar nicht ein und derselbe Täter. Vielleicht sollten wir auch mal in Betracht ziehen, dass es sich um zwei verschiedene handeln könnte.«

Alle blickten erstaunt zu Miss Elli, weniger der verblüffenden Aussage wegen als vielmehr vor Erstaunen darüber, dass sie sich überhaupt am Gespräch beteiligte. *Wir* hat sie gesagt, dachte Emma und lächelte trotz des ernsten Gesprächsthemas. *Wir.* Sie hat uns endlich angenommen.

»Wie kommen Sie darauf, Fräulein Höfler?« Elsa zerkrümelte nachdenklich ein Stück Weißbrot. »Das ist ein interessanter Denkansatz, der mir überhaupt noch nicht in den Sinn gekommen ist. Aber Sie haben recht, wir sollten das in Erwägung ziehen.«

»Es ist mir einfach so spontan in den Sinn gekommen. Ach, vergessen Sie es wieder, es war ein dummer Gedanke.« Miss Elli war offensichtlich erschrocken über ihre eigene Courage.

»So abwegig ist der Gedanke gar nicht«, nahm Sebastian den Faden auf. »Ich habe in den letzten Tagen viel über den möglichen Tatablauf nachgedacht. Wir dürfen annehmen, dass Emma um siebzehn Uhr in dieses Haus bestellt wurde, weil man ihr den Mord in die Schuhe schieben wollte. Wer Emma kennt, weiß, dass sie nicht eine Minute nach und nicht eine Minute vor fünf Uhr eintrifft, sondern auf die Sekunde genau. Eine sehr schlechte Angewohnheit übrigens, Emma, mit der du deine Freunde immer wieder in Verlegenheit bringst.« Basti, nicht unbedingt einer der Pünktlichsten, warf Emma einen vorwurfsvollen Blick zu. »Nun ist der Andi laut Obduktion spätestens um halb fünf Uhr erstochen worden, eher noch etwas früher, also völlig außerhalb des Zeitplanes desjenigen, der die Tat geplant hatte. Denn der hat mit Sicherheit den Todeszeitpunkt möglichst nahe an Emmas Eintreffen legen wollen, um das Risiko, dass sie ein Alibi hat, so gering wie möglich zu halten. Was aber, wenn es da eine dritte Person gegeben hat, jemanden, der unerwartet aufgetaucht ist und Andi sozusagen unplanmäßig und vorfristig abgemurkst hat?«

»Quatsch!« Pia schüttelte energisch den Kopf. »Das würde ja heißen, dass dieser angenommene Täter spontan und im Affekt zugestochen hätte, nicht vorsätzlich. Und das ist so wahrscheinlich wie eine Frau an der Spitze der katholischen Kirche.«

»Hm, ich weiß nicht, mir kommt das gar nicht so unwahrscheinlich vor«, meinte Uschi. »Das Leben ist schließlich voller Überraschungen. Das würde auch eine gewisse Logik in die Sache bringen. Ja, doch, je länger ich mir das überlege, desto wahrscheinlicher erscheint mir diese Geschichte. Die Möglichkeit ist doch zumindest als eine mögliche Variante in Betracht zu ziehen, ein sozusagen ungeplanter, spontaner Totschlag.«

»Das könnte bedeuten, dass der verhinderte Mörder, dem es nicht gelungen ist, dir, Emma, die Untat in die Schuhe zu schieben, vor Wut oder Enttäuschung die Folgetaten begangen hat. Krähe, Katze, Brandanschlag. Gar nicht mal so dumm. Miss Elli, Sie sind ein Genie!« Basti ergriff die Hand des erschrockenen Fräuleins und küsste sie galant.

»Herr Schellenberger, ich bin nur eine einfache alte Frau, die sich so ihre Gedanken macht.«

»Sie dürfen mich ruhig Basti nennen, wie diese respektlosen Weiber. Greifen Sie doch noch zu, Sie essen ja gar nichts. So ein Fondue ist eine abendfüllende Angelegenheit, da isst man stundenlang vor sich hin. Sie gestatten?« Er erhob sich und lud Miss Elli den Teller voll.

»Ich bin das nicht gewohnt, wissen Sie. Ich esse abends recht wenig. Aber wenn Sie meinen, ich bin so frei.«

»Wir müssen außerdem in eine weitere Richtung ermitteln.« Sebastian tupfte sich mit der Serviette den Rotweinschnurrbart aus dem Gesicht. »Der flotte Andi hatte in der letzten Zeit vor seinem Tod eine Affäre mit einem, äh, einer Frau, äh, also, mit einem zu einer Frau umgewandelten Mann. Einem Transdingsbums sozusagen. Ich habe die beiden ein paarmal in Bamberg zusammen gesehen. Vielleicht hat die ja etwas mit seinem Tod zu tun.«

»Was machst du denn heimlich in Bamberg?« Pia schaute Basti streng in die Augen. »Und was heißt das? Du hast die beiden also einige Male gesehen? Wann und wo? Und mit wem warst du da unterwegs?«

»Entschuldige, liebe Pia, dass ich ein Privatleben habe, das ich euch nicht auf die Nase binde. Seid ihr jetzt an meinen Informationen interessiert oder nicht?«

»Natürlich sind wir das, Basti, und von mir aus kannst du dich in Bamberg rumtreiben, mit wem und wo und so lange du willst.« Emma lächelte ihm aufmunternd zu. »Man nennt diese Menschen übrigens Transsexuelle. Und du meinst, die Dame war Andis Freundin, oder was?«

»Genau das müssen wir ja eben rauskriegen, Emma. Ich habe gehört, dass sie in seinem Geschäft arbeitet. Ich schlage vor, wir machen mal einen Ausflug nach Bamberg und fallen in den Laden ein. Er ist nach wie vor geöffnet, ich habe mich schon erkundigt.« Basti lehnte sich zufrieden zurück.

»Klar, ganz unauffällig, in voller Mannschaftsstärke.« Pia runzelte abwehrend die Stirn. »Und dann fragen wir die Dame, ob sie Andi vielleicht in einem Anfall von Eifersucht umgebracht hat. Und ob sie nicht mit uns auf den Keller will und uns da den Tathergang ausführlich beschreiben. Brillante Idee.«

»Na gut, vielleicht doch nicht so genial, der Gedanke«, gab Basti zu. »Wie könnten wir denn dann vorgehen? Was haltet ihr davon: Ich nehme mir einfach ein, zwei Tage Urlaub und frage in den Läden in der Nachbarschaft des Antiquitätengeschäftes ein bisschen herum. Tratsch ist oft sehr aufschlussreich, besonders, wenn man an die richtigen Leute gerät.«

»Mit deinem Charme wirst du den richtigen Leuten die Informationen nur so aus der Nase ziehen. Sag mal, weiß Poirot eigentlich von dieser Dame?«, wollte Emma wissen.

»Ich habe ihm von ihr erzählt. Von mir aus darf der parallel weiterermitteln, schließlich bezahlen wir ihn dafür mit unseren Steuergeldern. Er kennt die Frau übrigens, sie ist wohl Andis Geschäftspartnerin und hat angeblich ein Alibi. Aber was heißt das schon.«

»Soso, ein bis zwei Tage Urlaub in Bamberg.« Pia packte Basti am Arm und sah ihm tief in die Augen. »Wie heißt denn der Herr? Und wie alt ist er, und was macht er so von Beruf?«

»Willst du auch noch seine Schuhgröße wissen?« Basti wurde ungehalten. »Das geht euch nichts an, begreift das endlich. Außerdem ist es schon längst wieder aus.«

»Jaja, die Liebe ist flüchtig. Wenn die erste Leidenschaft verglüht ist, bleibt oft nur ein Häufchen Asche übrig, das keiner wegkehren will. Mach dir einfach nichts draus, mein Junge, du wirst schon wieder jemanden finden, mit dem du alles vermurksen kannst.«

»Danke für die trostreichen Worte, Pia. Du musst das ja am besten von uns allen wissen.«

Pia warf den Kopf zurück. »Ich habe noch nie eine Beziehung vermurkst, ich beende sie immer rechtzeitig, bevor der Krieg ausbricht.«

»Wir wissen doch, liebe Pia, dass du ein männerfressender Vamp bist.«

»Danke für das Kompliment, Basti, sehr nett von dir.« Sie richtete sich mit gekünstelter Koketterie das Haar. »Ich fresse die Männer allerdings nicht, ich knabbere sie bestenfalls ein bisschen an. Sehr zu ihrem Entzücken übrigens.«

»Das war kein Kompliment, sondern ein Vorwurf. Sag mal, wie viele Männer hast du eigentlich in deinem Leben schon vernascht? Oder hast du die Übersicht längst verloren, schließlich sind die Liebhaber durch dein Schlafzimmer gezogen wie eine Ameisenstraße.«

»Da höre ich doch keinen Neid aus deiner Stimme, oder, Basti? Wie soll ich sie dir denn aufzählen: chronologisch, alphabetisch oder nach der Qualität ihrer erotischen Fähigkeiten? Obwohl, es waren auch welche dabei, die man wirklich besser vergessen sollte. Die Schachspieler zum Beispiel.«

»Du hast mit deinen Liebhabern Schach gespielt?«, fragte Elsa erstaunt.

»Liebesschach. Die waren nach zwei Minuten matt.«

»Hört endlich auf mit euren pubertären Albernheiten. Ihr beide könnt von mir aus so viele Männer vernaschen, wie ihr wollt, im Moment haben wir wirklich andere Probleme.« Emma wandte sich an Sebastian. »Würdest du wirklich für mich nach Bamberg fahren? Wenn ich in Andis Laden auftauche, besteht die Gefahr, dass man mich erkennt, ich bin ja in der Branche schließlich keine Unbekannte, während du dich als potenziellen Kunden ausgeben kannst. Und die umliegenden Läden sind wie für dich gemacht, Klamotten, Schuhe, Parfüm, kitschige Andenken.«

»Ich bräuchte wirklich wieder mal was Neues zum Anziehen.« Basti zupfte theatralisch an seinem Hemdkragen. »Und wer kommt für meine Spesen auf?«

»Ach was, Basti, das bin ich dir doch wert. Und am Abend kommen wir alle nach Bamberg, und ich lade dich ein auf ein knuspriges Schäuferla und ein Rauchbier, du trinkst doch so gerne Schlenkerla. Von mir aus auch fünf. Schlenkerla meine ich, nicht Schäuferla, bei dir muss man das ja dazusagen. So, Kinder, können wir jetzt langsam das Thema wechseln? Ich möchte für den Rest des Abends nichts mehr von der Mordgeschichte hören. Heute ist Silvester, und wenn ich euch schon einlade, möchte ich wenigstens launig unterhalten werden. Basti, erzähle einen Witz!«

»Was heißt Orgasmus auf Sächsisch?« Er schaute herausfordernd in die Runde. »Ferdsch!«

»Haha, sehr witzig! Und auf Fränkisch: eddserdla. Deine Witze werden immer niveauloser.« Pia schielte zu Miss Elli, die jedoch entweder dem Witz sprachlich nicht hatte folgen können oder doch viel weniger hinter dem Mond lebte, als die Freunde vermuteten.

»Was ist das für eine grammatikalische Zeit: ›Du hättest nie geboren werden sollen‹?« Basti konnte das Lachen kaum noch zurückhalten. »Na, weiß es keiner? Das ist Präservativ Defekt!«

»Basti, etwas hochgeistiger bitte, das tut ja weh!« Uschi verdrehte die Augen.

»Seit wann seid ihr so anspruchsvoll? Das ist ja ganz was Neues, sonst können euch die Witze doch nicht zotig genug sein. Also gut: Ein Mann ist beim Arzt: ›Treiben Sie Extremsport?‹ – ›Ja, ich widerspreche hin und wieder meiner Frau.‹«

»Guter Witz, der Mann blickt durch«, meinte Pia. »Seiner Frau zu widersprechen erfordert tatsächlich sehr viel Mut.«

»Nur, wenn man mit dir verheiratet ist, meine Liebe. Andere Frauen lassen unter Umständen in Ausnahmefällen auch mal eine geringfügig abweichende Meinung zu. Gott, was seid ihr Frauen kompliziert!«

»Wir sind überhaupt nicht kompliziert, wir haben nur ein System, das ihr Männer nicht versteht«, korrigierte ihn Elsa nachsichtig.

»Na, wenn einer ein schlechtes Karma hat, dann kann er schon mal an eine böse Frau geraten, die ihn ordentlich unter dem Daumen hält. Könnt ihr euch an das Ehepaar Meinrad vom Glockenberg erinnern? Der arme Mann hatte so eine Angst vor seinem Ehedrachen, dass er mal nachts vor dem Haus im Blumenbeet geschlafen hat. Er hat sich nicht getraut zu klingeln, so besoffen, wie er war. Einen eigenen Schlüssel hatte er nämlich nicht. Seine Frau konnte darüber natürlich überhaupt nicht lachen. Es ging das Gerücht, dass er sogar ihre alten Nachthemden auftragen musste.«

»Also wirklich, Paula, was ist denn das für ein Quatsch? Schlechtes Karma, böse Ehefrau. Sag mal, hast du denn in den vielen Jahren, in denen wir dich an unserer Weisheit haben teilhaben lassen, gar nichts dazugelernt?« Elsa schüttelte mit gespielter Resignation den Kopf.

»Da muss ich Elsa jetzt recht geben, liebes Schwesterherz«, schaltete sich Emma ein. »Das kommt davon, weil du diese fragwürdigen Bücher liest, von wegen das Karma der Ameise oder so ähnlich, diese kontraproduktive, alberne Antilektüre.«

»Wieso denn? Ich denke, alles Schlechte, was einem passiert, ist die Folge von vorangegangenen eigenen Gemeinheiten.«

»Du meinst Auge um Auge, Zahn um Zahn? Du solltest weniger in der Bibel lesen, die du offensichtlich nicht verstehst, als vielmehr in der ›BILD der Frau‹, da stehen wenigstens brauchbare Kochrezepte drin.«

»Bitte überlege dir, was du sagst. Die Bibel ist schließlich das Wort Gottes, die Heilige Schrift und die Grundlage unseres christlichen Glaubens.«

»Und was ist bitte heilig daran?«, wollte Basti wissen. »Wenn ich bloß das Alte Testament anschaue, biegen sich mir schon sämtliche Fußnägel hoch. Mord und Totschlag, Hurerei, Lug und Betrug, wohin du schaust, dazu noch die Vernichtung ganzer Völker. Wenn das heilig sein soll, weiß ich auch nicht. Außerdem ist die Bibel von Menschen geschrieben worden, nicht von Gott, und zwar vor dem Hintergrund der Kultur und der Zeit, in der sie gelebt haben. Sie ist kein historisches Protokoll oder gar ein Augenzeugenbericht.«

»Und alles ist so düster, was da drinsteht, so angsteinflößend«, meinte Uschi. »Bei meiner Oma in Wiesenfeld wurde jeden Abend aus der Bibel vorgelesen. Da habe ich mich manchmal regelrecht gegruselt.«

»Entschuldige, das war ja wohl auch keine gute Idee von deiner Oma, einem kleinen Kind aus der Bibel vorzulesen. Was hat die sich dabei gedacht?«, wunderte sich Elsa stirnrunzelnd.

»Nein, doch nicht mir alleine, das war früher in den Bauernstuben so üblich. Am Abend, nach getaner Arbeit, ist eine halbe Stunde aus der Bibel vorgelesen worden. Ich glaube, für meinen Opa und meine Onkel war das einfach nur eine Gelegenheit, in Ruhe ein bisschen zu chillen. Die haben die Augen zugemacht, gedöst und Oma vorlesen lassen. Hinterher wussten die garantiert kein Wort von dem, was sie gehört hatten. In gewisser Weise war das schon eine Art Meditation.«

»Ich kann mich manchmal nicht genug wundern über die Fehler und Textveränderungen, die in den Korrekturabzügen stecken, die ich von der Druckerei zurückbekomme, obwohl ich denen meine Texte schriftlich als fertige Dateien einreiche«, warf Pia ein. »Warum soll das bei der Entstehung der Bibel anders gewesen sein? Da ist ja auch jahrhundertelang ›Stille Post‹ gespielt worden.«

»Ich bin mir sowieso nicht sicher, wer zuerst da war: die Menschen oder die Götter?«, meinte Elsa nachdenklich. »Ich glaube eher, nicht Gott hat die Menschen geschaffen, sondern die Menschen haben sich irgendwann ihre Götter geschaffen. Als wir noch als Jäger und Sammler unterwegs waren, haben wir keine Götter gebraucht. Erst als wir angefangen haben, in organisierten Gruppen zu leben, musste eine übergeordnete mythische Instanz her, mit der man drohen konnte. Ein personalisierter Gott, der Regeln vorgab und strafte, wenn man sie nicht einhielt. Und aus Mythen wurden schließlich Dogmen.«

»Ist das nicht erstaunlich?«, wunderte sich Uschi. »Alle Wissenschaften haben sich weiterentwickelt. Was vor hundert oder zweihundert oder auch nur vor fünfzig Jahren in den Fachbüchern gestanden hat, war der damalige Stand des Irrtums, der längst durch einen neuen ersetzt worden ist. Chemie, Physik, Medizin, alle haben geforscht und ihre neuen Erkenntnisse in ihre Lehren einfließen lassen. Nur die Theologie nicht, die ist bei Adam und Eva stehen geblieben. Warum eigentlich?«

»Vielleicht, weil die Theologie nicht wirklich eine Wissenschaft ist, nichts Fassbares«, vermutete Sebastian. »Ein Viereck ist ein Viereck. Du kannst es aufmalen, und es liegt vor dir, es hat vier Ecken und vier Seitenlinien. Aber zeige mir Gott. Da sind wir ganz schnell bei abstrakten Begriffen, die man nur mutmaßen und nicht empirisch nachweisen kann. Religion kannst du nicht in Reagenzgläser füllen und durchschütteln oder an Laborratten verfüttern, um zu sehen, was hinten dabei rauskommt.«

»Ich finde die Bibel jedenfalls prickelnd.« Pia sah das Ganze von der nüchternen Seite. »Wenn ich alleine an Adam und Eva denke. Diese Eva, das war in meinen Augen dic crste Emanze. Stellt euch vor, wie langweilig das gewesen sein muss, tagein, tagaus im Paradies, nichts los, nur ein einziger Mann weit und breit und jeden Abend im Fernsehprogramm nur Tierfilme. Spätestens nach einer halben Ewigkeit muss doch das Eheglück langsam schal geworden sein. Und da kommt dann die Schlange daher und verspricht der frustrierten Frau endlich Abwechslung. Verspricht, ihr die Welt zu Füßen zu legen. Eva wollte endlich mal andere Männer kennenlernen, wollte wissen, ob die auch einen Schniedel haben und wie der aussieht. Da hat sie natürlich sofort kraftvoll zugebissen in den Bioapfel. Und ab ging die Post!«

»Also wirklich, Pia, du sprichst von der Frucht der Erkenntnis, nicht von einem Bioboskop«, schaltete sich Emma ein. »Und die Qualität der Schniedel dürfte fortan Evas geringstes Problem gewesen sein. Ich kann nicht umhin, euch mitzuteilen, ihr ungebildeten Banausen, dass das der Schritt des Menschengeschlechts von der Ahnungslosigkeit in die Erkenntnis war. Erst nach dem Kosten der verbotenen Frucht waren die Menschen in der Lage, ihre Gegensätzlichkeit zu erkennen und in der Folge Gut und Böse zu unterscheiden. Und schon gab es Mord und Totschlag, siehe Kain und Abel. Haltet euch lieber an das Neue Testament«, fuhr Emma fort, »an die Botschaft Jesu von der Selbstliebe. Oder, formulieren wir es anders, von der Selbst*annahme*. Dass man sich so annehmen und lieben darf, wie man ist. Mit all seinen Ecken und Kanten und scheinbaren Macken. Erst dann kann man auch seine Feinde lieben. Und wenn man schon höher entwickelt ist, vielleicht sogar das Finanzamt!«

»Was ist denn nun mit der Selbstliebe gemeint?«, fragte Paula zaghaft. »Soll das heißen, dass ich mein Wohl vor das Wohl des Nächsten stellen soll, vor das Wohl meiner Familie?«

»Genau das soll es nicht heißen, Paula. Das ist keine Aufforderung zum Egoismus, und das hast du auch genau verstanden! Und ja, damit ist auch gemeint, dass du es dir gut gehen lassen darfst, verdammt noch mal, dass du auch mal Nein sagen darfst, wenn deine drei Blagen gebratene Tauben in den Mund geschoben haben wollen oder dein Mann Sex will und du keine Lust hast. Du darfst auch mal deine Wünsche den Forderungen deiner Familie vorziehen. Denn nur, wenn es *dir* richtig gut geht, kannst du den anderen weiterhelfen.« Pia redete sich in Rage, denn ihre Cousine Paula verkörperte für sie die biedere Hausfrau, die sich von der Familie unterbuttern lässt. »Und ganz bestimmt heißt das nicht, dass du ab jetzt jeden Tag bis zwölf im Bett liegen bleiben, Romanheftchen lesen und Pralinen essen sollst. Natürlich wirst du weiterhin mal zwei Stunden auf das kranke Kind deiner Nachbarin aufpassen, auch wenn du dabei eine Folge von ›Sturm der Liebe‹ verpassen solltest. Vielleicht fängst du einfach damit an, darüber nachzudenken, wer und was du bist, wirklich bist, wenn du mal nicht für die anderen funktionierst und rumrödelst. Nein, fange lieber mit deiner äußerlichen Aufmachung an. Manchmal denke ich, du holst dir deine modischen Inspirationen in der Altkleidersammlung. Zieh dir doch mal was Schickes an, du bist so eine hübsche Frau und läufst herum wie Lumpensammlers Lieschen.«

Paula seufzte. »Du hast leicht reden, Pia, du hast nur deine Gundis, und für deren Unterhalt kommt sehr großzügig der Kindsvater auf, wer auch immer das sein mag.« Zur Erbitterung der Freunde hatte Pia nie den Namen ihres Kindsvaters verraten. »Ich habe drei Kinder, die kosten viel Geld, zumal wir nur einen Verdiener haben. Und mit drei Kindern kann ich schließlich nicht arbeiten.«

»Hör auf zu jammern!« Pia hielt sich demonstrativ die Ohren zu. »Jammern bedeutet nur, dass man Ausreden erfindet, um nichts ändern zu müssen. Schicke Jeans kosten übrigens auch nicht mehr als die altmütterlichen Stoffhosen, die du trägst. Und wieso kannst du nicht arbeiten? Erst vor Kurzem hast du mir erzählt, wie sehr dir deine Arbeit im Kindergarten fehlt, wie gerne du wieder anfangen würdest zu arbeiten. Worauf wartest du? Dein Jüngster ist dreizehn, nicht mehr drei.

Und ich garantiere dir, deine Kinder werden heilfroh sein, wenn du regelmäßig aus dem Haus bist und sie mal ein bisschen ihre Ruhe haben vor ihrer Übermutter. Und sturmfreie Bude.«

»Genau«, fiel ihr Emma ins Wort, »teile jedem im Haushalt seine Pflichten zu, auch deinem göttergleichen Ehemann, und hör damit auf, hinter jedem herzuräumen und Wünsche zu erfüllen. Man wird deshalb nämlich keinen Deut mehr geliebt. Manchmal habe ich das Gefühl, deine Familie hält dich für einen alten VW Käfer, der läuft und läuft und läuft. Du bist übrigens auch kein Taxi, deine verwöhnten Bälger können genauso gut mit dem Bus fahren, dem Fahrrad oder laufen. Und wenn sie sich mal selbst die Suppe aufwärmen müssen, werden sie wenigstens lernen, wie man den Gasherd bedient.«

Paula schaute betreten auf ihren Teller. »Ach ihr, ihr habt leicht reden.«

»Gar nicht«, mischte sich Elsa ein, »die beiden haben absolut recht. Ich stelle immer wieder fest, dass diejenigen meiner Freundinnen, die sich am wenigsten von Mann und Kindern vereinnahmen lassen, am meisten wertgeschätzt werden. Wenn ich an meine Freundin Bea denke! Die hat ihrem Mann unter der Bettdecke einen sanften Tritt verpasst, wenn ihre Kinder nachts geschrien haben, Edgar ist aufgestanden, hat Fläschchen gemacht und gefüttert, das Baby frisch gewickelt und wieder ins Bett gebracht und das Ganze sehr, sehr leise, damit er Bea bloß nicht weckt. Was habe ich sie dafür bewundert! Das war sie sich einfach wert. Und sie wird von ihrem Mann und ihren vier Kindern angebetet. Ich scheine da etwas Grundlegendes falsch gemacht zu haben.«

»Ich will dir auch sagen, was, Elsa«, ging Pia sofort auf sie ein. »Du hast es gerade schon selbst formuliert, weil du es dir eben nicht wert bist. Bea hat ihre Liebe und Fürsorge nicht als etwas Selbstverständliches vergeben, nicht bedingungslos verteilt, sondern sie hat es geschafft, ihre Hausarbeit und Mütterlichkeit als etwas rüberzubringen, das geachtet werden muss. Dadurch ist ihrer Familie der Wert dessen, was sie gegeben hat, viel stärker bewusst geworden. Angebot und Nachfrage!«

An Paula gewandt fuhr Pia fort: »Wohlgemerkt, ich gehöre nicht zu den Frauen, die glauben, Hausfrau sei kein Beruf. Im Gegenteil, keiner weiß besser als wir berufstätigen Frauen, dass das sehr wohl ein tagesfüllender Job ist. Und ich habe dich immer ein wenig beneidet darum, dass du nicht gearbeitet hast, als deine Kinder klein waren, dass du einfach nur Hausfrau und Mutter sein durftest. Und um die Zeit, die du mit deinen Kindern verbracht hast. Andererseits denke ich, diese Phase deines Lebens ist um, du solltest dich langsam wieder auf dich besinnen und auf das, was dir wichtig ist. Ich habe nämlich in letzter Zeit das Gefühl, dass du die Nase voll hast von deinem Hausfrauendasein.«

»Gottfried möchte nicht, dass ich arbeite. Er sagt, es ist zu viel für eine Frau, arbeiten und einen Fünf-Personen-Haushalt führen. Er möchte, dass ich abends Zeit für ihn habe und ausgeruht bin.«

»Habt ihr das jetzt gehört?« Pia schaute fassungslos in die Runde. »Was ist denn das für ein tiefer Griff in die patriarchalische Klamottenkiste? Gottfried, dieser selbstgefällige Macho, möchte, dass seine Frau abends ausgeruht und für ihn da ist. Nicht etwa aus liebevoller Fürsorge, nein, sondern weil es ihm völlig schnuppe ist, ob sich die Gattin zu Tode langweilt, ihr der Haushalt zum Hals raushängt und sie endlich wieder raus will aus dieser Ehemann-Kinder-Haushalts-Tretmühle. Soll ich dir mal sagen, was er will, der liebe Gottfried? In Abhängigkeit will er dich halten, Macht über dich haben, dafür sorgen, dass du wegen jedes neuen Schlüpfers, den du dir kaufen willst, bei ihm bitte, bitte machen musst. Nein, meine liebe Paula, das hat nichts mit Liebe zu tun, Gottfried ist ein Feigling, der Angst davor hat, dass du außerhalb deiner vier Wände feststellen könntest, dass es auch noch andere Leben gibt außer deinem Hausfrauendasein, dass du wieder Freude finden könntest am Leben, wieder die selbstbewusste Frau werden könntest, die du einmal warst, und vielleicht sogar andere Männer wahrnehmen! So sieht es aus.«

»Du hast meinen Mann noch nie leiden können, Pia.« Paula

schien verärgert und verunsichert zugleich. »Das ist alles nicht wahr, was du da sagst. Du bist unfair!«

»Ein bisschen hat Pia schon recht«, versuchte Emma, die Wogen zu glätten. »Da gibt es einen Zug an deinem Mann, den ich gar nicht mag. Ich will nicht sagen, dass er dich bevormundet, das wäre übertrieben, aber er lässt dir viel zu wenig Freiraum. Du lebst in ständiger Angst vor seiner Reaktion, und er versteht es ausgezeichnet, dich kleinzuhalten und dir ein schlechtes Gewissen zu machen, ohne einen Ton dabei zu sagen.«

»Ich sehe das Zölibat langsam unter einem ganz anderen Gesichtspunkt.« Basti lachte vergnügt. »Die katholische Kirche weiß schon, warum sie ihre Priester vor der Ehe schützt. Bin ich froh, dass mir das als Schwulem alles erspart bleibt. Ein Ehepartner, der mich nicht weglassen will, Babys füttern, Kinder aufs Töpfchen setzen oder in der Gegend rumfahren, putzen, waschen, bügeln, Köchin in der Küche und Kurtisane im Bett, ihr Frauen habt es wirklich nicht leicht. Möchte jemand noch ein Glas Wein?« Er schaute fragend in die Runde.

»Ah, Basti, unser Frauenversteher!« Elsa tätschelte Bastis Hand. »Es bleibt dir erspart, ja, aber es bleibt dir dabei auch viel vorenthalten. Kinder großziehen ist das Beste, was dir passieren kann. Schreiende Babys in der Nacht, Windpocken, Kindergarten, aufgeschlagene Knie, Ärger in der Schule, zerschlagene Fensterscheiben, der erste Vollrausch, das bedeutet auch viel Glück. Man jammert über die Anstrengungen und Aufregungen, man erwähnt aber nie, wie viel Erfüllung man darin findet. Na, zum Glück hast du uns als Ersatzfamilie. Auf unsere Liebesdienste legst du ja nun keinen Wert, aber immerhin können wir dir die böse Ehefrau ersetzen.«

»Kinder, nun reißt euch doch mal zusammen, was soll denn Fräulein Höfler von uns denken!« Emma schaute ängstlich auf ihre Nachbarin.

Doch Miss Elli kicherte nur vergnügt. »Wegen mir braucht ihr euch nicht zurückzuhalten, ich genieße diese Unterhaltung außerordentlich. Ich bin zwar eine alte Frau, aber ich habe den Anschluss ans Leben nie ganz verloren. Emma, darf ich noch mal auf die Sache mit dem Karma zurückkommen? Sie haben sich schon oft darüber unterhalten, und ich habe nie wirklich verstanden, um was es dabei eigentlich geht. Stimmt das denn nun oder nicht: Auge um Auge, Zahn um Zahn?« Alle schauten verblüfft auf Miss Elli, die im großen Fonduetopf nach ihren Spießen angelte.

»Ja, schon, aber es ist keine Aufforderung zur Rache, vielmehr ist damit gemeint, dass durch das Resonanzgesetz alles von alleine, ohne unser Zutun, ausgeglichen wird«, lieferte Emma eine kurze Erklärung.

»Und was ist das Resonanzgesetz? Was muss ich mir darunter vorstellen?«, fragte Fräulein Höfler schüchtern.

Emma dachte kurz nach, bevor sie antwortete. »Also, es wird davon ausgegangen, dass alles, wirklich alles, Energie und Schwingung ist. Wenn wir negative Energien aussenden, durch Hass, böse Wünsche oder gar begangene Taten, erzeugt das Schwingungen, die irgendwann zwangsläufig wieder auf uns zurückkommen. Das Gute daran ist, dass auch die positiven Schwingungen wieder bei uns ankommen, Liebe, Wohlwollen, gute Taten. Wobei diese Einteilung in Gut und Böse dem Resonanzgesetz natürlich schnurzegal ist. Es wertet nicht, es wirkt einfach. Und das ist gemeint mit ›Auge um Auge‹. Es gleicht sich alles von selbst wieder aus, ohne die Notwendigkeit unseres Zutuns.«

Basti runzelte nachdenklich die Stirn. »Du meinst also, Emma, da oben sitzt keiner, der Buch führt über unsere Taten, um dann die verdiente Strafe auf uns herunterzuwerfen? Oder die Belohnung?«

»Ich glaube nicht, Basti, dass das Universum, Gott oder der Kosmos richtet. Du kannst also weiterhin heimlich Süßigkeiten naschen, zwei über den Durst trinken oder vor dich hin fluchen, wenn du dir mit dem Hammer auf den Daumen geklopft hast. Diese ›Sünden‹ musst du bestenfalls mit einem Kater oder auf der Waage büßen. Der Volksmund hat dafür das schöne Sprichwort: Der kriegt schon noch seine Strafe. Stimmt und stimmt nicht. Was der kriegt, ist die Resonanz seines Tuns, keine Strafe. Und da sind wir auch schon wieder bei ›Auge um Auge‹, nur halt *nicht* wertend und strafend.«

»Wie hat unsere Oma immer gesagt?«, warf Elsa ein. »›Auge um Auge und die Welt ist blind.‹«

Alle schwiegen für eine kleine Weile. Schließlich meinte Miss Elli: »Aber das würde ja heißen, dass das Geschehen um Eberhard und mich ebenfalls … Rache ist, dass wir büßen mussten für etwas, was wir irgendwann anderen angetan haben.«

Emma schluckte. Das war genau die Schlussfolgerung, die sie befürchtet hatte. »Die Begriffe ›Rache‹ und ›büßen‹ erzeugen in diesem Zusammenhang ein völlig falsches Bild«, meinte sie schließlich. »Rache ist in meinen Augen eine der übelsten Energien überhaupt. Denn Rache ist niemals süß, sie hat einen bitteren Nachgeschmack, und sie zieht immer und unausweichlich Gegenrache nach sich. Ein sinnloser Teufelskreis, der nur Leid über die Menschen bringt. Andererseits kann ich nicht ausschließen, dass Sie mit Ihrer Vermutung recht haben, Fräulein Höfler, dass Sie irgendwann mal, in diesem oder einem anderen Leben, durch eine entsprechende Handlung Schwingungen erzeugt haben, die sich durch Eberhards Verschwinden und Ihr Leid ausgeglichen haben, vielleicht für immer aufgelöst, erlöst. Bitte verstehen Sie mich nicht falsch, das ist keine Buße oder Rache, ich möchte unter keinen Umständen, dass Sie sich jetzt deswegen Vorwürfe machen.«

Fräulein Höfler starrte auf ihren leer gegessenen Teller. »Ja. Nein. Äh, ich glaube, ich habe Sie richtig verstanden. Mein Eberhard war ein so guter Mensch, und ich bilde mir ein, ebenfalls mein Leben lang nichts Böses getan zu haben. Sein Verschwinden hat mich sehr verbittert. Warum gerade wir, warum hat es uns getroffen? Ich habe doch nie irgendjemandem etwas zuleide getan. Das, was Sie gerade versucht haben, mir zu erklären, erscheint mir einleuchtend. Ich werde noch ein wenig darüber nachdenken müssen und Sie vielleicht hin und wieder mit einer Frage belästigen. Wissen Sie was? Es tröstet mich. Es gibt mir endlich eine Erklärung für das, was geschehen ist. Es lässt mich mein Schicksal annehmen.«

Die Freunde saßen betroffen in der Runde und betrachteten verstohlen die kleine alte Frau. Ihre natürliche, einfache Weisheit verblüffte sie.

Basti brach endlich den Bann. »Leute, nach so viel philosophischen Betrachtungen haben wir uns Paulas vegane Torte redlich verdient. Ich verspreche euch auch, kein bisschen zu meckern!«

23

Emma schlug den Kragen ihres Mantels hoch. Das Wetter war im Laufe des Abends umgeschlagen, der eisige Wind hatte sich gelegt und einer wärmeren Luftströmung Platz gemacht, die dicke Nebelschwaden vor sich hertrieb. Es war ein langer Abend geworden, wie immer, wenn sich die alte Clique aus der Schulzeit traf. Hanne, die lange Jahre im Ausland gelebt hatte und jetzt mit ihrem Mann im Pilgramsroth wohnte, hatte eingeladen, weil Heidi aus Amerika zu Besuch war. Man erzählte sich aktuelle Lebensdinge – »was machen deine Kinder, lebt deine Mutter noch, habt ihr schon gehört, dass Helga wieder geschieden ist?« – und verfiel dann irgendwann auf die guten alten Zeiten, den »Wisst ihr noch?«-Teil des Abends. Es wurde viel gelacht, auch mal gestritten, über Politik, Kindererziehung, Lebensphilosophien, doch schlussendlich traf man sich dann wieder auf dem Nenner der gemeinsam durchgestandenen Kindheit, Jugend, Schulzeit. Man hatte miteinander viele schöne und auch weniger schöne Erlebnisse gehabt, sich gegenseitig bei den Matheaufgaben abschreiben lassen, sich über den ersten Liebeskummer hinweggetröstet, gemeinsam für denselben Jungen aus der Parallelklasse geschwärmt, nach dem ersten Joint Seite an Seite in die Itz gekotzt. Das verband. Die Freundinnen hatten sich viele Jahre nicht gesehen, vieles erlebt und durchlitten, sich verändert und weiterentwickelt, und doch war es, als hätte man sich gestern erst das letzte Mal getroffen, als wäre man wieder sechzehn und einander so nah wie damals. Je später der Abend wurde, desto mehr wurde gelacht und getrunken, und der gute Vorsatz, spätestens um elf Uhr nach Hause zu gehen, war ganz schnell vergessen gewesen.

Nun war es zwei Uhr in der Früh geworden, und Emma dachte mit Bangen an den Wecker, der um sieben Uhr klingeln würde. Für acht Uhr hatte sich ein Kunde angesagt, der seinen restaurierten Schrank abholen wollte. Na, egal, das Treffen mit den alten Freundinnen war es wert gewesen.

Ursprünglich hatte Emma mit dem Auto fahren wollen, der Weg bis an das Ende des Pilgramsroths zog sich, doch dann hätte sie nichts trinken können, und das wäre bei diesen Treffen gar nicht gegangen!

Gut gelaunt und beschwingten Schrittes ging sie den Pilgramsroth hinunter in Richtung Markt. Sie hatte ursprünglich erwogen, bei einem rechtzeitigen Aufbruch einen kleinen Umweg über die Arkaden zu nehmen, um oberhalb des Schlossplatzes das letzte Zigarillo des Abends zu genießen. Sie liebte den nächtlichen Blick auf das Stadtschloss der Coburger Herzöge, die Ehrenburg, auf das Theater und die Altstadt. Zu so später Stunde und bei diesem dicken Nebel fiel es ihr jedoch leicht, darauf zu verzichten. Lieber so schnell wie möglich heim!

Je näher Emma der Innenstadt kam, desto dicker wurde der Nebel. Ein ungewöhnliches Wetterphänomen für Mitte Januar. Er hing zwischen den Häusern und in den Straßen wie Zuckerwatte, seine dicken Finger drangen in alle Ritzen und Fugen, er lungerte unter den geparkten Autos und dämpfte ihre Schritte fast bis ins Unhörbare. Doch war da nicht noch ein anderes Geräusch, das gleichmäßige, flüsternde Knirschen von Schuhsohlen, das immer deutlicher wurde? Emma drehte sich um und lauschte in die grauen Wolken der Dunkelheit. Nein, sie musste sich getäuscht haben. Leicht beunruhigt beschleunigte sie dennoch ihren Schritt, die Aufmerksamkeit hinter sich gerichtet. Da! Wieder waren leise Gehgeräusche zu hören. Oder doch nicht? Vermutlich auch nur ein später Heimkehrer von einer nächtlichen Feier. Reiß dich zusammen, Emma!, ermahnte sie sich. Bestimmt hast du nur ein Glas Rotwein zu viel getrunken.

Warum nur war sie gelaufen, anstatt das Auto zu nehmen oder wenigstens ein Taxi zu bestellen für den Heimweg? Sie hatte gerade mal den halben Pilgramsroth hinter sich gelassen, als die Schritte immer näher kamen. Emma begann zu laufen, soweit das bei dieser Nebelsuppe überhaupt möglich war. Sie trabte auf der Mitte der Straße, um nicht mit einem geparkten Auto zu kollidieren. Panik stieg in ihr auf. Die Schritte des Verfolgers waren jetzt unverkennbar zu hören, er hatte sich ihrem Tempo angepasst. Der Nebel riss plötzlich auf und gab für einen kurzen Moment den Blick auf die Kleemansche Villa frei, das unterste historische Haus der Straße, um sich sofort wieder zu einer undurchdringlichen Wand zu verdichten. Endlich waren es nur noch ein paar Meter bis zum Kiosk am Johann-Strauß-Platz, der den Pilgramsroth von der Leopoldstraße trennte. Doch hier wurde der Nebel noch dichter. Es war, als ob die Erde ihn ausatmen und der Himmel ihn herniedergießen würde. Er kam aus den Seitenstraßen und Gärten gekrochen, um sich auf der Straße zu einem Strom zu vereinigen und hinunter in die Stadt zu wälzen. Emma stürzte über den Bordstein, ein stechender Schmerz durchzuckte ihr rechtes Schienbein. Schnell raffte sie sich wieder auf und taumelte weiter.

Hier hatte doch früher ihre Freundin Marianne gewohnt, am unteren Ende der Straße. Deren Mutter hatte eine Heißmangel betrieben, und Emma konnte sich an einen tiefen Hauseingang erinnern, in dem die Körbe mit der fertigen Wäsche zur Abholung bereitstanden. Schwer atmend tastete sich Emma an einem Schaufenster entlang bis ganz nach hinten zur Haustür. In der Hoffnung, dass der Verfolger sie in ihrem Versteck nicht bemerken würde, kauerte sie sich ins hinterste Eck. Von Nebelfetzen umhüllt, lauschte sie hinaus auf die Straße, vor Angst und Erschöpfung zitternd. Es war nichts zu hören. Entweder hatte der Verfolger kehrtgemacht, oder er wartete im Schutz des Nebels auf seine Beute. Also weiter, sie konnte schließlich nicht die ganze Nacht hier ausharren. Ob sie an der Haustür klingeln sollte, um Hilfe bitten? Um halb drei Uhr nachts? Zaghaft drückte sie nacheinander auf die drei Klingelknöpfe, doch nichts tat sich. Natürlich, jetzt erinnerte sie sich, das Haus stand leer, es sollte abgerissen werden, was für ein Pech! Ausgerechnet heute hatte Emma ihr Handy nicht dabei, das hatte sie in der Eile des Aufbruchs zu Hause auf dem Küchentisch liegen lassen. Ihr blieb nichts anderes übrig, als sich wieder aus ihrem Versteck hinauszuwagen.

Jetzt schnell nach links am Marstall vorbei und durch den Torbogen in die Steingasse. Von da aus war man mit wenigen Schritten auf dem Markt, vielleicht waren dort noch Nachtschwärmer unterwegs, bei denen sie Hilfe und Schutz finden konnte.

Da! Emma kniff die Augen zusammen. Vor ihr war doch eine schwarze Silhouette, oder nicht? Sie blieb wie versteinert stehen. War ihr Verfolger am Hauseingang vorbeigegangen, ohne dass sie ihn bemerkt hatte? Das Herz klopfte ihr bis zum Hals. Der Nebel teilte sich, und Emma erblickte eine Gestalt, ganz in Schwarz gekleidet, eine Sturmhaube über den Kopf gezogen, die nur die Augen freigab. Damit war der Weg zur Steingasse versperrt. In panischer Angst rannte sie dennoch los, an der Gestalt vorbei, nach rechts hinüber, an der Reithalle entlang und hinunter auf den Schlossplatz. Hier lichtete sich hin und wieder der Nebel und gab kurz einen Blick auf die Umgebung frei, um sich im nächsten Moment wieder zu schließen. Die Schritte des Verfolgers waren gedämpft durch den Nebel zu hören, unaufhaltsam näher kommend.

Nun hatte Emma endgültig die Orientierung verloren, die Nebelschwaden hüllten sie ein wie ein Daunenbett. Blindlings taumelte sie vorwärts, stürzte, raffte sich erneut auf und lief auf gut Glück weiter. Irgendwo musste doch endlich ein Gebäude kommen, die Umzäunung des Denkmals, die Mauer der Arkaden, irgendetwas! Emma blieb einen Moment stehen, um Luft zu schöpfen und sich zu orientieren. Verzweifelt versuchte sie, ihr Keuchen zu unterdrücken, um von ihrem Verfolger nicht entdeckt zu werden. Mit angehaltenem Atem lauschte sie in die Nebelwände, halb verrückt vor Angst.

Und da war sie, die Gestalt, die sie verfolgt hatte und die sich nicht hatte abschütteln lassen. Emma wurde hart am Arm gepackt und zu Boden gerissen. Laut schrie sie um Hilfe, wehrte sich verzweifelt gegen die brutale Umarmung. Als sich eine

Hand auf ihren Mund legte, um sie am Schreien zu hindern, biss sie kräftig zu. Aber der Angreifer war stärker als sie. Ein Schlag auf den Kopf ließ Emma fast bewusstlos werden, unfähig, sich länger zu wehren. Das Letzte, was sie spürte, war ein stechender Schmerz unter ihrer linken Brust. Dann umschloss sie die gnädige Dunkelheit der Bewusstlosigkeit.

24

Durch einen dichten Nebel, der viel undurchdringlicher schien als der Nebel in den Straßen, hörte Emma Stimmengewirr. Ihr Kopf schmerzte. War das nicht Johanna, die sich mit Basti unterhielt? Nein, das war doch die Stimme von Kommissar Wolf, was wollte der denn schon wieder von ihr? Oder von Miss Elli? Kraftlos sank sie zurück in die wohltuende Bewusstlosigkeit, um kurz darauf wieder in die unbarmherzige Realität zurückzukehren. Jemand hielt ihre Hand, so viel war gewiss.

»Emma, wach doch endlich auf!«

Natürlich, Pia durfte in diesem Szenario nicht fehlen.

»Frau Prätorius, können Sie mich hören?«

Also doch Kommissar Wolf.

»Gebt ihr etwas Ordentliches zu trinken. Hat denn keiner seinen Flachmann dabei?«

Warum nur hörte niemand auf Basti und seinen sinnvollen Vorschlag? Der einzige vernünftige Mensch weit und breit! Noch einmal sank Emma in die Tiefen einer kurzen Ohnmacht, um dann endgültig die Augen aufzuschlagen.

»Mama, Gott sei Dank, wie geht es dir?« Johanna ergriff die Hand ihrer Mutter und tätschelte ihre Wange.

»Endlich, Emma, mein Gott, hast du uns einen Schrecken eingejagt!« Sebastian stand mit besorgter Miene am Ende des Bettes, in dem Emma sich wiederfand, neben sich eine sprachlose Pia.

»Frau Prätorius, können Sie mich hören?« Kommissar Wolf, der ihre andere Hand hielt, beugte sich fragend über sie.

»Was ist denn los, wo bin ich? Wie komme ich in dieses Bett?«

Alle redeten durcheinander auf die arme Emma ein, die den beiden Händehaltern ihre Hände entzog und sich an den Kopf griff. Da war definitiv eine Beule unter dem Verband, sicherlich die Ursache ihrer pochenden Kopfschmerzen.

Plötzlich hörte Emma Miss Ellis energische Stimme aus dem Hintergrund. »Nun seid doch mal alle still, ihr gebt der armen Frau ja den Rest.« Sie drängelte sich nach vorne, setzte sich auf die Bettkante und streichelte liebevoll Emmas Wange. »Sie sind heute Nacht überfallen worden, Emma. Man hat Ihnen mit einem Stein auf den Kopf geschlagen und auf Sie eingestochen. Gott sei Dank hatten Sie Ihren Schutzengel dabei. Außer einer blutigen Beule am Kopf und einem kleinen Einstich unter Ihrer linken Brust haben Sie keine größere Verletzung abbekommen. Das heißt, an Ihrem Schienbein haben Sie eine kleine Wunde und einen Bluterguss, das muss wohl noch geröntgt werden.«

»Sie hatten wirklich großes Glück, Frau Prätorius«, mischte sich Wolf wieder ein. »Der Angreifer hat auf Ihr Herz gezielt, aber das Messer ist an der Plastikschachtel Ihrer Zigarillos in Ihrer Brusttasche abgeglitten und hat Sie nur etwas unterhalb der linken Brust verletzt. Auf Ihr Rufen hin sind zwei Passanten aufgetaucht, und daraufhin ist der Täter geflüchtet. Sie hatten sozusagen doppeltes Glück: zwei junge Männer um halb drei Uhr früh auf dem Schlossplatz bei dem Nebel!«

»Da soll noch mal einer sagen, Rauchen wäre ungesund.« Sebastian, weiß wie die Wand hinter ihm, schluckte. Die ganze Angelegenheit nahm ihn sichtlich mit.

Langsam dämmerte in Emma die Erinnerung herauf. Der Abend mit den Freundinnen, der Heimweg durch den Nebel, die Verfolgungsjagd und der Überfall.

»Ich war bei meiner Freundin Hanne, ganz oben am Ende des Pilgramsroths, und auf dem Heimweg habe ich dann bemerkt, dass mich jemand verfolgt. Es war sehr neblig, ich konnte nichts sehen, ich habe nur die Schritte gehört. Und plötzlich stand er vor mir, er muss mich irgendwie unbemerkt überholt haben. Ich bin einfach losgelaufen, aber der Nebel war so dicht, man hat die Hand vor Augen nicht gesehen. Es war wie in diesem Alptraum, den wohl jeder von uns schon mal geträumt hat. Man läuft und läuft im Zeitlupentempo und kommt nicht vom Fleck, die Füße schwer wie Blei, als würde man durch Melassesirup laufen. An den Überfall kann ich mich im Moment gar nicht erinnern.«

»Haben Sie den Angreifer erkannt, oder können Sie ihn wenigstens beschreiben?«

»Herr Wolf, das ist doch jetzt nicht Ihr Ernst! Ich bin im Nebel im Stockdunkeln um mein Leben gelaufen und dann niedergeschlagen worden, und Sie erwarten von mir, dass ich Ihnen den Täter beschreibe? Ich habe ja nur eine schwarze Gestalt mit Sturmhaube gesehen, größer als ich und kräftig, mehr kann ich Ihnen nicht anbieten.«

»Ich quäle Sie ungerne mit meinen Fragen, aber erfahrungsgemäß erinnert man sich an das meiste sofort nach dem Ereignis. Vielleicht haben Sie seine Stimme erkannt, eine Besonderheit, ein Hinken beim Laufen, ein Geruch? Bitte denken Sie noch einmal nach.«

»Ich will jetzt nicht nachdenken, ich will heim. Macht, dass ihr alle hier rauskommt. Wie spät ist es denn? Ich erwarte um acht Uhr einen Kunden. Wo sind meine Kleider?«

»Bei der Spurensicherung. Und es kommt überhaupt nicht in Frage, dass Sie das Krankenhaus verlassen. Sie haben vermutlich eine Gehirnerschütterung und einen Schock«, schaltete sich Kommissar Wolf mit ernster Stimme ein. »Außerdem ist eventuell Ihr Schienbein angebrochen, man wird Sie gleich zum Röntgen abholen. Ich werde nicht zulassen, dass Sie nach Hause gehen.«

»Um mich hier endgültig abstechen zu lassen? Nein danke. Um es frei nach Mark Twain zu sagen: Die Gerüchte um mein Ableben haben sich bisher als stark übertrieben erwiesen. Und dabei möchte ich es auch bewenden lassen.« Emma betastete ihren Kopfverband und verzog das Gesicht.

»Sie werden bleiben, wo Sie sind, und ich werde höchstpersönlich einen Beamten vor Ihrer Tür postieren. Wir werden Sie rund um die Uhr bewachen.«

»Lieber Herr Wolf, sehen oder lesen Sie gar keine Krimis?« Emma schüttelte entschlossen den schmerzenden Kopf. »Gerade im Krankenhaus mit dem Polizisten vor der Tür werden die meisten Leute abgemurkst. Ich gehe!« Sie machte Anstalten, das Bett zu verlassen.

»Mama, Herr Wolf hat recht«, schaltete sich Johanna ein. »Bleib hier, wenigstens heute und die kommende Nacht. Es ist übrigens neun Uhr morgens, und dein Kunde wird wohl noch einmal wiederkommen müssen. Ich verspreche dir, ich werde dich morgen hier rausholen, und zu Hause werden wir reihum auf dich aufpassen. Heute Nacht wird Basti bei dir schlafen. Du bist ein Glückskind, Elsa hat Dienst und wird uns am Abend ein zweites Bett ins Zimmer stellen. Und Pia und ich werden den Tag bei dir verbringen. Wir lassen dich keinen Augenblick aus den Augen. Bitte!«

»Nichts da! Ihr macht sofort, dass ihr an eure Arbeit kommt. Du hast sicher den ganzen Tag Termine, und es wäre das erste Mal, dass Pia nicht mit ihren Aufträgen im Verzug ist.«

»Emma, keine zehn Pferde werden mich hier wegkriegen. Wenn Poirot schon nicht in die Hufe kommt und den Mörder fängt und nicht in der Lage ist, steuerzahlende Bürger zu schützen«, Pia warf dem Kommissar einen vernichtenden Blick zu, »dann müssen wir eben auf dich aufpassen. Ich bleibe und damit basta! Ich kann übrigens meinen Laptop holen und hier arbeiten, wenn dich das beruhigt. Miss Elli übernimmt solange die Wache.«

»Gut, von mir aus«, lenkte Emma ein. »Aber, Johanna, du gehst sofort in deine Praxis!«

»Ich kann Sie übrigens beruhigen, Frau Aumüller. Wir haben einen konkreten Verdacht und, äh, stehen eventuell kurz vor einer Verhaftung. Zaubern kann die Polizei allerdings auch nicht.«

Emmas Kopf begann bedrohlich zu pochen. Ihre Benommenheit nahm wieder zu, und tatsächlich wollte sie nichts mehr als ihre Ruhe. Einfach nur schlafen. Den Alptraum vergessen. Wo war sie nur gelandet? Mit dem Stein eine über die Rübe gezogen und dann ein Messer in die Brust gerammt bekommen. Wie in einem Groschenroman. War sie in der Wirklichkeit? Oder hatte sie das alles nur geträumt? Irgendwann musste dieser Traum doch mal enden. Ein Mord, eine tote Krähe, eine strangulierte Katze, flackernde Brandsätze in der Werkstatt und jetzt das. Ein Mordversuch. Warum? Wer hasste sie so sehr, dass er sie umbringen wollte? Was steckte dahinter? Zwischen Wachen und Träumen, Traum und Wirklichkeit gefangen, wurde ihr plötzlich klar, was sie die ganze Zeit übersehen hatte. Was ihr Unterbewusstsein von Anfang an wahrgenommen hatte. Was sich durch alle Ereignisse gezogen hatte wie ein roter Faden. Sie hatte ihn nur nicht gesehen. Oder besser: gerochen.

25

Der Januar war ins Land gegangen, ohne dass sich neue Erkenntnisse bei den Ermittlungen ergeben hätten. Kommissar Wolf schaute trotzdem regelmäßig bei Emma im Laden vorbei und ließ sich gerne zu einem Kaffee überreden. Sebastian unterstellte ihm amouröse Motive, die Emma entschieden bestritt. Nach dem Überfall auf dem Schlossplatz bestanden Johanna und Christian darauf, weiterhin abwechselnd im Haus ihrer Mutter zu schlafen, schließlich war der Mörder immer noch auf freiem Fuß, und man konnte weitere Anschläge nicht ausschließen. Emmas Mutter rief jeden Morgen und jeden Abend an, um sich nach ihrem Wohlergehen zu erkundigen.

»Das ist ja nicht gerade viel.« Emma blätterte enttäuscht in der Akte über den Vermisstenvorgang von Miss Ellis Verlobten, die ihr ihre Freundin Moni in Kopie vorbeigebracht hatte. Es stand nichts wirklich Sensationelles drin, was Emma nicht schon gewusst hätte. Sie hatte lange auf die Akte warten müssen, da ihre Freundin den ganzen Januar mit einer bösen Grippe im Bett gelegen hatte.

»Was hast du erwartet?« Moni war schon bei der dritten Tasse Kaffee und der vierten Zigarette. Die beiden saßen trotz klirrender Kälte unter dem Glasdach auf Emmas Terrasse, eingehüllt in warme Decken. »Vor knapp vierzig Jahren hat man auch noch nicht so viel dokumentiert, es gab ja keine Rechner wie heute, und die Kollegen waren nicht besonders scharf darauf, lange Berichte auf einer klapprigen Schreibmaschine zu tippen. Lies es dir in aller Ruhe durch, vielleicht findest du ja doch noch einen Hinweis, der dir beim ersten Durchlesen entgangen ist. Die Aktenkopie kannst du natürlich behalten, aber wehe, du verplapperst dich bei Wolfi. Kein Wort davon, dass ich dir die Akte besorgt habe!«

»Bist du verrückt? Das ist doch gerade das Prickelnde, dass er es nicht weiß. Ich bin ja so gespannt, ob er über seinen Beamtenschatten springt und mir die Originalakte bringt. Ich habe ihn gestern noch mal darauf angesprochen, und er hat sich wieder gewunden wie ein Aal. Du hast sie doch an Ort und Stelle zurückgelegt? Möglichst noch mit dem alten Staub drauf?«

»Keine Sorge, da merkt keiner etwas. Ich kann dir sagen, das war vielleicht eine Arbeit, das gute Stück aufzutreiben. Die Suche nach dem Bernsteinzimmer ist nichts dagegen.«

»Du hast was bei mir gut, meine Liebe. Mindestens ein schönes Essen bei Carlo.«

»Ach was«, winkte Moni ab, »du hast mir schon so oft geholfen, das habe ich gerne getan. Wie weit bist du denn jetzt mit deinen diesbezüglichen Ermittlungen gekommen? Nach achtunddreißig Jahren noch etwas herauszufinden, das stelle ich mir sehr schwierig vor. Dabei würde ich es mir so sehr wünschen, damit die arme Frau endlich ihre Ruhe finden kann. Stell dir das mal vor, du weißt nach so vielen Jahren immer noch nicht, ob der Mann, den du liebst, tot ist oder nicht. Und falls ja, durch wessen Hand er gestorben ist. Schrecklich, diese Ungewissheit! Das hat mich schon als Kind immer tief berührt, wenn von Soldaten die Rede war, die als ›vermisst‹ galten. Vermisst! Als ob man seinen Schlüssel vermisst oder seine Geburtsurkunde. Dabei stehen Schicksale dahinter, Hinterbliebene, die sich den Rest ihres Lebens mit der Ungewissheit über den Verbleib ihrer Angehörigen abfinden müssen.«

»Ja, das ist wirklich unerträglich«, stimmte Emma ihr zu. »Wir haben einen oft erwähnten Onkel Ewald, der in den letzten Wochen des Russlandfeldzuges gefallen sein muss und seitdem als vermisst gilt. Und weißt du was? Die ganze Familie wartet immer noch darauf, dass sich im Rahmen der aktuellen Umbettungen der gefallenen Soldaten irgendwann seine Erkennungsmarke findet und wir endlich wissen, wann und wo er gestorben ist. Jedes Jahr an Weihnachten wird sein letzter Feldpostbrief vom 15. Dezember 1942 hervorgeholt und vorgelesen, und jeder zerdrückt ein paar heimliche Tränen, obwohl es niemanden mehr gibt, der ihn persönlich gekannt hat. Alle aus dieser Generation sind schon gestorben. Dabei wissen wir noch nicht einmal, ob er gefallen oder in russischer Kriegsgefangenschaft umgekommen ist. Verrückt, nicht wahr? Was unseren vermissten Eberhard anbetrifft, habe ich allerdings einen konkreten Verdacht, wo er abgeblieben sein könnte. Darüber möchte ich noch nicht reden, bevor ich Gewissheit habe.« Sie lächelte geheimnisvoll. »Brauchst gar nicht so zu schauen, Moni, auch mit dir nicht! Ich will niemanden zu Unrecht beschuldigen. Auch Tote nicht. Leider gibt mir die Akte hier keinen Hinweis darauf, ob ich mit meiner Vermutung richtigliege. Obwohl, doch, eigentlich schon.«

»Jetzt bin ich noch neugieriger als vorher.« Moni lachte. »Ich kann dich ja auch verstehen. Ruf mich an, wenn du Genaues weißt. Überhaupt, da fällt mir ein, ihr wolltet doch einen Einsatz in Bamberg fliegen, wie sieht es denn damit aus? Je länger ihr wartet, desto kälter wird die Spur.«

»Für nächste Woche haben wir endlich einen Termin gefunden, an dem alle Zeit haben. Wir waren auch allesamt der Reihe nach krank und vergrippt, aber jetzt ist die Truppe wieder fit. Christian und Gundis werden den ganzen Tag die Läden rund um Flottners Antiquitätenimperium abklappern, viel unnützes Zeug einkaufen und den Ladenbesitzern und Verkäufern auf den Nerv fallen. Hoffentlich erfahren wir auf diese Art und Weise Dinge, die Poirot bisher übersehen hat.«

26

Der Februar hatte sich in der ersten Woche mit Eis und Schnee ausgetobt, und jetzt hatte der Winter einen Durchhänger. Der Schnee war geschmolzen, und die Sonne lockte die ersten Frühlingsblüher aus der Erde. Die Märzenbecher und Krokusse in Fräulein Höflers Garten streckten ihre Blüten lichthungrig der Sonne entgegen, umsummt von den ersten Hummeln, Bienen und anderen Insekten. Die Lenzrosen unter dem Flieder und die Weidenkätzchen an Emmas Salweide am Ende des Gartens standen in voller Blüte. Die Nachforschungen im Fall Flottner gingen zäh voran, Kommissar Wolf, der immer noch regelmäßig bei Emma vorbeischaute, konnte weder von großen Erfolgen berichten noch eine Verhaftung des Mörders in Aussicht stellen, wie er es nach der Messerattacke gegen Emma vollmundig angekündigt hatte.

Miss Elli war unterdessen ein anderer Mensch geworden, zugänglich und gesprächig. Oft trällerte sie ein Liedchen vor sich hin, während sie ihre Gartenwege fegte, und sie grüßte ihre neu gewonnenen Freundinnen Emma und Pia freundlich über den Zaun, wann immer sie ihnen begegnete.

So auch heute, als sie Emma auf der Terrasse erblickte, die dort ihren Nachmittagstee trank und sich an den ersten warmen Sonnenstrahlen wärmte, dick eingepackt in Mantel und Wolldecke.

»Frau Prätorius, darf ich Sie mal stören?« Schüchtern trat sie an den Zaun. »Ich habe in einer alten Truhe auf dem Dachboden das Tagebuch meines Cousins gefunden. Ich habe lange gezögert, ob ich es lesen soll, schließlich ist so ein Tagebuch ja etwas ganz Intimes, doch dann war die Neugier stärker.« Verschämt schaute das alte Fräulein auf ihre Schuhe. »Leider ist ein Teil in einer anderen Sprache geschrieben, ich glaube, in Italienisch. Ich weiß, Sie sind eine viel beschäftigte Frau, ob Sie sich das trotzdem mal anschauen könnten? Ihre Oma war doch

Italienerin, und Sie haben mir mal erzählt, dass zu Hause auch Italienisch gesprochen wurde, da können Sie das doch sicher lesen. Verstehen Sie mich nicht falsch, es ist keine sensationshungrige Neugier, die mich treibt, ich möchte Alberts Leben und vor allen Dingen seinen Freitod einfach besser verstehen.«

»Natürlich, Fräulein Höfler«, Emma lächelte ermunternd, »das mache ich mit dem größten Vergnügen.«

»Warten Sie, dann hole ich Ihnen das Buch gleich.« Miss Elli warf den Laubrechen in die Wiese und verschwand wieselflink im Haus.

Das war ja ein Ding! Ein Tagebuch! Auch Emma hatte als Kind ein Tagebuch geführt und war irgendwann dazu übergegangen, es auf Italienisch abzufassen. Zumindest die Passagen, in denen es um ihre geheimsten Gedanken ging, um zu verhindern, dass ihre überaus neugierige Freundin Gabi darin heimlich schmökern konnte. Ob Cousin Albert die gleiche Scheu gehabt hatte, die wesentlichen Dinge in Deutsch zu schreiben, aus Angst, das Buch könnte jemandem in die Hände fallen, für den es nicht gedacht war? Emma hegte schon lange einen Verdacht Eberhards Tod betreffend, den sie noch niemandem gegenüber geäußert hatte. Vielleicht würde er sich jetzt bestätigen.

»Hier ist es.« Außer Atem reichte Miss Elli Emma das Buch über den Zaun.

»Ich danke Ihnen sehr für die Ehre des Vertrauens, Fräulein Höfler. Ich werde die Angelegenheit natürlich äußerst diskret behandeln.«

»Davon bin ich überzeugt, sonst hätte ich es Ihnen gar nicht gegeben. Ein solches Buch weiterzugeben ist, als ob man ein nie gegebenes Versprechen brechen würde. Doch bei Ihnen weiß ich es in guten Händen.« Sie winkte zum Abschied und wendete sich wieder den vereinzelten welken Blättern zu, die der Wind die Frechheit besessen hatte, von den Uferbäumen der Itz auf ihren gepflegten Rasen zu wehen.

Emma brühte sich in der Küche noch eine Tasse Tee, goss einen ordentlichen Schuss Rum gegen die Kälte des Februarwindes hinein und ließ sich wieder auf ihrem Terrassenstuhl nieder. Ursprünglich hatte sie vorgehabt, an diesem Nachmittag vier Stühle neu aufzupolstern, jedoch hatte der innere Schweinehund schnell die Oberhand gewonnen und Emma dazu überredet, die Arbeit auf morgen zu verschieben. Die Neugier war einfach zu groß, und vielleicht würde sie hier endlich die Antwort auf die lange in ihr schwelende Frage finden. Vorsichtig schlug sie das Buch auf. Der erste Eintrag datierte auf Mai 1986. Emma begann zu lesen.

27

»Sie ist weg, wir können rüber.« Pia stand hinter dem Vorhang von Emmas Wohnzimmerfenster und sah Miss Elli nach, die gerade zu ihrem morgendlichen Ausflug in die Stadt aufgebrochen war. »Du meinst also wirklich, Eberhard ist im Keller eingemauert? Dann hätte unsere Miss Elli ja die ganze Zeit sozusagen in wilder Ehe mit ihm zusammengelebt, ohne es zu wissen. Skandalös!«

»Alberts Eintragungen lassen kaum einen anderen Schluss zu.« Emma hatte die letzten drei Tage mit der Lektüre des Tagebuches zugebracht und war zu der Überzeugung gekommen, dass sie mit ihrer ursprünglichen Vermutung, was den Verbleib des Vermissten anbetraf, richtiggelegen hatte. »Ich bin mir ziemlich sicher, dass er zusammen mit ›dem anderen‹, wer immer das auch gewesen sein mag, Eberhards Leiche im Keller eingemauert hat, nachdem der andere ihn totgefahren hatte. Die Häuser in unserer Gasse waren ursprünglich alle baugleich, und in den Kellern wird in den letzten hundert Jahren kaum einer was verändert haben. In den Wohnbereichen schon, wir beide haben ja auch Wände eingerissen und Türen versetzt, doch im Keller hat dazu nie die Notwendigkeit bestanden. Wenn wir eine erkennbare bauliche Veränderung finden, dann müssen wir wohl mit dem Vorschlaghammer ran. Natürlich mit Miss Ellis Genehmigung, das können wir nicht ohne ihr Einverständnis machen.«

»Ist das spannend! Stell dir vor, nach achtunddreißig Jahren finden wir den abhandengekommenen Bräutigam im Haus der Braut! Los jetzt, wir haben nicht lange Zeit, in einer halben Stunde kommt sie zurück. Irgendwann werde ich sie heimlich verfolgen, um herauszubekommen, was sie jeden Tag morgens in der Stadt treibt. Mein Gott, bin ich aufgeregt! Ich komme mir vor wie ein Archäologe bei der Erforschung der Cheops-Pyramide.«

Die beiden Frauen machten sich auf den kurzen Weg ins Nachbarhaus.

»Ein Glück, dass sie mir ihren Haustürschlüssel gegeben hat. Für den Fall, dass mal was sein sollte, hat sie gemeint. Na ja, jetzt ist ja sozusagen was.« Emma schloss die Haustür ihrer Nachbarin auf und trat mit Pia im Schlepptau ein. Richtig wohl fühlte sie sich bei dieser Aktion nicht, es war nicht ihre Art, heimlich in ein Haus einzudringen, dessen Bewohnerin ihr vertraute. Andererseits wollte sie in der alten Frau keine Hoffnungen wecken, die sich dann nicht erfüllten. Sollte man etwas finden, konnte man sie immer noch einweihen.

Der Eingangsbereich war tatsächlich genauso gestaltet wie in den Häusern von Pia und Emma. Hinter der Haustür befand sich ein geräumiger Flur, der auch von Fräulein Höfler als Garderobe benutzt wurde. An einem Hakenbrett hingen eine Stofftasche, ihr Gartenmantel und eine alte Strickjacke. Daneben, auf einem kleinen Schuhschrank, stand auf einem gehäkelten Deckchen eine Glasschüssel mit allerlei Krimskrams, einem Flaschenöffner, einem rostigen Schlüssel, dem Abholzettel einer Reinigung, einem gehäkelten Minipüppchen. Im Eck stand ein altmodischer Schirmständer mit Miss Ellis schwarzem Schirm und einem Spazierstock. Emma öffnete die Tür zum Keller und ging klopfenden Herzens Pia voraus die Treppe hinunter.

»Alles genau wie bei uns!« Pia schaute sich enttäuscht um. Ein Gang führte durch die Länge des Hauses bis zur gegenüberliegenden Außenmauer, links und rechts zweigten Türen ab. »Komm, wir schauen uns die Räume an, irgendwo muss doch was sein.« Sie verschwand nacheinander in allen Räumen, um sich umzusehen. »Nichts! Alles tatsächlich genau wie bei mir. Allerdings viel ordentlicher. Ich glaube, die staubt jede Woche ihre Einmachgläser ab. Wenn ich da an mein Chaos denke.«

Emma war nachdenklich stehen geblieben. Schließlich ging sie langsam bis zum Ende des Ganges. »Schau mal, bei mir ist der Abstand von der Außenmauer zu dieser Tür ein ganzes

Stück größer als hier. Das macht auch Sinn, hier ist die beste Möglichkeit, eine Wand einzuziehen. Genau genommen die einzige.«

»Und bei mir ist da ein Fenster, bei dir doch auch, oder?« Pia war wieder voll bei der Sache. »Der hat das Fenster zugemauert und eine Wand eingezogen!«

Beide Frauen klopften die Wand ab.

»Das ist doch Quatsch, was wir hier machen«, meinte Emma schließlich, »die eingezogene Wand klingt nicht anders als die anderen Wände, die ist massiv gemauert und nicht aus Pappe. Ich fürchte, wir haben keine andere Wahl, als Basti und Christian zu beauftragen, sie einzureißen.«

Emma zog einen Zollstock aus der Jackentasche, um erst die Entfernung zwischen Tür und Außenwand zu messen und anschließend das Gleiche im danebenliegenden Kellerraum zu tun. »Bingo! Der Raum ist fast einen Meter länger als der Gang. Pia, ich glaube, wir haben Eberhard gefunden. Unsere Miss Elli hat tatsächlich im Wortsinn eine Leiche im Keller! Lass uns nach oben gehen und von außen nachschauen, ob der Fensterschacht zugemauert ist.«

Die beiden gingen in die Küche und betraten durch die Terrassentür den Garten.

»Eigenartig, da sind Lüftungsschlitze, wo der Fensterschacht sein sollte«, wunderte sich Pia. »Warum das denn?«

»Das erzähle ich dir später. Wir müssen machen, dass wir wegkommen, sonst ertappt uns Miss Elli noch auf frischer Tat. Mach die Terrassentür ordentlich zu!«

Noch am gleichen Abend berieten sich die beiden Frauen mit Christian und Basti in Emmas Küche, um einen Weg zu finden, wie das Problem des eingemauerten Bräutigams von Fräulein Höfler am elegantesten zu lösen sei.

»Also, Jungs, ich sehe keine andere Möglichkeit, als die Wand einzureißen. Ihr müsst mit dem Vorschlaghammer ran, es hilft alles nichts.«

»Das kann doch nicht dein Ernst sein, Mutter!« Christian

schüttelte entschieden den Kopf. »Wir müssen die Polizei verständigen, die muss sich darum kümmern, nicht wir. Das ist schließlich ein Offizialdelikt, vermutlich ein Totschlag.«

»Kommt nicht in Frage, du Spießer«, hielt Emma dagegen. »Schlag dir das aus dem Kopf. Wenn du Poirot anrufst, enterbe ich dich! Dieses Problem lösen wir unter uns und ganz inoffiziell, ist das klar? Wir können es Miss Elli nicht antun, dass die Polizei hier auftaucht, die Wand einreißt und ihr ihren Eberhard wieder wegnimmt, jetzt, wo wir ihn endlich wiedergefunden haben. Sie ist nicht totenfürsorgeberechtigt, wie dir als angehendem Juristen klar sein dürfte, und hätte keinerlei Einfluss darauf, was mit seinen sterblichen Überresten geschieht. Nein, nur über meine Leiche!«

»Gut, aber mal angenommen, wir finden Eberhard tatsächlich im Keller. Wenn er nicht in die Pathologie kommt, wird sie nie erfahren, wie und woran er gestorben ist, hast du das schon bedacht?«

»Ja, mein Junge, das habe ich. Jetzt überleg doch mal. Was hat sie davon, wenn sie nach achtunddreißig Jahren erfährt, dass ihm das Genick gebrochen oder der Schädel eingeschlagen worden ist. Wem nutzt das? Ich habe viel darüber nachgedacht. Die Kenntnis der Todesursache wird uns auch nicht weiterbringen, seinen Mörder zu finden. Also ist mein Vorschlag die bessere Lösung. Auf jeden Fall für Miss Elli, und alles andere ist zweitrangig.«

Doch Christian gab nicht auf. »Also gut, Mutter, gehen wir mal davon aus, dass wir Eberhards Skelett tatsächlich finden. Was machen wir dann mit dem guten Mann? Wenn du Poirot nicht hinzuziehen willst, müssen wir ihn selbst entsorgen.«

»Hier wird gar nichts entsorgt, Eberhard ist schließlich kein Müll.« Emma war sichtlich empört. »Ich habe mir das so gedacht: Ich schreinere einen kleinen Sarg, in den wir Eberhard betten. Nach fast vierzig Jahren dürfte das Skelett nur noch aus einzelnen Knochen bestehen. Deshalb übrigens die Lüftungsschlitze in der Wand, Pia, damit die Leiche mumifizieren, sich auflösen kann. Das heißt, wir können ihn sozusagen kompakt zusammenfalten. Das ist wichtig, wenn wir ihn im Garten vergraben wollen.«

»Du willst ihn im Garten vergraben?« Basti starrte Emma fassungslos an. »Das ist illegal! Christian, so sag doch was, das können die doch nicht mit uns machen!«

»Richtig!« Christian setzte eine strenge Miene auf. »Das werde ich auf keinen Fall zulassen, ich bin schließlich angehender Jurist.«

»Eben«, warf Pia ungerührt ein. »Und wenn du ein erfolgreicher Jurist werden willst, darf man doch wohl von dir ein gerütteltes Maß an krimineller Energie erwarten, Junge. Sonst wird das nie was mit deiner Karriere. Außerdem ist euer Welpenschutz längst abgelaufen, ihr tut gefälligst, was die Alphatiere euch heißen, sonst fangen die nämlich an zu beißen, und das kann ziemlich wehtun.«

»Sehr richtig, Pia, ich hätte es nicht besser formulieren können«, stimmte Emma lächelnd zu. »Überlegt doch mal, ihr beiden, es gibt keine Alternative. Jede andere Lösung würde bedeuten, dass wir Eberhard wegbringen müssten. Und wohin dann, bitte? Er darf nie mehr auftauchen. Jedenfalls nicht zu Miss Ellis Lebzeiten. Nein, das bringe ich nicht übers Herz, der bleibt hier! Jetzt, wo wir ihn endlich gefunden haben, soll Elli ihn auch behalten. Ihr beide hebt ein kleines Grab aus, recht tief, wenn ich bitten darf, wir beerdigen ihn feierlich mit Grabrede und Gesang, und hinterher gibt es bei mir einen ordentlichen Leichenschmaus. Fortan kann Elli dann jeden Tag gießen, jäten, Blätter aufsammeln, auf der Bank sitzen und sich währenddessen mit Eberhard unterhalten. Eine andere Lösung kommt für mich nicht in Frage. Aus, Punkt, Ende!«

28

Basti ließ sich erschöpft auf den Stuhl sinken. Er brauchte jetzt erst mal einen Cappuccino, bevor er später zum guten Bamberger Bier übergehen würde. Den ganzen Tag war er durch die Läden getingelt, die rund um Andreas Flottners Antiquitätengeschäft angesiedelt waren, und hatte immer das gleiche Sprüchlein aufgesagt: »Sagen Sie mal, Ihr Nachbar, der Herr Flottner, ist doch ermordet worden. Wissen Sie da Näheres ...?« Keiner wusste Näheres, doch immerhin hatte er einiges an Klatsch abgegriffen. Dass die schwarze Karla, wie Flottners Freundin wegen ihres Haars genannt wurde, seit fünf Jahren in seinem Geschäft arbeitete und früher Karl Schnetter geheißen hatte, bevor sie sich einer Geschlechtsumwandlung unterzog und ihrem Namen ein »a« anhängte. Sehr geschäftstüchtig sollte sie sein, rund um die Uhr im Laden, auch am Wochenende würde sie zwischen den alten Möbeln herumwuseln und putzen und aufräumen. Eifersüchtig sei sie wie ein spanischer Grande. Dass sie beim flotten Andi hatte einziehen wollen, er aber immer wieder einen Vorwand gefunden hatte, das gemeinsame traute Heim hinauszuzögern. Und dass Flottner es mit der Treue nicht so genau genommen habe, hatte Basti auch immer wieder zu hören bekommen.

Halb sechs Uhr, das konnte noch dauern, bis die Mädels einträfen. Und Pias Tochter Gundis, die aufopferungsvoll die Damenbekleidungsläden übernommen hatte, war auch nicht eher zu erwarten. Ob er sich nicht schon eine kleine Vesper leisten sollte? Eine Portion Sülze mit Musik und Bratkartoffeln konnte schließlich nicht schaden. Basti ließ sich die Speisekarte bringen.

»Bestellen müssen Sie dann bei meinem Kollegen, ich habe jetzt Feierabend«, erklärte der Kellner, als er die Karte auf den Tisch legte.

»Ach, sagen Sie mal«, ergriff Basti die Chance, »Ihr Nachbar, der Herr Flottner, ist doch umgebracht worden. Das ist ja wahnsinnig aufregend, wissen Sie dazu Näheres?«

»Nicht wirklich, nur, was man so in der Zeitung darüber liest, und den Sandstraßenklatsch«, erklärte der junge Mann bereitwillig. »Die Polizei hat auch seine Freundin, die schwarze Karla, verhört, die ist ja so was von eifersüchtig und ist schon mal mit dem Messer auf den armen Andi losgegangen. Vor zwei Jahren war das, auf der Sandkerwa, im Biergarten vom ›Kachelofen‹, nur weil er einer anderen Frau nachgeschaut haben soll.«

»Die Karla hat doch ein Alibi, soviel ich weiß«, hakte Basti nach.

»Schon. Angeblich war sie am Mordtag und in der folgenden Nacht in Stuttgart auf einer Auktion oder Ausstellung, was weiß ich denn. Ganz ehrlich, das kann sie ihrem Friseur erzählen oder der Polizei, aber mir nicht. Ich habe die Dame nämlich gesehen, in der Raststätte Frankenhöhe, da hat sie getankt, das war gegen halb zwei Uhr.«

Die Begründung leuchtete Basti nicht ein. »Na und? Wenn sie auf dem Weg nach Stuttgart war, ist das doch ganz normal, oder nicht?«

»Ach ja? Und warum ist sie dann in die falsche Richtung gefahren? Es war nämlich die Raststätte auf der Gegenfahrbahn, Richtung Nürnberg.« Der Kellner genoss es sichtlich, sein Wissen weiterzugeben. »Und das wirklich Ungewöhnliche daran war, dass sie eine blonde Perücke getragen hat. Ich habe sie im ersten Moment gar nicht erkannt und dachte nur so bei mir: Die Blondine da drüben kennst du doch. Erst als sie zur Kasse gelaufen ist, habe ich sie am Gang erkannt. Die ist so überzogen manieriert gelaufen, wie das wohl nur eine Frau kann, die vorher ein Mann war.«

»Das ist ja wirklich interessant. Sag mal, du hast doch jetzt Feierabend. Hast du nicht Lust, ein Bier mit mir zu trinken? Das geht natürlich auf mich.« Basti schob dem redefreudigen jungen Mann einen Stuhl zu.

Emma war den ganzen Vormittag unruhig, unfähig, sich länger einer Aufgabe zu widmen. Ständig wechselte sie zwischen Werkstatt und Laden, räumte hier etwas auf, staubte dort ab, schob die chinesische Vase von rechts nach links und wieder zurück, um schließlich wieder nach vorne zu gehen und das Schaufenster neu zu dekorieren. Sie hatte sich inzwischen einigermaßen von dem Schrecken des Überfalls vor einem guten Monat erholt, allerdings schmerzte der Knochenriss im Schienbein hin und wieder noch recht heftig.

Was würde herauskommen bei der Bamberger Ermittlungsaktion. War das Ganze nicht ein rechter Blödsinn? Die Polizei hatte schließlich ganz andere Mittel und Wege, um die Wahrheit herauszufinden. Gegen drei Uhr am Nachmittag hielt sie es nicht mehr aus. Das Internet teilte ihr mit, dass der nächste Zug nach Bamberg in einer halben Stunde fuhr. Das war zu schaffen. Schnell zog sie sich um, verschloss sämtliche Türen, drehte das Ladentürschild auf »geschlossen« und machte sich auf den Weg zum Bahnhof. Pia würde sie später anrufen und ihr mitteilen, dass sie schon losgefahren sei, die wäre sonst imstande, sofort mitkommen zu wollen. Doch Emma wollte alleine sein bei dem, was sie vorhatte. Sie wollte Flottners Laden besuchen und sich umschauen. Wenn sie sich selbst gegenüber ehrlich war, dann wollte sie einfach Karla Schnetter kennenlernen, die Frau, die Flottners Lebensgefährtin der letzten Jahre gewesen war oder doch zumindest so etwas Ähnliches. Vielleicht würde sie das bisherige Geschehen dann besser verstehen.

Es war kurz vor fünf, als die Regionalbahn, die in jedem Kuhdorf gehalten hatte, endlich in Bamberg einfuhr. Kein Problem, die Altstadt war in zwanzig Minuten leicht erreichbar, und die Zeit würde reichen für einen Besuch in Flottners Laden. Mit klopfendem Herzen machte sich Emma auf den Weg. Tausend Gedanken wirbelten ihr unterwegs durch den Kopf. Ob Karla Schnetter sie erkennen würde? Schließlich war man in der gleichen Branche tätig, und Karla wusste mit Sicherheit, dass sie, Emma, Flottners Leiche gefunden und zeitweilig unter Mordverdacht gestanden hatte. Vielleicht hatte sie

Erkundigungen über sie eingezogen, ihre Website besucht, auf der Emmas Foto zu sehen war. Egal, jetzt war sie nun mal hier, und sie würde den Stier bei den Hörnern packen.

Vor dem Laden angekommen, betrachtete Emma erst mal ausgiebig die Schaufenster. Verstohlen beäugte sie dabei das Innere des Geschäftes, aber es war niemand zu sehen. Schließlich fasste sie sich ein Herz und trat ein. Ein altmodisches Schellengeläute, ähnlich wie in ihrem eigenen Laden, signalisierte dem Verkaufspersonal die Ankunft eines Kunden.

Eine gut gekleidete Dame um die sechzig erschien, um Emma freundlich und unverbindlich nach ihren Wünschen zu fragen.

»Ich suche ein Geschenk für meine Tochter zum fünfundzwanzigsten Geburtstag«, stotterte Emma, errötend ob der soeben vorgebrachten Lüge.

»Haben Sie an etwas Bestimmtes gedacht?«, wollte die Dame wissen.

»Nein, ich möchte mich erst einmal umschauen. Ich werde mich bei Ihnen melden, wenn ich Fragen habe.«

Emma ließ ihr fachkundiges Auge über die ausgestellten Stücke gleiten. Respekt, hier wurden wirklich ausschließlich Antiquitäten von exquisiter Qualität in entsprechender Preislage angeboten.

Sie wandte sich zur Verkäuferin um, die sich dezent im Hintergrund gehalten hatte. »Sie haben ein ausgesprochen hochwertiges Angebot. Ich habe selten so ein schönes Sortiment gesehen.«

Die Dame nickte erfreut. »Unsere Einkäuferin, Frau Schnetter, hat ein Auge und ein Händchen für auserlesene Stücke und höchste Qualität.«

»Ach, ist Herr Flottner denn nicht mehr für den Einkauf zuständig? Ich bilde mir ein, ihn hin und wieder auf Auktionen gesehen zu haben.«

»Nein, den Einkauf macht schon seit Jahren hauptsächlich Frau Schnetter.« Die Dame war sichtlich unschlüssig, wie sie auf Emma Fragen reagieren sollte. Offensichtlich schien die

Kundin noch nichts vom tragischen Tod des Chefs gehört zu haben. »Frau Schnetter wird in Zukunft das Geschäft alleine betreiben, wie sie das im Grunde bisher auch getan hat, es wird sich wenig ändern.«

Emma wandte sich zur Treppe. »Geht es im ersten Stock weiter?«

»Ja, gehen Sie nur hinauf, Frau Schnetter ist oben.«

Na also. Emma atmete erleichtert auf. Sie hatte schon befürchtet, die liebe Karla könnte gar nicht im Laden sein. Neugierig stieg sie die Treppe hinauf in den ersten Stock, wo sich weitere Ausstellungsräume befanden. Hier war die Ware noch edler und hochpreisiger als im Erdgeschoss. Eine große schwarzhaarige Frau in einem eleganten dunkelblauen Wollkostüm und einer cremefarbenen Seidenbluse stand mit dem Rücken zur Treppe vor einer Biedermeier-Vitrine. Mit ruhigen Bewegungen arrangierte sie in deren Innerem fragile Porzellanfigürchen.

Als sie Emma hörte, drehte sie sich um und schaute sie freundlich lächelnd an. »Kann ich Ihnen helfen?«

Emma erschrak. Tiefe Schatten lagen unter den großen, dunklen Augen der Frau und ließen auf deren Schlafprobleme schließen. Ihre breiten Schultern, die den Körperbau eines Mannes verrieten, hatten keinerlei Spannung. Die starke Schminke konnte die Blässe des Gesichtes und die Erschöpfung darunter nicht überdecken. Diese Frau hatte keine Energiereserven mehr. Wie sehr musste sie den verstorbenen Andreas Flottner geliebt haben, dass sie an seinem Tod zerbrach. Emma hätte sie am liebsten in den Arm genommen und getröstet.

»Nein danke, im Moment noch nicht. Ich möchte mich nur etwas umschauen«, stotterte sie. Tatsächlich war sie gar nicht mehr in der Lage, etwas anderes wahrzunehmen als die Verzweiflung dieser Frau, die am Rande ihrer seelischen und körperlichen Kräfte schien. Der große Barockspiegel an der hinteren Wand des Raumes ermöglichte es Emma, Karla Schnetter bei ihrer Arbeit zu beobachten. Da war keine Leidenschaft mehr dabei, keine Freude an der Arbeit, kein Brennen für die

Schönheit der Gegenstände, die sie einordnete, Emma hatte das Gefühl, eine Puppe aus Hoffmanns Erzählungen vor sich zu sehen. Plötzlich drehte Karla Schnetter sich um.

»Sie sind Frau Prätorius, nicht wahr?«

»Sie kennen mich?«

»Ich habe mich nach Ihnen erkundigt. Schließlich waren Sie es, die meinen Andreas tot aufgefunden hat. Ich wollte einfach wissen, wie Sie aussehen und wer Sie sind.«

Emma wusste nicht, was sie antworten sollte. »Ja«, meinte sie schließlich, »ich habe ihn gefunden. Es muss schrecklich für Sie sein, Ihren Partner auf diese Art und Weise verloren zu haben. Zumal der Mörder immer noch nicht gefasst ist.«

»Früher oder später wird sich alles aufklären. Haben Sie Lust, eine Tasse Tee mit mir zu trinken?«

Mit so viel Glück hatte Emma gar nicht gerechnet. »Ja, gerne, ich will Sie nur nicht von Ihrer Arbeit abhalten.«

Karla lachte bitter. »Nein, Sie halten mich nicht von der Arbeit ab. Es ist sowieso alles sinnlos. Bitte, kommen Sie mit nach hinten in die Teeküche.«

Sie führte Emma durch eine Tür in einen Gang und von dort in eine kleine Kammer, die gemütlich als Aufenthaltsraum eingerichtet war. Vier bequeme Sesselchen standen um ein rundes Tischchen, eine Anrichte beherbergte das Teegeschirr und die Utensilien für die Zubereitung von Tee und Kaffee.

»Nehmen Sie doch Platz. Tee oder Kaffee?«

»Ein Tee wäre eine feine Sache. Sie haben nicht zufällig einen Earl Grey?«

Karla lächelte. »Doch, das ist meine Lieblingssorte. Milch, Zucker, Rum?«

Jetzt musste Emma lachen. »Ich sehe schon, wir haben den gleichen Geschmack. Ja, bitte zwei braune Kandis und einen Teelöffel Rum.«

Während Karla schweigend den Tee zubereitete, hatte Emma reichlich Zeit, die Frau, die so offensichtlich um Andreas Flottner trauerte, zu betrachten. »Sein Tod hat Sie sehr getroffen, nicht wahr?«

»Er hat mein Leben zerstört. Andreas war meine große Liebe. Sie wissen vielleicht, dass ich als Mann geboren worden bin und mich erst spät zu meiner Bestimmung als Frau bekannt habe. Andreas hat das akzeptiert und mich immer wieder liebevoll ermutigt, meinen Weg zu gehen. Ohne ihn hätte ich das nie geschafft. Ich habe es in erster Linie für ihn getan.«

»Sie hätten es in erster Linie für sich selbst tun müssen.«

»Ich weiß, für mich ganz allein. Vielleicht hätte ich es nicht in letzter Konsequenz getan ohne ihn. Aber was spielt das jetzt noch für eine Rolle?« Sie schaute Emma mit flehenden Augen an. »Sie müssen mir alles erzählen. Ich will genau wissen, wie das war, als Sie in gefunden haben. Bitte!«

Das war nun das Letzte, was Emma im Sinn hatte. Immerhin lag das Geschehen nach wie vor im Dunkeln, und Karla gehörte mit zum Kreis der Verdächtigen. Nun, irgendetwas musste sie dieser Frau jetzt erzählen. »Viel gibt es da nicht zu sagen. Ich bin von einer potenziellen Kundin in dieses Haus bestellt worden, und als ich ankam, lag Andreas schon tot im Wohnzimmer. Diese Kundin ist nebenbei bemerkt nie aufgetaucht. Zum Glück habe ich ein bombensicheres Alibi. Ich verstehe bis heute nicht, was da abgelaufen ist und wieso man mich dorthin bestellt hat.«

»Sie wissen nicht, wer die Frau war? Sie muss doch einen Namen genannt haben.« Karla schenkte den Tee ein.

»Sicher, aber weder der Name noch die Telefonnummer, die sie mir gegeben hat, existieren.«

»Und außer Ihnen war weiter niemand im Haus?«

»Gott sei Dank nein. Das hätte noch gefehlt, dass mir der Mörder begegnet wäre. Ich sagte Ihnen ja, ich kann Ihnen nicht wirklich viel erzählen. Im Grunde bin ich nur eine Randfigur in einem sehr undurchsichtigen Geschehen.«

»Wir teilen nicht nur unsere Vorliebe für Earl Grey mit Kandis und Rum, nicht wahr? Sie hatten auch einmal ein Verhältnis mit Andreas.«

»Nun, da kann ich Sie beruhigen«, erwiderte Emma wahrheitsgemäß. »Genau da gehen unsere Vorlieben schon wieder auseinander. Ich hatte nie ein Verhältnis mit ihm, und ich hätte auch nie eines haben wollen. Wir kannten uns, aber ich habe ihn nicht sonderlich gemocht. Wie kommen Sie überhaupt zu dieser Vermutung?«

Die Frage brachte Karla offensichtlich in Verlegenheit. »Ich glaube mich zu erinnern, dass mir das irgendjemand erzählt hat.« Sie nippte nachdenklich an ihrem Tee. »Selbst wenn es so gewesen wäre, auch das spielt heute keine Rolle mehr. Erzählen Sie mir von sich. Sie betreiben einen Antiquitätenladen in Coburg?«

»Ja, allerdings nicht vergleichbar mit dem Ihren. Was für wunderbare Schätze Sie in Ihren Räumen beherbergen, ausgefallen schöne Stücke, wo kauft man solche Kostbarkeiten denn ein?«

Ein Lächeln huschte über Karla Schnetters Gesicht. »Ich habe so meine Quellen und Beziehungen. Wissen Sie, es war mein Lebenstraum, in dieser Branche zu arbeiten. Schon als Kind haben mich Gegenstände aus früheren Zeiten fasziniert. Von schönen Dingen umgeben zu sein, von handwerklichen Meisterwerken, edlen Möbeln und Kunstgegenständen, davon habe ich schon immer geträumt. Andreas hat mir das ermöglicht und damit unglaubliches Glück in mein Leben gebracht.«

»Ich kann verstehen, was Sie meinen. Es ist ein großes Privileg, sich ständig mit schönen Dingen umgeben zu dürfen. Wie wird es weitergehen mit Ihrem Geschäft? Ihre Mitarbeiterin meinte, Sie würden den Laden jetzt alleine übernehmen.«

»Was bleibt mir anderes übrig? Ich muss sozusagen Andreas' Vermächtnis weiterführen. Das ist in seinem Sinne, und das gibt mir eine Aufgabe.«

»Vielen Dank für den köstlichen Tee und Ihre Zeit.« Emma erhob sich. »Ich bin jetzt mit meinen Freunden verabredet und möchte sie nicht warten lassen. Besuchen Sie mich, wenn Sie mal in Coburg sind.«

»Gerne.« Sie lächelte traurig. »Kommen Sie, ich bringe Sie hinaus, wir können gleich den Seiteneingang nehmen. Ich habe mich sehr gefreut, Sie kennenzulernen.«

Karla führte Emma über die Hintertreppe und den Seiteneingang hinaus auf die Sandstraße und drückte ihr zum Abschied wortlos die Hand. Emma nahm den intensiven Duft ihres Parfüms wahr. Chanel No. 5, der Klassiker, den wohl jede Frau wählt, die ihre Weiblichkeit demonstrieren will. Im Weggehen blickte Emma noch einmal in Karlas Augen. Was sie sah, ließ ihr einen eiskalten Schauer über den Rücken laufen.

29

»Soso, mit dem Messer ist die schwarze Karla also auf den Andi losgegangen, na, das klingt ja richtig vielversprechend. Da hat sie vielleicht schon mal geübt, bevor sie zum endgültigen Schlag ausgeholt hat. Oder besser: zum endgültigen Stoß.« Pia stärkte sich aus ihrem Bierkrug mit einem kräftigen Schluck Bamberger Rauchbier. »Und weiter! Was hat dir der Knabe noch erzählt? Jetzt lass dir halt nicht jedes Wort aus der Nase ziehen. Überhaupt, du hast doch hoffentlich die Adresse deines Informanten? Du weißt ja, immer den Namen und die Adresse des jungen Mannes aufbewahren! Obwohl, in deinem Fall ist das nicht wirklich wichtig.«

»Was denkst du denn?« Basti zog leicht brüskiert die Augenbrauen hoch. »Also, seine Telefonnummer habe ich, und außerdem bin ich für Freitag mit ihm verabredet. Wir wollen zusammen in Coburg in den Irish Pub gehen, da spielt eine irische Band.«

»Sag bloß, der ist schwul?« Emma schaute verblüfft von ihrem Schweinekrustenbraten in Dunkelbiersoße auf, einem deftigen fränkischen Gericht.

»Jetzt wartet doch, das Interessante kommt erst noch.« Basti erzählte die Geschichte mit der perückenbewehrten Karla, die zur falschen Zeit in der falschen Raststätte getankt hatte. »Tobias ist Karla noch nachgelaufen, raus auf den Parkplatz, und siehe da, sie ist nicht etwa mit ihrem auffälligen roten Cabrio unterwegs gewesen, sondern mit einem Auto mit Stuttgarter Kennzeichen.«

»Damit ist ihr Alibi gestorben, damit packen wir sie!« Pia war ganz aus dem Häuschen vor Aufregung. »Passt auf, die ist früh nach Stuttgart gefahren, hat im Hotel eingecheckt, hat vielleicht noch ihr Cabrio vom Pagen in die Hotelgarage bringen lassen und den guten Mann in ein reges Gespräch verwickelt, damit er sich an sie erinnert. Dann ist sie mit dem Taxi zur Antiquitätenausstellung gefahren. Dort hat sie sich eine Eintrittskarte gekauft und zwei oder drei ihr gut bekannte Aussteller besucht, damit die dann auch garantiert ihre Anwesenheit an ihren Ständen bestätigen können. So, nun einen schnellen Leihwagen mieten, nach Coburg fahren, Andi abstechen und husch, husch wieder zurück nach Stuttgart. Ich habe mich erkundigt, die Ausstellung hatte bis zweiundzwanzig Uhr geöffnet, sie hätte gegen Abend also gleich noch mal ihr Alibi mit Einkaufsgesprächen zementieren können.«

»Klingt alles sehr plausibel, Mama. Könnte von dir ausgedacht sein, so raffiniert, wie das ausgeklügelt ist. Nur wie weisen wir ihr das nach?«, gab Gundis zu bedenken. »Hört euch mal an, was mir die nette junge Frau aus dem Schuhladen vorne am Eck erzählt hat. Die schwarze Karla war, als sie noch Karl Schnetter hieß, bei der verstorbenen Edwina Widmaier jahrelang Mädchen für alles, Chauffeur, Gärtner, Installateur. Er hat sich um alles in Haus und Hof gekümmert und sie auch noch betreut, nachdem sie einen Schlaganfall hatte und nicht mehr so gut auf den Beinen war und von einer Krankenschwester gepflegt wurde. Erst nachdem Karl zu Karla geworden und bei Flottner ins Geschäft eingestiegen war, hat sie sich von der Betreuung etwas zurückgezogen. Garantiert hatte sie noch einen Schlüssel zum Haus und somit jederzeit Zugang zum Tatort.«

»Ah«, Pia schaute vielsagend in die Runde, »und da haben wir auch die Verbindung zu Flottner. Das hat bestimmt die schwarze Karla eingefädelt, dass Flottner den Nachlass verscherbeln sollte!«

»Moment mal«, hakte Basti nach, »die Erbin und somit Verkäuferin war ja dann wohl Emmas alte Freundin Freya. Die hatte zu entscheiden, wem sie den ganzen Plunder in den Rachen wirft.«

»Von Plunder kann keine Rede sein, mein Lieber, das kann ich dir versichern«, widersprach Emma. »Ich habe mich inzwischen umgehört, Frau Widmaier hatte Antiquitäten und eine Kunstsammlung allererster Sahne. Das Geschäft hätte ich auch gerne gemacht, das hätte meinem Umsatz sehr gutgetan. Ein ganzes Haus voller antiquarischer Sahnestückchen, ich darf gar nicht darüber nachdenken.« Emma schnaufte ärgerlich.

»Sagt mal, von welcher Freya redet ihr denn?«, wollte Basti wissen. »So hat nämlich die Frau geheißen, derentwegen die schwarze Karla den Flottner aus Eifersucht mit dem Messer verfolgt hat.«

»Wie bitte?« Emma fiel vor Erstaunen die Gabel auf die Tischdecke. »Willst du damit sagen, Freya und Andi hatten ein Verhältnis?«

Basti zuckte mit den Schultern. »Ich will damit gar nichts sagen, ich gebe nur zum Besten, was ich an Informationen abgegriffen habe.«

Emma strahlte Gundis und Basti an. »Ihr seid zwei Meisterdetektive, ihr habt an einem Nachmittag mehr in Erfahrung gebracht als die Polizei in vielen Wochen! Euer Einsatz hat sich wirklich gelohnt. Ich danke euch, ihr beiden.«

Pia schaute seufzend auf die drei großen Einkaufstaschen, die neben dem Tisch an der Wand standen. »Na, auch für Gundis hat sich der Tag gelohnt. Aber nun mal zurück in die Realität. Was wir hier so zusammenfabulieren, sind reine Spekulationen. Beweisen können wir davon nichts.«

»Und wenn schon.« Basti ließ sich nicht beirren. »Es könnte so gewesen sein! Was denkt ihr, wollen wir Poirot über die Ergebnisse unserer brillanten Nachforschungen informieren, oder ermitteln wir alleine weiter?«

»Basti, nichts gegen deine Ermittlungen, die du sicher noch mit dem jungen Mann namens Tobias intensiv vertiefen wirst«, Pia schaute Basti vielsagend an, »dennoch halte ich es für sinnvoll, wenn wir Poirot die Segnungen eurer Arbeit zugänglich machen.« Sie wandte sich an Emma. »Was hast du denn heute Nachmittag in Bamberg getrieben, Emma? Wir wollten doch zusammen mit dem Auto fahren.«

Emma stocherte in den Resten ihres Bratens herum. »Ja, also, um ehrlich zu sein, ich habe es einfach nicht mehr ausgehalten. Ich war in Flottners Laden. Ich wollte halt mal diese Frau, diese Karla Schnetter, sehen.« In kurzen Worten erzählte sie von ihrer Begegnung und ihrem Gespräch mit der schwarzen Karla.

»Moment mal«, unterbrach sie Pia, »sie hat dir ein Verhältnis mit Flottner anhängen wollen? Wie kommt sie denn da drauf?«

»Genau das würde ich auch gerne wissen. Auf meine diesbezügliche Frage ist sie mir ausgewichen. Wirklich sonderbar das Ganze. Wenn ich es mir recht überlege, kommt da nur Freya Engelhardt als potenzielle Informantin in Frage. Die beiden dürften sich auf jeden Fall kennen, da Karla mit Sicherheit in den Verkauf des Inventars der Lindenthal-Villa eingebunden war. Außerdem dürften sie sich immer wieder mal begegnet sein, wenn Freya ihre Tante besucht hat.«

»Wie war das, Emma? Hattet ihr zwei, Freya und du, eigentlich Kontakt zu Flottner, als du noch verheiratet warst?«, fragte Pia.

»Eigenartig, dass du danach fragst. Ich habe in letzter Zeit viel darüber nachgedacht. Wir haben uns tatsächlich hin und wieder auf Festen bei gemeinsamen Freunden getroffen, bei denen auch Flottner anwesend war. Das letzte Mal auf einer Gartenparty bei Robert Richter. Du müsstest ihn kennen, Pia, er ist Architekt und wohnt in einer wunderschönen alten Villa am Festungsberg.«

»Der Voll-Robert? Vollglatze, Vollbauch, Vollbart, Vollidiot?«

»Genau der! Die Erinnerung daran ist mir nach über zwölf Jahren noch sehr peinlich. Es war zu später Stunde, wir hatten alle etwas getrunken, und irgendjemand kam auf die Idee, ›Reise nach Jerusalem‹ zu spielen. Ich wollte mich heimlich davonstehlen, doch Jürgen hat mich am Arm gepackt und mit in die Reihe der um die Stühle wandernden Mitspieler geschoben.«

»Emma nippte nachdenklich an ihrem Glas. »Eigentlich war es ganz lustig. Die Leute hatten viel Spaß, und jedem, der ausgeschieden ist, wurde als Trost ein Glas Sekt gereicht. Jedenfalls waren die letzten drei übrig gebliebenen Mitspieler Freya, Flottner und ich. Wir tappen also um die zwei Stühle herum, und als die Musik aussetzt, will sich Freya schnell hinsetzen, da stößt Flottner sie mit seinem Hinterteil brutal weg, und die arme Freya fällt mit ihren supereleganten weißen Hosen ins Gras, sodass ihr Hosenboden grasgrün ist. Ein Gejohle und Gekreische, irgendwer hebt die arme Frau auf und gibt ihr ihren Trostsekt. Flottner und ich sind die Letzten. Ich möchte im Erdboden versinken, so sehr spüre ich, wie erniedrigt sich die kluge, hochsensible Freya fühlt. Und nun bin ich dran und werde gedemütigt. Wir laufen um den letzten Stuhl herum, die Musik verstummt, als ich gerade hinter der Lehne bin, und Flottner, anstatt sich hinzusetzen, bietet mir mit einer eleganten Geste den leeren Sitzplatz an.«

Pia schaute wie gebannt auf Emma. »Großer Gott, was hast du gemacht?«

Emma zuckte mit den Schultern. »Ich habe mich umgedreht und bin gegangen. Nach Hause gegangen, alleine und zu Fuß. Im Weggehen habe ich Freya gesehen, wie sie an einem Bistrotisch stand, das unberührte Sektglas in der Hand, scheinbar lächelnd und entspannt. Es waren nur ihre Lippen, die gelächelt haben, ihre Augen haben geglüht vor Wut und Enttäuschung. Das war übrigens das letzte Mal, dass ich mich von Jürgen zu irgendetwas habe verleiten oder zwingen lassen, es war der Anfang vom Ende. Kurz darauf bin ich ausgezogen und habe die Scheidung eingereicht.«

Gundis schaute Emma lange an, dann legte sie ihr die Hand auf den Unterarm und meinte: »Emma, du bist dir doch im Klaren darüber, was du da gerade erzählt hast? Du hast mit dieser Geschichte dieser Freya Sowieso ein klassisches Mordmotiv zugeordnet, hast eine nachvollziehbare Verbindung zwischen Flottner als Opfer und Freya als mutmaßlicher Täterin hergestellt!«

Emma erschauderte. »Ach was, das ist so lange her. Freya hat das bestimmt längst vergessen, und –«

»Nein, Emma. Gundis hat recht«, fiel Pia ihr ins Wort. »Nichts ist gefährlicher als der Hass einer gedemütigten und vermutlich eifersüchtigen Frau. Und nichts ist dauerhafter, zumal wenn er über Jahre gepflegt und genährt wird, auch wenn der Dünger dieses Hasses nur im Herzen der Frau fermentiert und alle anderen das Ereignis längst vergessen haben. Jetzt müssen wir noch eine weitere Spur verfolgen und die Geschehnisse von dieser Seite aufrollen. Und du, meine Liebe«, sagte sie mit Nachdruck zu Emma, »du musst das alles Poirot erzählen, und zwar wirklich *alles*. Ich will dabei sein, wenn du ihm die Geschichte erzählst. Du bist nämlich imstande, die Hälfte wegzulassen, um die arme Freya zu schützen.«

»Ihr könnt einem den ganzen Abend verderben«, meinte Basti ärgerlich. »Wir hatten mit Karla und deren geplatztem Alibi schon so eine schöne Auflösung des Mordes gefunden. Gundis' Schlussfolgerungen sind allerdings nicht von der Hand zu weisen. Sie hat den glasklaren Verstand ihrer Mutter.«

»Irrtum, mein Lieber«, warf Pia ein. »Sie hat den Verstand ihres Vaters, ich habe meinen nämlich noch!«

Basti warf Emma einen nachdenklichen Blick zu. »Wenn ich mich recht erinnere, hast du uns erzählt, dass Freya sich ungefähr zur gleichen Zeit hat scheiden lassen wie du und dass es Gerüchte gab über einen anderen Mann, der sie dann hat sitzen lassen. Das könnte unser flotter Andi gewesen sein. Nur, wie machen wir das Poirot schmackhaft, damit er auch in diese Richtung ermittelt? Wir können schließlich nicht gut bei Freya auftauchen und sie nach ihrem Alibi fragen, das muss vonseiten der Polizei erfolgen. Andererseits ist sie in die Sache involviert, indem sie die Erbin von Frau Widmaier ist. Vorhin wollte ich noch eine Flasche Sekt einfordern für unsere tollen Ermittlungsergebnisse, doch jetzt ist mir der Appetit vergangen.«

»Kann sie es gewesen sein, die das Messer aus deinem Laden gestohlen hat?«, fragte Pia an Emma gewandt.

»Wie soll ich das wissen? Es kann Gott und die Welt gewesen sein, ein unbeaufsichtigter Moment, die Tür steht offen, weil ich mit dem DHL-Fahrer etwas in die Werkstatt trage, rein in den Laden, Messer einpacken und tschüss. Ich weiß es nicht!«

»Egal, vom Feiern lassen wir uns jedenfalls nicht abhalten, dafür haben wir heute wirklich zu gute Fortschritte gemacht«, beschloss Pia. »Herr Ober, bringen Sie uns eine Flasche Champagner! Oder nein, bringen Sie besser gleich zwei!«

30

Am nächsten Morgen stand Pia um acht Uhr in Emmas Küche und ließ sich einen Kaffee aus der Maschine. »So, und jetzt rufst du in meiner Gegenwart Poirot an und sagst ihm, dass du mit ihm reden musst, weil wir neue Erkenntnisse haben. Ich werde deine Küche nicht eher wieder verlassen.« Um ihrer Aussage Nachdruck zu verleihen, setzte sie sich an den Tisch und schlug die Beine übereinander.

»Pia, du bist manchmal ganz schön lästig. Aber bitte, von mir aus.« Emma fischte ihr Handy aus der Hosentasche und wählte Kommissar Wolfs Nummer. Er nahm sofort ab. »Guten Morgen, Frau Prätorius, hoffentlich keine schlechten Nachrichten?«

»Ganz im Gegenteil, Herr Hauptkommissar, ich hätte da einige Informationen aus Bamberg, die für Sie von Interesse sein könnten. Würde es Ihnen etwas ausmachen, im Laufe des Tages bei mir vorbeizukommen? Sie wissen ja, ich kann den Laden schlecht allein lassen.« Das stimmte zwar nicht ganz, aber so war es einfacher, Pia in das Gespräch einzubeziehen.

»Ich könnte in einer halben Stunde bei Ihnen sein, ist Ihnen das recht?«

»In einer halben Stunde?« Emma schaute fragend zu Pia hinüber, die zustimmend nickte. »Ja, das passt sehr gut. Bis gleich dann.«

»Na also, es geht doch! Ruf mich sofort an, hörst du, wenn er auftaucht. Ach was, ich bleibe am besten gleich da. Wo ist das ›Tageblatt‹?«

»Sie meinen also, Frau Schnetter hätte ein Motiv, Herrn Flottner umzubringen. Dem widerspricht allerdings, dass er angeblich ihre ganz große Liebe war.«

Emma merkte Magnus Wolf an, dass er etwas angesäuert war ob der Ermittlungen, die sie und ihre Freunde eigenständig durchgeführt hatten. Die Tatsache, dass Pia ihn ständig mit Poirot ansprach, besserte seine Laune auch nicht unbedingt.

»Mein lieber Poirot«, wandte sie dann auch sofort ein, »für Sie als Fachmann dürfte es doch nichts Neues sein, dass Liebe ein viel stärkeres Motiv sein kann als Hass. Man kann einen Menschen lieben bis zur Raserei und ihn trotzdem umbringen. Oder gerade deshalb. Aus Eifersucht, weil man zutiefst verletzt worden ist oder ganz einfach im Affekt bei einem Streit. Sie waren wohl noch nie so richtig verliebt, nein?«

Wolf zog es vor, die Frage unbeantwortet zu lassen.

»Na, egal, kann ja noch werden. Sie sind schließlich noch jung. Ich lasse mich jedenfalls nicht von meiner Meinung abbringen, dass Karla Schnetter ein handfestes Motiv hatte. Und ihr Alibi ist mit Tobias' Beobachtung an der Raststätte auch dahin.« Pia lehnte sich selbstzufrieden zurück.

»Ich weiß nicht, Pia«, meldete Emma Zweifel an. »Selbst wenn du recht hättest und Karla Andi in einem Anfall rasender Eifersucht erstochen hat, wo komme ich dann ins Spiel? Das macht doch keinen Sinn.«

»Emma, du hast uns gestern Abend selbst erzählt, dass sie dir ein Verhältnis mit Flottner unterstellt hat. Und schon schließt sich der Kreis!«

»Gestern habt ihr noch behauptet, Freya hätte das stärkere Motiv.« Emma runzelte die Stirn. »Dabei ist es im Grunde das gleiche Motiv wie das von Karla. Allerdings wissen wir ja gar nicht sicher, ob Freya und Andi ein Verhältnis hatten, das nur mal nebenbei bemerkt.« Sie wandte sich an Kommissar Wolf und gab ihm eine Kurzfassung ihres Erlebnisses mit Flottner und Freya auf der Gartenparty vor zwölf Jahren.

Er reagierte verhalten. »Interpretieren Sie da nicht etwas in die Geschehnisse hinein, das sich so vielleicht gar nicht zugetragen hat? Aus dieser Geschichte ein Mordmotiv zu konstruieren erscheint mir doch etwas weit hergeholt. Wir haben hier ja nur Ihre subjektive Sicht der Dinge.«

»Ich sehe schon, Poirot, Sie haben überhaupt keine Ahnung von Frauen«, wandte sich Pia wieder Kommissar Wolf zu. »Nun prüfen Sie mal schön die Geschichte mit dem falschen Alibi von Frau Schnetter nach, die Telefonnummer des Kellners habe ich Ihnen ja gegeben. Gut drauf aufpassen, nicht verschlampen! Dann werden wir sehen, wie sich die schwarze Karla herausredet, wenn wir sie mit Tobias' Aussage konfrontieren, ohne Zuckerguss, mitten zwischen die Augen! Und anschließend nehmen wir uns Freya Engelhardt zur Brust und prüfen deren Alibi.«

»*Wir* werden gar nichts tun, sondern ich. Danke für das Angebot Ihrer Mitwirkung, Frau Aumüller.« Wolfs Laune war im freien Fall wie ein Aktienkurs beim Börsencrash.

»Aber, aber, Wolfi, nicht sauer sein, dass wir Ihnen bei Ihrer Arbeit helfen.« Pia lächelte den Kommissar verschwörerisch an. »Ohne unsere unkonventionellen Nachforschungen würden Sie noch im Dunkeln tappen. Übrigens, Emma, du weißt das ja noch gar nicht, unser … äh … Gewährsmann bei der Steuerbehörde hat mich gestern angerufen. Stell dir vor, beim Finanzamt Bamberg stand Flottner schon auf der roten Liste der aussterbenden Steuerhinterzieher, die ganz große Steuerprüfung seines Ladens ist bereits angesetzt. Der muss in größerem Stil Geschäfte getätigt haben, bei denen er auf die lästige Ausstellung einer Rechnung verzichtet hat. Das ist durch einen dummen Zufall aufgeflogen, und die arme Karla muss das womöglich jetzt ausbaden.« An Kommissar Wolf gewandt fuhr sie fort: »Wir haben uns erlaubt, auch in diese Richtung unter Zuhilfenahme unserer familiären Beziehungsgeflechte in Politik, Wirtschaft und Verwaltung zu ermitteln.«

Er nickte resigniert. »Ich weiß schon, Frau Aumüller, einmal Mafia, immer Mafia.«

Pia strahlte ihn mit einem umwerfenden Lächeln an. »Endlich haben Sie es begriffen, mein Lieber.« Im vertraulichen Ton, leicht zu ihm hingebeugt und seine Hand ergreifend, sagte sie: »Wenn Sie mal unsere Hilfe brauchen, es wäre uns eine Ehre.«

»Danke, Frau Aumüller, für Ihr überaus großzügiges Angebot.« Wolf entzog seine Hand der vertraulichen Berührung. »Ich denke jedoch, ich werde meine Arbeit auch ohne Ihre Hilfe ausüben können.«

»Ich verspreche Ihnen, Poirot, der Tag wird kommen, an dem Sie auf meiner Treppe knien und mich anflehen werden, Ihnen zu sagen, wer in Coburg mit wem, wann, wo und warum. Und natürlich, wie oft. Und wissen Sie was? Ich werde die Perlen meines Wissens vor Sie werfen!«

»Pia, bitte«, ging Emma lachend dazwischen. »Schalte mal einen Gang zurück, was soll der arme Kommissar denn von uns denken. Hören Sie einfach nicht auf sie, Herr Wolf, es geht auf den Vollmond zu, da ist sie manchmal etwas von der Rolle.«

31

Pia polterte die Kellertreppe in der Gerstergasse fünf hinunter. Unten im Gang warteten Sebastian und Christian in Blaumännern auf sie, mit Abbruchhammer und großer Bohrmaschine bewaffnet. »Los jetzt, die Damen sind gerade weggefahren, ihr könnt anfangen.«

Christian seufzte. »Wenn ich mir die rechtlichen Konsequenzen vorstelle, die sich aus unserem schändlichen Tun ergeben, bricht mir der Schweiß aus. Wenn das rauskommt, wird mir die Zulassung entzogen, bevor ich sie überhaupt bekommen habe. Das ist Grabfriedensbruch, was wir hier machen.«

»Was denn, wir reißen doch nur eine Wand ein, weil Miss Elli Licht in ihrem Kellergang braucht und ein Fenster einbauen will. Das ist Nachbarschaftshilfe, sonst nichts. Was können wir denn dafür, dass wir dabei ganz zufällig eine Leiche finden? Vorwärts, seid zwei brave Buben und tut, wie euch angeschafft wird! Wenn euch schon der Schweiß ausbricht, dann bitte vor Anstrengung.«

»Wenn wir das dann melden würden, wäre das ja auch in Ordnung, denn was ihr da vorhabt, ist alles andere als legal«, war Christians letzter Versuch.

»Christian Prätorius, was hat deine Mutter bloß für einen hasenfüßigen Spießer großgezogen! Sei doch mal ein bisschen locker und abenteuerlustig. Nimm dir ein Beispiel an Basti!«

Der brummelte mürrisch etwas Unverständliches vor sich hin. Er hatte mittlerweile begonnen, an der unteren rechten Ecke die Wand mit dem Vorschlaghammer zu bearbeiten. Nach anfänglichem Widerstand begannen die roten Ziegelbacksteine langsam nachzugeben, und die ersten Steine fielen tatsächlich nach hinten in einen Hohlraum.

»Vorsichtig! Ihr müsst versuchen, eine hochkantige Öffnung freizuschlagen, wie eine kleine Tür, wir wollen Eberhard schließlich nicht unter einem Berg von Backsteinen begraben.

Es genügt, wenn man reinkriechen und ihn bergen kann. Danach könnt ihr die Wand nach innen fallen lassen.«

Behutsam schlugen die beiden jungen Männer ein immer größer werdendes Loch in die Mauer.

»Wartet mal, lasst uns nachschauen, ob wir wirklich richtigliegen mit unserer Vermutung. Nicht, dass wir uns hier umsonst abmühen.« Pia, die ebenfalls einen Arbeitsoverall trug und sich ein Kopftuch umgebunden hatte wie die Trümmerfrauen nach dem Krieg, kniete sich auf den Boden und leuchtete mit einer starken Taschenlampe in das Loch. Sie schaute hoch, etwas blass um die Nase. »Ein Schuh, ich sehe einen Schuh. Männer, jetzt bin ich mir sicher: Wir haben Eberhard tatsächlich gefunden. Los, macht vorsichtig weiter und seht zu, dass dabei so wenig Steine wie möglich nach hinten fallen.«

»Du hast leicht reden, wie soll denn das gehen? Hast du die Haustüre auch wirklich zugeschlossen? Nicht, dass Poirot plötzlich hier auftaucht.« Basti wischte sich den roten Staub aus dem schweißnassen Gesicht. »Christian, versuch doch mal, mit dem Spaten die Backsteine nach außen zu hebeln.« Nach und nach vergrößerten die beiden Männer die Maueröffnung.

Kurz nachdem die Aktion beschlossene Sache gewesen war, hatte Emma Fräulein Höfler zu einem Kaffee eingeladen, um ihr schonend beizubringen, dass man die sterblichen Überreste ihres Bräutigams hinter ihrer Kellerwand vermutete. Sie erläuterte ihr ihren Plan, die Wand einzureißen und Eberhards Leiche danach im Garten zu beerdigen. Schließlich gingen die beiden Frauen hinüber in Miss Ellis Keller, wieder mit einem Zollstock bewaffnet, und Emma erklärte ihren Verdacht anhand der veränderten baulichen Gegebenheiten.

Lange stand die kleine, alte Frau schweigend vor der Mauer. »Und Sie sind sich sicher, dass Eberhard hinter dieser Wand liegt?«

»Nein, Fräulein Höfler«, gab Emma offen zu, »hundert Prozent sicher bin ich mir nicht, eine Garantie kann ich Ihnen nicht geben. Doch mein Bauchgefühl sagt mir, dass wir ihn hier finden werden. Bitte vertrauen Sie mir einfach. Einen Versuch ist es allemal wert.«

»Gut, ich bin einverstanden«, stimmte sie schließlich nach längerem Zögern zu. »Reißen Sie die Wand ein!«

Miss Elli hatte zur Bedingung gemacht, dass sie nicht im Haus wäre, wenn die Wand niedergerissen wurde, und so hatten Emma und Elsa die Nachbarin kurzerhand ins Auto gepackt, um mit ihr an diesem Nachmittag nach Bamberg zu fahren. Es war schon lange der Wunsch der alten Frau gewesen, die Bamberger Altstadt und vor allen Dingen den Dom zu besichtigen, und ihr Vorhaben bot eine wunderbare Gelegenheit.

Die beiden unfreiwilligen Bauarbeiter hatten inzwischen eine Öffnung in die Wand geschlagen, durch die man in den Hohlraum hineinkriechen konnte.

»Ich geh da nicht rein, das könnt ihr vergessen.« Sebastian genehmigte sich einen kräftigen Zug aus der Bierflasche, die er vorsichtshalber mitgebracht hatte. »Eher wechsle ich die Blutgruppe!«

»Ich auch nicht«, schloss sich Christian an. »Es reicht schon, dass ich die Wand eingeschlagen habe, ich nehme nicht auch noch aktiv an der Bergung einer offiziell nicht gemeldeten Leiche teil, die vermutlich durch ein Gewaltverbrechen zu Tode gekommen ist!«

»Mein Gott, was ist nur aus dieser Jugend geworden. Keinen Pep, diese jungen Leute! Geht weg da, ich schau mir das jetzt mal an.« Pia ergriff die Taschenlampe und zwängte sich klopfenden Herzens durch die Maueröffnung. Sie richtete sich auf und lenkte den Strahl der Lampe auf den vor ihr liegenden Haufen.

Tatsächlich, hier war er. Der Bräutigam von Fräulein Eleonore Höfler, Eberhard Steinhäuser. Seine teilweise zerfallene Kleidung war noch zu erkennen, ein grauer Mantel, das ehemals weiße Hemd und der graue Anzug, die braunen Schuhe, die die Kerkerzeit überraschend gut überstanden hatten. Der Mann lag verdreht auf der Seite, die Beine angewinkelt, als wollte er aus seinem Kellerverlies davonlaufen. Sein Oberkörper zeigte zur Außenwand, während seine Knie zum Keller hin ausgerichtet waren. An der Todesursache dürfte kaum mehr Zweifel bestehen: Ihm war das Kreuz gebrochen worden. Im mumifizierten Schädel blitzte im Schein der Taschenlampe ein Goldzahn auf.

32

»War das vielleicht gruselig. Eines sage ich euch, ein zweites Mal mache ich so etwas nicht mit!« Sebastian schüttelte sich bei der Erinnerung an die Bergung von Eberhards sterblichen Überresten.

»Jetzt gib doch nicht so an«, wies ihn Pia zurecht. »Ihr Luschen habt sowieso nur das Loch in die Wand geschlagen, euch dann verdrückt und mich alles alleine machen lassen, mich, eine hilflose, schwache Frau.« Pia legte sich theatralisch die Hände auf die Brust. »Außerdem werden wir so schnell wohl kaum wieder auf eine eingemauerte Leiche stoßen, du kannst also wieder runterkommen und dich abregen.«

»Ich bin ganz ruhig. Siehst du nicht, wie meine Hand nicht zittert?« Sebastian erhob demonstrativ sein Bierglas, um sich einen kräftigen Schluck zu gönnen. »Deine Nerven möchte ich haben, wie du den Mann in den Sarg gestopft hast! Das hätte ich nicht gekonnt.«

»Ich habe ihn nicht reingestopft, ich habe die Überreste von Eberhard fein säuberlich in den Sarg gebettet. Gut, lustig war das nicht, ich möchte das auch nicht zu meinem Hobby machen, aber irgendwer musste sich nun mal um ihn kümmern. Wie war Miss Elli denn heute den Tag über drauf?«

»Richtig gut, nicht wahr, Emma?«, erwiderte Elsa auf die Frage. »Aufgedreht und lustig, als hätte sie etwas eingeworfen. Sie hat uns erst durch Bamberg gescheucht, und dann wollte sie den Dom besichtigen. Als danach immer noch Zeit war, haben wir uns auch noch das Museum in der Fürstbischöflichen Residenz antun müssen. So viel Kultur auf einmal ist mir entschieden zu viel, ich war hinterher fix und alle. Elli ist neben uns hergetrabt, munter und zäh wie ein Zirkuspony. Die hat diesen Ausflug unglaublich genossen.«

»Stimmt. Ich habe lange nicht den Mut gefunden, ihr von Pias SMS zu erzählen. Als ich ihr schließlich gesagt habe, dass ihr Eberhard gefunden habt, hat sie das ruhig und gefasst aufgenommen.« Emma atmete erleichtert auf. »Ich hatte erst etwas Angst davor, sie heute alleine nach Hause zu lassen, aber ich denke, sie wird entspannt und zufrieden einschlafen.«

»Die ist pickelhart und eisenbereift. Und jetzt hat auch noch mein Vater einen Narren an ihr gefressen, ich versteh die Welt nicht mehr!« Sebastian schaute missmutig in die Richtung, in der Miss Elli mit seinem Vater verschwunden war.

Die Freunde hatten beschlossen, sich für den Abend zu verabreden, um Miss Elli nach dem ereignisreichen Tag noch etwas Gesellschaft zu leisten. Zur allgemeinen Überraschung hatte Sebastian vorgeschlagen, sich auf halber Strecke zwischen Bamberg und Coburg im Gasthaus seiner Eltern zum Abendessen zu treffen.

Bastis Vater hatte die aufgeregte Miss Elli den Freunden entführt und ihr stolz Haus und Hof gezeigt. Gerade geleitete er sie galant zurück an ihren Tisch.

»Was für ein schönes Anwesen Sie haben, Basti! Ihre Familie kann wirklich stolz darauf sein. Wie weit sind Sie denn mit Ihren Plänen, die Brauerei wieder in Betrieb zu nehmen?«

Sebastian schaute verlegen zu seinem Vater, der schon wieder hinter dem Zapfhahn verschwunden war und außer Hörweite stand. »Also gut, einmal müsst ihr es ja erfahren, ich fange am 1. April – kein Aprilscherz – als Braulehrling in der Brauerei von Tobias' Vater an.«

»Nein! Und das sagst du uns erst jetzt, du Schuft?« Emma schaute den zukünftigen Bierbrauer mit großen Augen an. »Mann, Basti, wie ich mich für dich freue! Wissen das deine Eltern schon?«

Er nickte. »Ja, ich habe es ihnen gestern gesagt. Meine Mutter war entsetzt, mein Vater hat dagegen vor Freude einen Veitstanz aufgeführt. Also, es gibt kein Zurück mehr!«

»Moment mal!«, fiel Pia ein, »Tobias' Vater hat eine Brauerei? Ich sag's ja, den seinen gibt's der Herr im Schlaf. Darf ich daraus schließen, dass es diesmal endlich was Ernstes ist mit dem jungen Mann?«

»Das weiß ich jetzt auch noch nicht, Pia. Wenigstens mit der Lehre ist es mir ernst.«

»Schon gut, Basti, was anderes hatten wir auch gar nicht erwartet.« Miss Elli tätschelte Sebastian freundlich die Hand. »Eines wüsste ich gerne, Emma, wie sind Sie denn überhaupt auf den Gedanken gekommen, dass Eberhard bei mir im Keller eingemauert sein könnte?«

»Der Verdacht kam mir so nach und nach. Ich war schon immer recht verwundert, dass Ihnen Ihr Vetter Albert sein Haus vermacht hatte, obwohl Sie sich doch nicht unbedingt besonders nahestanden. Normalerweise vererbt man an die nächste Generation und nicht an eine kinderlose Cousine, mit der man nie etwas zu tun hatte. Schließlich hatte seine Schwester Kinder, die sich als Erben angeboten hätten. Das hat mich schon stutzig gemacht. Und nachdem Sie mir dann auch noch die Geschichte von Eberhards Hut erzählt hatten, der in der Gerstergasse, also in der Nachbarschaft des Hauses, gefunden worden war, ist mir klar geworden, dass Eberhard hier umgekommen sein musste. So richtig sicher war ich mir erst, nachdem ich Alberts Tagebuch gelesen hatte.«

»Hatte er das da reingeschrieben?«

»Nein, jedenfalls nicht direkt. Das habe ich eher zwischen den Zeilen herauslesen können, dass Ihr Eberhard praktisch vor Ihrem Haus überfahren wurde. Ein Freund oder wohl eher Bekannter von Albert saß am Steuer, und beide dürften recht betrunken gewesen sein. Es war eine neblige Nacht mit glatten Straßen, und niemand war in den frühen Morgenstunden unterwegs. So konnten die beiden Männer Eberhard unbemerkt in Alberts Haus schaffen, wo sie ihn schließlich auch eingemauert haben.«

Miss Elli saß da wie versteinert. »Überfahren. Wer war der Mann, der am Steuer saß, steht das auch drin?«

»Nein, leider nicht. Albert bezeichnet ihn immer nur als ›der andere‹. Er nennt nie einen Namen und gibt auch keinen Hinweis darauf, wer er gewesen sein könnte. Nach achtunddreißig Jahren werden wir wohl nicht mehr erfahren, wer letztendlich für den Tod Ihres Verlobten verantwortlich war. Eines geht aus dem Tagebuch allerdings klar hervor, Albert ist über die Sache nie hinweggekommen, er hat für den Rest seines Lebens gelitten und gebüßt. Seine Rastlosigkeit, seine Unruhe waren nichts als die Folge des Unfalls, für den er im Grunde genommen gar nicht verantwortlich war. Er hat es einfach nicht in dem Haus ausgehalten, in dem sozusagen sein schlechtes Gewissen eingemauert war. Und schlussendlich hat er sich deshalb auch das Leben genommen.«

Nach langem Schweigen fragte Miss Elli: »Wie soll das jetzt weitergehen?« Pragmatisch wendete sie sich wieder dem heutigen Tagesgericht auf Elfriedes fränkischer Schmankerlkarte zu, Kohlrabisuppe mit Tafelspitz und Mehlspatzen.

»Ganz einfach«, schaltete sich Pia ein, »im Moment mauert Christian die eingerissene Wand neu auf, vermauert die alten Backsteine direkt auf die Außenwand. So müssen wir nicht den ganzen Dreck aus dem Haus schleppen. Ich fürchte, wir haben sowieso eine Menge Staub im Keller verteilt. Zum Schluss haben wir alle drei ausgesehen, als ob wir in einem Staubsauger übernachtet hätten. Am Montag kommt der Handwerker, der das Fenster wieder an der alten Stelle einsetzt, und im Laufe der Woche werden wir die Wände neu streichen. Dann sieht Ihr Keller wieder aus wie neu. Und sobald das Wetter passt und der Boden nicht mehr gefroren ist, werden wir Ihren Eberhard wie vereinbart in Ihrem Garten beerdigen.«

33

Emma war damit beschäftigt, das Furnier einer Tischplatte zu erneuern. Ein sehr schöner ovaler Tisch mit einer Oberfläche aus Kirschbaumholz. Der Vorbesitzer schien ihn als Werkstatttisch missbraucht zu haben, denn er war an vielen Stellen ramponiert. Irgendwie ging ihr die Arbeit heute nicht von der Hand, und laufend patzte sie beim Auftragen des fehlenden Furniers. Das Läuten der Ladenglocke kam wie eine Erlösung. Emma eilte in den Verkaufsraum.

»Guten Tag, kann ich Ihnen helfen? – Ach, Herr Leitmayer, beinahe hätte ich Sie nicht erkannt in dem diffusen Licht. Der Himmel hat heute mal wieder die Vorhänge nicht aufgezogen. Warten Sie, ich schalte die Deckenlampe ein. Wie geht es Ihnen?«

»Danke, Frau Prätorius, es geht mir ausgezeichnet. Und Sie sehen aus wie das blühende Leben, wenn ich das so sagen darf.«

Emma lachte ob des Komplimentes. »Danke! Ja, es geht mir gut. Ich hoffe doch, Sie kommen nicht wegen der hübschen Rokoko-Uhr, die Sie zu Weihnachten für Ihre Frau gekauft haben?«

»Nein, nein, Frau Prätorius, alles in bester Ordnung«, beeilte sich der ältere Herr zu versichern. »Das Ührchen tickt geschäftig vor sich hin und entzückt meine Frau immer wieder mit seinem silberhellen Glockenschlag. Es ist so, dass wir nächste Woche unseren vierzigsten Hochzeitstag feiern und ich ein ganz besonderes Geschenk für meine Frau suche. Ich bin sicher, Sie können dieses Problem für mich lösen.«

»Wenn es weiter nichts ist! Da habe ich tatsächlich etwas für Sie, folgen Sie mir doch bitte zu meiner Schmuckvitrine.« Emma zögerte. »Das heißt, dürfte ich wohl erfahren, was Sie ausgeben wollen?«

»Frau Prätorius, meine Frau erträgt mich klaglos seit vierzig

Jahren, meine Marotten, meine Launen, meine Unzulänglichkeiten, meine Schlafgeräusche. Da werde ich doch nicht um den Preis des Geschenkes feilschen.«

Emma lachte. »Was für ein weiser Mann Sie sind, Herr Leitmayer. Ihre meisten Geschlechtsgenossen halten sich für absolut fehlerlos und für den Sechser im Lotto im Leben ihrer Frauen. Dabei sind sie oft bestenfalls ein Zweier mit Zusatzzahl.« Emma öffnete mit einem kleinen Schlüssel die Türe der Vitrine, in der sie ihren wertvollen antiken Schmuck verwahrte. »Schauen Sie mal, das hat sich Ihre Frau schon zweimal angeschaut und auch schon anprobiert. Ein außergewöhnlich schönes Set, zwei Ohrringe aus Lagenachat-Gemmen, teils Gold, teils feuervergoldetes Silber mit Orientperlen. Die Gemmen sind äußert fein geschnitzt und von vorzüglicher Qualität, das ist feinste Juwelierarbeit aus dem späten Biedermeier. Die Brosche kann man natürlich auch alleine als Kettenanhänger tragen, hier ist eine Öse dafür angebracht. Auch ohne die Ohrringe ist sie ein absoluter Hingucker. Ehrlich, am liebsten würde ich beides für mich behalten. Das ist die Krux an meinem Beruf, man muss sich immer wieder von wunderschönen Dingen trennen, die man gerne selbst behalten würde.«

»Um Himmels willen, wenn Sie das Set nicht abgeben wollen, dann will ich es Ihnen auf keinen Fall wegnehmen.«

»Aber nein, Herr Leitmayer«, beruhigte Emma ihren Lieblingskunden, »ich will es natürlich verkaufen, davon lebe ich schließlich. Und an wen, wenn nicht an Sie? Bei Ihrer Frau weiß ich den Schmuck in den allerbesten Händen, sie schätzt seinen Wert und wird mindestens so viel Freude daran haben wie ich. Warten Sie, ich lege ihn schnell mal an, damit Sie seine Wirkung besser beurteilen können.« Emma nahm ihre eigenen Ohrringe ab und hängte sich die beiden Gemmenohrringe ein. »Na, was sagen Sie? Wie gefallen sie Ihnen?« Emma wiegte kokett den Kopf, um den Schmuck zur Geltung zu bringen.

»Ich weiß nicht, was schöner ist, die Ohrringe oder die Trägerin. Beides ist unwiderstehlich.« Solchermaßen überzeugt und in seiner Entscheidung bestätigt, löhnte Herr Leitmayer, der Inhaber des Mercedes-Hauses in Kronach, gerne den stattlichen Preis für das Geschenk für seine Gattin. Emma wurde allerdings das Gefühl nicht los, dass ihm noch etwas auf dem Herzen lag. »Haben Sie sonst noch einen Wunsch?«

Zögernd begann er zu sprechen. »Frau Prätorius, ich verstehe, wenn Sie nicht darüber reden wollen. Dann sagen Sie mir das bitte offen. Aber falls doch, darf ich Sie auf diesen Antiquitätenhändler ansprechen, dessen Leiche Sie gefunden haben? Auf den Herrn Flottner?«

»Herr Leitmayer, fragen Sie, was immer Sie fragen wollen, meine diesbezügliche Haut ist mittlerweile elefantös.«

»Also, die Familie Flottner hat ihre Autos immer bei uns in Kronach gekauft, die hatten nämlich mal Streit mit der Coburger Niederlassung. Stellen Sie sich das vor, der alte Flottner wollte seine erste Limousine dort kaufen, das war Ende der sechziger Jahre, und Herr und Frau Flottner saßen bereits im Auto zur Probefahrt, sonntäglich herausgeputzt, da kommt ein Anruf, dass der Wagen für einen anderen Kunden zur Probefahrt gebraucht wird, und das Ehepaar Flottner wurde wieder aus dem Fahrzeug hinauskomplimentiert. Das muss man sich mal vorstellen, eine solche Demütigung. Was ist denn das für ein Geschäftsgebaren!« Herr Leitmayer schüttelte verständnislos den Kopf. »Flottner senior hat getobt, das war ein sehr jähzorniger Mensch, und ich denke, sein Sohn, der Andreas, hatte einen Mordsbammel vor seinem Vater und hat sehr unter dessen Jähzorn gelitten. Flottners haben natürlich nie mehr einen Fuß in das Coburger Autohaus gesetzt. Gott sei Dank, darf ich sagen, denn fortan haben sie alle ihre Mercedes-Modelle bei uns gekauft, auch die Lastkraftwagen für das Sägewerk. Das wollte ich Ihnen aber gar nicht erzählen, ich rede wieder zu viel und langweile Sie sicher schon mit meinem Geschwätz.«

Emma war ganz und gar nicht gelangweilt, sie war im Gegenteil gespannt wie ein Flitzebogen. Eine alte Geschichte über die Familie Flottner! Vom Besitzer des Mercedes-Hauses, bei dem Flottners ihre Autos gekauft hatten. Emma hielt vor Aufregung die Luft an. »Erzählen Sie ruhig weiter, ich habe gerade etwas Zeit. Kommen Sie, wir setzen uns dort auf das Sofa. Wie ging es weiter?«

»Ich halte Sie auch sicher nicht auf?«, fragte Herr Leitmayer, während er Platz nahm. »Gut, dann erzähle ich Ihnen die kleine Episode. Sie liegt mir seit langen Jahren schwer auf der Seele. Also, die Sache ist nämlich die: Der alte Flottner hatte seinerzeit für seinen Sohn zu dessen achtzehnten Geburtstag ein Sportmodell bestellt, einen 450 SL Roadster, ein rotes Cabrio mit schwarzen Ledersitzen, Klimaanlage und allem Pipapo. Das war damals ein sensationelles Auto, ein absoluter Traum. Ich persönlich halte ja gar nichts davon, den jungen Leuten zur Volljährigkeit ein solches Auto zu schenken. Die Grünschnäbel sollen gefälligst erst mal was leisten. Meine Kinder haben einen gebrauchten VW Käfer bekommen, und dafür mussten sie in ihren Ferien auch noch arbeiten. Meine Meinung ist zwar gegen meine Geschäftsinteressen, aber ich stehe zu ihr.«

Er klappte das Schmucketui auf, das er in der Hand hielt, betrachtete gedankenversunken die soeben erstandenen Preziosen und schloss es wieder. »Der Andi hat jedenfalls diesen roten Sportflitzer bekommen und ist damit natürlich in der Gegend herumgebrettert, kaum dass er seinen Führerschein in Händen hielt. Nach ein paar Tagen kam er mit dem Auto in die Werkstatt. Quer über die Windschutzscheibe zog sich ein Riss, und in der Motorhaube war eine Delle. Damals sind die Scheiben noch nicht zersprungen, da bist du mit einem Blitz im Glas noch jahrelang weitergefahren. Ein Reh sei ihm ins Auto gelaufen, erzählte er mir, nachts, im Nebel und bei Glatteis, er habe nicht rechtzeitig bremsen können. Ob wir schnell die Scheibe austauschen und die Delle ausbeulen könnten, sein Vater würde ihm die Hölle heißmachen, sollte er den Schaden bemerken.« Herr Leitmayer starrte auf den Holzfußboden des Ladens.

Emma merkte ihm an, wie schwer er sich tat weiterzureden. »Und?«, ermunterte sie ihn.

»Was hätte ich denn tun sollen? Ich kannte den Alten zur Genüge, der hätte den Jungen womöglich grün und blau geschlagen. Nicht, dass ich den Andi mochte, der verkörperte genau den Typ ›aufgeblasenes Unternehmersöhnchen‹, den ich gar nicht mag. Andererseits war er ja noch fast ein Kind, und ich hatte Mitleid mit ihm. Die Delle war kein Problem, das war schnell erledigt, allerdings hatten wir die Windschutzscheibe für dieses Modell nicht vorrätig, die mussten wir in der Zentrale bestellen. Also habe ich Flottner senior erzählt, wir wären vom Werk aus aufgefordert worden, an der Vergasereinstellung des Modells etwas zu ändern. Von Technik hatte der alte Flottner keine Ahnung und hat das geschluckt, allerdings nicht, ohne mich am Telefon ordentlich zur Schnecke zu machen.«

Leitmayer versank wieder in die Betrachtung des Fußbodens. »Irgendetwas an der Geschichte erschien mir sonderbar. Wenn Ihnen ein Reh vor das Auto läuft und der Aufprall so stark ist, dass die Scheibe springt, dann kleben Haare am Wagen, das Blut des Tieres, Dreck, was weiß ich. Aber da war nichts. Außer einem kleinen grauen Stofffetzen an der Antenne. Die war damals noch vorne seitlich an der Kühlerhaube. Seitdem frage ich mich, ob dieser Nichtsnutz mir damals nicht die Geschichte vom Pferd erzählt hat. Ob der nicht in Wirklichkeit einen Menschen über den Haufen gefahren hat.« Er seufzte tief. »Ich langweile Sie mit meinen alten Geschichten, nicht wahr? Als ob Sie nichts anderes zu tun hätten.«

»Ganz im Gegenteil, die Geschichte fasziniert mich. Können Sie sich daran erinnern, wann genau das war?«

»Ganz genau sogar. Der Junge kam am fünfundzwanzigsten Geburtstag meiner Frau ins Geschäft und hat mich von der Kaffeetafel weggeholt. Das war der 13. Januar 1977. Hätte ich das nicht melden müssen? Der graue Stofffetzen, der ist mir bis heute nicht aus dem Kopf gegangen.«

»Das ehrt Sie, Herr Leitmayer, dass Sie sich darüber Gedanken machen. Aber ich vermute, Sie hätten es in der Zeitung gelesen, wenn jemand überfahren worden wäre und der Autofahrer Fahrerflucht begangen hätte. Auch damals schon hätten das die Medien aufgegriffen und wochenlang durchgehechelt. Sie können diesen Gedanken also beruhigt ad acta legen. Außerdem ist die Sache mittlerweile sowieso verjährt und unser lieber Andi selbst Opfer einer Gewalttat geworden. Vermutlich hat er das Auto geputzt wie verrückt, damit sein Vater nichts bemerkt.«

Herr Leitmayer unterzog den Fußboden einer letzten intensiven Betrachtung, bevor er Emma mit flehenden Augen ansah. »Meinen Sie das wirklich? Meine Frau sagt auch immer, ich würde mir nur etwas einbilden, mir unnötig das Leben schwer machen. Andererseits haben Sie recht, Flottner ist tot, wer weiß, vielleicht hatte sein gewaltsamer Tod ja einen Sinn.«

Emma erhob sich. »Und jetzt nehmen Sie mal Ihr wunderschönes Geschenk und fahren Sie damit nach Hause zu Ihrer klugen Frau. Ich würde zu gerne ihr Gesicht sehen, wenn sie den Schmuck auspackt. Das war eine gute Entscheidung von Ihnen.«

»Und Sie sind eine gute Verkäuferin, Frau Prätorius!«

»Das bin ich nur, wenn ich weiß, dass der Kunde hinterher auch wirklich Freude an seinem Kauf hat. Sie werden mich jetzt auslachen, aber ich möchte, dass die Dinge, die ich aus den Händen gebe, wertgeschätzt und gut behandelt werden und sich dort wohlfühlen, wo sie hinkommen.«

»Na, da können Sie bei meiner Frau sicher sein. Wissen Sie was? Unser Gespräch hat mir jetzt richtig gutgetan. Ich sollte diese alte Geschichte wirklich endlich abhaken und loslassen. Wahrscheinlich habe ich mir das all die Jahre nur eingebildet, und der graue Stofffetzen war tatsächlich ein Stück vom Putzlappen. Frau Prätorius, ich bedanke mich für Ihre gute Kaufberatung und Ihre Tätigkeit als Psychotherapeutin.« Zu Emmas Verblüffung umarmte sie Herr Leitmayer zum Abschied und küsste sie auf beide Wangen.

Eine halbe Stunde später saß Emma immer noch reglos auf dem Sofa in ihrem Laden. Wie vom Blitz getroffen. Diese Geschichte musste sie jetzt erst mal verdauen. Der andere. Andreas Flottner war der lange gesuchte andere. Endlich war das Rätsel gelöst. Andreas Flottner hatte Eberhard Steinhäuser vor achtunddreißig Jahren in der Gerstergasse vor dem Haus Nummer fünf über den Haufen gefahren und gemeinsam mit Miss Ellis Vetter Albert im Keller dieses Hauses eingemauert. Niemand konnte mehr zur Verantwortung gezogen werden. Albert hatte sich aufgehängt, Flottner war erstochen worden. Zufall das alles? Miss Elli hatte fast zeitgleich mit Flottners Tod begonnen, von ihrem »Geist« zu erzählen, hatte eine Gegenwart gespürt, die sie sich nicht erklären konnte, und damit Emmas Nachforschungen angestoßen. Zufall auch, dass kurz danach das Tagebuch von Albert aufgetaucht war und Emma ausgehändigt wurde, was schließlich zum Auffinden von Eberhards Leiche geführt hatte? Und jetzt das. Die Geschichte des Autohändlers ließ kaum einen Zweifel daran aufkommen, dass Flottner für Eberhards Tod verantwortlich war. Der Kreis hatte sich geschlossen. Oh Gott, wie sag ich's meinem Kinde?, dachte Emma. Sie war völlig ratlos, wie und wann sie der alten Frau diese Erkenntnis mitteilen sollte und ob überhaupt? Sie stand auf und griff zum Telefon. »Pia, komm sofort rüber!«

34

Irgendetwas stimmte nicht. Je länger Emma über ihre Unterredung mit Karla Schnetter vor einer Woche nachdachte, desto skeptischer wurde sie. Vor Emmas Augen tauchte immer wieder Karlas Gesicht auf, die überschminkte Blässe, die Erschöpfung, vor allen Dingen die abgrundtiefe Verzweiflung in den Augen der Frau. Da war mehr als die Trauer um einen geliebten Partner gewesen, noch etwas anderes, das Emma noch nicht erkennen konnte. Es ließ ihr keine Ruhe. Diese Frau trauerte um mehr als um die ganz große Liebe, sie trauerte um ein Leben, wie es hätte sein können, hätte sie andere Entscheidungen getroffen. Ein erfülltes Leben voller Liebe und Zärtlichkeit, mit beruflichem Erfolg und Anerkennung. Langsam wurde Emma klar, dass Karla ihr nicht die Wahrheit gesagt hatte.

Flottner, dieser Macho, ein notorischer Weiberheld, der die Frauen nicht jung und schön und blond genug bekam, sollte sich ausgerechnet mit einem transsexuellen Mann eingelassen haben? Flottner, der gerne mit Häme und Spott über seiner Meinung nach unattraktive oder gezeichnete Menschen hergezogen war, sollte einen Transsexuellen darin bestärkt haben, eine Geschlechtsumwandlung zu vollziehen? Emma schüttelte bei dem Gedanken den Kopf. Da hätte er sich selbst vorher einer Charakterumwandlung unterziehen müssen. Wie unwahrscheinlich war es bei genauer Überlegung, dass er sich auf eine körperliche Beziehung mit Karla Schnetter eingelassen haben sollte?

Ich muss noch einmal mit Karla sprechen, beschloss sie. Ich will versuchen, die Wahrheit herauszufinden. Warum nicht gleich? Es war kurz nach vier, und mit ein bisschen Glück würde sie Karla im Laden antreffen. Sie fackelte nicht lange und fuhr los.

Eine Stunde später betrat Emma Flottners elegante Ausstellungsräume. Sie war das Risiko der Parkplatzsuche eingegangen und hatte tatsächlich eine Lücke in der Herrenstraße gefunden, nur paar Schritte entfernt von Flottners Laden in der Sandstraße. Die Dame, die sie auch schon bei ihrem letzten Besuch willkommen geheißen hatte, erschien auf das Läuten der Türglocke hin.

»Grüß Gott, kann ich etwas für Sie tun?«

»Guten Abend, mein Name ist Emma Prätorius, könnte ich bitte Frau Schnetter sprechen?«

»Oh, das tut mir leid, Frau Schnetter ist nicht mehr da. Die ist heute etwas früher nach Hause gegangen, sie hat sich nicht wohlgefühlt. Hatten Sie eine Verabredung mit ihr?«

Erschöpft und enttäuscht setzte sich Emma in einen Sessel, dessen Preis sie lieber nicht wissen wollte. »Nein, leider nicht. Dann bin ich umsonst hierhergekommen. Na ja, Pech gehabt, ich hätte ja auch erst anrufen können.«

Andererseits, dachte sie sich, war das nicht eine gute Gelegenheit, diese Dame auszufragen? Würde sie von ihr nicht ehrlichere Antworten bekommen als von Karla selbst, was deren Beziehung zu Flottner anbetraf? Einen Versuch war es wert.

»Ich war letzte Woche schon mal da und habe mich mit Karla unterhalten. Sie sagte, ich könne jederzeit wiederkommen. Es war natürlich dumm von mir, vorher nicht anzurufen.«

»Um was geht es denn? Vielleicht kann ich Ihnen helfen.«

Emma schaute etwas verlegen auf ihre Schuhe. »Ja, wissen Sie, Frau …?«

»Schirmer, Marga Schirmer. Ich arbeite seit über dreißig Jahren in diesem Laden, genau genommen seit Herr Flottner ihn eröffnet hat. Sein Vater hatte ihn damals für den Jungen gekauft, nachdem er begriffen hatte, dass der sich nie für das Sägewerk eignen würde. Arbeiten, die Hemdsärmel hochkrempeln, sich die Hände schmutzig machen, die Arbeiter einteilen und das Brot im Schweiße seines Angesichts verdienen, das war nichts für diesen Luftikus.«

Emma war verblüfft, um nicht zu sagen schockiert, über die abfällige Art, in der die Frau mit ihr, einer Fremden, über ihren verstorbenen Arbeitgeber sprach. Sie bemühte sich, ihre Gefühle nicht zu zeigen. »Ich habe die Leiche Ihres Chefs gefunden. Letzte Woche habe ich mich bei Ihrer Chefin ausführlich ausgesprochen. Es hat mir einfach gutgetan, mit einem Menschen darüber zu reden, der von Andreas so sehr geliebt worden ist wie sie. Ich kannte ihn persönlich, weil ich ebenfalls einen Antiquitätenladen in Coburg besitze. Schließlich war es ein rechter Schock für mich, ihn tot aufzufinden.« Emma hatte ihre Worte sehr bedacht gewählt und konnte an der Miene von Frau Schirmer ablesen, dass sie genau ins Schwarze getroffen hatte. »Ich hätte noch ein paar Fragen gehabt. Wissen Sie, mich beschäftigt das alles so sehr, dass ich nachts kaum noch schlafen kann, und ich wüsste gerne mehr über den armen Mann, der in dieser Villa auf so schreckliche Weise zu Tode gekommen ist.«

»Die Fragen kann ich Ihnen sicher auch beantworten, damit müssen Sie nicht Frau Schnetter belasten. Es ist schwer genug für sie, den Verlust zu verkraften. Obwohl, wenn Sie mich fragen, war das das Beste, was ihr passieren konnte. Andreas' Tod meine ich. Die Liebe war nämlich sehr einseitig, wenn Sie wissen, was ich meine. Und sehr unglücklich von Karlas Seite.«

Emma gab sich betroffen und überrascht. »Und ich dachte, er wäre Karlas ganz große Liebe gewesen? Die Liebe ihres Lebens, so hat sie sich mir gegenüber ausgedrückt.«

»Das stimmt auch, aber sie war wie gesagt einseitig. Andreas hat Karla einfach nur ausgenutzt. Sie ist eine exzellente Fachfrau für Antiquitäten mit einem ausgezeichneten Gespür für die Bewegungen in der Branche. Eine ausgebuffte Einkäuferin mit europaweiten Beziehungen und eine feinfühlige Verkäuferin, die jedem Kunden in der ersten Sekunde des Gespräches ansieht, womit er den Laden wieder verlassen wird. Als Geschäftsfrau ist sie einfach ein Genie. Anstatt sich mit einem eigenen Laden selbstständig zu machen, hat sie sich jahrelang ausnutzen lassen, sich für Andreas halb totgearbeitet, sieben Tage die Woche. Wir standen kurz vor dem Konkurs, als Karla – damals noch Karl – Schnetter ins Geschäft eingestiegen ist.«

Man sah es der Frau an, dass es ihr schwerfiel, weiterzureden. »Mit Frauen kann ein Mann viel Geld verprassen, aber da gibt es dann doch noch eine Hemmschwelle, die nicht überschritten wird. Beim Glücksspiel scheint das anders zu sein. Andreas hat gespielt, und zwar hemmungslos. Einmal ist er ohne seinen geliebten Jaguar nach Hause gekommen. Das muss man sich mal überlegen, in einer Nacht hat der seinen Jaguar verzockt! Wissen Sie, am Anfang hat er sich ja noch sehr für das Geschäft engagiert, gleichzeitig hatte er einfach zu viele andere Interessen. Er war ein Senkrechtstarter, der nie gelernt hat zu fliegen.«

Marga Schirmer schüttelte ratlos den Kopf. »Immerhin hat Karla bei ihrem Eintritt ins Geschäft, bei dem sie viel Geld mitgebracht hat, einen notariellen Vertrag mit Andreas abgeschlossen und sich einen Teil des Unternehmens übertragen lassen. Sie stammt auch aus Grub am Forst, wie Andreas, die beiden waren fast Nachbarn, und sie hatte von ihrer Patentante einen alten Bauernhof geerbt, dessen Ländereien zum Teil zu Baugebiet umgewidmet worden waren. Durch Landverkäufe ist sie zu viel Geld gekommen.«

»Dann ist Karla also doch nicht Andis große Liebe gewesen?« Emma war zwar nicht wirklich überrascht, doch für einen Moment sprachlos. Was sollte man dazu auch sagen? »Ich dachte, die beiden wären ein Liebespaar gewesen. Irgendwer hatte mir erzählt, Karla wollte bald bei Andreas einziehen. Alles nicht wahr?«

»Ein Liebespaar? Dass ich nicht lache! Ein SM-Paar käme der Sache näher. Andreas hat es genossen, Karla zu quälen, und sie scheint nicht genug bekommen zu haben von seinen Gemeinheiten. Verhöhnt hat er sie, immer wieder weggestoßen. ›Du Monster‹, hat er zu ihr gesagt, ›du Missgeburt, du glaubst doch nicht, dass ich dich jemals anrühren werde.‹ Manchmal habe ich gedacht, ich muss ihn umbringen. Und sie gleich mit, das dumme Ding, sich von diesem Mann so behandeln zu lassen!«

Marga Schirmer redete sich immer mehr in Rage. »Mein Gott, Liebe kann eine so furchtbare Strafe sein, zerstörerisch, tödlich.« Sie ließ sich in den Sessel fallen, der dem von Emma gegenüberstand. »Was rede ich denn nur für dummes Zeug, was müssen Sie jetzt von mir denken? Vielleicht hilft es Ihnen ja, darüber hinwegzukommen, dass Sie Andreas tot aufgefunden haben, wenn Ihnen klar ist, dass das keine große Liebe war, die mit seinem Tod ihr Ende gefunden hat. Glauben Sie mir, ich war meinem Chef immer eine loyale Mitarbeiterin, und ich habe mich für sein turbulentes Privatleben kaum interessiert. Ich sage mir immer, wenn ein Mann ständig die Frauen wechselt, dann muss er wohl auch genug dumme Gänse finden, die sich das gefallen lassen. Deren Sache! Jung, schön und blond mussten sie sein, doch kaum hatte er sie im Bett, waren sie nicht mehr interessant für ihn. Bei Karla war das anders, das war eine wirklich große, selbstlose Liebe von ihrer Seite aus. Dass er sie dann behandelt hat wie den letzten Dreck, das war nicht richtig, und das habe ich ihm auch oft gesagt. Er hat dann nur gelacht. ›Davon verstehst du nichts, Marga‹, hat er gesagt, ›die will das so.‹ Na ja, nun hat das Problem ein anderer für Karla gelöst. Ich bin mir allerdings nicht sicher, ob sie das begriffen hat. Jetzt kann sie ein neues Leben anfangen, ein selbstbestimmtes Leben. Glücklich dürfte sie allerdings im Moment noch nicht drüber sein.«

Emma erhob sich. »Danke, Frau Schirmer, dass Sie so offen mit mir gesprochen haben. Und ich denke nur das Beste über Sie, Sie haben sich auf die Seite der Liebe gestellt, und das ehrt Sie. Grüßen Sie Karla bitte von mir. Ich werde unser Gespräch ihr gegenüber natürlich vertraulich behandeln. Es tut mir leid, dass ich sie nicht angetroffen habe, andererseits hätte ich dann sicher nicht die Wahrheit erfahren. Was für ein Elend!« Emma reichte Frau Schirmer die Hand. »Auf Wiedersehen und danke noch mal für Ihre offenen Worte.«

»Auf Wiedersehen, Frau Prätorius, und nichts für ungut.«

Einem Impuls folgend zog Emma eine Visitenkarte aus der Manteltasche und legte sie auf das Tischchen neben der Eingangstür, bevor sie das Geschäft verließ.

Sie stieg in ihr Auto und blieb eine ganze Weile reglos sitzen.

So schlimm hatte sie sich das nicht vorgestellt gehabt. Jemand klopfte an ihre Fensterscheibe. »Sie wissen aber schon, dass Sie hier im Parkverbot stehen? Sie haben Glück, dass man Ihnen noch kein Knöllchen verpasst hat, die Parkplätze hier sind nur für Anwohner.« Ein älterer Herr nickte ihr freundlich zu und ging weiter.

Nein, das Parkverbot hatte sie in der Eile gar nicht bemerkt. Dann nichts wie heim. Was sie hatte wissen wollen und so ähnlich vermutet hatte, war nun für sie Gewissheit.

35

Während der Heimfahrt schwirrten Emma die Gesprächsfetzen mit Frau Schirmer durch den Kopf. Wie war es nur möglich, dass sich eine so großartige, kompetente Frau von einem, nun ja, nicht gerade charakterstarken Mann so behandeln ließ? Emma hatte Ähnliches bereits erlebt, bei ihrer Schwägerin Christa, der Schwester ihres geschiedenen Mannes. Sie hatte sich von ihrem Gatten, einem niedergelassenen Hausarzt und Diplom-Psychologen, durch Psychoterror in den Selbstmord treiben lassen. Auch sie war eine hochbegabte, bildschöne Frau, studierte Germanistin, die sehr erfolgreich eine Werbeagentur betrieb und aufgrund ihrer brillanten Texte Geschäftsverbindungen im In- und Ausland hatte.

Während Emma die A 73 in Richtung Coburg fuhr, wurden ihr plötzlich die Parallelen zwischen Karla Schnetter und ihrer Schwägerin bewusst. Beides begabte schöne Frauen, erfolgreich im Beruf und hier wie dort die Nichtwürdigung ihrer Arbeit und schließlich die Zerstörung ihrer Persönlichkeit durch den Partner. Möglich in beiden Fällen nur durch die Abhängigkeit der Frauen, die Verstrickung in eine aussichtslose Liebe zu einem Mann, der seine Charakterdefizite durch Psychoterror auszugleichen versuchte. Ein eiskalter Schauer überlief sie, der ihr fast den Atem nahm. Sofort rief sie Pia an und bat sie, über das örtliche Telefonbuch Karlas Adresse ausfindig zu machen.

»Warte mal, ich schau gleich im Internet nach. Moment noch, nein, tut mir leid, in Grub am Forst ist keine Karla Schnetter verzeichnet. Bist du sicher, dass sie dort wohnt?«

»Ich denke es, sicher bin ich mir allerdings nicht. Dann suchst du jetzt eben eine Marga Schirmer in Bamberg und im Bamberger Umland. Ich brauche Karlas Adresse jetzt, sofort.« Ein Anruf im Bamberger Geschäft hatte Emma auch nicht weitergebracht, es war schon nach sechs Uhr, und der Anrufbeantworter war bereits eingeschaltet.

»Was treibst du denn jetzt schon wieder? Na gut, ich versuche, die Adresse zu finden, und schicke sie dir dann per WhatsApp.«

Emma fuhr an der Abfahrt »Grub am Forst« ab und ließ sich von ihrem Navi an die nächste Tankstelle leiten. Dort würde man Karla vielleicht kennen. An der Kasse unterhielten sich zwei Handwerker in Arbeitsanzügen über das schlechte Wetter und die schwierigen Zeiten. Sie griff sich eine Packung Erdnüsse und fragte beim Bezahlen den Kassierer, ob er vielleicht die Adresse von Karla Schnetter wisse.

»Karla Schnetter? Wer soll das sein? Tut mir leid, kenne ich nicht.«

»Die schwarze Karla suchen Sie? Die wohnt am Gänseanger«, schaltete sich einer der beiden Handwerker ein. »Das dritte oder vierte Haus auf der linken Seite. Sie können es nicht verfehlen, da steht eine große Sandsteinfigur im Vorgarten.«

Na also, ging doch!

Emma bedankte sich für die Auskunft, stieg in ihr Auto, pfiff Pia mit einer WhatsApp zurück und gab die Adresse ins Navi ein. Die freundliche Dame aus dem Lautsprecher leitete Emma sicher zu Karlas Haus, die Figur im Vorgarten war wirklich nicht zu übersehen.

Sie parkte unter der großen Kastanie, die auf der anderen Seite der Straße stand, stieg aus und klingelte an der Gartenpforte. Als nach dem vierten Klingeln immer noch keine Reaktion kam, drückte sie die Klinke hinunter. Verschlossen!

Im Erdgeschoss brannte Licht, und im Carport stand Karlas roter Sportwagen. Die Haustür war nur angelehnt, ein schmaler Lichtschein fiel auf die großen Sandsteinplatten vor dem Eingang. Emma wurde unruhig. Kurz entschlossen stieg sie auf das Steinfundament des schmiedeeisernen Gartenzaunes und kletterte darüber. Auf dem Kiesweg ging sie zu Haustür und klopfte. »Hallo, Frau Schnetter, sind Sie zu Hause? Darf ich reinkommen? Ich bin es, Emma Prätorius.«

Keine Antwort. Vorsichtig öffnete Emma die Haustür und trat ein. Die Tür zur Küche stand offen. Karla saß am Tisch, ein unberührtes Glas Rotwein vor sich. Emma schloss die Haustür und setzte sich auf den Stuhl ihr gegenüber.

»Guten Abend, Karla, ich war gerade in der Nähe und dachte, ich schaue mal bei Ihnen vorbei.«

»Möchten Sie auch ein Glas Wein?« Ohne die Antwort abzuwarten, stand Karla auf, holte ein Glas aus dem Schrank, goss Emma Rotwein ein und setzte sich wieder auf ihren Platz. »Es ist ganz erstaunlich, wie sehr man an seinen täglichen Ritualen hängt. Man ist vollkommen fertig, weiß sich keinen Rat mehr, will dem ganzen Elend endlich ein Ende machen, und doch holt man wie an jedem anderen Tag die Flasche Rotwein aus dem Schrank. Als ob das jetzt noch wichtig wäre.« Sie nippte lustlos an ihrem Glas. »Sie sind nicht zufällig in der Gegend gewesen. Sie sind hier, um mich davon abzuhalten.«

»Nein, Karla, das würde ich mir nicht anmaßen. Ich möchte Sie nur ermuntern, reinen Tisch mit der Vergangenheit zu machen. Dass Sie so nicht weiterleben können, wissen Sie selbst am besten. Sie haben Andreas umgebracht, im Affekt erstochen. Angesichts der dramatischen Vorgeschichte werden die Richter milde urteilen.«

»Der schärfste Richter ist das eigene Gewissen, und das ist unbestechlich. Dieser Kommissar Wolf hat mich bereits länger im Verdacht, der würde mich in den nächsten Tagen sowieso verhaften. Ich hatte heute schon mit seinem Erscheinen gerechnet. Wozu sollte ich noch ein Geständnis ablegen?«

»Um andere Verdächtige zu entlasten, mich zum Beispiel. Ich habe zwar ein Alibi, aber ein guter Vertreter der Anklage, ein scharfer Hund von Staatsanwalt, könnte das leicht zerpflücken und mich wieder zur Haupttatverdächtigen machen.«

»Es tut mir leid, dass man Sie verdächtigt hat.« Karla drehte das Weinglas nachdenklich in ihren Händen. »Ist das nicht eigenartig, dass ausgerechnet Sie dort aufgetaucht sind? Sie, die er unbedingt haben wollte und die ihn abwies. Dabei sind Sie genauso wenig blond wie ich. Ich wollte ihn unbedingt haben, und mich hat er zurückgewiesen. Karla, das Monster!« Sie lachte bitter.

Emma betrachtete Karla nachdenklich. Sie war völlig verändert, die Erschöpfung und Verzweiflung der vergangenen Woche waren aus ihrem Gesicht gewichen und hatten Frieden Platz gemacht. Vor ihr saß nicht mehr die Frau, mit der sie in Bamberg Tee getrunken hatte. Ihr Antlitz war weich und entspannt, sie wirkte plötzlich nicht nur viel jünger, sondern, ja, man konnte fast sagen, sie wirkte glücklich. Emma hatte diesen Gesichtsausdruck schon einmal gesehen und wusste, wie sie ihn zu deuten hatte. »Karla, das ist alles vorbei. Jetzt können Sie endlich ein selbstbestimmtes Leben führen, weiterhin in Ihrem Traumberuf arbeiten. Sie und ich, wir können Freundinnen werden, geschäftlich zusammenarbeiten. Gut, Sie werden für Ihre Affekthandlung natürlich ein paar Jahre einsitzen müssen, aber wenn schon! Danach steht Ihnen die Welt offen.«

»Sie verstehen überhaupt nichts, Emma. Ich bin keine selbstbewusste Frau wie Sie, die mit dem Leben und der Liebe umgehen kann. Ich habe meine Kraft, meinen Lebenswillen, die Motivation, jeden Morgen aufs Neue aufzustehen, allein aus der Hoffnung geschöpft, dass Andreas sich mir doch irgendwann zuwendet. Dass er mich irgendwann in die Arme nimmt und küsst, mich als die Frau wahrnimmt, die ich ihm zuliebe geworden bin. Mein Leben hat sich um den Nabel von Andreas gedreht. Was sollte das Dasein jetzt für mich noch für einen Sinn machen? Bitte gehen Sie jetzt, lassen Sie mich alleine. Ich muss nachdenken und habe noch allerhand zu erledigen.«

Karla stand auf, nahm Emma am Arm und führte sie unerbittlich zur Haustür. »Ich danke Ihnen für Ihre Fürsorge, aber ich möchte jetzt alleine sein. Leben Sie Ihr Leben und lassen Sie mich meines leben.« Ohne Emmas Reaktion abzuwarten, schloss Karla die Tür.

Emma ging zurück zu ihrem Wagen und stieg ein. Wie versteinert saß sie auf dem Fahrersitz. Was sollte sie tun? Es hatte begonnen zu regnen, und ein heftiger Wind war aufgekommen. Die Szenerie der Straße erinnerte sie an den Abend im Dezember, als sie in der Kastanienstraße vor der Lindenthal-Villa gestanden hatte. Dass Karla Schnetter mit ihrem Leben abgeschlossen hatte, daran gab es keinen Zweifel, ihr Lebenswille war gebrochen. Sie suchte Glück und Erlösung im Tod. Emma hatte ihren Gesichtsausdruck schon einmal gesehen, letzten Sommer, und ihn damals falsch interpretiert. Es war ihre Schwägerin Christa gewesen, die mit genau dem gleichen friedlichen Lächeln in den Suizid gegangen war. Emma und Johanna hatten Christa aus ihrem Wohnort in Niederbayern abgeholt, nachdem diese ihrer Mutter gegenüber am Telefon Selbstmordabsichten geäußert hatte. Das Verhältnis zwischen Emma und ihrer Schwiegermutter war auch nach ihrer Scheidung unverändert herzlich geblieben, deshalb war es für die alte Dame selbstverständlich gewesen, sich in dieser Notsituation an Emma zu wenden. Bereitwillig packte Christa drei große Koffer und kehrte widerstandslos in ihr Elternhaus und den Schoß der Familie zurück. Die Autofahrt dauerte sieben Stunden, ein Stau löste sich mit der nächsten Umleitung ab. Die drei Frauen hatten also viel Zeit, über Christas Lebenssituation zu sprechen, und was Emma und Johanna dabei erfuhren, ließ ihnen das Blut in den Adern abwechselnd gefrieren und kochen. Eine viele Jahre andauernde Ehehölle mit Psychoterror und seelischen Grausamkeiten hatte Christa zu einem körperlichen und seelischen Wrack werden lassen.

Nach dem Eintreffen bei Christas Mutter saß die Familie noch lange zusammen, um die zurückgekehrte Tochter willkommen zu heißen, ihr Mut zuzusprechen und mit ihr gemeinsam Pläne für das neue Leben zu schmieden, das nun vor ihr lag. Um Mitternacht ging Christa zu Bett, scheinbar entspannt und zuversichtlich.

Als Emma am nächsten Morgen gegen neun Uhr zum verabredeten Frühstück erschien, war Christa verschwunden.

Später stellte sich heraus, dass sie sich in einer ungewöhnlich kalten und regnerischen Augustnacht um zwei Uhr früh aufgemacht hatte, um sich im Waldweiher zu ertränken. Die Suchaktion mit Polizei und Hundestaffel am nächsten Tag war ein Alptraum für die ganze Familie, der darin gipfelte, dass Christian, der sich auf eigene Faust auf die Suche gemacht hatte, seine tote Tante aus dem Weiher bergen musste. Die angerückte Feuerwehr durfte nicht eingreifen, da ein Fremdverschulden als Todesursache nicht auszuschließen war.

Beim Auspacken von Christas Koffern fand man ihre Tagebücher, in denen sie das Drama ihrer Ehe dokumentiert hatte. Emma brauchte Monate, um sich durch deren Seiten zu kämpfen. Von »Experimenten des Dr. Mengele« war da die Rede, von Demütigungen und Hasstiraden, von erzwungenem Beischlaf und, das Tüpfelchen auf dem i, von drei unehelichen Kindern, deren Existenz der Herr Doktor vor der Eheschließung versäumt hatte, seiner Gattin gegenüber zu erwähnen. Nur den Sohn aus erster Ehe hatte er ihr nicht verheimlichen können.

Nach Christas Tod hatten Emma die Selbstvorwürfe zermürbt, bei der Lektüre der Tagebücher hatte sie allerdings eines verstanden: Wenn eine gemarterte, erschöpfte Seele gehen will, kann man sie nicht aufhalten.

Mit einem letzten Blick auf Karla Schnetters Haus startete Emma das Auto und machte sich auf den Heimweg.

36

Es war schon nach elf Uhr, als am nächsten Morgen Emmas Handy klingelte. Endlich. Wie erwartet war es Magda Schirmer, die sich um Karla sorgte.

»Guten Morgen, Frau Prätorius. Entschuldigen Sie, dass ich Sie störe, aber Sie waren so nett und haben gestern Ihre Visitenkarte dagelassen. Ich mache mir große Sorgen um meine Chefin. Sie ist bis jetzt nicht im Geschäft erschienen und hat sich nicht abgemeldet, das hat sie noch nie getan. Ich habe versucht, sie anzurufen, doch erreiche sie weder auf dem Festnetz noch auf ihrem Handy. Ich weiß nicht, was ich machen soll.«

»Bleiben Sie im Geschäft, Frau Schirmer, ich glaube, das wäre Karla sehr wichtig. Ich kümmere mich um die Angelegenheit. Ich muss sowieso Richtung Grub fahren, da kann ich mal bei Karla vorbeischauen«, beruhigte Emma die aufgeregte Frau. »Machen Sie sich keine Sorgen, es ist sicher nur eine Unpässlichkeit. Ich melde mich, wenn ich Informationen habe.«

»Vielen Dank, ich wusste im Moment nicht, an wen ich mich sonst wenden sollte. Bis später.«

Emma wählte Pias Nummer. »Es ist so weit, komm rüber.«

»Mein Gott, worauf hast du dich da bloß wieder eingelassen! Meinst du wirklich, sie hat sich umgebracht?«

»Ich weiß es nicht, Pia, das fragst du mich jetzt schon zum dritten Mal. Ja, kann sein, nein, kann nicht sein. Wollen wir hoffen, dass sie sich nur sinnlos betrunken hat.« Emma hatte sich am Vorabend mit Pia beraten, wie sie sich angesichts der kritischen Situation verhalten sollte. Gemeinsam waren sie zu dem Entschluss gekommen, den Dingen ihren Lauf zu lassen. Die Entscheidung war Emma nicht leichtgefallen, denn es war ein schmaler Grat zwischen willkommener Hilfe und unerwünschter Übergriffigkeit.

»Hoffentlich hat sie sich wenigstens nicht aufgehängt. Stell dir vor, die baumelt am Treppengeländer. Dann müssten wir Poirot benachrichtigen. Ich kann diesen Kerl einfach nicht ausstehen.«

»Du hast manchmal ein Gemüt wie ein Schlachterhund«, wies Emma sie ärgerlich zurecht. »Und Wolf macht auch nur seinen Job. Du könntest ruhig ein bisschen höflicher zu ihm sein, das ist das Minimum an Unaufrichtigkeit, das man von einem zivilisierten Menschen verlangen kann. Außerdem glaube ich dir nicht, dass du ihn nicht magst. Du brauchst im Moment einfach nur einen Sparringspartner. Höchste Zeit, dass du dir wieder mal einen Liebhaber zulegst.«

»Ich kann gerade keinen Kerl in meinem Leben gebrauchen. Ist es noch weit?«

»Nein, die nächste Straße links, wir sind fast da. Wenigstens regnet es heute mal nicht.«

Emma stellte wie am Vortag ihr Auto unter der großen Kastanie ab. Die beiden Frauen stiegen aus und betraten durch die offen stehende Pforte den Garten. An der Haustür steckte der Schlüssel.

Emma zog zwei Paar Gummihandschuhe aus ihrer Manteltasche. »Zieh die mal vorsichtshalber über. Wer weiß, vielleicht müssen wir doch Poirot anrufen, der uns dann seine Spurensicherung auf den Hals hetzt.«

»Aha, du glaubst also doch, dass sie sich umgebracht hat. Na ja, nun sind wir schon mal da, da müssen wir jetzt durch.«

Als auf ihr mehrmaliges Klingeln niemand reagierte, traten sie ein und schlossen hinter sich die Haustür.

»Hallo, Frau Schnetter, sind Sie zu Hause?« Emma betrat zaghaft die Küche. Die beiden Weingläser und die Rotweinflasche standen noch vom Vorabend auf dem Tisch. »Geh du schon mal nach oben«, wies sie Pia an, »ich schaue mich im Erdgeschoss um.« Eine Tür führte von der Küche in ein kleines Esszimmer und weiter in ein gemütlich eingerichtetes Wohnzimmer. »Karla, sind Sie da? Ich bin es, Emma.«

»Kannst aufhören zu suchen, Emma. Komm rauf!« Pia stand kreidebleich am oberen Ende der Treppe.

Mit klammem Herzen stieg Emma die Stufen hinauf, wohl wissend, was sie erwartete.

»Im Schlafzimmer, hier rechts.«

Karla Schnetter lag auf ihrem Bett, in ein elegantes rotes Kostüm und eine schwarze Seidenbluse gekleidet. Dazu trug sie transparente Seidenstrümpfe und ein Paar hochhackige schwarze Wildlederschuhe. Das kräftige schwarze Haar war wie ein Heiligenschein um ihren Kopf ausgebreitet. Goldene Ohrringe in Form eines Löwenkopfes schmückten ihre Ohren und die passende Kette mit Anhänger ihren Hals. An ihren linken Ringfinger hatte sie sich einen schlichten Goldring gesteckt, einem Ehering nicht unähnlich. Sie war völlig ungeschminkt. Auf ihrem Gesicht lag ein friedliches Lächeln, und über allem hing ein zarter Duft nach Chanel No. 5. Auf dem Nachttisch befand sich ein Umschlag mit der Aufschrift »Polizei«, rechts davon ein längliches Paket, gut verschnürt, mit der Aufschrift: »Für Emma Prätorius, ungeöffnet zu übergeben«. Daneben ein Glas Wasser und eine Packung Tabletten.

»Pia, ruf Poirot an. Ich glaube, die Spurensicherung kann er sich sparen. Und jetzt lass mich ein paar Minuten mit Karla alleine, bitte.«

37

Es dauerte keine halbe Stunde bis zum Eintreffen von Hauptkommissar Magnus Wolf. Die beiden Frauen saßen inzwischen vor dem Haus auf den Eingangsstufen, zitternd vor Kälte, immerhin auf zwei Sofakissen, die die pragmatische Pia vorsorglich aus dem Wohnzimmer geholt hatte. Emma weinte still in ihr Taschentuch. Als sie Wolf sah, brach sie in haltloses Schluchzen aus.

»Oben, erste Türe rechts.« Pia wies mit einer Bewegung ihres Kopfes Richtung Haus und legte Emma tröstend den Arm um die Schulter.

Wenige Minuten später stand der Kommissar hinter ihnen in der Haustür. »Nun kommen Sie doch herein, Sie können nicht ewig in dieser Kälte draußen sitzen bleiben.«

Die Frauen kehrten ins Haus zurück und setzten sich in der Küche an den Tisch.

»Sie haben also Frau Schnetter hier im Haus tot aufgefunden.« Er räusperte sich unbehaglich. »Ich muss Sie natürlich fragen, wieso Sie hier sind, da ich ein Fremdverschulden am Tod der Frau nicht ausschließen kann.«

Emma schnäuzte sich in ihr durchgeweichtes Taschentuch und begann dann, ihm die Ereignisse vom Vortag zu erzählen, vom Besuch in Bamberg bis zum Anruf von Frau Schirmer am heutigen Vormittag. »Wir hatten sowieso in der Nähe zu tun, und da hat es sich angeboten, hier vorbeizuschauen«, fügte Emma hinzu, ohne recht zu wissen, warum. »Da fällt mir ein, wir müssen Frau Schirmer von Karlas Tod in Kenntnis setzten.« Sie zog die Visitenkarte von Flottners Laden aus der Manteltasche. »Bitte, das müssen Sie tun, ich kann das einfach nicht.«

Wortlos steckte Wolf die Karte ein. »Als Sie gestern Abend Frau Schnetter verlassen haben, da konnten Sie doch sehen, dass die Frau suizidgefährdet ist. Warum haben Sie nichts unternommen?«

Emmas Kampfgeist gewann wieder die Oberhand über ihren Schock. »Und, was hätte ich tun sollen? In Kutzenberg bei der Psychiatrie anrufen und die Männer mit den weißen Kitteln anfordern, oder was? Ja, ich hatte das Gefühl, dass sie in einer Krise steckt, aber sie hat meine ihr angebotene Hilfe abgelehnt und mich hinausgeworfen, freundlich, doch unmissverständlich. Sie hatte eine Flasche Rotwein vor sich stehen, es hätte also sein können, dass sie sich einfach nur sinnlos betrinken wollte. ›Lassen Sie mich mein Leben leben‹, hat sie gesagt, und das habe ich getan. Und wenn es ihre Art war, ihr Leben zu leben, indem sie sich genau dieses Leben genommen hat, dann war das ihr gutes Recht!«

»Mensch, Poirot«, mischte sich Pia ungehalten ein. »Emma hat genau das Gleiche letztes Jahr schon einmal durchmachen müssen, lassen Sie die Frau doch jetzt einfach in Ruhe!«

»Frau Aumüller, darüber bin ich mir durchaus im Klaren, ich lebe schließlich nicht hinter dem Mond. Es tut mir leid, ich muss nun mal die Hintergründe dieses Selbstmordes aufklären. Nicht zuletzt, um ein Fremdverschulden ausschließen zu können. Das ist nun mal mein Job. Und immerhin ist das die zweite Leiche, die Frau Prätorius innerhalb kurzer Zeit gefunden hat und die auch noch in Verbindung zur ersten steht.«

Pia wurde rot vor Zorn. »Soso, die Hintergründe wollen Sie wissen? Die kann ich Ihnen sofort liefern. Der Hintergrund für Karlas Tod ist ein Mistkerl von einem egomanischen Sadisten, der die arme Frau mit seinem Psychoterror in den Tod getrieben hat. Ich bin froh, dass sie ihn umgebracht hat, dann muss ich das jetzt nicht tun. Komm, Emma, wir gehen, damit der Herr Hauptkommissar seinen Job machen kann. Und lassen Sie sich heute bloß nicht mehr in der Gerstergasse sehen, sonst sind Sie der Nächste mit einem Messer zwischen den Rippen!« Mit einem letzten vernichtenden Blick auf Kommissar Wolf packte Pia Emma am Ärmel ihres Mantels und zog sie aus der Küche. Im Vorraum nahm sie einen Schirm aus dem Ständer und führte Emma zum Auto. »Steig ein, ich fahre!«

38

Johanna und Miss Elli saßen schon in der Küche, als Pia und Emma zurückkehrten, eine dampfende Kanne Tee vor sich auf dem Tisch. Pia hatte vom Auto aus angerufen und Verstärkung bei Johanna angefordert, sie wollte Emma im Kreise vertrauter Gesichter getröstet wissen.

Miss Elli schaute betreten auf die Tischdecke und machte sich schließlich nützlich, indem sie den Tee eingoss.

Johanna umarmte ihre Mutter. »Mama, es tut mir so leid, jetzt musst du das alles noch einmal durchmachen.«

»Ist ja gut, Johanna, vielleicht ist es ganz hilfreich, dass ich diese Erfahrung schon letztes Jahr gemacht habe, dadurch kann ich jetzt besser damit umgehen. Das Leben lehrt uns unsere kleinen Lektionen, und wir gehen unseren Weg weiter. Manchmal verstehen wir sie, manchmal müssen sie uns eben ein zweites Mal geschickt werden.«

»Ich brauche jetzt einen Schnaps.« Pia ließ sich auf einen Stuhl fallen. »Johanna, hol mal den Ingwerlikör. Oder nein, besser etwas Stärkeres, bring den Himbeergeist. Sagt mal, was ist denn bloß los? Mit Eberhard ist das jetzt die dritte Leiche innerhalb eines Vierteljahres. Das wird doch wohl wieder von selber aufhören!« Dankbar nahm sie von Johanna den Schnaps entgegen. »Emma, du brauchst auch einen, du siehst verheerend aus.«

»Du bist wie immer sehr aufbauend, Pia, aber von mir aus.« Sie ließ sich von ihrer Tochter ein Glas einschenken. »Und wenn es nur dafür gut ist, die Kälte aus den Knochen zu vertreiben.«

»Möchtest du erzählen, was passiert ist, Mama? Du musst aber nicht, wenn du nicht darüber reden willst.«

Emma atmete tief durch. »Es wird mir guttun, darüber zu reden.« Stockend fing sie an, von ihrem Besuch in Bamberg und dem Gespräch mit Frau Schirmer zu erzählen und die

Ereignisse des gestrigen Abends und des heutigen Vormittags zu schildern. Als sie geendet hatte, saßen alle vier stumm am Tisch.

Schließlich durchbrach Emma das Schweigen und wandte sich an Pia. »Sag mal, mir fällt gerade auf, dass du in Karlas Haus einen Schirm mitgenommen hast, als wir gegangen sind. Wir hatten doch gar keinen dabei, und geregnet hat es auch nicht. Bist du etwa unter die Kleptomanen gegangen?«

»Natürlich nicht! Darin hatte ich das Paket versteckt, das auf Karlas Nachttisch für dich abgelegt war. Ich hatte es schnell von oben geholt, als ich die Sofakissen rausgebracht habe. Schließlich stand klar und unmissverständlich drauf: ›Für Emma Prätorius, ungeöffnet zu übergeben‹. Ich wollte Poirot damit nicht belästigen, der hat schließlich genug zu tun, seinen Job zu machen.« Der Sarkasmus in Pias Stimme war beißend.

»Bist du verrückt?«, fuhr Emma auf. »Was ist, wenn sie das Paket in dem Brief erwähnt hat, der danebengelegen hat.«

»Dann können wir es immer noch zugeben. Ich glaube es aber nicht, das war garantiert nur ihr Geständnis. Karla Schnetter war eine kluge Frau.«

Pia stand auf, ging durch den Laden in die Garage und kam mit dem Paket zurück. »Bitte sehr: ›Für Emma Prätorius‹. Das geht außer dir keinen Menschen etwas an. Nachher, wenn du alleine bist, kannst du es in aller Ruhe öffnen. Damit du gewappnet bist, falls Wolf kommen und es einfordern sollte. Und der steht garantiert morgen früh auf der Matte. Heute traut sich der Hasenfuß nicht mehr her, da bin ich mir sicher.« Pia tastete vorsichtig das Paket ab. »Ich möchte zu gerne wissen, was da drin ist. Ihre Mordwaffe ist es jedenfalls nicht.«

»Du bist pietätlos!« Emma nahm ihr das Paket aus der Hand und drehte es hin und her. »Ich werde es jetzt gleich aufmachen, wenn euch das recht ist. Es ist mir lieber, wenn ich Zeugen dabeihabe.« Wortlos ging sie zur Küchenanrichte und holte eine Schere. Vorsichtig durchtrennte sie die Verschnürung und schnitt das Packpapier seitlich der Länge nach auf. Ein großer Samtbeutel, nachtblau, und ein rotes Ledermäppchen fielen auf den Tisch. Emma schüttelte das Paket, und ein Briefkuvert folgte.

»Ihr Schmuck!«, rief Pia aufgeregt. »Das ist garantiert ihr Schmuck. Jetzt schau halt endlich in den Beutel, ich platze vor Neugier.«

Emma öffnete den Beutel und schüttete den Inhalt vorsichtig auf den Tisch. Tatsächlich, zum Vorschein kam sehr feiner, eleganter Damenschmuck, teils modern, teils antik. Sie öffnete das Ledermäppchen und ließ den Inhalt ebenfalls auf den Tisch gleiten.

»Ich fasse es nicht, Emma, das sind die Fahrzeugpapiere ihres Cabrios und die zwei Schlüssel! Die hat dir ihren Schmuck vermacht und ihren roten Sportflitzer!« Pia strahlte vor neidloser Freude über das Glück ihrer Cousine.

Emma saß da und starrte stumm auf die vor ihr liegenden Gegenstände. »Das kann ich nicht annehmen. Was soll denn das? Was hat sich die Frau dabei gedacht?«

Zögernd griff Johanna nach einer goldenen Halskette, in die feine Rubine eingearbeitet waren. »Das wirst du vermutlich wissen, nachdem du ihren Brief gelesen hast, Mama. Mach das Kuvert auf und sieh nach, was sie dir geschrieben hat.«

»Ihre Tochter hat recht, Emma«, warf Fräulein Höfler schüchtern ein. »Lesen Sie erst, was Ihnen die Frau in den letzten Stunden ihres Lebens geschrieben hat, bevor Sie ihr Geschenk kategorisch ablehnen.«

Johanna stand auf und holte ein schmales, scharfes Küchenmesser, das sie ihrer Mutter reichte. »Hier, öffne den Brief und lies ihn. Hör auf Miss Elli, Mama, danach kannst du dich immer noch entscheiden. Oder besser, schlaf erst mal drüber. Das ist heute alles ein bisschen viel für dich, und du musst ja nichts überstürzen.«

Mit zitternden Fingern öffnete Emma den Brief, strich ihn glatt und fing an zu lesen. Miss Elli reichte ihr mitfühlend ein Taschentuch, als die Tränen anfingen, über ihre Wangen zu laufen. Schließlich stand sie auf, ging zum Fenster und schaute in den Garten.

Johanna lief zu ihr und nahm sie in den Arm. »Es ist gut, Mama. Du hast alles richtig gemacht, damals wie heute. Alles ist gut.«

Als sich Emma wieder einigermaßen gefasst hatte, ging sie zurück zum Tisch, setzte sich und übergab Pia den Brief. »Bitte lies du ihn vor, ich kann das jetzt nicht.«

Ihre Cousine nahm den Brief entgegen, schaute Emma prüfend an und begann:

»Liebe Emma,

wenn Sie diesen Brief in Händen halten, habe ich meinem Leben ein Ende gesetzt. Danke, dass Sie nicht versucht haben, mich davon abzuhalten. Es wäre allemal zwecklos gewesen.

Ja, Sie hatten recht, ich habe Andreas im Affekt erstochen. Ich war an diesem Tag nach Stuttgart gefahren, um neue Ware einzukaufen. Ich war bereits in der Ausstellung, als ich eine WhatsApp erhielt mit dem Text: ›Ja, meine Liebe, ich werde pünktlich um halb fünf in der Kastanienstraße sein, und ich freue mich auf dich.‹ Meine Liebe. Es war klar, dass nicht ich diese ›Liebe‹ war und er sich in der Kontaktliste vertippt hatte.

Rasend vor Eifersucht fuhr ich nach Coburg in die Lindenthal-Villa, deren Inventar wir veräußert hatten. Andreas stand im Wohnzimmer zwischen eigenartig angeordneten Stühlen und war wenig erfreut, mich zu sehen. Es folgte ein heftiger Streit, in dem er mir wie so oft alle möglichen Gemeinheiten und Demütigungen an den Kopf warf. Mein Friseur hatte am Vortag meine Haare verfärbt, und ich wollte nicht mit lilastichigem Blau nach Stuttgart fahren, deshalb trug ich eine blonde Perücke. Sein Kommentar dazu gab letztendlich den Ausschlag für das, was dann passierte. Er werde mich auch nicht in sein Bett holen, wenn ich mir einen blonden Fifi aufsetzte, meinte er hämisch lachend. In dem Moment habe ich das

Obstmesser auf einem der Stühle liegen sehen, es an mich genommen und es Andreas in die Brust gestoßen.
Ich weiß nicht, wie ich zur Ausstellung zurückgekommen bin. Mein Auto stand mit einer Motorpanne in Stuttgart in der Werkstatt, und ich hatte mir einen Wagen mieten müssen. Ich bin gefahren wie in Trance. Auf dieser Fahrt ist mir klar geworden, dass ich gerade nicht nur Andreas getötet hatte, sondern auch mich. Denn ein Leben ohne ihn, auch wenn Sie das nicht verstehen werden, erschien mir sinnlos. Ich habe im Laufe der Jahre mit Andi auch sehr glückliche Momente erlebt, die mir mein Leben lebenswert gemacht haben. Es tut mir sehr, sehr leid, dass Sie dabei als Verdächtige ins Visier der Polizei gerückt sind. Bitte verzeihen Sie mir.
Meine Familie hat sich schon lange von mir abgewendet, dennoch werden sich meine Neffen und Nichten wegen des Erbes zerstreiten. Das ist mir alles nicht mehr wichtig. Nur einen Wunsch habe ich noch: Meinen Schmuck und mein Auto möchte ich in guten Händen wissen. Es wäre mir eine große Ehre, wenn Sie hin und wieder ein Schmuckstück von mir tragen und dabei an mich zurückdenken würden. Was Ihnen nicht gefällt, können Sie verschenken oder in Ihrem Laden verkaufen. Mein roter Sportwagen ist ganz sicher nicht Ihr Stil. Geben Sie ihm trotzdem eine Chance, und wenn es nur für einen Sommer ist. Genießen Sie die Ausfahrten, nehmen Sie Ihre Tochter mit oder Ihre Freundinnen und flitzen Sie damit durch unsere herrliche fränkische Landschaft. Glauben Sie mir, es macht großen Spaß. Und im Herbst können Sie ihn verkaufen und mit dem Geld machen, was Sie für richtig halten. In meinem Brief an die Polizei habe ich geschrieben, dass ich Ihnen das Auto heute Abend verkauft habe. Sie können es also jederzeit abholen.
Sie haben mir vorhin ein sehr wertvolles Geschenk gemacht, indem Sie mir Ihre Freundschaft angeboten haben. Wir können Freundinnen werden, haben Sie gesagt. Wie

gerne wäre ich das gewesen, Ihre Freundin. Sie haben nicht auf mich heruntergeblickt mit Spott oder Abscheu oder, noch schlimmer, mit Mitleid. Sie haben mich als den Menschen akzeptiert, der ich bin. Beweisen Sie mir Ihre Freundschaft, indem Sie auch mir ein Geschenk machen und mein Erbe annehmen.
Sie sind eine starke, warmherzige Frau, Sie werden auch das Geschehen um meinen Tod und die damit für Sie entstandenen Aufregungen mit Liebe und Würde meistern. Wir haben uns erst sehr spät im Leben getroffen, für mich dennoch rechtzeitig genug. Danke für alles.
Ich wünsche Ihnen alles Glück der Welt.

Ihre Karla Schnetter«

Schweigen senkte sich über die vier Frauen.

Miss Elli wischte sich verstohlen eine Träne aus den Augen. Schließlich ergriff sie Emmas Hand. »Sie hat recht, nehmen Sie das Geschenk an. Wenn Sie den Schmuck nicht behalten wollen, geben Sie ihn an Ihre Tochter und Christians Freundin weiter. Und das mit dem Auto, ich meine, das ist doch wirklich eine feine Sache.« Leicht errötend fuhr sie fort: »Wenn Sie wollen, mache ich gerne mal eine Ausfahrt mit Ihnen. Das habe ich mir immer schon gewünscht.«

Emma seufzte. »Es ist wie eine Schleife in der Zeit. Plötzlich ist alles wieder da, versteht ihr das? Man versucht, einen Menschen aus einer scheinbar ausweglosen Situation heraus- und ins Leben zurückzuholen, und man scheitert. Alles wiederholt sich. Wie der Traum, den man immer wieder träumt und der nie gut ausgeht. Der eine schlechte Wahrheit ist oder eine sehr gute Lüge, die sich nie erfüllt.« Sie legte die Hände auf ihre Augen und atmete tief durch. »Was soll ich denn jetzt bloß machen?«

»Schlafe eine Nacht drüber«, riet Johanna. »Wenn du die Sachen nicht behältst, gehen sie dahin, wo Karla sie nicht haben wollte, nämlich an ihre Verwandten, die sie verachtet haben. Sei großzügig zu dir und gönne dir mal was.«

»Mensch, Emma, du machst einfach das Naheliegende«, schlug die pragmatische Pia vor. »Du fährst die Kiste einen Sommer lang, verkaufst sie im Herbst und lässt von dem Geld dann endlich dein Dach neu decken. Das liegt dir doch schon lange auf der Seele.« Pias Gesicht begann zu strahlen. »Ich sehe es schon vor mir, wie wir, bis an die Ohren mit Karlas Schmuck bewaffnet, Hermès-Tücher um den Kopf geschlungen, mit dem Cabrio durch die Landschaft flitzen und Männer aufreißen. Nach den vielen Aufregungen der letzten Monate haben wir uns wirklich etwas Spaß verdient!«

»Weißt du, Pia, was ich an dir so schätze?« Johanna lächelte. »Deinen skrupellosen Charakter. Manchmal möchte man dich zwar schütteln wegen deiner Schnodderigkeit, heute hast du ausnahmsweise mal zur rechten Zeit die richtigen unpassenden Worte gefunden!«

»Danke, liebe Nichte, wenigstens du weißt meine Qualitäten zu würdigen.« Pia kniff Johanna freundschaftlich in die Wange. »Und weißt du was? Auf skrupellose Menschen wie mich ist wenigstens Verlass, die ändern sich nämlich nicht. Außerdem habe ich noch nie für mich in Anspruch genommen, eine nette Person zu sein, ich bin einfach nur Realistin. Ein Heiligenschein steht mir einfach nicht.«

»Ich weiß doch gar nicht, ob das überhaupt legal ist.« Emma nippte an ihrem Tee. »Ich kann doch nicht einfach nach Grub fahren und das Auto aus dem Carport holen.«

»Wieso denn nicht, wo liegt das Problem? Mann, Emma, legal, illegal, scheißegal!« Pia sah das Ganze von der praktischen Seite. »Karla hat das so verfügt, und dann wird das auch so gemacht! Natürlich zu keinem Menschen ein Wort, schon gar nicht zu den Juristen in der Familie. Du bist doch sonst entspannter, wenn es um das Ignorieren von lästigen Gesetzen und Vorschriften geht. Und von dem Schmuck weiß sowieso keiner was. Johanna, eine Runde Himbeergeist, wenn ich bitten darf. Das muss begossen werden!«

39

Wie erwartet meldete sich Kommissar Wolf am nächsten Morgen telefonisch bei Emma. »Frau Prätorius, wie Sie sich sicher denken können, muss ich noch einmal wegen Frau Schnetters Tod mit Ihnen sprechen. Kann ich heute gegen elf Uhr zu Ihnen kommen, ohne dabei mein Leben aufs Spiel zu setzen?«

Aha, der Wolf hatte Kreide gefressen!

Emma lachte. »Ja, können Sie. Pia ist den ganzen Tag beruflich unterwegs. Hat Karla einen Brief hinterlassen, ein Geständnis?«

»Genau darüber möchte ich mit Ihnen reden. Also bis nachher dann.«

Pünktlich um elf Uhr stand Kommissar Wolf in der Ladentür. Es war ihm anzumerken, dass er sich unbehaglich fühlte.

Nachdem Emma ihn in die Küche geführt hatte, nahm er auf dem ihm angebotenen Stuhl Platz und zog einen Dokumentenstapel aus seiner Aktentasche. »Ja, also, wir haben bei Frau Schnetter tatsächlich einen Abschiedsbrief gefunden.« Er kramte umständlich den Brief aus seinen Unterlagen hervor. »Sie hat darin ein Geständnis abgelegt über den Mord beziehungsweise Totschlag an Andreas Flottner. Damit sind Sie jetzt hinsichtlich des ursprünglichen Verdachtes gegen Sie vollumfänglich entlastet. Unter anderem hat Frau Schnetter darin ihren Selbstmord durch die Einnahme von Schlaftabletten angekündigt. Sie erwähnt darin auch, dass sie Ihnen ihren Sportwagen verkauft hat. Warum haben Sie mir das gestern nicht gesagt?«

»Herr Wolf, ich hatte gestern wirklich andere Sorgen. Ich war völlig außer mir. Außerdem hielt ich das nicht für wichtig. Der Autokauf war übrigens auch der eigentliche Grund dafür, dass ich mit Pia überhaupt nach Grub gefahren bin. Wir wollten das Cabrio holen. Sie bräuchte ihren Wagen nicht mehr, weil sie das Auto von Flottner übernehmen würde, hatte Karla Schnetter mir bei meinem Besuch in Bamberg gesagt. Sie hat ihn mir zu einem Spottpreis förmlich aufgedrängt. Vermutlich als Wiedergutmachung dafür, dass ich zeitweise unter Verdacht stand, Herrn Flottner umgebracht zu haben.«

Emma war von sich selbst beeindruckt, wie leicht ihr die großzügig uminterpretierte Wahrheit über die Lippen ging, ohne dass sie errötete oder auch nur den Anflug eines schlechten Gewissens zeigte. »Der Autokauf erschien mir in diesem Moment einfach zweitrangig. Ich habe mir natürlich große Vorwürfe gemacht, weil ich Frau Schnetter am Vorabend alleine gelassen hatte. Für einen Augenblick hatte ich tatsächlich mit dem Gedanken gespielt, Hilfe von der psychiatrischen Ambulanz in Kutzenberg anzufordern, dann aber davon Abstand genommen. Ein solches Vorgehen erschien mir übergriffig und unwürdig. Außerdem hat sie mich förmlich rausgeworfen, am Arm gepackt und zur Haustür hinausgeschoben. Und, glauben Sie mir, wenn jemand entschlossen ist, seinem Leben ein Ende zu setzen, dann kann ihn nichts und niemand aufhalten. Diese bittere Erfahrung durfte ich bereits bei meiner Schwägerin machen. Jeder lebt nun mal sein Leben, und jeder stirbt seinen Tod.«

»Darf ich fragen, wie viel Sie für den Wagen bezahlt haben?«

Sie lächelte ihn an. »Alte Antiquitätenhändlerregel: Nie über Einkaufspreise sprechen!«

»Bei dem Fahrzeug handelt es sich fast um einen Neuwagen, von einer Antiquität kann keine Rede sein.«

»Aber bei den Kaufbeteiligten handelt es sich um Antiquitätenhändlerinnen«, antwortete Emma ungerührt.

»Nun ja, dann lassen wir das. Das ist ja wohl hier auch nicht wirklich von Belang. Was Frau Schnetter allerdings in ihrem Abschiedsbrief überhaupt nicht erwähnt, sind die Angriffe gegen Sie. Hat sie gestern mit Ihnen darüber gesprochen?«

»Nein. Ich habe auch gar nicht daran gedacht, sie darauf anzusprechen. Und wissen Sie, warum? Weil sie damit nichts zu tun hatte. Davon bin ich nach wie vor felsenfest überzeugt.

Hier sollten Sie unbedingt weiterermitteln, ich würde nämlich gerne irgendwann wieder ruhig schlafen.«

»Und Sie haben immer noch keinen konkreten Verdacht?«

Emma schluckte. »Nein, ermitteln Sie einfach weiter im Umfeld der bisher beteiligten Personen.«

40

Karla Schnetter wurde am darauffolgenden Donnerstag auf dem St.-Ägidius-Friedhof in Grub am Forst beigesetzt. Emma, Pia, Johanna und Miss Elli wohnten der Beerdigung bei und hielten sich dabei diskret im Hintergrund. Die Trauergemeinde war übersichtlich. Frau Schirmer war anwesend, in Tränen aufgelöst, einige Geschäftsleute aus der Nachbarschaft der Sandstraße, die Nachbarn aus dem Gänseanger und natürlich die engste Familie, erwartungsgemäß sehr gefasst. Hin und wieder drehte sich jemand nach Emma um und musterte sie, als wäre sie ein Kalb mit zwei Köpfen. »Das ist doch die, die Karla und vorher schon den Flottner tot aufgefunden hat!«

Im letzten Moment war Hauptkommissar Wolf durch die Kirchentür geschlüpft und hatte sich mit einem kurzen Kopfnicken neben Emma gesetzt. »Das Auto ist vonseiten der Polizei freigegeben, Sie können es jederzeit abholen«, teilte er ihr mit gedämpfter Stimme mit.

Sie nickte ihm dankend zu. Den Autoschlüssel hatte sie längst in der Handtasche. Sie hätte das Cabrio heute auf jeden Fall abgeholt, auch ohne kriminalpolizeilichen Segen.

Die Trauerfeier wurde vom Pfarrer recht kurz gehalten. Er fand einfühlsame Worte über Karlas schwierige Lebensausgangssituation, als Frau in einen Männerkörper hineingeboren worden zu sein, und er lobte ihren Mut und ihre Kraft, sich einer Geschlechtsumwandlung zu unterziehen. Ohne anzuklagen oder Schuld zuzuweisen, schilderte er ihre ausweglose Liebe zu Flottner, die schließlich in Flottners Tod und Karlas Freitod ein Ende gefunden hatte. Nach dem unvermeidlichen »So nimm denn meine Hände« wurde Karlas Sarg hinausgetragen in einen herrlichen Vorfrühlingsnachmittag mit strahlendem Sonnenschein, ungewöhnlich warm für Ende Februar. Als der Sarg ins Grab gesenkt wurde, weinte Emma stille Tränen. Noch einmal kam die Erinnerung hoch an Christas Beerdigung.

Johanna nahm sie tröstend in den Arm. »Es ist alles gut, Mama, alles ist genau so, wie es sein soll.«

»Seht sie euch an, die Mischpoke, die liebevollen Erben.« Pias gedämpfte Stimme war problemlos auf dem gesamten Friedhof zu hören. »Hoffentlich haben sie jetzt wenigstens ein schlechtes Gewissen dafür, wie sie ihre Tante Karla behandelt haben!«

Die Freunde warfen nacheinander eine rote Rose in das Grab und verabschiedeten sich mit einem letzten Blick auf den Sarg von Karla. Sie hatten sie nur ganz kurz oder gar nicht gekannt, dennoch hatte sie durch Emmas Verwicklung in Flottners Tod in den letzten Monaten eine große Rolle in ihrem Leben gespielt.

Vor dem Friedhof schnäuzte sich Emma noch einmal geräuschvoll die Nase. »So, meine Lieben, wir fahren jetzt in den Gänseanger, und ich hole mein Auto ab. Johanna, du chauffierst uns hin.«

An Karlas Haus angekommen, stiegen alle vier aus und begutachteten beeindruckt das schnittige Cabrio. »Hoffentlich bekomme ich das gute Stück überhaupt zum Laufen.« Emma umrundete neugierig das elegante Fahrzeug.

»Ach was, die Hebel und Knöpfe sind doch bei allen Autos gleich, Mama, die wirst du schon finden«, beruhigte sie Johanna. »Komm, ich setze mich auf den Beifahrersitz, und du fährst das Auto erst einmal langsam rückwärts raus auf die Straße.«

Mutter und Tochter nahmen gemeinsam in dem roten Sportflitzer Platz, und nach zwei Minuten stand das Prachtstück vor Karlas Haus.

»Und wie geht jetzt das Verdeck auf? Dafür gibt es doch sicher einen Knopf.« Emma begutachtete die vielen Schalter und drückte schließlich auf einen Knopf, dessen Symbol vielversprechend aussah. Und siehe da, innerhalb kürzester Zeit saßen sie unter freiem Himmel.

»Super, Emma!« Pia war begeistert. »Los, den fahren wir jetzt offen heim. Wenn du nicht zu sehr auf die Tube drückst und dir deinen Schal um den Kopf bindest, halten wir die paar Kilometer schon aus. Es ist ja Gott sei Dank heute sonnig und warm.«

»Grundsätzlich alles richtig, Pia, bis auf die Kleinigkeit, dass nicht du und ich fahren, sondern ich Miss Elli mitnehme.« Emma wandte sich ihrer Nachbarin zu. »Fräulein Höfler, wenn ich bitten darf.«

Johanna stieg aus und das verblüffte alte Fräulein zögerlich ein. »Ich weiß nicht, wollen Sie nicht doch lieber Ihre Cousine oder Ihre Tochter mitnehmen?«

»Nichts da, wir beide gönnen uns sozusagen die Jungfernfahrt. Pia, gib Miss Elli deinen Schal. Danke.« Emma half ihrer Nachbarin dabei, das schwarze Ungetüm um Kopf und Hals zu wickeln, setzte sich selbst ihre dicke Wollmütze auf, die sie vorsorglich einpackt hatte, schlug den Kragen ihres Mantels hoch und startete den Wagen. Beim Losfahren rief sie den anderen zu: »Bis heute Abend bei mir zum Essen!« Winkend und laut hupend fuhren die zwei Frauen davon.

41

»Wüsste man nicht, dass dein Gemüsecurry vegetarisch ist, würde man es nicht glauben. Einfach köstlich!« Pia lud sich eine zweite Portion auf den Teller. »Und der Duftreis ist eine Delikatesse für sich. Kaufst du den in dem Asienladen im Steinweg? Von der Salatsoße musst du mir unbedingt das Rezept geben, da möchte man sich reinlegen.« Es war wieder einmal Donnerstag vor Vollmond, und Emma hatte eingeladen.

»Was? Du setzt uns vegetarisches Essen vor, ohne uns zu warnen?« Basti konnte es kaum glauben. »Emma, das grenzt an Körperverletzung! Obwohl Pia recht hat, es schmeckt wirklich köstlich. Und wenn ich es mir recht überlege, die vegane Torte, die Paula zu Silvester kredenzt hat, war wirklich ein Genuss.«

»Siehst du, Basti, man muss mit der Zeit gehen und immer mal was Neues ausprobieren«, warf Paula ein. »Wir essen schon seit Jahren vegetarisch, obwohl ich die Kinder nie dazu gezwungen habe. Sie haben sich selbst entschieden. Sogar Michael hat gerade dieser Tage gesagt, er kann es sich gar nicht mehr vorstellen, Fleisch zu essen. Man sollte die Menschen viel häufiger auf die gesundheitlichen Vorzüge und die ethische Bedeutung der vegetarischen Ernährung hinweisen.«

»Jaja, Paula, ist ja gut. Jeder nach seinem Gusto und nach seiner Überzeugung.« Elsa verdrehte genervt die Augen. »Du kannst nicht eine bessere Welt für die Menschen erschaffen, indem du sie zu etwas zwingst oder ihnen das Fleisch wegnimmst. Diese Entscheidung müssen sie selbst treffen, andernfalls baust du einen Käfig für sie. Du gibst ihnen dann nur das, wovon du glaubst, dass sie es sich wünschen sollten, und nicht das, wovon sie wissen, dass sie es wirklich brauchen. Also lass die Leute essen und leben, was und wie sie wollen.«

»Damit magst du recht haben. Ich esse und trinke jedenfalls, was mir schmeckt, und leider sieht man mir das auch an.« Uschi klopfte sich vielsagend auf ihre kräftigen Hüften. »So ist das nun mal, wie man sich füttert, so wiegt man. Aber das ist mir inzwischen auch egal. Man muss genießen, solange man noch Gelegenheit dazu hat. Das seht ihr ja an Flottner und seiner Nicht-Geliebten. Im besten Alter dahingerafft, aus und vorbei mit fleischlichen Genüssen jeder Art.«

»Mann, Mann, Mann! Wenn ich daran denke, dass Emma in den letzten drei Monaten, äh, drei Leichen gefunden hat«, Basti schaute ängstlich nach Miss Elli, »dann muss man schon sagen, ein guter Durchschnitt. Ich hoffe, du machst nicht so weiter.«

»Nicht, wenn es nach mir geht, mein Lieber. Ich habe erst mal die Nase voll und den Tod von Christa auch noch nicht ganz verdaut. Und dass mir das zweimal so kurz hintereinander passiert, dass ich einen Suizid hautnah miterleben musste, ohne ihn verhindern zu können, das ist schon ein sonderbarer Zufall.«

»Ich denke, es gibt keinen Zufall«, warf Paula ein. »Sagst du doch immer. Glaubt man deinen Theorien, muss das doch alles einen Sinn haben.«

»Stimmt, Paula, das sagt man halt so mit dem Zufall. Dabei ist das Universum viel zu faul, um Zufälle zu konstruieren. Und ganz sicher hat das alles einen Sinn, den ich hoffentlich bald verstehen werde, damit ich das nicht noch ein drittes Mal durchleben muss. Die zwei Male waren schon ein harter Brocken. Andererseits haben es beide Frauen zugelassen, dass man sie schlecht behandelt hat. Das Opfer ist immer auch bis zu einem gewissen Grad Täter, denn jeder erschafft seine eigene Realität und verfolgt damit ein Ziel.«

»Sag jetzt bitte nicht, die beiden Frauen waren selber schuld!«, empörte sich Elsa. »Das ist doch verrückt.«

»Es geht hier nicht um Schuldzuweisung«, widersprach Emma geduldig. »Sondern um die Übernahme der Verantwortung. Beide Frauen waren wirtschaftlich unabhängig, erfolgreicher als ihre Partner und wären jederzeit in der Lage gewesen, zu gehen und sich ein eigenes Leben aufzubauen. Doch sie sind geblieben und haben die Misshandlungen hingenommen, zugelassen, warum auch immer. Aus meiner Sicht ist das Ziel einer jeden Inkarnation die Weiterentwicklung unserer Seele. Dabei gehen Geist und Körper zuweilen für uns unverständliche Wege, auf denen sie leidvolle Erfahrungen machen müssen. Beide Frauen hatten für dieses Leben eben einen solchen Weg gewählt.«

»Jaja, und das Ganze war eine karmische Verwicklung«, warf Elsa giftig ein. »Die beiden Frauen haben in ihrem letzten Leben wahrscheinlich die armen Männer als Sklaven gehalten und gequält und jetzt dafür ihre Quittung gekriegt. Rache ist Blutwurst.«

Emma lachte. »In gewisser Weise könntest du damit sogar recht haben, Elsa, denn niemand kann uns etwas ohne unsere innere Erlaubnis tun, die wir auf Seelenebene erteilen.«

»Vorsicht, Mädels, wenn wir jetzt nicht aufpassen, stecken wir ruckzuck in den tektonischen Verschiebungen von Emmas Esoteriklehre«, warnte Basti mit erhobenem Zeigefinger. »Hört auf mit diesen geistigen Gesprächen und wendet euch lieber den geistigen Getränken zu. Uschi, du sitzt vor der Flasche, schenk noch mal eine Runde ein.«

»Wieso? Diese Karmageschichte ist doch hochinteressant und ausbaufähig.« Pia deutete mit ihrer Gabel auf Paula. »Ich frage mich zum Beispiel seit Langem, meine Liebe, welcher Karma-Teufel dich geritten hat, als du diesen Gottfried geheiratet hast. Zugegeben, er scheint wenigstens gute Gene zu haben, denn über deine Kinder kann man nicht meckern. Andererseits schlagen da natürlich auch die vorzüglichen Gene unserer Familie durch. Aber sonst? Der Mann ist ein sterbenslangweiliger Spießer aus der Wollsockenwohlfühlfraktion in Cordhosen und kariertem Hemd.«

»Da bin ich bloß froh, liebe Pia, dass wenigstens meine Kinder Gnade vor deinen Augen finden. Die Gentheorie würde ich gerne am Beispiel deiner Tochter vertiefen, aber leider wissen wir immer noch nicht, welcher Gene du dich bei deren Zeugung bedient hast«, gab Paula schnippisch zurück.

»An ihrem fünfundzwanzigsten Geburtstag wird das Geheimnis gelüftet. Natürlich nur, wenn Gundis das will. Wenn sie das süße Geheimnis allerdings für sich behalten möchte, habt ihr das Nachsehen. Eines kann ich euch jedenfalls versichern, ich bin sehr wählerisch gewesen und habe größtes Augenmerk auf seine körperlichen, geistigen und finanziellen Gene gelegt.«

»Wenn ich dir sonst nichts glaube, Pia, wahrscheinlich hast du dir vor der Zeugung seine Bilanzen der letzten fünf Jahre zeigen lassen«, meinte Uschi vergnügt. »Und recht hattest du. Ich frage mich oft, warum Frauen beim Heiraten nicht genauso wählerisch sind wie beim Schuhekaufen. Wenn ich mir überlege, dass zwei Psychopathen es geschafft haben, ihre ihnen weit überlegenen Frauen in den Tod zu treiben, verliere ich die Fassung. Der Flottner war doch wie eine alte Teflonpfanne. Schmierig, schäbig und schon ein bisschen angekratzt und dabei hat er nichts anbrennen lassen. Nun hat er ja seine Quittung bekommen, und ich hoffe, er hat daraus gelernt. *Learning by dying*, sozusagen. Und dein Ex-Schwager, Emma, dieses armselige Würstchen, wie hat der das nur immer wieder fertiggebracht, Frauen ins Bett zu kriegen, und was hat Christa bloß in ihm gesehen? Bei seiner Kettenraucherei und seinem Alkoholkonsum dürfte er allerdings inzwischen schon lange im biologischen Zölibat leben. Überhaupt, wie man sich eines Mannes wegen umbringen kann, ist mir ein Rätsel. Bei dir, lieber Basti, wäre es vielleicht nachvollziehbar und trotzdem ein Krampf. Das müsste gesetzlich verboten werden!«

»Schicke doch eine Petition an den Bundestag, Uschi, die Politiker bringen so viele aberwitzige Gesetze auf den Weg, da klappt das vielleicht mit dem Selbstmordverbot aus Liebeskummer auch. Allerdings lege ich Wert darauf, dass es uns Schwulen nach wie vor straffrei zugestanden wird. Wer sich aus Liebeskummer wegen eines Mannes umbringen möchte und das vermurkst, darf hinterher nicht noch dafür in den Knast gesteckt werden, womöglich zu Heteromännern.« Basti schüttelte sich theatralisch.

»Wenn ich an diese Woche nach Christas Verschwinden zurückdenke, bekomme ich heute noch eine Gänsehaut. Erst die Suchaktion durch die Polizei, dann der Schock, als Christian angerufen und mir mitgeteilt hat, dass er seine Patentante im Waldweiher gefunden hatte. Der Moment, als ich das meiner Schwiegermutter sagen musste, war der schlimmste in meinem Leben.« Emma nippte nachdenklich an ihrem Wein, die Freunde warteten gebannt auf ihre nächsten Worte.

»Wenn man solche Geschichten in der Boulevardpresse liest, fragt man sich, wer sich so was nur ausgedacht hat! Dabei ging der Hickhack nach Christas Tod erst richtig los. Sowohl meine Schwiegermutter als auch ich hatten ihr mehrfach versprechen müssen, dass wir sie im Familiengrab in Coburg beerdigen würden und sie unter keinen Umständen zu ihrer Schwiegermutter in die Gruft der Familie Wenig käme.« Emma atmete tief durch. »Aber dann rief mich der Witwer an und verlangte die Überführung des Leichnams beziehungsweise der Urne. Nun war der gute Mann schließlich totenfürsorgeberechtigt, nicht wir, wir hatten keinerlei Rechte. Ich habe sein Ansinnen natürlich kategorisch abgelehnt, und ich fürchte, der weitere Verlauf des Telefonats war politisch nicht sehr korrekt und wird hier besser nicht wiedergegeben.«

Bei der Erinnerung an das Gespräch mit ihrem Ex-Schwager musste Emma trotz allem lachen. »Gott, habe ich dem Zeug an den Kopf geworfen. Meine Verzweiflung und Wut über Christas Tod und der Ärger der letzten zwanzig Jahre ist in mir hochgekocht. In der Zeit hatte er meine Schwiegereltern und meine Kinder gedemütigt und immer wieder ausgelotet, wie weit er mit seinen Gemeinheiten gehen kann. Dann begann ein Wettlauf mit der Zeit. Mit allen möglichen und nicht unbedingt legalen Tricks haben wir Christa aus der Pathologie geholt, die Einäscherung vorgezogen und die Urne in aller Stille im Familiengrab meiner Schwiegereltern beigesetzt.«

»Ihr habt doch den Mann nach Christas Tod angezeigt wegen unterlassener Hilfeleistung. Was ist denn dabei herausgekommen?«, wollte Basti wissen.

»Wenn ich euch das erzähle, fallt ihr vom Glauben ab. Wir

konnten jede Menge Beweise dafür vorlegen, dass Herr Dr. Wenig schon lange um die Suizidgefahr seiner Frau wusste, teilweise in Form von schriftlichen Notizen, die der Herr Doktor selbst verfasst hatte und in denen er sich auf den Zustand seiner Frau bezog. Außerdem hatten wir Zeugenaussagen von Freunden und Nachbarn. Wir waren uns ganz sicher, dass ihn der Staatsanwalt damit am Kanthaken kriegen würde. Dabei war uns in unserer grenzenlosen oberfränkischen Naivität nicht klar, dass wir uns in Niederbayern mit einer Anzeige gegen den Dorfarzt auf dünnes Eis begeben hatten.« Emma lachte bitter.

»Der hochwürdige Herr Pfarrer, der Herr Doktor, der Herr Amtsrichter, das sind die drei unantastbaren Säulen einer ordentlichen bayrischen Gemeinde. Der Staatsanwalt hat unsere Anzeige zurückgewiesen mit teilweise hanebüchenen Argumenten und der Begründung, dass man nicht ausschließen kann, dass der Ehemann aufgrund seines überhöhten Alkoholkonsums wahrnehmungsbeeinträchtigt war. Mit anderen Worten, der praktizierende Arzt und Diplom-Psychologe Dr. Wenig, Hausarzt seiner zu Tode gekommenen Ehefrau, war zu besoffen, um zu erkennen, dass seine Frau seelisch sehr schwer krank ist und sich umbringen wollte. Kein Witz!«

»Das ist nicht dein Ernst!« Basti schaute Emma fassungslos an.

»Sag ich doch, kein Witz! Ich habe den Satz noch auswendig im Kopf: ›Darüber hinaus ist zu berücksichtigen, dass zugunsten des Beschuldigten nicht ausgeschlossen werden kann, dass sein Wahrnehmungsvermögen durch gesteigerten Alkoholkonsum beeinträchtigt war.‹ Zitatende. Wir haben Einspruch eingelegt, alle Beweise komprimiert noch einmal aufgelistet, waren ein weiteres Mal bei der Polizei zur Befragung, leider ist die Anzeige wieder zurückgewiesen worden.«

»Vielleicht hatte das ja doch alles seine Richtigkeit«, warf Miss Elli schüchtern und leicht errötend ein. »Ich beziehe mich jetzt auf das, was Sie mir an Silvester gesagt haben, mit der Resonanz und so. Vielleicht haben die beiden Frauen zurückbekommen und abgearbeitet, was sie vorher erschaffen hatten. Äh, ich meine, also ...« Sie schaute hilfesuchend in die Runde.

»Genau deswegen habe ich dann die Angelegenheit auf sich beruhen lassen. Vor allen Dingen wollte ich mit diesem schrecklichen Geschehen abschließen, mein Leben nicht länger von diesen negativen Energien vergiften lassen. Christa wird davon auch nicht mehr lebendig, wenn der Mann seine weltliche Strafe bekommt.«

»Da kommt der Mann ja ungeschoren davon, dieses Monster!«

»Ist er das, Basti, ein Monster? Vielleicht, vielleicht auch nur ein armer Teufel. Ich bin mir gar nicht sicher, ob ihm jemals klar geworden ist, wie sehr er seine Frau gequält hat. Das Resonanzgesetz wird jedenfalls für einen Ausgleich sorgen oder, wer weiß, hat es vielleicht schon getan, und auf Seelenebene hat alles seine Richtigkeit, wie unsere Miss Elli gerade sehr treffend bemerkt hat«, fuhr Emma fort. »Ich hege nicht einmal mehr Groll gegen diesen Mann, er tut mir einfach nur noch leid. Für die Familie geht der Kampf allerdings jetzt in die zweite Runde. Das Ehepaar Wenig hatte sich testamentarisch gegenseitig als Alleinerben eingesetzt, der Herr Doktor wollte damit verhindern, dass seine Kinder erben. Alle, nicht nur die unehelichen. Allein das zeigt schon, was für eine arme Seele der Mann ist, was für ein emotionaler Krüppel. Ein Vater, der aus Hass seine Kinder vom Erbe ausschließt.«

»Nein!« Uschi schaute Emma fassungslos an. »So was gibt es?«

Emma nickte nachdenklich. »Meinen Schwiegereltern steht nun der Pflichtteil zu, nur der feine Herr will das Geld nicht rausrücken. Der größte Teil des Vermögens des Ehepaars Wenig stammt allerdings aus Christas Familie, insbesondere die Immobilien. Der Herr Doktor war immer etwas klamm auf der Brust, und in der Familie ging die scherzhafte Vermutung um, dass er entweder uneheliche Kinder zu bezahlen hätte oder aber in die Spielbank gehen würde. Dass wir damit tatsächlich zweimal ins Schwarze getroffen hatten, hätten wir uns nicht träumen lassen.«

»Hast du ihn nicht am Anfang gehasst, so gleich nach dem Selbstmord?«, wollte Uschi wissen, immer noch schockiert ob des Gehörten.

»Nein, Uschi, das habe ich nicht. Hass, welch verschwendete Energie! Man hasst jemanden und vergiftet sich selbst damit, seinen Körper, Geist und die Seele, während der, den man hasst, gar nichts davon weiß und womöglich ein fröhliches Leben lebt. Dieser Mistkerl hat mich doch längst vergessen, während mich immer noch der Hass zerfrisst. Nein, Uschi, zu Hass bin ich Gott sei Dank generell nicht fähig. Außerdem tröstet mich die Gewissheit, dass niemand das Gesetz von Ursache und Wirkung aufheben oder umgehen kann.«

»Kinder, lasst uns das Thema wechseln. Da wird man ja ganz depressiv, wenn man so viel Schreckliches hört.« Paula schüttelte sich unbehaglich.

»Recht hast du, Paulinchen. Wenden wir uns den Freuden des Lebens zu. Gut siehst du übrigens aus mit dem Schmuck, da hast du wirklich eine gute Wahl getroffen. Und mit den schicken Jeans, die du heute trägst, bist du ein richtig heißer Feger. Ein bisschen wie früher.« Emma nickte ihrer Schwester anerkennend zu.

»Ja, und deinem Despoten von einem Ehemann sagst du, den Schmuck hat uns Tante Emmi geschickt. Kein Wort von Karla, ist das klar?« Pia schaute ihrer Cousine streng ins Gesicht.

»Ist ja gut, ich bin schließlich nicht blöd.« Unsicher nestelte sie an den Ohrringen und der Kette herum, die sie sich aus Karlas Nachlass ausgewählt hatte. Die Damen hatten sich vor dem Essen getroffen, Johanna, Gundis und Christians Freundin Galina eingeschlossen, und Karlas Schmuck verteilt.

Uschi hatte gleich abgewinkt. »Ich habe von meinen Tanten so viel Klunker geerbt in den letzten Jahren, ich bin satt. Macht ihr das mal alleine, ich brauche nichts.«

Miss Elli konnte mit viel gutem Zureden für eine schlichte Perlenkette und einen einfachen goldenen Ring mit kleinen Rubinen begeistert werden.

Elsa hatte entrüstet abgelehnt, sie trage nie Schmuck und

würde damit jetzt auch nicht anfangen. »Leichenfledderei ist das. Den Schmuck einer Toten aufzuteilen. Und was da für böse Energien dranhängen können.«

»Ich kann dich beruhigen, ich habe den Schmuck selbstverständlich vorher energetisch gereinigt und neu eingesegnet. Wenn du das Weitergeben als Leichenfledderei bezeichnen willst, von mir aus, in meinen Augen habe ich genau das Richtige getan, Karlas Anregung aufgegriffen und die Sachen in meiner Familie aufgeteilt, das würde ihr bestimmt gefallen. So, jetzt räumen wir den Tisch ab, und dann habe ich euch vor dem Nachtisch noch etwas mitzuteilen.«

»Du hast den Wolf in deinem Bettchen schlafen lassen!« Pia machte große Augen.

»Sei nicht albern, natürlich nicht. Falls aber jemals doch, bist du die Erste, die es erfahren wird.«

»Wenn wir schon dabei sind, muss ich euch auch etwas mitteilen.« Man merkte Paula die Aufregung an. »Ich fange am 1. April im Kindergarten Sankt Augustin wieder an zu arbeiten. Es ist zwar vorläufig nur eine Vertretung für eine schwangere Kollegin, doch immerhin habe ich damit schon mal den Fuß in der Tür. Halbtags. Ich meine, ich arbeite wieder halbtags. Von sieben bis eins.«

Nachdem die allgemeinen Freudenbekundungen verklungen waren, scheuchte Uschi die Raucher nach draußen. »Raus mit euch! Paula und ich räumen inzwischen die Küche auf, damit das schneller geht und wir nicht vor Neugier auf die zweite Überraschung des Abends platzen.«

Als alle wieder am Tisch saßen, die von Paula gesponserte Sachertorte stand schon bereit zum Anschneiden, ergriff Emma das Wort. »Ich möchte euch etwas sagen, was ich schon länger mit mir herumschleppe und von dem nur Pia und ich wissen. Ich denke, das Essen heute ist ein guter Anlass, euch, insbesondere Ihnen, Fräulein Höfler, meine neuen Erkenntnisse mitzuteilen. Wir rätseln ja schon lange, wer denn ›der andere‹ sein könnte, der Eberhard über den Haufen gefahren hat. Durch einen glücklichen Zufall, den es natürlich nicht wirklich gibt, liebe Paula, habe ich erfahren, wer diese Person war.« Emma gab ihre Unterredung wieder, die sie mit Herrn Leitmayer geführt hatte. »Es besteht für mich kein Zweifel mehr daran, dass Andreas Flottner der Fahrer des Autos war, mit dem Eberhard am 12. Januar 1977 getötet wurde.« Emma ergriff Fräulein Höflers Hand und drückte sie tröstend, wobei sie nicht wusste, wen sie tröstete: die alte Dame oder sich selbst.

Nach einigen Momenten der Stille löste Miss Elli ihre Hand und nahm ihrerseits Emmas in die ihre. »Auf diese Gewissheit habe ich lange gewartet, auch wenn ich es schon geahnt habe. Ich kann Ihnen nicht sagen, wieso und warum, aber seit einigen Wochen kam mir immer wieder der Verdacht, dass er es gewesen sein könnte. Nun, jetzt ist das Rätsel endlich gelöst. Und wisst ihr was? Es ist nicht mehr wichtig. Seitdem ich Eberhard wiedergefunden habe und weiß, dass er mich damals nicht verlassen hat, sondern mir genommen wurde, habe ich mit der Vergangenheit Frieden geschlossen. Ich habe begriffen, dass ich nach vorne in die Zukunft schauen muss. Ist das nicht eigenartig? Mit einem roten Sportflitzer hat alles angefangen, und mit einem roten Sportflitzer endet die Geschichte. Der Kreis hat sich geschlossen. Da soll noch mal einer sagen, es gäbe keinen Zufall«, beendete sie ihre Rede mit einem Augenzwinkern.

42

Emma saß zufrieden auf der Terrasse, nippte an einem Glas Rotwein und ließ den Nachmittag Revue passieren. Es war eine schöne Beerdigung gewesen, »a schöne frängische Leich«, wie ihre Großmutter gesagt hätte. Nachdem die erste Märzhälfte noch einmal kräftige Nachtfröste gebracht hatte, hatte der Winter endlich klein beigegeben, und die Temperaturen waren in freundlichere Bereiche gestiegen. Der Boden war aufgetaut, Eberhards Beerdigung hatte nichts mehr im Weg gestanden. Man hatte den Samstagnachmittag gewählt, weil dann die Straße am wenigsten frequentiert war und Emma nicht mit störenden Kunden an der Ladentür rechnen musste. Cindy und Bert, die als einzige Nachbarn Einblick in den Garten gehabt hätten, verbrachten die Samstagnachmittage zudem regelmäßig in der Sauna der Obermaintherme in Bad Staffelstein, und Kommissar Wolf war so kooperativ gewesen, Emma mitzuteilen, dass er an diesem Wochenende Verwandte in Regensburg besuchen würde, sodass man sein Auftauchen ebenfalls ausschließen konnte.

Die üblichen Verdächtigen waren alle erschienen: Paula, Uschi, Elsa, die beiden »Archäologen« Sebastian und Christian, Johanna, Gundis und natürlich Emma und Pia, die beiden Organisatorinnen. Die zwei jungen Männer hatten den Sarg aus Emmas Garage geholt, wo Eberhard seit seiner Exhumierung zwischengelagert gewesen war und geduldig der Dinge geharrt hatte, die da kommen würden. Wer achtunddreißig Jahre in einem Kellerverlies hatte zubringen müssen, der hatte keine Eile mehr. Basti und Christian hatten in Fräulein Höflers Garten eine tiefe Grube gegraben, und der kleine Sarg war feierlich zu Grabe getragen worden, gefolgt von der Trauergemeinde. Miss Elli hatte sich zur Feier des Tages neu eingekleidet, ein schwarzes Kleid, einen schwarzen Mantel, schwarze Schuhe und sogar eine schwarze Handtasche hatte sie sich geleistet. Als einziger Farbtupfer funkelte eine Granatbrosche am Kragen ihres Kleides, ein Geschenk Eberhards zu ihrer Verlobung.

Emma und Pia hatten sich rechts und links bei ihr eingehängt und sie zum Grab geführt. Johanna hielt eine kleine Ansprache, in der sie sehr einfühlsam die Ereignisse der Vergangenheit noch einmal vor Augen führte. In der sie um Verständnis bat und um Vergebung für das Geschehen und seine Beteiligten. In der sie auch auf das Elend hinwies, das dieser Tod nicht nur in Miss Ellis Leben gebracht hatte, sondern ebenso in das von Albert und vermutlich auch von Andreas Flottner. Besonders stellte sie Miss Ellis bedingungsloses Vertrauen in ihren Eberhard heraus, das Zeugnis ablegte für die unverbrüchliche Liebe, die sie auch noch nach Jahrzehnten für ihren verschollenen Bräutigam empfand.

Miss Elli war immer wieder für eine Überraschung gut. Zum Erstaunen aller und zu Paulas Missbilligung zog sie es vor, dass keine konventionellen Kirchenlieder gesungen wurden. Und so begleitete Christian die Trauergemeinde auf der Gitarre beim Absingen von »Oh, happy day«, »Yesterday« und »Am Brunnen vor dem Tore«. Eine sonderbare Mischung, doch den Begräbnisgästen – Paula ausgeschlossen – war es nur recht, schließlich handelte es sich auch um eine unkonventionelle Beerdigung. Miss Elli war die ganze Zeit gefasst und entspannt. Fast hatte Emma das Gefühl, dass sie es genoss, im Mittelpunkt des Geschehens zu stehen. Nur als der kleine Sarg, der Eberhards Gebeine enthielt, ins Grab gesenkt wurde, weinte sie ein paar erlösende Tränen.

Nachdem Basti und Christian das Grab verschlossen und das von Emma vorbereitete Grabkreuz mit der Aufschrift »Goldbärchen« aufgestellt hatten, gab es Kaffee und Kuchen in Emmas Esszimmer. Für später hatte sie ein Festessen vorbereitet, einen richtigen Leichenschmaus, mit Suppe, Braten mit Klößen und einem feinen Nachtisch, wie sich das für eine fränkische Beerdigung gehörte. Wie häufig bei solchen Gelegenheiten wurde viel gelacht, nachdem sich die anfängliche Anspannung der Trauer gelöst hatte.

Sogar Miss Elli wirkte zufrieden und sprach mit gutem Appetit Emmas Essen zu.

»Ich weiß nicht, wie ich Ihnen allen danken soll«, ergriff sie schließlich das Wort. »Dass ich das noch erleben darf! Nie hätte ich gedacht, dass die Auflösung des Geheimnisses um das Verschwinden meines Goldbärchens so *nahe liegend* sein könnte, sozusagen unter meinen Füßen. Na ja, wer hätte auch so etwas erwartet? Cousin Albert. Ausgerechnet er hat Eberhard verschwinden lassen und mich meinem Elend überlassen. Nun verstehe ich natürlich auch, warum er ausgerechnet mir sein Haus und sein Geld hinterlassen hat. Er wollte wiedergutmachen, was er mir angetan hatte. Als ob das so einfach wäre!« Verschämt wischte sie sich eine Träne aus dem Auge. »Nun ist das ja alles vorbei, ich weiß, wo Eberhard ist, und er hat jetzt endlich seine verdiente letzte Ruhe gefunden. Ach, Kinder, ihr seid einfach großartig.«

Nach der Aufregung des Tages und dem dritten Ingwerlikör war Miss Elli bettreif. Sie verabschiedete sich von den Anwesenden, sichtlich gerührt und gleichzeitig etwas betreten, denn langsam wurde ihr die Dimension dessen klar, was die Freunde für sie getan und riskiert hatten. »Hoffentlich bekommen Sie wegen mir keine Schwierigkeiten, schließlich war das alles ungesetzlich, was Sie gemacht haben. Ich nehme dann natürlich alles auf meine Kappe, sollen die mich doch einsperren!«

»Ach was, lassen Sie das mal unsere Sorge sein, Fräulein Höfler. Solange wir uns alle auf eine einheitliche Aussage einigen, respektive darauf, gar nichts zu sagen«, Emma warf einen strengen Blick in die Runde, »kann gar nichts passieren. Und jetzt gehen Sie mal schön nach Hause und kommen zur Ruhe, es war ein anstrengender Tag für Sie.«

»Ja, das war es wohl. Und gleichzeitig einer der schönsten meines Lebens, obwohl der Anlass doch eigentlich ein trauriger war. Jetzt kann ich Frieden finden in dem Wissen, dass mein Eberhard mich nicht alleingelassen hat.«

Emma half Miss Elli in den Mantel, umarmte die alte Frau

noch einmal herzlich und geleitete sie schließlich zu ihrer Haustür hinüber.

Danach schlenderte sie in Gedanken versunken zurück ins Haus und ging hinaus auf die Terrasse, um über den Nachmittag nachzudenken. Die ganze Aktion war tatsächlich illegal gewesen, sie hatten dabei gegen alle möglichen Vorschriften und Gesetze verstoßen. Aber für Emma war eine offizielle Lösung nie in Frage gekommen. Wichtig war ihr einzig und allein Miss Ellis Wohlergehen, dafür war sie gerne ein Risiko eingegangen, und sie hatte deshalb nicht im Geringsten ein schlechtes Gewissen. Außerdem hatte die Geschichte um Eberhards Auffinden und Bergung, so skurril sie auch war, richtig Spaß gemacht. Sie stand auf, ging in ihr kleines Lesezimmer und kehrte mit einem Buch unter dem Arm zurück zu ihren Freunden.

»So, meine Lieben, ihr schwört mir jetzt auf alles, was euch heilig ist, über diesen Nachmittag außerhalb dieser vier Wände kein Wort zu verlieren. Zu niemandem!« Damit knallte sie die alte Bibel ihrer Großmutter auf den Tisch.

»Ach nein, meine Schwester, die Atheistin, die dem Toten ein christliches Begräbnis verweigert hat, will uns auf die Bibel schwören lassen? Wie passt denn das zusammen?«

»Du hast nicht richtig zugehört, Paula. ›Auf alles, was euch heilig ist‹, habe ich gesagt. Die Bibel ist nur ein Symbol dafür, da wir nun mal in einer christlichen Kultur leben. Wir haben heute Miss Ellis Goldhamster beerdigt, ihr Haustier. Den GOLDHAMSTER mit Namen Goldbärchen, habt ihr das verstanden? Und wer etwas anderes erzählt und damit womöglich Steine ins Rollen bringt, die wir lieber liegen lassen sollten, der wird von mir sein blaues Wunder erleben! Paula, du fängst an!«

43

Feierabend. Emma schlenderte durch ihren Laden. Einfach die eigenen Auslagen bewusst betrachten. Einfach nur dastehen und nichts tun. Erschöpft ließ sie sich in einen Sessel sinken. Müde, sie war so müde. All die Aufregungen der letzten Monate, das Drama um Christa, das Auffinden von Flottners Leiche, der Brandanschlag, der Überfall und Angriff auf ihr Leben und schließlich Karlas Selbstmord hatten sie doch sehr viel mehr Kraft und Nerven gekostet, als sie zugeben wollte. Zwar hatte sie das Scharmützel mit dem Tod abgeklärter zurückgelassen, so schnell brachte sie nichts mehr aus der Ruhe, der Schock über das Erlebte steckte ihr allerdings doch noch tief in den Knochen.

Ich bin urlaubsreif, dachte sie. Warum fahre ich nicht einfach eine Woche weg? Irgendwohin. Ganz alleine. Koffer packen, einsteigen, losfahren. Gar nicht weit, irgendein kleines Hotel mit Wellness-Angebot in der Nähe. Schlafen, was Gutes essen, wandern, sich massieren lassen, wieder schlafen. Handy aus! Einfach von der Bildfläche verschwinden. Was bin ich froh, dass ich heute diesen Ausflug nicht mitmache. Eisenach und die Wartburg mit den Verwandten aus England. Das hätte mir noch gefehlt. Pias überschäumende Energie und Elsas schlechte Laune. Sonst gerne, aber heute will ich einfach nur meine Ruhe.

Langsam erhob sie sich und ging in die Werkstatt. Durch das große Sprossenfenster blickte sie hinaus in den Garten. Wie schön hier alles ist, dachte sie, was für ein Glück wir haben, hier wohnen und arbeiten zu dürfen. Im Herzen dieser wunderbaren Stadt und doch im Grünen, in unserer Wehrburg. Ein Amselpärchen hatte sich entschlossen, vor dem Fenster auf einem Stützbalken der Terrassenüberdachung sein Nest zu bauen. Während das Weibchen unermüdlich damit beschäftigt war, Nistmaterial im Garten einzusammeln und damit ein kunstvolles schalenförmiges Gebilde zu fertigen, belauerte der

Amselhahn in Emmas Wiese mit schräg gelegtem Kopf seine Beute: fette Regenwürmer, die er gnadenlos aus der Erde zog, um sie genussvoll zu verspeisen. Nebenan in Miss Ellis Garten grünte und blühte es in allen Ecken, Pias Forsythien strotzten über und über von Knospen und würden in den nächsten Tagen ihre gelben Blüten öffnen.

Emma trat hinaus in den Sonnenschein und schlenderte ziellos durch den Garten. Sie hatte sich für diesen Frühling vorgenommen, endlich ihr Gartenprojekt in Angriff zu nehmen. Den Plan hatte sie schon gezeichnet, und vor ihrem geistigen Auge konnte sie bereits den fertigen Garten sehen. Einen gewundenen Weg wollte sie von der Terrasse bis zur hinteren Gartenmauer ziehen und mit roten Ziegelsteinen befestigen, Stauden und Sträucher würden ihn säumen, und überall im Gras hatte sie kleine Blumeninseln vorgesehen, mit Hortensien, Callas, Phlox, Anemonen und Purpurglöckchen. Rosenbögen würden sich über den Weg spannen, berankt mit Kletterrosen, Clematis und wildem Wein. Dann würde sie endlich die Gartenfiguren aufstellen können, die sie im Laufe der Jahre von Ausstellungen mitgebracht hatte und die jetzt im Dunkel des Holzschuppens ein freudloses Dasein fristeten. Sie seufzte. Es war Ende März und höchste Zeit, den Gärtner zu bestellen.

Vor zehn Uhr am Abend war die Ausflugstruppe nicht zurückzuerwarten, denn man würde sicher noch irgendwo zum Abendessen einkehren. Emma hatte einen langen freien Abend vor sich. Uroma Margaretes Bruder Georg war im 19. Jahrhundert nach England ausgewandert und hatte dort ein Baugeschäft gegründet. Seine Nachfahren hatten sich nun ihrer deutschen Wurzeln erinnert, ihre Ursprungsfamilie im Stammhaus der Familie in Gemünda an der Kreck gesucht und gefunden und angefragt, ob sie zu einem Besuch willkommen seien. Da nun Tante Gretel gerade dabei war, das alte Bauernhaus umzubauen, und das Haus voller Handwerker hatte, hatte sie die Engländer kurzerhand nach Coburg an ihre Nichten verwiesen. Pia hatte nicht lange gezögert und sie sofort bei sich einquartiert. Die ganze Woche war man schon im Familienclan unterwegs gewesen, um der Verwandtschaft die Schönheiten der näheren und weiteren Umgebung zu zeigen, die ihr Vorfahre leichtsinnigerweise eingetauscht hatte gegen das nebelige London und sein schlechtes Wetter.

Emma war seit ein paar Tagen unruhig. Sie fühlte eine Spannung in sich, die sie sich nicht erklären konnte. Immer wieder gingen ihr die Ereignisse der letzten Wochen durch den Kopf. Immer noch machte sie sich insgeheim große Vorwürfe wegen Karla Schnetters Freitod. Was wäre passiert, wenn der Besuch bei Karla anders verlaufen wäre, wenn sie Hilfe geholt hätte? Sicher, sie hätte Kommissar Wolf benachrichtigen können, der die Antiquitätenhändlerin in Gewahrsam genommen oder die Psychiatrie angerufen hätte. Nur, wie hätte Karla darauf reagiert? Hätte sie sich im Untersuchungsgefängnis auch umgebracht? Oder hätte sie ihre Strafe für den Mord an Flottner angenommen und abgesessen? War ihre Seele so erschöpft gewesen, dass ihr Weg sie auf jeden Fall in den Freitod geführt hätte, völlig unabhängig von äußeren Umständen? Emma wollte es gerne glauben und würde es doch nie erfahren. Andererseits wusste sie im tiefsten Inneren ihres Herzens, dass der Suizid für Karla der richtige Weg gewesen war und sie keinerlei Recht gehabt hatte, übergriffig in deren Leben einzugreifen. Karla hätte ebenso wenig zurückgefunden ins Leben wie Christa.

Durch Karla Schnetters Freitod hatte Wolf keine Gelegenheit mehr gehabt, sie zu den anderen Vorkommnissen zu befragen. Krähe, Katze, Brandanschlag, Mordversuch. Doch hier stimmte etwas nicht. Emma war sich mittlerweile ganz sicher, dass es zwei getrennt voneinander ablaufende Handlungsstränge gab, die zwar letztendlich bei Andreas Flottner ihren Ursprung hatten, die sich aber auf verschiedenen Ebenen abspielten.

Karla Schnetter war ein vom Leben tief verletzter Mensch gewesen. Familie und Freunde hatten sich größtenteils von ihr abgewandt, die große Liebe, derentwegen Karl schließlich zu Karla geworden war, wurde zur ganz großen Enttäuschung. Karla erfuhr Häme, Zurückweisung, Verachtung. Alles nachvollziehbare Gründe und Motive, den geliebten Mann, der sie über Jahre hinweg gedemütigt hatte, im Affekt zu erstechen, keine Frage. Nur, was hatte das mit ihr, Emma, zu tun?, fragte sie sich. Warum hätte Karla sich gegen sie, eine ihr Unbekannte, richten sollen? Die Stalking-Affäre hatte lange vor dem Zusammentreffen von Karl Schnetter und Andreas Flottner stattgefunden. Karl/Karla dürfte kaum Kenntnis davon gehabt haben und vermutlich auch keine Ahnung von Emmas Existenz, bis sie durch ihr Auftauchen in der Lindenthal-Villa in Karlas Leben getreten war.

Mittlerweile war sich Emma ziemlich sicher, wer hinter all den anderen Vorkommnissen steckte. Dennoch wollte sie vorerst keine Anzeige erstatten oder auch nur den Verdacht aussprechen, schließlich gab es immer noch die kleine Chance, dass sie sich irrte. Es blieb ihr nichts anderes übrig, als nachzuforschen, wo sich Karla Schnetter zu den Tatzeiten aufgehalten hatte. Emma hatte bereits einen Termin mit Frau Schirmer vereinbart, bei dem sie Einblick in Karlas Terminkalender nehmen wollte. Vielleicht würde sie die Antiquitätenhändlerin dadurch als Täterin definitiv ausschließen können.

Hörte das denn nie auf? Wieder nach Bamberg fahren und Nachforschungen anstellen. Emma setzte sich an den Terrassentisch. Eine Tasse Tee wäre jetzt eine feine Sache. Doch selbst dazu war sie zu müde. Zum Glück steckte eine Packung Zigarillos im Schubfach des Tisches. Was für eine himmlische Ruhe. Cindy und Bert, die beiden Bäckermeister, waren für eine Woche zum Wandern nach Mallorca geflogen, und Miss Elli hatte sich tatsächlich von einer Nachbarin zu einem Busausflug nach Nürnberg überreden lassen. Neuerdings besuchte sie regelmäßig die Seniorenveranstaltungen der Kirchengemeinde Heilig-Kreuz und nahm hin und wieder an deren Ausflügen und Kaffeekränzchen teil. Emma hatte ihr kleines Paradies diesen Abend ganz für sich alleine. Henry sprang in ihren Schoß und begann behaglich zu schnurren.

44

Emma erwachte mit dröhnenden Kopfschmerzen aus ihrer Bewusstlosigkeit. Nicht schon wieder, dachte sie, bitte nicht schon wieder! Etwas Warmes lief ihr ins Genick. Blut, sie nahm den Geruch von Blut war. Langsam öffnete sie die Augen. Sie saß auf einem Stuhl mitten in ihrer Werkstatt, brennende Kerzen standen kreisförmig um sie herum. Ihre Hände waren hinter der Stuhllehne zusammengebunden und ihre Füße an die Beine des Stuhls gefesselt. Ihr gegenüber, im flackernden Halbschatten der Kerzen, saß eine Frau.

»Hallo, Freya, also doch. Ich habe schon lange auf dich gewartet.«

»Wie bist du auf mich gekommen?«

»Dein Parfüm. Es war dein Parfüm, das dich verraten hat. Schon im Haus deiner Tante hatte ich es gerochen, unbewusst wahrgenommen, konnte es jedoch lange nicht zuordnen. Du hast schon immer viel zu viel davon benutzt. Erst nachdem du mich auf dem Schlossplatz beinahe erstochen hättest, ist mir der Verdacht gekommen, dass du es sein könntest, die mich umbringen will. Warum, Freya, warum um alles in der Welt ich? Was habe ich dir getan?«

»Das fragst du noch? Du hast mir Andreas weggenommen!«

»Oh Gott, so etwas Ähnliches hatte ich mir schon gedacht. Nichts ist schwerer aus der Welt zu schaffen als ein Gerücht, das nicht stimmt. Man kann jemandem die Wahrheit ausreden, nicht aber seinen Falschglauben. Freya, ich habe nie – hörst du? Nie! – irgendetwas mit Andreas Flottner zu tun gehabt. Das heißt, wenn man davon absieht, dass er mich eine Zeit lang gestalkt hat. Er wäre so ziemlich der letzte Mann gewesen, mit dem ich mich eingelassen hätte. Ich habe ihn schlicht und einfach nicht gemocht! Und jetzt hör mit dem Blödsinn auf und binde mich los.«

»Deinetwegen hat er mich damals verlassen. Ausgelacht hat

er mich, als ich ihm gesagt habe, dass ich schwanger von ihm bin und ihn heiraten will. Erinnerst du dich an die Party bei Voll-Robert? Damals habe ich ihm das mit dem Kind gesagt. ›Lass es wegmachen‹, hat er geantwortet. ›Ich will von dir kein Kind. Emma ist die einzige Frau, die ich wirklich will.‹«

»Die Reise nach Jerusalem. Mein Gott, dieser Mistkerl hat dich schwanger in den Dreck geschmissen. Freya, das hatte nichts mit mir zu tun. Der Mann hat mich nie interessiert, er hat mich abgestoßen. Meinetwegen kann er dich gar nicht verlassen haben. Eher deshalb, weil er ein charakterloser Egoist war, der mit einem Kind nichts hätte anfangen können.«

»Er hat mich geliebt, bis du gekommen bist. Du hast doch schon alles gehabt: einen Mann, zwei Kinder, deinen Traumberuf als Restauratorin inmitten dieses lächerlichen wurmstichigen Gerümpels.« Freya warf einen abschätzigen Blick auf die sie umgebenden Möbel. »Warum hast du dann noch Andreas gewollt, hat dir das alles nicht gereicht?« Sie sah Emma mit wirren Augen an. Ihr blasses Gesicht wirkte gespenstisch, dunkle Ringe lagen unter ihren Augen, und hin und wieder zuckte ihr linkes Augenlid. »Kurz vor Weihnachten wollte ich dich deshalb endlich zur Rede stellen. Als ich den Laden betrat, warst du hinten in der Werkstatt und hast dich mit einem Mann unterhalten, gelacht und wie immer Spaß gehabt. In diesem Moment habe ich mich entschlossen, dir den Spaß endgültig zu verleiden. Ich habe ein Messer aus der Auslage genommen, deine Handschuhe und den Schlüssel, den du im Schloss der Ladentür hattest stecken gelassen.«

Emma wurde bewusst, dass sie bis jetzt eine falsche Taktik gefahren hatte. Diese Frau stand am Rande eines Nervenzusammenbruchs, bei ihr war mit vernünftigen Argumenten nichts mehr zu erreichen. Die alte Bahnhofsuhr, die über der Tür der Werkstatt zum Laden hing, zeigte kurz vor zehn Uhr. Emma musste auf Zeit spielen, es konnte noch dauern, bis der Familienclan vom Ausflug zurückkam.

»Warum die Krähe und die Katze, Freya? Was hast du damit bezweckt?«

»Die Krähe habe ich zufällig am Straßenrand liegen sehen. Ich war auf dem Weg zum Friedhof und hatte ein Trauergesteck mit schwarzen Bändern für meine Tante im Kofferraum. Ich habe mir gedacht, ich jage dir etwas Angst ein, wenn du das tote Tier mit der Halsschleife vor der Tür liegen siehst. Und die Katze? Ich gebe zu, es hat mich einen Augenblick Überwindung gekostet, ihr das Genick zu brechen. Johanna hatte mir erzählt, wie sehr du an dem Tier hängst und welch große Rolle es in deinem Leben spielt. Damit wollte ich dich einfach treffen, dich leiden sehen, du solltest am eigenen Leib erfahren, wie es sich anfühlt, etwas zu verlieren, das man liebt.«

Emma atmete tief durch und versuchte, ihre Gedanken zu ordnen. Wie passte Johanna da ins Spiel? Schweiß brach ihr aus. War ihre Tochter etwa auch in Gefahr? Und wie sollte sie mit dieser verzweifelten Frau jetzt umgehen? »Freya, es tut mir unendlich leid, falls Flottner dich wirklich meinetwegen verstoßen haben sollte. Ich kann dir nur versichern, dass ich nichts dazu beigetragen und nichts davon gewusst habe. Ich habe ihn immer abgewiesen, nie ermuntert. Er war einfach nicht mein Typ. Pass auf, du bindest mich jetzt los, und wir finden dann gemeinsam eine Lösung für diese Situation.«

»Kurz nach dem Tod meiner Tante ist er plötzlich wieder aufgetaucht«, fuhr Freya fort, als hätte sie Emmas Worte gar nicht gehört. »Er hat mich zum Essen eingeladen und wieder den alten Charmeur gespielt. Dann hat er die Katze aus dem Sack gelassen. Er hatte Wind bekommen von Tante Edwinas Testament. Einem Bamberger Freund gegenüber hatte ich erwähnt, dass ich alte Möbel zu verkaufen hätte, und er hat es ihm wohl erzählt. Mein Bruder Stefan hat das schöne alte Haus geerbt, das ich mir schon als Kind gewünscht hatte, und mich hat sie mit dem antiken Gerümpel abgefunden, mich, ihr Patenkind. Dabei wusste sie genau, dass ich damit nichts anfangen kann. Also habe ich einen Vertrag mit Andi abgeschlossen, ihm freie Hand gelassen. Bis auf die zwölf Stühle, die waren vom Verkauf ausgeschlossen, die brauchte ich schließlich noch.« Freya lachte bitter. »Er würde mir die Gesamtsumme auszahlen, wenn alles im Haus verkauft wäre. Mir war von Anfang an klar, dass er nur meines Erbes wegen wieder seinen Charme versprühte, und ich habe dieses Spiel mit dem Ziel mitgespielt, euch beide zu vernichten.«

Freya stand auf und begann, ziellos in der Werkstatt auf und ab zu laufen. »Ich wollte, dass du für den Mord an Andreas in den Knast musst. Ich hatte alles minutiös vorbereitet. Schließlich kenne ich deine lächerliche krankhafte Pünktlichkeit noch von früher, ich wusste, dass du auf die Minute genau um siebzehn Uhr in der Kastanienstraße auftauchen würdest. Kurz vorher wollte ich ihn erstechen, mitten zwischen den Stühlen, ihn dort töten, wo er mich damals vor all diesen Jahren getötet hat, mich und mein Kind, auf der Reise nach Jerusalem. Und dir dann die Polizei auf den Hals hetzen. Schließlich waren deine Fingerabdrücke am Messer. Und deine DNA habe ich mit deinen Handschuhen auch an den Stühlen verteilt.«

Freya stellte sich vor Emma, in ihren irren Augen spiegelte sich das flackernde Licht der Kerzen. »Dann kam plötzlich Karla, dieses Monster, diese lächerliche Figur. Die wollte Andi für sich haben, das muss man sich mal überlegen. Andi, der jegliche Form von Anderssein abgelehnt hat, der körperliche Perfektion gesucht hat in seinen Partnerinnen, und ausgerechnet sie wollte ihn haben. Ich war oben im ersten Stock und habe gerade alte Unterlagen verbrannt, auch meine Notizen über meine Abmachung mit Andreas. Ihn hatte ich für halb fünf Uhr bestellt, schließlich war seine Unpünktlichkeit ebenso notorisch wie deine Pünktlichkeit, und ich wollte kein Risiko eingehen. Ich hatte vor, ihn bis kurz vor fünf hinzuhalten. Karla hat gar nicht bemerkt, dass ich im Haus bin. Die beiden haben sich gestritten, dass die Fetzen flogen. Bei dem, was ich dabei gehört habe, ist mir klar geworden, dass er nicht nur mich bei diesem Handel mit dem Erbe meiner Tante betrogen hatte, sondern auch sie. Er würde alles für mich verkaufen, hatte er mir versichert, und nur für eine kleine Provision arbeiten, um der alten Zeiten willen. Wenn man eine Abtreibung so nennen kann, alte Zeiten.« Freya lachte hysterisch.

»Ich solle ihm vertrauen, hat er gesagt. Lächerlich, keinen Finger hat er gerührt, Karla hatte er mit dem Verkauf der Antiquitäten beauftragt. Und ihr hatte er eine fette Provision versprochen und dann nicht ausgezahlt. Genau so, wie er mich nicht ausbezahlt hat. Seine Spielschulden hatte er mit dem Geld beglichen, habe ich inzwischen erfahren, und sich ein neues Auto gekauft. Mein ganzes Erbe hat er durchgebracht.«

»Ich verstehe, dass du enttäuscht und verbittert warst und bist, aber was hat das alles mit mir zu tun? Ich hatte doch von dieser Erbschaft und euren Geschäften überhaupt keine Ahnung. Hättest du mal lieber mich mit dem Verkauf beauftragt, ich hätte dich fair und korrekt behandelt. Komm, binde mich los, ich mache uns einen Tee, und dann sprechen wir in Ruhe über alles.«

»Auf ihn losgegangen ist sie wie eine Furie. Gebrüllt hat sie, dass ich Angst bekam, die Nachbarn rufen die Polizei. ›Du Verbrecher‹, hat sie geschrien, ›du hast mich all die Jahre nur ausgenutzt, hast mich immer hingehalten. *Unsere Zeit kommt noch*, hast du gesagt. Wann kommt sie denn, unsere Zeit?‹«

Freya setzte sich wieder Emma gegenüber. Sie schluckte und räusperte sich. Ihre Stimme wurde langsam heiser. Schweiß stand ihr auf der Stirn. »Und dann hat sie das Messer gesehen, das auf einem der Stühle gelegen hat. Damit ist sie auf Andreas zugegangen. Der hat gelacht. ›Stech doch zu‹, hat er gesagt, ›aber das kannst du ja gar nicht, weil du mich brauchst, mich liebst, ohne mich nicht leben kannst.‹ Verhöhnt hat er sie wegen ihrer blonden Perücke. Und dann hat sie zugestochen, und er ist nach hinten umgefallen.« Freya wischte sich mit dem Ärmel den Schweiß von der Stirn. »Ganz einfach umgekippt. Ich stand die ganze Zeit in der Tür zum Esszimmer, doch Karla hat mich gar nicht wahrgenommen. Sie hat sich umgedreht, hat gelacht und ist gegangen.«

»Ich verstehe, Freya, das muss schrecklich für dich gewesen sein. Aber das ist ja nun alles vorbei, und Karla hat sich selbst gerichtet. Du bindest mich jetzt los, und ich werde dir helfen, aus der Sache unbeschadet rauszukommen. Schau mal, die Polizei denkt doch immer noch, dass es Karla war, die auf mich eingestochen hat und meine Werkstatt anzünden wollte. Wir brauchen niemandem zu erzählen, dass du das warst. Und schließlich ist ja auch nicht wirklich etwas dabei passiert.« Emma schluckte und fügte in Gedanken hinzu: von einer kleinen Gehirnerschütterung und einem Haarriss im Schienbein mal abgesehen.

Freya wendete sich Emma zu, als würde sie sie zum ersten Mal wahrnehmen. »Zweimal bist du mir davongekommen, aber heute nicht. Heute hilft dir keiner, wir werden gemeinsam in dieser Werkstatt verbrennen. Dein Meisterstück, von dem mir deine Tochter so vorgeschwärmt hat, wird mit uns in Flammen aufgehen, das ganze Haus, wer weiß? Nichts wird von dir übrig bleiben.« Sie schaute Emma mit leeren Augen an.

Emma erschauderte. Sie begriff in diesem Moment, dass mit dieser Frau ein Gespräch nicht mehr möglich war. Dass sie ihr hilflos ausgeliefert war und sie sich den Atem für eine weitere Unterhaltung sparen konnte.

»Im Februar wäre mein Kind zwölf Jahre alt geworden. Ein Mädchen wie deine Johanna. Deinetwegen musste ich es abtreiben, weil du Andreas für dich haben wolltest.«

Die Kerzen flackerten und warfen tanzende Schatten auf die polierten Möbel. Emma blickte irritiert auf. Woher kam dieser Luftzug?

Eine Gestalt näherte sich Freya ganz langsam von hinten. Mit unendlicher Erleichterung erkannte Emma Miss Ellis gelbliches Gesicht im Halbdunkel, gespenstisch beleuchtet vom Schein der flackernden Kerzenflammen. Ihr Arm hob sich, und Emma hätte um ein Haar hysterisch losgelacht. Miss Elli hatte das alte Nudelholz von Oma Anna in der Hand. Ein roter Schatten flog aus dem Nichts an ihrem Kopf vorbei.

45

»Sag mal, kann man dich nicht einmal für einen Nachmittag alleine lassen? Du kriegst wohl gar nicht genug. Schon wieder eine auf die Birne! Wie war das nur möglich, dass Freya ins Haus gekommen ist? Du hast doch alle Schlösser austauschen lassen. Mein Gott, wenn Miss Elli nicht heldenhaft mit Omas Nudelholz eingegriffen hätte, wärst du inzwischen mitsamt der ganzen Bude verbrannt und nur noch ein Häufchen Asche. Man kommt heim von einem lustigen Familienausflug, und die ganze Straße flirrt vom Blaulicht der Polizeiautos.«

»Danke, Pia, deine aufmunternden Worte tun mir wirklich gut. Das ist genau das, was ich jetzt brauche. Da hatte ja mein letzter Steuerprüfer mehr Feingefühl als du.« Emma tastete vorsichtig ihren eingebundenen Hinterkopf ab. »Sie ist über die Gartenmauer geklettert, stell dir vor. Einfach so. Und dann hat sie ein Werkstattfenster eingeschlagen, reingegriffen und das Fenster geöffnet. Ganz simpel. Poirot hat das schon rekonstruiert.« Emma lag im Wohnzimmer auf dem Sofa, eingehüllt in eine Wolldecke und mit einer Eiskompresse auf dem Kopf. »Ich habe gerade im Kachelofen in der Küche Holz nachgelegt, da hat sie mir von hinten eins übergezogen.«

»Du brauchst eine Alarmanlage, unbedingt. Und deine vorsintflutlichen Fenster musst du gegen einbruchssichere, verschließbare neue austauschen. Und eine Außenbeleuchtung mit Bewegungsmeldern musst du auch installieren lassen! Ich schlafe ja sonst keine Nacht mehr ruhig.«

»Hast du jetzt das Sorgerecht für mich übernommen, oder wie?« Emma lächelte ihre aufgeregte Cousine gequält an. »Die bösen Buben beziehungsweise Mädchen sind gefangen respektive tot. Niemand will mehr etwas von mir oder trachtet mir nach dem Leben. Meine Fenster sind doppelt verglast, und das bleibt auch so. Und eine Flutlichtbeleuchtung für meinen Garten, die sich die ganze Nacht ein- und wieder ausschaltet, wenn der Igel vorbeiläuft oder die Fledermäuse daran vorbeiflattern, das würde mir gerade noch fehlen. Dann würdest du nämlich wirklich nicht mehr schlafen können. Pia, es ist vorbei! Wir können aufatmen, uns entspannen und in Zukunft wieder leichtsinnig die Terrassentüren offen lassen oder nackt im Garten rumlaufen. Komm wieder runter! Im Übrigen glaube ich, dass du deine Bude absichern kannst wie Fort Knox, ein geübter Einbrecher findet immer einen Weg. Es gibt keine absolute Sicherheit. Also lassen wir am besten alles so, wie es ist.«

»Woher wusste Frau Engelhardt eigentlich, wann und wo sie Sie alleine antreffen konnte?« Kommissar Wolf war sichtlich mitgenommen. Das schlechte Gewissen über den Umstand, dass er die Angreiferin nicht rechtzeitig dingfest gemacht hatte, war ihm groß ins Gesicht geschrieben.

»Tja, Herr Wolf, diese Informationen hat sie tatsächlich von meiner Tochter bekommen. Johanna hat mir gerade gestanden, dass Freya sich seit dem Herbst letzten Jahres regelmäßig Termine bei ihr hat geben lassen, zur Massage und für energetische Behandlungen. Und dabei hat sie sie ausgefragt. ›Deine Mutter ist eine alte Freundin von mir, wie geht es ihr, was treibt sie so?‹ Johanna hat ihr arglos alles erzählt und mir das natürlich nicht mitgeteilt, da sie die Schweigepflicht sehr ernst nimmt, auch mir gegenüber. Zumal sie erkannt hatte, dass Freya ein schweres seelisches Problem hat. Dass ich mit meinen Freunden auf den Weihnachtsmarkt und anschließend Pizza essen gehen wollte, das habe ich ihr übrigens selbst erzählt, ich hatte sie am Nachmittag des Brandanschlages bei einem Einkaufsbummel in der Stadt getroffen. Grotesk, nicht wahr? Mir war das die ganze Zeit entfallen gewesen, sonst wäre ich vermutlich eher zu der Gewissheit gelangt, dass Freya hinter all den Ereignissen steckt. Als Sie mich nach dem Überfall auf dem Schlossplatz fragten, ob mir irgendeine Besonderheit bei dem Angreifer aufgefallen wäre, ist mir zum ersten Mal der Verdacht gekommen. Das Parfüm. Freya hat schon immer ein ausgefallenes Parfüm benutzt, das sie sich extra aus Amerika schicken lässt. Das hatte ich bereits in der Lindenthal-Villa gerochen und auch beim Brandanschlag in der Werkstatt, ohne es bewusst wahrzunehmen oder gar zuzuordnen.«

»Es war wirklich ein großes Glück, dass Miss Elli, äh, ich meine Fräulein Höfler, einen Haustürschlüssel hat. Ich war erst etwas irritiert, als Sie mir letzthin erzählten, dass Sie der alten Frau einen Schlüssel gegeben haben, damit sie eventuell Pakete annehmen kann, wenn Sie mal nicht da sind. Wie leicht hätte ihr den jemand entwenden können.«

»Da muss ich Herrn Wolf recht geben, Mama, ich fand das auch etwas sonderbar. Das bedeutet schließlich eine ziemliche Verantwortung.« Johanna hatte eine frische Kompresse mit Eiswürfeln in der Hand, die sie ihrer Mutter vorsichtig auf den Kopf legte. »Doch wie man im Nachhinein sieht, war deine Entscheidung goldrichtig. Ich mache mir solche Vorwürfe, dass ich der Frau so viel von dir erzählt habe, aber sie hat euch als die besten Freundinnen hingestellt. Lustige Geschichten hat sie mir von euch berichtet, die sie vermutlich alle erfunden hat. Was war ich bloß für ein dummes Huhn.«

»Du brauchst dir nichts vorzuwerfen, Johanna. Du konntest schließlich nicht ahnen, dass die psychischen Probleme der Frau ein solch gefährliches Ausmaß angenommen hatten, dass sie mich umbringen wollte. Du hast getan, was du mit jeder Patientin in dieser Situation getan hättest. Unverfängliche Gespräche geführt, um die Situation zu entspannen.« Emma wandte sich an Kommissar Wolf. »Was geschieht denn jetzt mit Freya? Kommt sie in die Psychiatrie?«

»Nein, Frau Engelhardt kommt jetzt erst mal in Untersuchungshaft, und dort wird dann entschieden, ob sie bleibt oder in die Psychiatrie eingewiesen wird.«

»Na, hoffentlich kann sie da nicht abhauen. So durchgeknallt, wie die ist, kommt sie wieder, um sich an Emma für etwas zu rächen, wofür sie gar nichts kann.« Pia gab nicht auf. »Wir brauchen einen Hund, Emma, einen großen abschreckenden Wachhund. Der kann dann alle drei Gärten bewachen, deinen, meinen und den von Miss Elli.«

»Meine liebe Pia, wir haben in den letzten Monaten so viel

erlebt und durchgestanden, ich denke mal, wir werden für die nächsten hundert Jahre unsere Ruhe haben. Und außerdem«, sie dämpfte ihre Stimme und beugte sich zu Pia hinüber, »den Hund können wir uns sparen, Miss Elli ist besser als jeder Rottweiler.«

Fräulein Höfler saß derweil in Emmas Ohrensessel, der neben dem Kachelofen in der Küche stand, und räkelte sich wohlig, ein zufriedenes Lächeln im Gesicht, wie eine Katze, die soeben unerwartet zwei Portionen Sahne in ihrem Napf vorgefunden hat. Henry hatte es sich in ihrem Schoß gemütlich gemacht und gestattete ihr gönnerhaft, ihn zu streicheln. Er schnurrte wie ein Windrädchen. Schließlich hatte er seinen Teil dazu beigetragen, Freya unschädlich zu machen. Er war mit der alten Frau durch die Tür geschlüpft, auf Emmas Sekretär gesprungen und hatte sich von dort aus mit einem kühnen Sprung auf diese Verrückte geworfen und sich in ihrem Genick festgekrallt.

Dieser Frau hatten sie es gegeben! So weit käme es noch, dass eine eifersüchtige, hysterische Tussi ihr die neuen Freunde wegmordete! Miss Elli schnaufte ärgerlich. Nicht ein zweites Mal! Hatte sie nicht schon ihren Eberhard durch Mörderhand verloren? Die zwei Frauen in der Gerstergasse mitsamt ihren Familien standen unter ihrem persönlichen Schutz, die würde sie gegen Tod und Teufel verteidigen. Keine Sekunde hatte sie gezögert, den Haustürschlüssel vom Haken zu nehmen und rüber in Emmas Haus zu gehen, nachdem sie den Kerzenschein im Fenster der Werkstatt hatte flackern sehen. Angst? Keine Spur! Im Gegenteil, sie hatte jeden Augenblick genossen, endlich ein Abenteuer in ihrem ansonsten so ruhigen und ereignislosen Leben. Ihr Herz hatte geklopft bis zum Hals, jawohl, und zwar vor freudiger Erregung.

Ganz leise hatte sie sich in die Küche ihrer Nachbarin geschlichen und durch das Fenster die gespenstische Szenerie in der Werkstatt betrachtet. Am Nachmittag hatte Emma Nudelteig ausgerollt, und das Nudelholz lag noch griffbereit auf der Anrichte. Was für ein Glück, ausgerechnet ihr helfen zu können, der sie so viel verdankte. Ein Geschenk des Himmels.

Gleich morgen würde sie sich ein altersgerechtes Handy kaufen. Das wäre doch gelacht. Wenn Frau Steguweit von der Seniorengruppe das Ding bedienen konnte, konnte das nicht so schwer sein, das würde sie auch auf die Reihe kriegen. Und dann würde sie beim nächsten Mal – bei diesen Nachbarn konnte man ja nie wissen – erst die Polizei rufen und dann eingreifen.

46

Der April machte seinem Namen alle Ehre, launisch tat er, was er wollte, und wechselte ständig zwischen Sonnenschein, Regenstürmen, Hagelschauern und wirbelnden Schneeflocken. Von Thüringen herüber wehten eiskalte Luftwände, die sich durch die Gärten schoben und Emma von der Terrasse vertrieben. Aber die Frühlingssonne ließ sich nicht länger davon abhalten, den Boden zu erwärmen, und in Miss Ellis Garten blühte es an allen Ecken und in allen Farben des Regenbogens, den Aprillaunen zum Trotz. Auch Miss Elli selbst war seit der Beerdigung von Eberhard aufgeblüht. Ihre triste Kleidung wurde jetzt immer öfter durch farbige Tupfen aufgelockert, und neuerdings erschien sie hin und wieder in einer nahezu frivol bunten Kittelschürze und, geradezu skandalös, in Gummistiefeln mit einem wilden Blumenmuster. Die Kaffeekränzchen und Ausflüge, die sie mit der Seniorengruppe der Kirchengemeinde Heilig-Kreuz unternahm, hatten ein Übriges getan, ihren Lebensmut und Unternehmungsgeist zu aktivieren.

Es war Samstagnachmittag, Emma hatte endlich den Laden abgeschlossen und sich mit einer Kanne Earl Grey und einem neuen Kriminalroman auf der Terrasse niedergelassen. Der Wettergott schien ein Einsehen zu haben und ließ auf einen sonnigen Nachmittag hoffen. Miss Elli wuselte mit ihrer Unkrauthacke und einem alten Weidenkorb durch den Garten, immer auf der Jagd nach vorwitzigen Unkräutern, denen sie unbarmherzig zu Leibe rückte. Die beiden Damen winkten einander freundlich zu und bestätigten sich gegenseitig, wie herrlich das Wetter endlich sei.

Kaum hatte Emma drei Seiten ihres Buches gelesen, als das Handy klingelte. »Guten Tag, Frau Prätorius, Wolf hier. Hätten Sie vielleicht zehn Minuten Zeit für mich? Ich stehe vor Ihrer Tür.«

»Natürlich, Herr Wolf, für Sie doch immer. Einen Moment, ich sitze auf der Terrasse, ich komme Sie sofort holen.«

Emma ging nach vorne und öffnete die Haustür. Kommissar Wolf stand draußen und rieb sich verlegen die Hände. »Herrliches Wetter heute, nicht wahr? Ich störe Sie doch nicht?«

»Nun kommen Sie doch erst mal rein. Und ja, Sie stören mich bei meiner Fortbildungslektüre. Ich lese einen Krimi, ich lebe nämlich noch im Gutenberg-Zeitalter. Jetzt muss ich wohl noch länger darauf warten zu erfahren, wer der Mörder ist. Der Gärtner ist es jedenfalls nicht, der ist zu einfältig, und einen Butler gibt es bis jetzt nicht. Sie leisten mir doch bei einer Tasse Tee Gesellschaft?« Ohne auf seine Antwort zu warten, ging Emma voran in die Küche, nahm eine zweite Teetasse mit auf die Terrasse und schenkte dem Kommissar ein.

»Nun, was gibt es Neues, Herr Hauptkommissar?«

»Nicht wirklich viel. Im Grunde sind die Ermittlungen ja längst abgeschlossen. Frau Engelhardt ist voll geständig, sie gibt alle Angriffe auf Sie zu, von der toten Krähe über den Brandanschlag bis zu den Mordversuchen.«

»Die arme Freya. Sie tut mir so sehr leid, aber wenn ich mir überlege, was sie mir alles hat antun wollen, fange ich immer noch an zu zittern.«

»Frau Prätorius, es ist alles vorbei. Flottners Mörderin hat sich selbst gerichtet, und Ihre Angreiferin wird für lange Jahre im Gefängnis sitzen müssen.« Der Kommissar zog einen Heftordner aus seiner Jacke. »Sie haben mich vor einiger Zeit um die Ermittlungsakte Steinhäuser gebeten. Sehr umfangreich ist sie nicht gerade, doch vielleicht hilft sie Ihnen ja trotzdem weiter.« Wolf schob Emma die Unterlagen über den Tisch.

Sie überlegte hektisch, wie sie reagieren sollte. Die Ahnungslose spielen? Zugeben, dass sie die Akte bereits kannte? Einen Mann, der über seinen Schatten gesprungen ist, darf man nicht zurückweisen, dachte sie und mimte die erfreut Beschenkte. »Oh, wie nett von Ihnen, danke! Darf ich sie ein paar Tage behalten?«

»Nun, eigentlich nicht. Sie umfasst ja nur einige wenige Seiten, ich kann gerne warten, bis Sie sie durchgelesen haben.«

Was blieb Emma anderes übrig, als mit geheucheltem Interesse durch das Schriftstück zu blättern. Mit einem strahlenden Lächeln gab sie die Akte schließlich an Wolf zurück. »Vielen Dank, Sie hatten recht. Sehr umfangreich ist sie nicht und leider auch nicht sehr aufschlussreich. Trotzdem vielen Dank für Ihre Mühe.«

»Keine Ursache, für Sie habe ich das gerne getan.« Kommissar Wolf schien sich etwas mehr Enthusiasmus ob seiner guten Tat erwartet zu haben, die Enttäuschung in seiner Stimme war nicht zu überhören.

Emma drückte seine Hand, meinte: »Ich glaube, wir können auch diesen Fall zu den Akten legen und den guten Eberhard Steinhäuser in Frieden ruhen lassen.«

Wolf, der mit dem Rücken zum Haus saß und damit einen guten Blick auf Miss Ellis Garten hatte, beugte sich etwas vor und deutete hinüber. »Sagen Sie mal, was ist denn das für ein Grab?«

Emma drehte sich erstaunt um und fragte blauäugig: »Grab? Wie, was für ein Grab? Ach, Sie meinen den Stein dort mit den Blumen davor?«

Miss Elli hatte mittlerweile das einfache Holzkreuz durch einen Naturstein ersetzt, auf dem in goldenen Buchstaben »Goldbärchen« stand. Sie hatte weder Kosten noch Mühen gescheut und einen Stein fertigen lassen, der seitlich eine Sitzgelegenheit bot. Da saß sie jeden Tag bei jedem Wetter und führte vermutlich lange Gespräche mit ihrem verstorbenen Verlobten. »Da hat Fräulein Höfler ihren Goldhamster begraben, der letzthin leider verschieden ist.«

»Soso, ihren Goldhamster. Ich wusste gar nicht, dass die alte Dame einen Goldhamster hatte.«

»Nun, Sie sind ja auch nicht so eng mit ihr befreundet, dass Sie das hätten wissen können«, gab Emma spitz zurück. »Ich wusste es selbst lange nicht, Miss Elli ist sehr verschlossen. Gewundert habe ich mich natürlich schon, dass sie sich ausgerechnet so ein nachtaktives Tier zugelegt hatte, wo sie doch selten nach einundzwanzig Uhr ins Bett geht. Ich habe ihr Wellensittiche empfohlen, sollte sie sich wieder ein Tier anschaffen wollen. Die zwitschern den ganzen Tag, sind lebhaft und munter, und wenn man Glück hat, fangen sie sogar an zu sprechen. Und wenn sie einem auf den Nerv gehen, wirft man einfach ein Tuch über den Käfig. Wenn das mit den Menschen auch so einfach wäre!«

»Dieser Taj Mahal da drüben wurde für einen Goldhamster gebaut? Für einen fünfzehn Zentimeter großen Goldhamster? Wissen Sie was? Das können Sie Ihrer Großmutter erzählen, aber nicht mir.« Wolf beugte sich nach vorne und schaute Emma herausfordernd in die Augen.

»Ich will Ihnen gar nichts erzählen. Obwohl, doch, Herr Hauptkommissar Magnus Wolf, ich will *dir* sehr wohl etwas erzählen. Da drüben«, und nun zeigte Emma auf das Grab, »da drüben liegt der Goldhamster von Fräulein Eleonore Höfler begraben, hast du mich verstanden, der GOLDHAMSTER! Und sollte irgendein Schlaumeier auf den abartigen Gedanken kommen, der alten Frau mit einem offiziellen Wisch unter der Nase herumzufuchteln und mit einem Spaten den Garten umgraben zu wollen«, Emma beugte sich weit zu Wolf hinüber, sodass ihre Nasenspitzen fast aneinanderstießen, und schaute ihn mit angriffslustig funkelnden Augen an, »dann bringe ich den eigenhändig um.«

Sie stand auf, klemmte ihr Buch unter den Arm und nahm ihr Teegeschirr. »Steck deine Akte wieder ein und trage deine Teetasse in die Küche, ich lade dich jetzt zu einer Ausfahrt mit dem Cabrio ein. Im Gegenzug darfst du mir unterwegs einen Prosecco spendieren. Du fährst!«

Danksagung

Inspiration kommt manchmal von unerwarteter Seite. So war es meine Freundin Heidi, die mich vor vielen, vielen Jahren bei einem Klassentreffen als Erste angeregt hat, ein Buch zu schreiben. Das dürfte sie längst vergessen haben. Den endgültigen Ausschlag hat dann das Leben gegeben und seine Ereignisse und meine Freude am Schreiben.

Mein Dank gilt meinen geduldigen Probelesern Sandra und Else für ihre Ausdauer und orthographischen Feinheiten und meiner Tochter Constanze für ihre literarische und moralische Begleitung.